Ana van Leeuwen

SHATTERED DREAMS

Ich wollte nie für immer

ANA VAN LEEUWEN

SHATTERED DREAMS

Ich wollte nie für immer

ROMAN

VAJONA

Dieser Artikel ist auch als E-Book erschienen.

SHATTERED DREAMS – Ich wollte nie für immer

Copyright
© 2022 VAJONA Verlag
Alle Rechte vorbehalten.
info@vajona.de

Druck und Verarbeitung: TOTEM.com.pl, ul. Jacewska 89,
88-100 Inowrocław
Printed in Poland
Lektorat und Korrektorat: Désirée Wandschneider
Umschlaggestaltung: Julia Gröchel unter Verwendung von Motiven von Rawpixel
Satz: VAJONA Verlag, Oelsnitz

ISBN: 978-3-948985-68-4

VAJONA Verlag

Für Nate. Ewig uns.

Playlist

Selena Gomez – Loose You To Love Me
Zara Larsson – She's Not Me
Gabrielle Aplin – Please Don't Say You Love Me
NF – Paralyzed
Princesses – Don't Cry
Tate McRae – You Broke Me First
P!nk – Wild Hearts Can't Be Broken
Taylor Swift feat. Bon Iver – Exile
Little Mix – Sweet Melody
Shawn Mendes, Justin Bieber – Monster
Rhys Lewis – What If
Rhys Lewis – Reason To Hate You
Zoe Wees – Control
MIIA – Dynasty
Little Mix – Love Me Or Leave Me

Prolog

Robin

Ein Ruck ging durch den Flieger und ich krallte mich an den Armstützen fest. Ich liebte hohe Geschwindigkeiten, Adrenalin und den Wind, aber Fliegen war für mich das Schlimmste auf der Welt.

»Es ist nicht so schlimm«, sagte jemand leicht lispelnd neben mir.

Ich drehte den Kopf und sah in das Gesicht eines kleinen Mädchens, das nicht älter als fünf oder sechs war. Sie hatte blonde Locken und ihr fehlte ein Schneidezahn. Mitleidig betrachtete sie mich.

»Den letzten Absturz hatte diese Airline 1997. Und dabei ist auch niemand gestorben.«

Ich sah sie ausdruckslos an. Erwartete sie eine Antwort?

»Ist doch ein gutes Zeichen, oder?« Für einen kurzen Moment grübelte sie und kratzte sich unterm Kinn. »Oder ein schlechtes. Die Wahrscheinlichkeit ist dann ja höher, dass mal wieder was passieren muss.«

Es fühlte sich an, als sackte mir mein Magen in die Kniekehlen. Was genau bezweckte die Kleine mit ihren Erzählungen? Meine Angst nahm sie mir jedenfalls nicht.

»Außerdem fliegen wir fast nur über harten Boden«, fuhr sie fort. »Das ist gut. Besser als ein Absturz über dem Ozean. Es gab nur fünfzehn Notwasserungen – so nennt man eine

Notlandung auf dem Wasser –«, sie nickte eifrig, »die geglückt sind und bei denen nicht alle draufgegangen sind. Davon nur drei Stück, bei denen alle überlebt haben. Wobei bei zwei von den Notlandungen das nicht an der Landung, sondern der Idiotie der einzelnen Personen lag, dass sie draufgegangen sind«, meinte sie, verdrehte ihre Augen und fuhr sich mit dem Zeigefinger in einer eindeutigen Geste über den Hals.

Ich warf einen kurzen Blick zu ihrer Mutter, die dem Mädchen nur ein knappes Lächeln zuwarf, ehe sie sich wieder auf die Zeitung in ihren Händen konzentrierte. Was stimmte mit diesem Kind nicht?

»Du siehst also, fliegen ist gar nicht so schlimm.«

»Aha«, war alles, was ich erwidern konnte.

»Wohin fliegst du?«, wechselte sie das Thema.

Spöttisch zog ich eine Braue in die Höhe. »Du weißt alles über Abstürze, kannst mir aber nicht sagen, wohin diese Maschine fliegt?«

Die Kleine verdrehte die Augen und tätschelte meinen Unterarm, als wäre ich unterbelichtet. Ihrer Meinung nach war ich das vermutlich auch.

»Du Dummerchen«, lachte sie. »Natürlich weiß ich, dass diese Maschine nach Frankfurt fliegt. Meine Frage ist nur, was du in Frankfurt willst.«

»Was willst du denn in Frankfurt?«

»Na, ich wohne da«, rief sie kopfschüttelnd aus. »Du auch?«

Kurz starrte ich aus dem Fenster auf das Wolkenmeer unter uns.

»Nein«, murmelte ich. »Ich habe kein richtiges Zuhause.«

»Was?«, rief die Kleine entsetzt. »Wieso denn das?«

»Ich reise für meinen Job viel«, erklärte ich ihr, ohne näher ins Detail zu gehen.

»Das macht mein Papa auch«, sie nickte verstehend. »Find ich manchmal doof, aber er bringt mir immer coole Sachen mit.«

Ich lächelte sie freundlich an. Irgendwie war sie ja süß.

»Deine Haare finde ich cool«, plapperte sie weiter.

Anscheinend hatte sie mich zu ihrer neuen besten Freundin erkoren. Ich fuhr mir mit der Hand durchs Haar und wickelte mir eine der blauen Strähnen um den Zeigefinger.

»Ich auch«, sagte ich mit einem breiten Grinsen.

»Mag dein Freund das auch?«, erwartungsvoll musterte sie mich. Mein Herz zog sich für einen winzigen Augenblick zusammen.

»Ich habe keinen Freund«, sagte ich leicht daher.

Sie zog die Brauen so hoch, dass sie unter ihrem Pony verschwanden. »Du hast keinen Freund?«, sie schüttelte ungläubig den Kopf. »Sogar ich hab einen Freund.«

Leise lachte ich. »So, hast du das?«

»Uh-hu«, strahlte sie. »Und wir lieben uns sehr.«

»Bist du nicht noch ein bisschen jung für einen Freund?«, fragte ich sie, aber sie zuckte nur mit den Schultern. Ich deutete mit dem Kinn zu ihrer Mutter. »Und was sagen deine Eltern dazu?«

»Ich bin verliebt«, sagte sie, als würde das alles erklären.

»Ist doch vollkommen egal, wie jung ich bin. Wenn man jemanden liebt, dann spielt doch Alter keine Rolle.«

Schmunzelnd betrachtete ich sie und wünschte mir, ich hätte etwas von dieser Leichtigkeit behalten.

»Warst du schon einmal verliebt?«, führte sie ihr Verhör fort.

»Nein«, antwortete ich. *Himmel, ja. Und wie.*

»Wieso nicht?«

»Hat sich nicht so ergeben«, erklärte ich ausweichend.

»Wie muss denn jemand sein, in den du dich verlieben könntest?«

»Das weiß ich nicht«, murmelte ich. *So wie er.*

Offensichtlich unzufrieden mit unserem Gespräch, seufzte sie und griff sich ein Buch aus der Tasche, die auf ihrem

Schoß lag. Gedankenverloren starrte ich aus dem Fenster; gab mich Erinnerungen hin, die ich tief in mir vergraben hatte. Ich wusste noch genau, wann ich ihn zum ersten Mal gesehen hatte.

Es war ein Sonntagabend. Eigentlich hatte ich vorgehabt, früh ins Bett zu gehen. Aber dann waren meine Freundinnen passiert. Sie hatten mich nicht groß überreden müssen, feiern zu gehen. Ich war viel zu nervös, was den morgigen Tag anging, und wollte nur allzu gerne all meine Ängste für einen Abend vergessen. Nur einen einzigen.

Während ich dem Geschnatter der drei mit einem Ohr lauschte, starrte ich in den Kleiderschrank und überlegte, was ich anziehen sollte. Schließlich entschied ich mich für einen knalligen Lederrock, den ich mit einem weit ausgeschnittenen, glitzernden Top kombinierte, das der Fantasie nicht viel Raum ließ. Ein BH passte da definitiv nicht mehr drunter. Meine blonden Haare drehte ich mir zu Locken und zu guter Letzt schlüpfte ich in meine Lieblingshighheels. Jahrelanger Übung war es zu verdanken, dass ich in ihnen die Nacht durchtanzen konnte, ohne mir das Genick zu brechen. Ein anerkennendes Pfeifen ertönte. Ich warf einen Blick über die Schulter und sah gerade noch, wie Julia mich musterte.

»Wow, Girl«, pfiff sie ein weiteres Mal. »Willst du uns allen heute die Show stehlen?«, lachte sie wiehernd.

Nicht zum ersten Mal fragte ich mich, wieso ich mit ihr befreundet war. Ihre aufgesetzte Art hatte ich noch nie leiden können.

»Ach«, meinte Kira lässig und zupfte ihr rotes Kleid zurecht. »Robin hat sich auch schon besser angezogen.«

»Du dich auch«, gab ich mit einem Zwinkern zurück.

Es konnte mich nicht weniger interessieren, was Kira von mir dachte. Kurz schwiegen wir, ehe sie mich angrinste und Laura und Julia in nervöses Gelächter verfielen. Ich wusste schon lange, dass mich mit den drei Mädchen nicht sonderlich viel verband. Vielleicht war das vor ein paar Jahren noch anders gewesen, mittlerweile hatte ich aber das Gefühl, als lebten wir nicht nur auf unterschiedlichen Planeten, sondern sogar in weit voneinander entfernten Galaxien. Vielleicht hatte ich deshalb die Schule wechseln wollen. Um einen Neuanfang zu wagen, etwas Neues auszuprobieren und echte Freunde zu finden. Nicht solche wie Laura, Kira und Julia. Die dir, ohne mit der Wimper zu zucken, ein Messer in den Rücken rammen würden. Laura nahm einen Schluck aus der Whiskeyflasche, die sie in der Hand hielt. Sicher hatte sie die wieder ihrer großen Schwester geklaut.

»Du willst wirklich nichts?«, hickste sie.

Ich schüttelte den Kopf. Josh würde mir den Hintern versohlen, sollte er mich beim Trinken erwischen. Scheißegal, dass ich schon neunzehn war. Sein Haus, seine Regeln. Kira klatschte in die Hände und sah erwartungsvoll in die Runde.

»Wollt ihr noch länger quatschen oder wollen wir endlich los?« Wir nickten und polterten die Treppe hinunter. Im Hausflur lief uns Josh über den Weg. Skeptisch musterte er mein Outfit.

»Und wo gedenkst du jetzt noch hinzugehen?« Er deutete auf die Uhr.

»Wir gehen feiern«, kicherte Laura.

Aus den Augenwinkeln registrierte ich, wie Kira unauffällig versuchte, den Ausschnitt ihres Kleides noch ein wenig tiefer zu ziehen.

»Robin, morgen -«, begann Josh in seiner besten Vaterstimme, aber ich unterbrach ihn und drückte ihm einen Kuss auf die Wange.

»Ich weiß«, erwiderte ich. »Ich bleib nicht lange und werde morgen bestimmt pünktlich sein.«

Kopfschüttelnd musterte er mich ein weiteres Mal und ich konnte ihm ansehen, dass er nicht überzeugt war. Aber so wie ich ihn kannte, kannte er auch mich. Ich war erwachsen und traf eigene Entscheidungen.

»Pass auf dich auf«, flüsterte er besorgt und klang jetzt viel mehr nach meinem großen Bruder.

»Immer.« Wie automatisch wanderte mein Blick an die Wand hinter ihm und suchte die Bilder nach ihren Gesichtern ab. Ich wünschte, sie wären hier. Josh musterte mich sanft, dann trat er einen Schritt zur Seite.

Als wir an ihm vorbeigingen, warf Kira ihm noch ein verführerisches Lächeln zu. Zumindest ihre Definition davon. Aber Joshs Aufmerksamkeit war längst auf das Display seines Handys gerichtet. Sicher um Megs zu fragen, wann sie Dienstschluss hatte.

Unser Taxi wartete bereits vor der Haustür und lachend stiegen wir ein. Auf der Rückbank steckten die drei Mädels die Köpfe zusammen und tuschelten über irgendetwas. Bestimmt hätte ich es hören können, hätte es mich interessiert. Aber ich starrte abwesend aus dem Fenster, schaute zu, wie der Regen auf die Scheibe prasselte. An einer roten Ampel warf der Taxifahrer einen skeptischen Blick durch den Rückspiegel. Als er bemerkte, dass ich ihn beobachtete, zwinkerte ich ihm zu. Ein Schmunzeln zierte seine Lippen, dann sah er wieder nach vorne auf die Straße.

Es dauerte nicht lange, bis wir endlich beim Club angekommen waren. Wie jedes Mal stürmten die drei voran und es oblag mir, den Taxifahrer zu bezahlen. Ich drückte ihm den Fahrpreis in die Hand und folgte den anderen. Ungeduldig warteten sie an der Tür auf mich. Wir zeigten unsere Ausweise dem Türsteher, der Laura mit zusammengezogenen Brauen musterte. Sie trank einen weiteren Schluck aus der Flasche und rülpste laut.

»Ups«, kicherte sie und schlug sich auf den Mund.

Kira legte dem Türsteher eine Hand auf den Unterarm und flüsterte ihm etwas ins Ohr. Ein anzügliches Grinsen schlich sich auf seine Lippen und ich musste mich zusammenreißen, um nicht die Augen zu verdrehen. Eigentlich lieferte dieser Abend alles, was ich mir gewünscht hatte: ein bisschen Ablenkung und Gewohnheit. So wie heute lief es jedes Mal ab, wenn wir feiern gingen. Innerhalb kürzester Zeit war Laura betrunken und weinte in ihren Drink. Kira hatte irgendeinen Typen abgeschleppt und vergnügte sich mit ihm auf der Toilette und was Julia trieb, wusste niemand von uns.

Der Türsteher nickte und wir betraten den Club. Es fühlte sich an, als vibrierte das ganze Haus. Der Bass wummerte und das Blut in meinen Adern pulsierte im Takt der Musik. Ich ließ mich von der Menge treiben und fand mich schnell auf der Tanzfläche wieder. Hier drückte sich Körper an Körper. Jeder tanzte. Manche sangen die Texte mit. Auch wenn ich sie nicht hören konnte, sah ich, wie sich ihre Lippen bewegten. Mit einem Grinsen gesellte ich mich mitten unter sie, hob die Arme in die Höhe und ließ sie gemeinsam mit meinen Hüften kreisen.

Ich weiß nicht, wie viel Zeit verging, bis Hände sich auf ebendiese legten und ein Männerkörper sich gegen mich presste. Leicht lehnte ich mich an ihn und gemeinsam tanzten wir zur Musik. Ich wusste nicht, wie er aussah, aber Rhythmusgefühl hatte er.

Irgendwann drehte ich den Kopf und war erstaunt, wie attraktiv mein Tanzpartner war. Er war sicher 1,90 groß, hatte breite Schultern und unter seinem weißen T-Shirt zeichnete sich das Spiel seiner Muskeln ab. Er hatte kurze braune Haare, graue Augen, markante Gesichtszüge. Dunkle Bartstoppeln zierten sein Gesicht und unwillkürlich fragte ich mich, wie sie sich anfühlten, wenn ich mit den Fingerspitzen darüber streichen würde.

Ich drehte mich in seinen Armen und legte die Hände auf seine Hüften. Wir sprachen kein Wort miteinander, sondern sahen uns einfach nur in die Augen, während sich unsere Körper im Takt des Beats bewegten. Ich wusste nicht, wieso, aber er zog mich näher an sich, bis kein Blatt mehr zwischen uns gepasst hätte. Seine Iriden wirkten noch dunkler als vorher und sein Kopf näherte sich meinem. Als ich seine Lippen an meinem Ohrläppchen spürte, ging ein Schauer durch meinen Körper. Er küsste sich meinen Unterkiefer entlang. Seine Bartstoppeln kratzten über meine Haut. Als seine Lippen auf meine trafen, schien die Welt stehen zu bleiben. Mein Magen verknotete sich. Ich verstärkte den Druck auf seine Lippen und legte die Hände um seinen Nacken. Ich konnte diesen Kuss in jeder Faser meines Körpers spüren – selbst in den Zehen kribbelte es. Ein Lächeln schlich sich auf meine Lippen. Nach einer Weile löste er sich von mir und ließ seinen Blick über mein Gesicht wandern. Wir waren die Einzigen in der tanzenden Menge, die standen. Aber ich nahm davon gar nichts wahr. Sein Blick hielt mich gefangen.

Er zwinkerte mir zu, lächelte und drehte sich um. Ich wusste nicht, wieso ich ihm nicht hinterherging, aber ich blieb stehen. Sah zu, wie er sich durch die tanzenden Körper bewegte und nicht einen Blick zurückwarf.

Damals hätte ich niemals erahnen können, was er mir eines Tages bedeuten würde.

Kapitel 1

Robin

Damals – vor 9 Jahren

»Verdammt Josh!«, stöhnte ich und schlug mir die Hände vors Gesicht. »Kannst du dir nicht was anziehen?«

Leise lachte er. Ich hörte, wie er die Kühlschranktür aufmachte, etwas herausholte und sie wieder zuwarf.

»Stell dich nicht so an, Robin«, erwiderte er. »Du tust ja, als wäre ich splitterfasernackt.«

»Kommt mir zumindest so vor«, murmelte ich.

Wieder lachte er. »Du bist ganz schön spät nach Hause gekommen«, wechselte er abrupt das Thema.

Ich zuckte mit den Schultern, nahm die Hände vom Gesicht und drückte mich an ihm vorbei zur Kühlschranktür. Entnervt sah ich hinein.

»Wir haben keine Milch mehr«, ignorierte ich seine Frage.

»Ich weiß«, sagte er gleichgültig. »Das erklärt trotzdem nicht, wieso du so spät zu Hause warst.«

Ich warf die Tür wieder zu, lehnte mich gegen die Arbeitsfläche und griff nach einem Apfel.

»Ich bin doch pünktlich, oder nicht?«, meinte ich schulterzuckend.

»Robin«, seufzte Josh und klang, als wäre ich schuld daran, dass es noch immer keinen Weltfrieden gab.

»Was denn?«, flötete ich gespielt unschuldig.

Er schüttelte den Kopf und verdrehte die Augen. In diesem Moment trottete Meghan in die Küche. Ihre kurzen braunen Haare standen ihr wirr vom Kopf ab, ihre Lider waren noch halbgeschlossen und sie trug ihr T-Shirt falsch herum.

»Guten Morgen«, brummte sie, quetschte sich an uns vorbei und öffnete die Kühlschranktür. »Wir haben keine Milch mehr«, stellte sie fest. »Wieso haben wir keine Milch mehr?« Ihre Stimme klang genervt.

»Josh hat keine gekauft«, schob ich meinem Bruder den Schwarzen Peter zu. Sollte er das mit seiner Freundin klären.

Meghan sah mich verkniffen an.

»Ich war nicht dran mit einkaufen«, versuchte er sich herauszureden.

»Doch, warst du«, entgegnete ich amüsiert. Josh warf mir einen kurzen Blick zu.

›Selber Schuld‹, formte ich lautlos mit meinen Lippen.

Er brauchte nichts erwidern, in seinem Gesicht konnte ich deutlich lesen, dass ich dafür noch büßen würde.

»Josh«, meinte Meghan genervt. »Du weißt ganz genau, dass ich meinen Kaffee morgens mit Milch trinke. Wie soll ich diesen beknackten Tag sonst überstehen?«

»Tut mir leid, Megs«, murmelte er zerknirscht und zog sie in seine Arme.

Die Veränderung in ihr war für jeden sichtbar: Sofort entspannten sich Meghans Schultern, sie lehnte ihren Kopf an Joshs Brust und brummte. Dieses Mal jedoch klang das Brummen zufrieden.

Ein Lächeln stahl sich auf meine Lippen. Das, was die zwei hatten, wollte ich auch. Jemanden, der mich mochte, wenn ich schlecht gelaunt war, weil er mal wieder vergessen hatte, die Milch zu kaufen. Jemanden, bei dem ich sein konnte, wie ich wollte.

»Du warst ganz schön spät zu Hause«, meinte Megs unvermittelt und öffnete eines ihrer Augen.

Ich sprang von der Arbeitsfläche und war drauf und dran, die Küche zu verlassen. »Das ist mein Stichwort.«

»Robin!«, riefen Josh und Meghan wie aus einem Munde.

Ich drehte mich um und lächelte die beiden an. »Ich bin erwachsen, schon vergessen?«

Beide stöhnten genervt. Sie löste sich von ihm und begleitete mich in mein Zimmer.

»Hast du alles für heute?«, fragte sie, während ich meine Schutzkleidung anzog.

Kurz nickte ich.

»Brauchst du Geld fürs Mittagessen?«

»Ich dachte, du schmierst mir ein paar Brote«, meinte ich frech und grinste sie an.

Meghan verdrehte die Augen, aber sie erwiderte mein Lächeln. »Manchmal frage ich mich echt, wieso ich mir das mit dir antue.«

»Du liebst Josh«, erinnerte ich sie schulterzuckend.

Kurz schwieg sie und ich konnte spüren, wie sich ihr Blick in meinen Hinterkopf bohrte. »Dich liebe ich auch, Robin«, sagte sie leise. Ich hielt inne. »Du bist genauso meine Schwester wie seine«, fuhr sie fort.

Mein Herz zog sich kurz zusammen. »Ich hab ein bisschen Angst vor der neuen Schule«, gestand ich ihr.

Mit Josh konnte ich über so etwas nicht reden. Meghan setzte sich auf den Schreibtischstuhl und musterte mich. Ich hatte meine Schutzkleidung angezogen und war dabei, in die Stiefel zu schlüpfen.

»Warum?«

Ich seufzte und zuckte mit den Schultern. »Ich habe Angst, keinen Anschluss zu finden. Ich bin bestimmt wieder mit Abstand die Älteste. Auf die Fragerei, wieso ich noch immer kein Abi habe, habe ich wirklich kein' Bock.«

»Dann erzähl es halt nicht«, erwiderte Meghan pragmatisch.

Ich schnaubte. »Als ob das so leicht wäre.«

»Ist es.«

»Megs«, stöhnte ich und sah sie hilflos an. »Was soll ich denn sagen, wenn sie mich fragen? Nicht dein Scheißproblem?«

»Zum Beispiel«, grinste sie und entlockte mir ein leises Lachen. Dann wurde sie wieder ernst. »Du musst deine Geschichte nicht allen erzählen. Du suchst aus, wem du sie erzählst, und vor allem, wann.«

Ich ließ mir ihre Worte durch den Kopf gehen.

»Okay«, sagte ich schließlich lächelnd. »Danke!«

»Nicht dafür«, zwinkerte sie und lehnte sich auf dem Schreibtischstuhl zurück. »Tu mir nur einen Gefallen«, bat sie, als ich meine Stiefel geschnürt hatte und nach dem Helm griff.

Fragend legte ich den Kopf schief. »Welchen?«

»Such dir dieses Mal bessere Freundinnen aus«, grinste sie frech. »Und keine, die sich bei jeder Gelegenheit an meinen Freund ranwerfen.«

Wenige Minuten später stand ich vor meinem Motorrad. Mit den Fingerspitzen glitt ich sanft über den Tankdeckel. Noch immer konnte ich mich an der Maschine nicht sattsehen. Seit ich klein war, wollte ich nichts lieber als Motorrad fahren. Niemand wusste, wie diese Faszination entstanden war. Ich konnte es mir selbst ja kaum erklären. Weder meine Eltern noch mein Bruder waren jemals Motorrad gefahren. Aber es hatte nie etwas anderes gegeben, was mich so sehr faszinierte.

Ich war mir sogar sicher, dass mein erstes Wort »Motorrad« gewesen sein muss. Manchmal fragte ich mich, was Mama und Papa dazu sagen würden, wenn sie mich heute sehen könnten.

Würden sie sich freuen? Oder hätten sie mir vielleicht niemals erlaubt, einen Motorradführerschein zu machen?

Ich schwang mein linkes Bein über den Sitz und schob in einer geschmeidigen Bewegung den Ständer nach hinten. Erst dann setzte ich mich hin. Ich steckte den Schlüssel ins Schloss und ließ den Motor aufheulen. Er röhrte so laut, dass ich mir sicher war, dass die ganze Nachbarschaft es mitbekommen hatte. Adrenalin durchzuckte mich. So wie jedes Mal.

Kurz sah ich nach hinten, bevor ich mich die Einfahrt runterrollen ließ. Dann schaltete ich in den ersten Gang und fuhr los.

Ich konnte nicht verstehen, wieso es Menschen gab, die unbedingt fliegen wollten, wenn sie das hier tun konnten. Der Wind wehte an mir vorbei und ich hob einen Arm, als wollte ich einen alten Bekannten begrüßen. Und irgendwie war er das auch. Überall, wohin ich fuhr, begleitete er mich. Manchmal machte er mir das Leben schwer, andere Male wiederum half er mir dabei, noch schneller zu werden.

Lächelnd beschleunigte ich und schaltete die Gänge hinauf. Himmel, es gab nichts Besseres. Das Vibrieren der Maschine zwischen den Beinen, der Wind, der mich liebkoste, und das Adrenalin, das durch meine Blutbahnen pulsierte.

Die Ampel vor mir wurde rot und ich bremste ab. Mit dem rechten Fuß am Boden abgestützt, musterte ich meine Umgebung. Ich bräuchte nur hier rechts abzubiegen und wäre auf dem Weg zu meiner Lieblingsstrecke. Serpentinen, die mitten durch die Felder führten. Dort brauchte man keine Angst zu haben, dass zu viel Laub auf den Straßen lag oder man die Kurve nicht vernünftig einsehen konnte.

Ein Brummen riss mich aus meinen Gedanken. Neben mir hatte ein anderer Motorradfahrer gehalten und ließ seinen Blick bewundernd über meine Yamaha gleiten. Stolz durchflutete mich. Jahrelang hatte ich gespart, um mir diesen Traum erfüllen zu können. Sollte er ruhig glotzen.

Er klappte das Visier seines Helmes auf. »Geile Maschine«, rief er zu mir rüber und nickte anerkennend.

Ich lächelte, auch wenn er das wahrscheinlich gar nicht sah, und erwiderte es. Bevor er Gelegenheit gehabt hätte, irgendetwas anderes zu mir zu sagen, sprang die Ampel auf Grün. Ohne ihm zu antworten, fuhr ich weiter zur Schule.

Wenige Minuten später war ich da. Die Nervosität, die ich auf der Fahrt so gut hatte vergessen können, holte mich wieder ein. Es tummelten sich bereits einige Gruppen auf dem Schulhof. Natürlich wandten sich die Köpfe der meisten zu mir, als ich auf den Hof fuhr. Am liebsten hätte ich mich ganz klein gemacht und in irgendeinem Loch versteckt. Stattdessen tat ich, als würde ich die Blicke der anderen nicht bemerken. Ich fuhr mein Motorrad in die Ecke, wo ich bereits Roller stehen sah. Dann stellte ich den Motor aus, atmete ein weiteres Mal tief durch und zog mir den Helm vom Kopf.

Ich fuhr mir durch die blonden Haare und schüttelte sie. Mit dem linken Fuß klappte ich den Seitenständer aus und in einer fließenden Bewegung saß ich vom Motorrad ab. Ich straffte die Schultern und lief an den Gruppen vorbei zum Hauptgebäude. Ich glaubte, ihr Tuscheln hören zu können, und das Gefühl, dass sich Blicke in meinen Rücken bohrten, war allseits präsent.

»Das bildest du dir nur ein«, murmelte ich mir zu. »Keiner kennt dich hier, keiner starrt dich an. Entspann dich, Robin.«

Im Schulgebäude ließ ich mich nur allzu gerne von der Menge verschlucken. Keiner beachtete mich, keiner sah mich ein zweites Mal an.

Ein Blick auf die Uhr verriet mir, dass ich nicht mehr sonderlich viel Zeit hatte, bis der Unterricht begann. Schnell suchte ich mir eine Toilette und schälte mich aus meiner Lederkombination. Sicher hätte ich auch ohne fahren können, aber sie war Joshs einzige Bedingung gewesen.

»Du wirst immer deine Schutzkleidung tragen«, hatte er

ernst gesagt. »Ich will nicht, dass dir irgendetwas passiert.«

»Wenn ich frontal mit einem Auto zusammenpralle, bringt mir die auch nicht sonderlich viel«, hatte ich ironisch gemurmelt.

»Willst du den Führerschein machen oder nicht?«, hatte er mit hochgezogener Braue erwidert.

Und damit war das Thema beendet gewesen. Josh hatte in seiner Karriere als Arzt schon zu viele Motorradunfälle gesehen. Nicht selten war er wütend nach Hause gekommen.

»Hätten diese Idioten ihre Schutzkleidung getragen, dann wäre das heute nicht so schlimm gewesen.« Er hatte mir so oft Horrorgeschichten erzählt, dass ich sie gar nicht mehr zählen konnte. Und dennoch hatte mich das nicht davon abhalten können, weiterzufahren. Motorradfahren war wie Atmen für mich. Ohne funktionierte ich einfach nicht richtig.

Ich stopfte die Schutzkleidung in die Tasche, die ich extra dafür mitgenommen hatte, und trat aus der Kabine. Schnell warf ich einen Blick in den Spiegel, schüttelte mein Haar ein weiteres Mal aus und richtete mein T-Shirt. Auch an der knappen Shorts zupfte ich herum. Erst dann verließ ich die Toilette und ließ mich von der Menge in Richtung des Sekretariats treiben. Durch die milchige Glasscheibe konnte ich sehen, dass bereits ein Schüler drin war. Mit leicht zitterndem Arm klopfte ich an die Tür. Wenige Sekunden später ertönte ein dumpfes »Herein.«

»Hallo«, sagte ich mit einem Lächeln, als ich den Raum betreten hatte. »Mein Name ist Robin Wolf. Heute ist mein erster Schultag.«

Nervös atmete ich aus. Ich hatte es tatsächlich geschafft, diese zwei Sätze zu sagen, ohne über die Worte zu stolpern. Aus dem Augenwinkel konnte ich sehen, wie die andere Person sich ebenfalls in meine Richtung gedreht hatte.

»Herzlich willkommen, Frau Wolf«, begrüßte mich die Sekretärin, während ich mich wie automatisch dem anderen

Schüler zuwandte. »In welchen Jahrgang steigen Sie ein?«, fragte sie mich, aber ich hörte sie kaum.

Es war, als wäre alles in Watte gepackt. Ich hatte das Gefühl, das Blut in meinen Ohren rauschen zu hören. Ungläubig blinzelte ich und musterte mein Gegenüber. Auch er betrachtete mich, als hätte er einen Geist gesehen.

Das war *er*. Der Kerl von gestern Abend. Der, der mich geküsst hatte, als würde sein Leben davon abhängen. Allein an unseren Kuss zu denken, sorgte für eine Gänsehaut auf meinen Armen. Schnell ließ ich den Blick über ihn wandern. Ein blauer Sweater, enge Jeans und schwarze Sportschuhe. Braune Haare, die akkurat gestylt waren. Graue Augen, die mich an einen aufziehenden Sturm erinnerten. Mein Herzschlag hatte sich verdoppelt. Mindestens. Vielleicht sogar verdreifacht.

»Frau Wolf?«

Ich zuckte zusammen und wandte mich wieder der Sekretärin zu. »Entschuldigung«, murmelte ich.

Aus den Augenwinkeln beobachtete ich ihn noch immer. Mein Herzschlag hatte sich nicht beruhigt und verstohlen wischte ich mir die schweißnassen Hände an meinem T-Shirt ab.

»Ich werde in die zwölfte Jahrgangsstufe einsteigen.«

»Ah, hier habe ich Sie«, erwiderte sie und schob sich ihre Brille ein Stückchen hinauf.

»Ihre Schwerpunkte sind die Naturwissenschaften mit Leistungskurs in Mathe?«

Wieder sah er mich an.

Ich räusperte mich. »Ja, genau.«

»Schwere Wahl«, lachte sie und zwinkerte mir zu. Wäre ich nicht so vollkommen durcheinander, hätte ich sicher einen flotten Spruch auf den Lippen gehabt. Aber alles, wozu ich in der Lage gewesen war, war zu nicken. *Reiß dich zusammen, Robin.*

Der Drucker ertönte, die Sekretärin stand auf, ordnete ein paar Unterlagen und trat an den Tresen.

»Hier ist Ihr Kursplan, die Spindkombination und ein Zugang zu unseren Schulcomputern. Einen Bibliotheksausweis müssen Sie bitte selbst in der Schulbücherei beantragen«, erklärte sie.

Während sie sprach, ging er an mir vorbei. Auch wenn ich nicht so auffällig sein wollte, konnte ich nicht verhindern, dass sich mein Kopf in seine Richtung drehte. Unsere Blicke trafen sich für einen weiteren Moment. Ich wollte unbedingt wissen, was er dachte. Der Sturm in seinen Iriden zog mich in den Bann und nur allzu gerne hätte ich mich ebendiesem hingegeben. Aber so schnell, wie der Moment zwischen uns begonnen hatte, war er auch wieder vorbei. Er wandte sich ab und verließ das Sekretariat. Mit einem lauten Knall fiel die Tür ins Schloss.

»Haben Sie noch irgendwelche Fragen?«, erkundigte sich die Sekretärin und holte mich aus meinem Gedankenchaos.

»Nein, ich denke nicht.«

»Gut.« Sie malte etwas auf ein Blatt Papier. »In der ersten Stunde haben Sie Geschichte bei Herrn Schmitt.« Schnell sah sie auf die Uhr. »Sie sollten sich beeilen. Er hasst Unpünktlichkeit.«

»Okay«, antwortete ich dankbar, schnappte mir die Unterlagen, die sie für mich bereitgelegt hatte, und klemmte sie mir unter den Arm.

Natürlich befolgte ich ihren Rat nicht. Stattdessen irrte ich zehn weitere Minuten durch das Schulgebäude, bis ich meinen Spind gefunden hatte. Sicher hätte ich das ganze Zeug auch einfach mitschleppen können, aber Motorradschutzkleidung war schwerer, als sie aussah.

Die Gänge waren längst leer, als ich auf der Suche nach meinem Klassenraum durch das Gebäude eilte. Meine Schritte hallten dumpf von den Wänden wider. Zum Glück fand ich den richtigen Raum auf Anhieb. Leise klopfte ich.

Als ich nach einigen Sekunden noch immer nichts gehört hatte, zuckte ich mit den Schultern und drückte die Klinge hinunter. Alle Anwesenden starrten mich an, während der Lehrer mich streng musterte. Nervös ballte ich die Hände zu Fäusten.

»Und Sie sind?«, fragte er ungeduldig.

Ich räusperte mich. »Ich bin Robin Wolf«, begann ich. »Entschuldigen Sie ...«

»Wieso sind Sie zu spät?«

»Ich musste noch in Sekretariat. Da hat es ein bisschen länger gedauert«, log ich, ohne mit der Wimper zu zucken.

Skeptisch beäugte er mich, ehe er nach vorn deutete. »Suchen Sie sich einen Platz aus und kommen Sie in Zukunft pünktlich.«

Knapp nickte ich und ließ meine Blicke durch den Raum schweifen, bis sie auf einen freien Platz fielen. Möglichst leise drückte ich mich an den anderen vorbei.

»Ist hier noch frei?«, flüsterte ich.

»Ja«, nickte das Mädchen, das auf dem zweiten Platz am Tisch saß.

Als ich meine Sachen abgestellt hatte, schob sie mir ihr Buch zu. »Du hast noch keine Bücher, oder?«, wisperte sie.

Dankbar sah ich sie an, was ihr ein Lächeln entlockte. Sie hatte lange braune Haare und große blaue Augen. Ihr Lächeln erhellte ihr ganzes Gesicht und sofort hatte ich das Gefühl, sie schon ewig zu kennen. Natürlich bemerkte ich ebenfalls den großen Pickel auf ihrer Stirn, die Schweißflecken, die sich unter ihren Armen auf dem lila Oberteil bemerkbar machten, und dass sie gut und gerne zwanzig Kilo mehr wog als ich. Aber solche Dinge hatten mich noch nie sonderlich interessiert.

Sie zeigte mir, an welcher Stelle wir waren. Ich überflog die Seite und lauschte dem Lehrer.

Obwohl ich mich zu konzentrieren versuchte, hatte ich das Gefühl, dass mir jemand ein Loch in den Schädel starrte. Als ich es nicht mehr ignorieren konnte, hob ich den Kopf und sah direkt in stürmische graue Augen. Ein leises Keuchen kam mir über die Lippen. *Schon wieder er.*

Unsere Blicke verhakten sich ineinander. Irgendwann hob ich eine Braue, als wollte ich ihn herausfordern. Ein Lächeln schlich sich auf seine Lippen, er schüttelte den Kopf und wandte sich wieder seinem Buch zu. Als wäre alles normal. Dabei fühlte sich nichts normal an.

»Ich heiße Marisa«, stellte sich meine Sitznachbarin nach der Doppelstunde bei mir vor.

»Robin«, erwiderte ich und winkte ihr lahm zu.

Der Kerl mit den grauen Augen hatte das Klassenzimmer längst verlassen. Er war regelrecht herausgestürmt, als würde er vor etwas fliehen. *Ob er vor mir floh?*

Für einen Moment sah Marisa mich zögernd an. »Was machst du in der Pause?«, fragte sie schließlich.

Ratlos blickte ich zu ihr. »Was macht man denn hier so in der Pause?«

Sie dachte nach, während wir gemeinsam das Klassenzimmer verließen.

»Kommt drauf an, was du gern hast. Die Raucher stehen in der Regel draußen, die Verantwortungsträger sitzen im Glaskasten …«, zählte sie weiter auf.

»Glaskasten?«, unterbrach ich sie verwirrt.

Wir liefen gerade die Treppe hinunter und sie deutete auf einen Raum, der sich hinter einer Glasscheibe befand. Verstehend nickte ich.

»Viele sitzen in der Bücherei und machen ihre Hausaufgaben«, sprach sie weiter und deutete in die entgegengesetzte

Richtung, während wir in die Aula liefen. »Und die Coolen sind normalerweise hier«, meinte sie mit einem Nicken zu den Treppenstufen.

Ich musste ein Lachen unterdrücken. »Die Coolen?«, fragte ich dennoch amüsiert. »Wer definiert denn, dass sie cool sind?«

Marisas Wangen färbten sich rot. »Na ja«, druckste sie herum. »Die, zu denen alle aufsehen halt.«

»Okay«, lachte ich amüsiert. »Und wo verbringst du deine Pausen?«

Beschämt sah sie auf den Boden und ich hatte das Gefühl, eine falsche Frage gestellt zu haben.

»Dort, wo Platz ist«, murmelte sie und traute sich kaum, mich anzusehen.

Ich drückte kurz ihren Oberarm und deutete auf eine Bank in der Nähe des Eingangsbereichs.

»Sollen wir uns da hinsetzen?«

Dankbar lächelte sie mich an und nickte. Bevor wir uns in Bewegung setzen konnten, veränderte sich die Stimmung um uns herum. Die Schüler standen auf einmal dicht beieinander, tuschelten und starrten auf einen Punkt hinter uns. Marisa folgte den Blicken der anderen und ihre Augen wurden groß. Neugierig drehte ich mich um, um herauszufinden, was ihr Interesse geweckt hatte.

Sturmauge – leider fiel mir kein passenderer Name für ihn ein – wurde von einem anderen Typen in seinem Alter im Schwitzkasten gehalten. Ein weiterer, etwas größerer und muskulöserer Blonder, hatte die Arme vor der Brust verschränkt und schien sich zwischen ihn und einen vierten Kerl zu stellen.

»Was ist da los?«, fragte ich und konnte nicht wegsehen. Ich wusste nicht, ob es an unserem gestrigen Kuss lag oder ob er irgendetwas an sich hatte, was mich in den Bann zog.

»Okay«, flüsterte Marisa mir zu. »Das sind die beliebtesten

Jungs aus unserem Jahrgang. Jeder Kerl will sein wie sie und jede Frau würde gerne mit ihnen ausgehen.« Mit hochgezogener Braue hörte ich ungläubig zu. Ich war zu alt für so einen Scheiß. »Der mit den blonden Haaren ist Julian, der mit dem Rücken zu uns ist Moritz.«

»Und der im Schwitzkasten?«, hakte ich nach. Wollte unbedingt wissen, wie er heißt.

»Das ist Finn Roth«, erklärte sie.

Finn Roth. In meinem Kopf wiederholte ich seinen Namen. Irgendwie kam er mir seltsam vertraut vor, wie die Umarmung eines Geliebten, auch wenn ich ihn heute das erste Mal hörte.

»Finn«, murmelte ich.

»Ja«, bestätige Marisa und schien sich nichts dabei zu denken. »Der andere ist Lars. Die vier sind beste Freunde«, klärte sie mich auf.

»Sieht nicht so aus«, erwiderte ich.

Julian war noch einen Schritt näher auf Moritz zugegangen und sah aus, als würde er ihm am liebsten den Kopf abreißen. Die Wut in seinen Augen wurde nur durch die in Finns übertroffen. Ich hatte noch nie einen Menschen gesehen, der einen anderen mit so viel Hass fixierte.

»Gestern Abend war Saras Abschiedsparty«, plauderte Marisa aus dem Nähkästchen. Anscheinend war sie bestens informiert über alles, was in diesem Gebäude vor sich ging.

»Abschiedsparty? Und wer ist Sara?«, fragte ich vollends verwirrt.

»Na, Sara geht doch für ein Jahr ins Ausland«, lachte Marisa, als wäre das etwas, was ich wissen müsste. »Und sie ist Finns Freundin.«

Mein Mund wurde trocken, als ich das hörte. Ich blinzelte ein paar Mal. »Was?«, krächzte ich und war mir sicher, mich verhört zu haben.

Finn versuchte sich von Lars loszureißen, hatte aber keine Chance.

»Oder mittlerweile Ex-Freundin«, berichtete Marisa weiter. »Anscheinend hat sie Finn gestern mit Moritz betrogen. Finn hat sie in flagranti erwischt, die Party stürmisch verlassen und ist nicht wiedergekommen. Keiner weiß, wo er den ganzen Abend gewesen ist.«

Außer mir. Zumindest wusste ich, wo er einen Teil des Abends verbracht hatte. Und was er getan hatte.

Moritz warf einen letzten Blick auf die drei Jungs, ehe er den Kopf schüttelte und wütend davonrauschte. Die Menge teilte sich und Marisa musste zur Seite springen, damit er sie nicht anrempelte.

»So ein Arsch«, murmelte ich, aber sie zuckte nur mit den Schultern. Noch immer starrten alle auf Julian, Finn und Lars.

»Hört auf zu glotzen, ihr Geier«, brüllte Julian jetzt und stierte alle wütend an.

Es dauerte nur wenige Sekunden, bis sich die Menschenmenge aufgelöst hatte. Ich hingegen musterte die drei immer noch, ohne wirklich etwas wahrzunehmen. Viel zu sehr kreisten meine Gedanken um das, was mir Marisa gerade offenbart hatte. *Finn hat eine Freundin. Oder hatte?*

Julian hatte bemerkt, dass ich sie noch immer beobachtete, und hob herausfordernd seine Braue. Ich hingegen hatte nur ein müdes Lächeln für ihn übrig. Ein letztes Mal schaute ich zu Finn – in dessen Augen noch immer ein Sturm tobte –, ehe ich mich an Marisa wandte.

»Komm, lass uns gehen.«

Der Rest des Tages verlief ohne irgendwelche nennenswerten Zwischenfälle. Marisa und ich hatten einige gemeinsame Kurse und so kam es, dass ich bereits am Nachmittag das Gefühl hatte, eine neue Freundin gefunden zu haben.

»Wow«, rief sie begeistert aus und starrte auf mein Motorrad. »Das ist deins?«

Stolz nickte ich. Mit großen Augen musterte sie es. Sie trug ebenfalls einen Helm in der Hand.

»Fährst du auch?«, fragte ich mit einem breiten Grinsen.

Beschämt deutete sie hinter sich. »Ich fahre Roller.«

Ich zuckte mit der Schulter und zwinkerte ihr zu. »Ist doch auch cool.«

Ihr zerknirschter Gesichtsausdruck wurde wieder fröhlicher.

»Hast du Lust, am Wochenende was zu unternehmen?«, fragte sie mich schnell. Fast so, als hätte sie sich kaum getraut, diese Frage auszusprechen.

»Klar. Magst du zu mir kommen?«, schlug ich vor.

Begeistert nickte sie und ihr strahlendes Lächeln war ansteckend. Schnell tauschten wir unsere Handynummern und Adressen aus, ehe ich sie kurz in den Arm nahm.

»Bis morgen«, sagte sie und beobachtete, wie ich mir den Helm aufsetzte und mich aufs Motorrad schwang.

Mit einem kurzen Handgruß verabschiedete ich mich von ihr. Ich wusste, dass Megs und Josh mich zu Hause erwarteten, aber ich musste einfach einen kleinen Abstecher zu meiner Lieblingsstrecke fahren. Das hatte mir schon immer geholfen, den Kopf freizubekommen. Und gerade heute brauchte ich es.

Die Geschichte mit Finn hatte mich den ganzen Tag über beschäftigt. Einerseits tat er mir wahnsinnig leid, weil seine Freundin – Ex-Freundin? – ihn betrogen hatte. Andererseits konnte ich noch in jeder Zelle spüren, wie sich sein Kuss angefühlt hatte. Wahrscheinlich war ich für ihn nur eine nette Ablenkung gewesen. Wieso mir das wehtat, konnte ich nicht erklären.

Ich drehte das Gas noch ein bisschen weiter auf. Je schneller ich fuhr, umso stärker preschte das Adrenalin durch meine

Adern und umso weniger dachte ich über Finn nach. Seine sturmgrauen Augen. Seine Lippen auf meinen.

Als ich am Fuß des Berges angekommen war, hielt ich inne. Meine Mundwinkel zuckten nach oben, als ich die Serpentinen betrachtete. Das hier war meine Strecke.

Ich begann die Kurven zu fahren, als hätte ich noch nie etwas anderes getan. Tief lehnte ich mich in sie hinein und genoss, wie der Wind an mir vorbeizog. Als ich aus der Kurve herausfuhr, beschleunigte ich noch weiter. Mit schnellem Blick überprüfte ich, dass sich auch wirklich kein kleines Steinchen auf den Asphalt verirrt hatte. In einer geschmeidigen Bewegung, als wäre ich eins mit dem Motorrad, legte ich mich in die nächste Kurve.

Als ich die letzte Serpentine genommen und oben angekommen war, legte ich einen kurzen U-Turn hin. Mein Herz pochte so laut und schnell wie schon lange nicht mehr. Genau das hier war, was ich gebraucht hatte. Genau das hier half mir, zu atmen und mich zu erden.

Ich fuhr die Serpentinen noch zwei Mal hoch und runter, ehe ich den Weg nach Hause antrat. Natürlich war Josh schon wie ein eingesperrtes Tier durch die Wohnung gelaufen und sah mich vorwurfsvoll an.

»Wo warst du so lange?«

Ich verdrehte die Augen und schälte mich aus meiner Lederkombination. Für Anfang September war es noch sehr warm und sie klebte wie eine zweite Haut an mir.

»Ich bin nur eine kurze Strecke gefahren.«

Josh atmete hörbar ein und aus, als müsste er alle Geduld zusammenkratzen, die er auffinden konnte. »Du weißt, dass ich mir Sorgen mache, wenn du zu spät bist«, sagte er gefährlich leise.

Ich wandte ihm den Rücken zu und schnaubte. Ein bisschen konnte ich ihn ja verstehen, aber manchmal übertrieb er es einfach.

»Mir passiert schon nichts, Josh«, beruhigte ich ihn. »Bislang ist mir auch nichts passiert.«

»Du weißt, was man beim Motorradfahren sagt«, erinnerte er mich.

Wieder verdrehte ich die Augen und seufzte gottergeben. »Josh, mir wird schon nichts passieren«, beruhigte ich ihn ein weiteres Mal. »Aber nächstes Mal sage ich dir Bescheid, okay?«, versuchte ich einzulenken.

Zufrieden nickte er. Wenige Sekunden später wurde sein Blick weicher. »Ich mache mir nur Sorgen, Robin«, erklärte er mir, was ich schon längst wusste.

»Ich weiß«, zwinkerte ich ihm zu und lief an ihm vorbei in die Küche.

Meghan saß bereits am Tisch und grinste mich verschmitzt an. »Wie war dein erster Tag?«, fragte sie mich aufgeregt.

Josh setzte sich neben sie und sah mich genauso erwartungsvoll an. In aller Seelenruhe häufte ich Nudeln auf meinen Teller.

»Ganz okay«, sagte ich. »Ist halt eine Schule.«

»Ich dachte, die Pubertät hätten wir hinter uns«, brummte Josh.

»Bei Männern dauert die immer ein bisschen länger«, grinste ich und ertränkte meine Nudeln in Käsesahnesoße.

Josh trat mich unterm Tisch, was ihm einen bösen Blick von mir bescherte.

»Keine besonderen Vorkommnisse?«, fragte Meghan enttäuscht. »Keine Cliquen, die sich zusammengetan haben, keine Dramen, keine Königin der Schule, die sich mit dir angelegt hat?«

Josh prustete in sein Wasser hinein und ich seufzte tief.

»Tut mir leid, Meghan«, vertröstete ich sie. »Du wirst wohl bei deinen High-School-Filmen bleiben müssen.«

Sie seufzte, als hätte sie ein besonders schweres Los gezogen. »Schade.«

Ich lachte. »Ich frage dich ja auch nicht, ob es im Krankenhaus so abgeht wie bei *Grey's Anatomy*«, scherzte ich und schob mir eine Gabel mit Nudeln in den Mund.

Genüsslich schloss ich die Augen. Ich hatte Menschen noch nie verstanden, die Nudeln nicht mochten. Die beste Erfindung aller Zeiten.

»Na ja«, sagte sie, nachdem sie ein paar Minuten nachgedacht hatte. »Manchmal schon ein bisschen.«

Ich zog die Brauen hoch. »Jeder schläft mit jedem, oder was?«

Meghan grinste mich vielsagend an und Josh schüttelte amüsiert den Kopf.

Misstrauisch beäugte ich die zwei. »Ich glaube, es gibt Dinge, die will ich gar nicht wissen.«

»Besser ist das«, murmelte Josh und verzog das Gesicht.

Meghan hingegen bekam rote Wangen. Bevor sich das Kino in meinem Kopf einschaltete, schüttelte ich ebendiesen und konzentrierte mich auf das Essen.

Nachdem wir noch eine Weile zusammengesessen hatten, zog ich mich in mein Zimmer zurück. Josh und Meghan würden ebenfalls in wenigen Minuten zu ihren jeweiligen Diensten aufbrechen. Das wiederum bedeutete, dass ich heute Nacht alleine sein würde. Beide hatten diese Woche Nachtschicht.

Normalerweise störte mich das nicht sonderlich, nur heute fühlte es sich irgendwie seltsam an. Als ich auch die letzte Hausaufgabe beendet und meine Tasche für den morgigen Tag gepackt hatte, warf ich mich aufs Bett.

Gelangweilt scrollte ich durch die sozialen Medien, bis ich eine neue Benachrichtigung bekam: eine Freundschaftsanfrage von Marisa. Grinsend nahm ich sie an. Ihr Profil gab nicht sonderlich viel von ihr preis. Sie postete kaum Neuigkeiten, geschweige denn irgendwelche Bilder. Das Profilbild war eine Schwarz-Weiß-Fotografie eines Waldes. Als ich sah, dass sie mir gerade eine Nachricht schrieb, klingelte mein Handy. Kira. Kurz überlegte ich, das Gespräch einfach nicht anzunehmen, entschied mich dann aber dagegen.

»Hey, Kira«, begrüßte ich sie gespielt fröhlich.

Mein Blick wanderte über meine Fingernägel. Vielleicht sollte ich mir angewöhnen, sie nicht ständig zu knabbern. Etwas Farbe würde sicherlich auch nicht schaden.

»Robin«, sagte Kira in einem schnippischen Tonfall, an den ich mich längst gewöhnt haben sollte. »Ich wollte dich hiermit wissen lassen, dass wir dich rausgewählt haben.«

»Hmmh«, murmelte ich, ehe ich innehielt. »Ihr habt was?« Ich war mir nicht ganz sicher, was sie mir sagen wollte.

»Wir haben dich aus unserer Clique rausgewählt.«

Vor meinem inneren Auge konnte ich förmlich sehen, wie sie den Kopf angehoben hatte und mich von oben herab ansah.

»Aha«, erwiderte ich, immer noch verwirrt. Und ein wenig fassungslos. »Was hab ich denn getan?«

Kurz schwieg Kira. »Du bist einfach anders, Robin«, seufzte sie, als wäre sie genervt davon, mir etwas zu erklären, was doch so offensichtlich war. Und vielleicht war es das sogar. Dennoch hätte ich nicht gedacht, dass sie die letzten Jahre so mir nichts, dir nichts abhaken konnten. »Dir liegt nichts an deinem Äußeren. Wir haben nicht einmal dieselben Interessen. Du fährst ständig auf deinem Motorrad durch die Gegend.« Sie schnaubte. Wahrscheinlich rümpfte sie auch die Nase. »Das ist einfach nicht der Umgang, den wir haben wollen.«

»Okay«, kicherte ich. »Liebe Grüße an die anderen.«

»Mehr hast du nicht zu sagen?«, fragte sie und klang ein wenig beleidigt.

Hatte sie erwartet, dass ich sie auf Knien anflehte, mir nicht die Freundschaft zu kündigen? Was dachte sie denn, wie alt ich war? Fünf?

»Nö«, erwiderte ich, überlegte es mir aber im gleichen Moment anders. »Oh, doch, du solltest ein bisschen auf deine Manieren achten, Kira«, sagte ich mit einem Grinsen im Gesicht. »Sich an vergebene Männer ranzumachen, geht gar nicht. Ganz besonders, wenn es sich um den Bruder einer Freundin handelt.« Dann legte ich auf, ohne ihre Reaktion abzuwarten.

»Mich aus der Clique rausgewählt«, murmelte ich kopfschüttelnd und starrte auf das Telefon. »Das ist ja fast wie in diesen schlechten Filmen, die Megs immer guckt.«

Mein Blick wanderte vom Handy auf den Laptop und das Lächeln, das sich jetzt auf meine Lippen schlich, war ehrlich. Marisa hatte mir geschrieben. Und wenn ich mir einer Sache sicher war, dann dass sie wahrscheinlich eine bessere Freundin abgeben würde, als die anderen drei es je getan hatten.

Kapitel 2

Robin

Damals

Der Rest der Woche zog wie in einem Nebel an mir vorbei. Marisa und ich hatten mittlerweile eine Routine entwickelt: Jeden Morgen wartete sie auf dem Parkplatz auf mich, wir verbrachten die Pausen miteinander, und wenn wir einen gemeinsamen Kurs hatten, saßen wir nebeneinander. Ich genoss ihre Gesellschaft. Nie zuvor hatte ich das Gefühl, eine richtige Freundin gefunden zu haben, bei der ich mich nicht verstellen musste.

Heute würde ich das erste Mal meinen Matheleistungskurs haben, etwas, worauf ich mich schon die ganze Woche über gefreut hatte. Zahlen waren beständig und gaben mir ein Gefühl von Sicherheit. Sie tanzten nicht aus der Reihe und ich konnte mich auf sie verlassen. Gedankenverloren ließ ich mich auf einen Stuhl fallen. Ich war früh dran und außer mir war noch niemand im Klassenzimmer. Um mich zu beschäftigen, blätterte ich in meinem ziemlich leeren Jahresplaner.

»Normalerweise sitze ich da«, riss mich eine raue, männliche Stimme aus den Gedanken.

Als ich den Kopf drehte, ließ ich vor Schreck den Stift

fallen. »Du«, sagte ich, weil mir nichts Besseres einfiel.

»Ich«, sagte er amüsiert und seine Augen funkelten.

Mein Herz schlug einen Takt schneller und mein Mund fühlte sich auf einmal staubtrocken an. Die ganze Woche über hatte ich immer wieder verstohlen nach ihm Ausschau gehalten, aber ihn kaum zu Gesicht bekommen. Als würde er sich vor mir verstecken. Aber das war natürlich Schwachsinn.

»Stalkst du mich?«, fragte ich mit einem frechen Grinsen. Leise lachte er und lenkte so meinen Blick auf seine Lippen. *Diese Lippen ...*

»Das kann ich dich genauso fragen«, erwiderte er und setzte sich neben mich.

Mein Herzschlag beschleunigte sich um einen weiteren Takt und verstohlen atmete ich einmal tief durch. Ich wollte nicht, dass er bemerkte, was allein seine Anwesenheit mit mir anstellte.

»Ich gehe hier zur Schule«, wies ich ihn auf das Offensichtliche hin.

»Ja, aber erst seit ein paar Tagen. Ich hingegen bin schon von Anfang an dabei.«

»Aha«, lachte ich. »Und das macht dich jetzt irgendwie besonders?«

»Nö«, meinte er gelassen und streckte seine langen Beine von sich. »Aber das bedeutet, dass du *mich* stalkst, weil ich schon länger hier bin.«

»Wie du meinst«, erwiderte ich und versuchte mich wieder auf meinen Kalender zu konzentrieren.

»Und wie heißt du?«, fragte er.

Erstaunt hob ich den Kopf. Ich hatte nicht damit gerechnet, dass er das Gespräch weiterführen würde. Mittlerweile kamen immer mehr Schüler in das Klassenzimmer.

»Robin.« Ich ergriff die Hand, die er mir hinhielt. Auch wenn kein Blitz mich durchzuckte, hatte ich sofort das Gefühl, dass die Wärme seiner Haut auf mich überging. Hitze

stieg mir
ins Gesicht.

»Schön, dich kennenzulernen«, erwiderte er und tat, als wüsste er nicht, wer ich war. »Ich bin Finn.«

Dabei musste er es doch wissen, oder? Oder hatte er zu viel getrunken und konnte sich überhaupt nicht an mich erinnern?

»Ich weiß«, sagte ich und räusperte mich.

»Oh je«, lachte er. »Eilt mein Ruf mir etwa voraus?«

Meine Wangen erröteten noch ein bisschen mehr. Er erkannte mich wirklich nicht. Er hatte keine Ahnung, wer ich war.

»Sowas in der Art«, murmelte ich abweisend und kam mir wie der letzte Idiot vor.

Ich wusste nämlich ganz genau, wer er war. Die ganze Woche über hatte ich an unseren Kuss gedacht. In jeder freien Sekunde.

»Und Robin«, fuhr er fort und schien nicht mitzubekommen, was mir durch den Kopf ging. »Wieso hast du die Schule gewechselt?«

»Ich brauchte ein wenig Veränderung«, gab ich ihm eine Antwort, ohne etwas zu sagen.

»Wo bist du denn vorher zur Schule gegangen?«, fragte er weiter.

»Ans Schillergymnasium.«

Erstaunt zog er die Brauen hoch. »Das ist ein bisschen weiter weg«, meinte er.

Ich nickte.

»Eine Freundin von mir geht dort auch zur Schule.«

Ich zog die Stirn kraus. Eine Freundin oder seine Freundin?

»Sie heißt Mara«, plauderte er weiter. »Mara Weber. Feuerrotes Haar, das Gesicht mit Sommersprossen überzogen und eine Zahnlücke zwischen den Schneidezähnen.«

Erwartungsvoll sah er mich an, als müsste ich wissen, von wem er sprach. Ich kramte in meinem Gedächtnis nach einer

Person, die seiner Beschreibung entsprach. Tatsächlich wusste ich, wen er meinte.

»Mara heißt sie?«, fragte ich nickend nach. »Ich weiß, wen du meinst, aber sie ist ein oder zwei Jahrgänge unter mir gewesen. Das weiß ich nicht mehr genau.«

»Sie war mal zwei Jahrgänge unter uns, mittlerweile ist es aber nur noch einer«, grinste er mich schief an.

Für einen Moment zögerte ich und wusste nicht, ob ich ihn über Mara ausfragen sollte. Ich würde es niemals zugeben, aber heiße Eifersucht pulsierte durch mich hindurch. Ein Gefühl, das mir bislang vollkommen fremd war.

»Mara ist die Freundin von meinem besten Kumpel Julian«, erklärte Finn ungefragt.

Ich tat, als interessierte es mich nicht besonders, aber in Wirklichkeit vollführte ich einen inneren Freudentanz. Diese Mara war vergeben. Es gab keinen Grund für mich, sie zu hassen, bevor ich sie überhaupt kennengelernt hatte. Er wollte noch etwas sagen, wurde aber unterbrochen.

»Herr Roth«, fragte eine mir unbekannte Stimme amüsiert.

Ich zuckte zusammen und hob den Kopf. Unser Mathelehrer musterte uns mit verschränkten Armen und einer Mischung aus Belustigung und Genervtheit.

»Wenn Sie damit fertig sind, Ihre neue Mitschülerin zu beschnuppern, könnte ich dann auch Ihre Aufmerksamkeit haben?«

Röte überzog seine Wangen, er wandte sich von mir ab und sah nach vorne. »Entschuldigung, Herr Hofmann«, murmelte er und spielte mit dem Kugelschreiber in seiner Hand.

Herr Hofmann betrachtete mich aufmerksam. »Wollen Sie sich vorstellen?«

Nervös nickte ich. »Ich bin Robin«, räusperte ich mich. »Robin Wolf.«

»Okay, Frau Wolf«, sagte er mit einem Lächeln. »Schön, dass Sie auch in diesen Leistungskurs gefunden haben.«

Mit diesen Worten wandte er seine Aufmerksamkeit wieder der ganzen Klasse zu. Wir waren insgesamt fünfzehn Leute, eine ziemlich überschaubare Gruppe. Aus den Augenwinkeln starrte ich zu Finn und versuchte zu erkennen, ob es ihn in irgendeiner Weise in Aufruhr versetzte, dass ich neben ihm saß. Aber er schien tiefenentspannt.

Seine langen Beine, die in blauen Chinohosen steckten, hatte er von sich gestreckt und er lehnte sich lässig in seinem Stuhl zurück. Sein Blick war stur nach vorne gerichtet, als wollte er es um jeden Preis vermeiden, mich anzusehen. *War ich so hässlich?*

Bevor ich mich in dem Sog meiner Gedanken verlor, schüttelte ich den Kopf und öffnete das Mathebuch, um mich auf die neuen Formeln zu konzentrieren.

Der Kurs ging wie im Flug vorbei und ich zuckte erschrocken zusammen, als es zum Ende der Stunde läutete. Ich packte meine Tasche und bemerkte erst, als ich aufstand, dass sich Finn direkt vor meinen Platz gestellt hatte.

»Huch!« Ich schnappte nach Luft.

Seine Hände hatte er fest um meine Oberarme geschlossen, um mir Halt zu geben. Ich musterte sein Gesicht und blieb einen Moment zu lange auf seinen Lippen liegen. *Diese Lippen.*

»'Tschuldige«, murmelte ich, aber Finn hielt mich noch immer fest.

»Schon okay«, sagte er und klang irgendwie heiser.

Wir sahen uns noch einen weiteren Moment an, ehe er sich schnell von mir losmachte, als hätte er sich verbrannt. Einander unbeholfen anlächelnd verließen wir gemeinsam das Klassenzimmer.

»Und«, räusperte er sich und versuchte die unangenehme Stille zwischen uns zu füllen. »Du fährst also Motorrad?« Er nickte auf meinen Helm.

Mein Herzschlag verlangsamte sich ein wenig. Motorradfahren war ein Thema, bei dem ich mir sicher war. Etwas, was mir so vertraut war wie mein Zuhause.

»Ziemlich offensichtlich würde ich sagen, oder?«, lachte ich und nickte bestätigend.

»Aber nur 125er?«, fragte er.

Ich schüttelte den Kopf. »Nein, ich bin schon über achtzehn. Ich habe den großen Schein.«

Seine Augen wurden noch eine Spur größer. »Wie alt bist du denn?«

»Neunzehn«, antwortete ich schulterzuckend.

»Ich bin siebzehn«, murmelte er und klang schon fast betroffen.

Erstaunt sah ich ihn an. Mir war klar gewesen, dass er nicht viel älter als ich sein konnte, aber gleich zwei Jahre jünger? Ich konnte mich nicht daran erinnern, wann mir ein Jüngerer das letzte Mal so gut gefallen hatte.

»Du wirst schon noch in mein Alter kommen«, scherzte ich und entlockte ihm ein leises Lachen.

»Und deine Eltern haben nichts gegen dein Hobby?«, fragte er und zog eine Braue hoch.

Er konnte ja nicht wissen, was er mit seinen Worten auslöste, aber mein Herz blieb für einen Moment stehen. Wir waren gerade an meinem Spind angekommen und ich ließ mir Zeit mit einer Antwort, während ich ihn öffnete. Umständlich zog ich die Schutzkleidung heraus.

»Die muss ich mir noch anziehen«, wich ich aus, in der Hoffnung, dass ich so nicht auf seine Frage antworten müsste.

»Okay«, antwortete er und schien genauso wie ich nicht zu wissen, was wir jetzt tun sollten. Wann war ich das letzte Mal so unbeholfen gewesen?

»Ich kann warten…«, schlug er zögernd vor.

Aufgeregt nickte ich. »Ich beeile mich«, meinte ich und deutete auf die Tür vom Mädchenklo.

In Windeseile versuchte ich mich in meine Lederkombination zu zwängen. Als ich endlich den Reißverschluss zuzog, atmete ich erleichtert auf. Es war jedes Mal ein Akt, sich hineinzuquetschen, aber ich wusste, das war es wert. Die Frage beim Motorradfahren war nie, ob man einen Unfall hatte, sondern wann und vor allem wie schlimm. Eine von Joshs Bedingungen war gewesen, dass ich jedes Mal meine Schutzkleidung trug. An diese Regel hatte ich mich eigentlich immer gehalten. Natürlich hatte es ein oder vielleicht auch drei Ausnahmen gegeben, aber davon hatte er nichts mitbekommen und es war ja alles gut gegangen.

Ich warf einen Blick in den Spiegel und musterte mich skeptisch. Meine Wangen waren vor Aufregung gerötet und meine Augen strahlten. Das alles nur von dem kurzen Gespräch, das ich mit ihm geführt hatte. Anscheinend hatte er einen besonderen Effekt auf meinen Körper.

Aber ich sah nicht nur die roten Wangen und glänzenden Augen, ich sah auch, dass meine Lippen spröde waren, die Brauen ungezupft und dann war da noch dieser fiese Pickel, der sich an meinem Kinn ankündigte. Ich hatte heute Morgen versucht ihn mit Make-up abzudecken, von diesen Versuchen konnte man jetzt jedoch nichts mehr sehen. Ganz zu schweigen von den Mascararesten, die sich unter meinen Lidern gesammelt hatten. Ständig vergaß ich, dass ich geschminkt war und mir nicht einfach über die Augen wischen konnte.

»Pech gehabt«, murmelte ich. »Er ist bis jetzt ja auch nicht abgehauen.«

Ein letztes Mal holte ich tief Luft, ehe ich wieder in den Flur trat. Finn lehnte an meinem Spind und studierte mit einem Stirnrunzeln sein Handy. Als ich mich ihm näherte, ließ er es in der Hosentasche verschwinden und schenkte mir ein kleines Lächeln.

»Tada«, sagte ich und hob die Hände kurz hoch. »Da bin ich.«

Schweigend liefen wir nebeneinanderher auf den Parkplatz, bis zu meinem Motorrad. Ich hatte keine Ahnung, wieso er mich noch hatte begleiten wollen. Unschlüssig blieb ich stehen und kaute nervös auf meiner Unterlippe herum.

»Hast du heute schon was vor?«, fragte Finn mich völlig überraschend.

Mein Kopf zuckte nach oben.

»Noch nicht«, gab ich zögernd zu.

»Hast du Lust, zu mir zu kommen?«

Mein Herz pochte wie wild. Er wollte, dass ich zu ihm ging! Schnell nickte ich und hoffte, nicht zu übereifrig zu wirken.

»Gerne«, erwiderte ich mit einem breiten Lächeln.

Wir tauschten Nummern aus und Finn versprach, mir seine Adresse zu schicken.

»Okay, dann bis um sieben?«, fragte ich und wusste, dass ich ihn erwartungsvoll ansah.

Er nickte. »Bis später«, lächelte er, während ich mir den Helm über den Kopf zog und mich aufs Motorrad schwang.

Obwohl ich noch nicht einmal den Motor gestartet hatte, raste mein Herz. So wie es das sonst nur tat, wenn das Adrenalin durch meine Adern pulsierte.

»Bis später«, erwiderte ich, war mir aber sicher, dass meine Worte im Aufheulen des Motors untergingen.

Mit einem letzten Winken fuhr ich vom Hof. Kurz sah ich in den Rückspiegel. Finn stand noch immer an derselben Stelle. Ich war mir nicht sicher, ob ich es mir nur einbildete, aber er schien den Kopf zu schütteln. Dann lenkte ich meinen Blick auf die Fahrbahn. Ein kleiner Jubelschrei kam mir über die Lippen.

Finn hatte mich zu sich eingeladen. Auch, wenn ich nicht wusste, was das zu bedeuten hatte, freute ich mich tierisch.

Kapitel 3

Finn

Damals

Ungläubig starrte ich ihr hinterher, bis sie um die Ecke bog und aus meinem Sichtfeld verschwand. Ich hatte keine Ahnung, was mich geritten hatte, sie zu mir einzuladen, aber es hatte sich seltsam gut angefühlt. Und in letzter Zeit hatte sich gar nichts mehr richtig angefühlt.

Ich war ein absoluter Vollidiot gewesen, zu denken, dass zwischen Sara und mir einmal alles gut laufen würde. Wie auf Knopfdruck, als hätte sie meine Gedanken gelesen, vibrierte mein Handy. Seit sie nach Spanien aufgebrochen war, hatte sie mir jeden Tag zwanzig SMS geschrieben. So, als wären wir noch zusammen, als hätte sie mich nicht mit einem meiner besten Freunde betrogen. *Ex-bestem Freund.*

Noch immer konnte ich es nicht verstehen, wenn ich daran dachte. Noch immer konnte ich die beiden vor meinem inneren Auge sehen und würde mich am liebsten in den nächsten Kübel übergeben. Auch wenn es mit Sara ein ständiges On und Off war, hatte ich stets gedacht, dass das zwischen uns echt sei. Dass sie mich genauso liebte wie ich sie.

Wütend löschte ich ihre Nachricht, ohne sie zu lesen. So

wie ich das auch mit den hundert anderen getan hatte. Ich wusste nicht, was sie mir zu sagen hatte. Und ich wusste auch nicht, wie ich mit dieser Wut in meinem Bauch umgehen sollte.

Als ich die beiden miteinander gesehen hatte, war irgendetwas in mir kaputt gegangen. Irgendetwas Großes, was ich nicht benennen konnte.

Nur so konnte ich mir erklären, wieso ich überstürzt abgehauen und in den nächsten Club gegangen war. Sofort war sie mir aufgefallen. Die Arme in der Luft, die Hüften im Takt der Musik, das Lächeln auf ihrem Gesicht. Es war, als hätte allein ihr Anblick mir geholfen, all den Schmerz einen Moment lang auszublenden. Wie von einem Magneten angezogen, war ich zu ihr gegangen und hatte meine Hände auf ihre Hüften gelegt. Ich hatte gar nicht anders gekonnt, als mit ihr zu tanzen.

Als sie sich dann zu mir umgedreht hatte, verlor ich mich in ihren Augen. Wie es zu dem Kuss gekommen war, konnte ich mir jedoch nicht erklären. Ihr Kuss hatte so anders geschmeckt als der von Sara. Er war leidenschaftlich gewesen und hatte alles in mir zum Brennen gebracht. Als wäre mein Innerstes eine Steppe, die sie mit nur einem einzigen Funken entzündet hatte.

Saras Küsse hingegen hatten nach Zuhause geschmeckt, nach Vertrautheit, Gewohnheit und irgendwie auch nach Liebe. Aber anscheinend hatten sie sich so immer nur für mich angefühlt.

Wütend vergrub ich die Hände in der Jackentasche und trat in den Bus. Mein Blick war auf den Boden gerichtet, ich hatte keine Lust, Augenkontakt mit irgendjemandem aufzubauen. Seit Sonntag schien mich die ganze Schule voller Mitleid anzusehen.

Ich war mir sogar sicher, dass einige hinter vorgehaltener Hand über mich tuschelten, während ich an ihnen vorbeiging.

»Ich habe es schon immer geahnt«, war nur einer der Sätze, die ich dabei aufschnappte.

Seufzend steckte ich mir Kopfhörer in die Ohren und verlor mich in den Klängen der Musik.

In den letzten Tagen hatte ich mir nicht selten gewünscht, einfach auf Reset drücken zu können. Ich wollte, dass alles so war wie vor einer Woche. Zwischen Sara und mir war es seit Langem endlich mal wieder gut gewesen. Wir hatten stundenlang miteinander gelacht, uns geküsst und ich war so glücklich gewesen, dass ich das Gefühl hatte, platzen zu müssen. Vor einer Woche noch hätte ich vor Glück die ganze Welt umarmen können. Selbst jetzt, wenn ich die Augen schloss, konnte ich ihr Gesicht sehen. Wie sie strahlte, wie sie leicht ihre Nase kräuselte, wenn sie kicherte, oder wie sanft ihre Züge wurden, wenn sie mir sagte, dass sie mich liebte.

Ich hätte alles für sie getan. Sogar ein verdammtes Flugticket nach Spanien hatte ich gekauft, weil mir – uns? – die Vorstellung zuwider gewesen war, ein ganzes Jahr voneinander getrennt zu sein. Aber anscheinend war es nur mir so gegangen. Sie hatte eines ihrer Spielchen mit mir gespielt.

»Mama?«, rief ich, während ich die Tür ins Schloss warf.

Der Duft frischer Pfannkuchen stieg mir in die Nase und ein kleines Lächeln schlich sich auf meine Lippen. Mir war klar, dass Mama wusste, was passiert war. Vielleicht nicht im Detail, aber sie wusste, dass es zwischen Sara und mir aus war. Schon wieder.

Die ganze Woche über hatte sie meine Lieblingsgerichte gekocht, als wollte sie damit meine Laune heben. Als könnte sie damit ein gebrochenes Herz heilen. Und irgendwie tat sie das. Zumindest ein kleines bisschen.

»Ich bin hier«, rief sie aus der Küche.

Dem Duft folgend, betrat ich diese und drückte meiner Mutter einen Kuss auf die Wange. »Das riecht sehr gut«, grinste ich. »Ich bin am Verhungern.«

»Setz dich, setz dich!« Sie legte einen Arm um meine Schultern und dirigierte mich zu unserem kleinen Küchentisch.

Seit ich denken kann, gibt es nur meine Mutter und mich. Mein Vater hatte sich irgendwann aus dem Staub gemacht. Anscheinend war ihm die Verantwortung für ein Baby zuwider gewesen. Mama hatte damals gerade ihr Studium beendet. Der Job, den sie in Aussicht gehabt hatte, war ihr natürlich durch die Lappen gegangen. Angeblich, weil sie einen besseren Bewerber gefunden hatten, aber ich war mir sicher, dass das nur irgendein Bullshit gewesen war, den sie ihr erzählt hatten, damit sie die Firma nicht verklagte.

Also war sie mit Sack und Pack zurück zu meinen Großeltern gezogen. Ein Jahr blieb sie zu Hause bei mir, bevor sie angefangen hatte Geld zu verdienen, um für uns ein eigenes Leben aufzubauen. Tagsüber hatte sie als Sekretärin gearbeitet, abends – nachdem sie mich ins Bett gebracht hatte – als Kellnerin in einem gehobenen Restaurant. Mittlerweile hatte sie einen Job beim Jugendamt, der sie glücklich machte. Und genügend Geld einbrachte, dass sie nicht mehr rund um die Uhr arbeiten musste.

Vor einigen Jahren hatte ich ständig nach meinem Vater gefragt. Ich konnte nicht verstehen, wieso ich keinen hatte. Und ich glaubte, dass das meiner Mutter ein winziges bisschen das Herz gebrochen hatte. Würde ich eines Tages Kinder haben, würde ich es anders machen als mein Vater. *Ganz anders.*

»Wie war es in der Schule?«, fragte sie unschuldig.

Mir war klar, dass sie wissen wollte, was mit Sara passiert war. Alles, was sie wusste, war, dass es aus war. Und dass Julian sie hasste. Er hatte sie in ihrer Anwesenheit eine dumme Bitch genannt und ich war mir sicher, dass Mama bestätigend genickt hatte.

»So wie immer«, schnaubte ich.

Das Wasser lief mir im Mund zusammen, als sie mir den Pfannkuchen auf den Teller legte.

»Oh«, sagte ich betont unschuldig. »Ich bekomme heute Abend noch Besuch.«

Mama hielt inne und musterte mich. Ich wusste, dass sie den Braten riechen konnte. Wären es nämlich Lars und Julian, die vorbeikämen, dann hätte ich sie nicht angemeldet. Die beiden gingen bei uns ein und aus, als wohnten sie hier.

»So?«, fragte sie, ebenfalls so beiläufig wie möglich.

Ein breites Grinsen schlich sich auf meine Lippen, das sie bemerkte und erwiderte. Gemeinsam verfielen wir in Lachen.

»Also ...«, begann sie und setzte sich gegenüber von mir hin. »Wer kommt heute Abend?«

»Robin.«

»Oh«, erwiderte sie und klang ein wenig enttäuscht. »Wer ist Robin? Ist er neu?«

Mein Grinsen wurde noch ein bisschen breiter. »Ja, sie hat dieses Jahr gewechselt und geht in meinen Mathe-LK.«

Meine Mutter stockte. »Sie?«

»Jup«, meinte ich und trank einen Schluck Wasser aus meinem Glas. »Sie. Unisex-Name und so.«

Mama verdrehte die Augen. »Klugscheißer mag niemand.«

»Tut mir leid«, gab ich mich zerknirscht. »Muss ich wohl von meiner Mutter gelernt haben.«

Empört sah sie mich an und versuchte das Zucken ihrer Mundwinkel zu unterdrücken.

»Ehrlich Finn«, schmunzelte sie. »Du raubst mir noch den letzten Nerv.«

Ich zwinkerte ihr zu. Für wenige Sekunden aßen wir schweigend weiter.

»Und wie ist diese Robin?« Meine Mutter konnte ihre Neugier selten lange verbergen.

Ich überlegte, was ich ihr sagen sollte. Schließlich konnte ich ihr nicht auf die Nase binden, dass ich sie schon geküsst hatte. Und noch weniger, was dieser Kuss alles mit mir angestellt hatte.

»Sie ist ... nett?«, versuchte ich es also.

Skeptisch musterte mich meine Mutter. »Nett?«

»Nett«, antwortete ich nickend und verputzte den Rest meines Pfannkuchens. »Wir haben eine schwere Mathehausaufgabe bekommen, die wir zusammen machen wollen«, redete ich mich aus dem Verhör raus.

Sie wirkte ein klein wenig enttäuscht. »Oh, okay«, murmelte sie.

Wir saßen noch eine Weile zusammen, bevor ich den Teller in die Spüle stellte und mich in Richtung meines Zimmers bewegte.

»Finn«, rief mir meine Mutter hinterher. Fragend drehte ich mich zu ihr um. »Weißt du schon, was du zu deinem Geburtstag machen willst?«

Mein Geburtstag. Ich verzog das Gesicht. Das war das Letzte, an das ich gedacht hatte. In einem knappen halben Jahr würde ich achtzehn werden. Eigentlich hatte ich an diesem Wochenende zu Sara fliegen wollen, aber das war jetzt ja hinfällig. Ich zuckte mit den Schultern und wollte am liebsten nicht weiter darüber nachdenken.

»Weiß ich noch nicht«, wich ich einer konkreten Antwort aus.

Der Blick meiner Mutter wurde traurig. »Lass dir nicht deinen Geburtstag ruinieren.«

»Habe ich nicht vor«, erwiderte ich und schenkte ihr ein – hoffentlich – beruhigendes Lächeln.

Die Zeit bis 19 Uhr verging wie im Flug. Den ganzen Tag über hatte ich ein bisschen Ordnung im Zimmer geschaffen, versucht mich an die Hausaufgaben zu setzen und mich davon abzulenken, dass Robin später noch vorbeikommen würde. Irgendwie hatte ich sogar gehofft, dass sie absagen würde, aber nichts dergleichen war passiert. Natürlich war ich gerade im Badezimmer, als es an der Tür klingelte.

»So ein Mist«, murmelte ich, wusch mir die Hände und sah ein letztes Mal in den Spiegel.

Ich konnte hören, wie meine Mutter nach mir rief, während die Haustür geöffnet wurde. Vermutlich hatte sie in den letzten zwanzig Minuten in der Nähe des Flurs gelungert, nur um einen Blick auf Robin zu werfen. Ich hatte keine Zeit mehr, in irgendeiner Form meine Frisur zu richten, sondern stürmte raus.

»Du kannst mich Maria nennen«, meinte Mama mit einem breiten Grinsen zu Robin.

Keine Ahnung, was sie gemacht hatte, aber nicht einmal Sara hatte meine Mutter so schnell duzen dürfen.

»Dankeschön, Frau Roth«, sagte Robin und Röte überzog ihre Wangen. »Ähm«, sie räusperte sich. »Ich meine natürlich Maria.«

Unsicher fuhr sie sich mit den Fingern durch ihre blonden Haare und warf mir ein schüchternes Lächeln zu. Wieder war sie in voller Motorradmontur. Die wenigsten, die ich kannte, bestanden bei jeder Strecke darauf, ihre Schutzkleidung anzuziehen.

»Hey, Robin!« Ich schob meine Mutter ein Stückchen zur Seite.

Wenn ich sie jetzt nicht retten würde, dann würde meine Mutter ihre Finger nach ihr ausstrecken und sie den ganzen Abend nicht mehr gehen lassen.

»Hey«, grüßte sie mich schüchtern. Ihre Wangen wurden noch ein wenig röter und irgendwie gefiel mir das. Man konnte in ihrem Gesicht lesen wie in einem offenen Buch.

»Sollen wir in mein Zimmer gehen?«, fragte ich schnell. Sie sah kurz zu meiner Mutter, dann nickte sie zögerlich.

»Du kannst deine Sachen hier abstellen«, meinte ich und deutete auf die Garderobe.

»Kann ich vielleicht kurz ins Bad?«, murmelte sie verlegen. »Es ist immer ein bisschen umständlich, die Schutzkleidung auszuziehen.«

»Natürlich«, sagte ich und zwinkerte ihr zu.

Dann deutete ich auf den Raum, aus dem ich vor ein paar Minuten gestürmt war. Die Blicke meiner Mutter bohrten sich in meinen Rücken, als Robin im Badezimmer verschwunden war. Ich drehte mich um und sah sie erwartungsvoll an.

»Du hast gar nicht erwähnt, wie hübsch sie ist«, meinte Mama mit einem spitzbübischen Lächeln.

»Ist mir nicht aufgefallen«, versuchte ich mich herauszureden.

Sie lachte und tätschelte meine Wange. »Rede dir das nur ein, mein Junge«, schmunzelte sie und schlenderte ins Wohnzimmer.

Ein paar Minuten stand ich etwas unbeholfen in meinem eigenen Hausflur herum, bis sich die Tür zum Badezimmer öffnete und Robin vor mir stand. Schnell ging ich zu ihr und nahm ihr die Lederkombination ab. Als ich ihre Finger für einen Augenblick streifte, war ich erstaunt, wie kalt sie waren.

»Komm«, meinte ich, »da vorne ist mein Zimmer.«

Unser Haus war nicht sonderlich groß: Drei Zimmer, eine Küche und ein Badezimmer, aber für uns hatte es immer gereicht. Meine Mutter hatte es geschafft, diesem Haus Leben einzuhauchen.

Als wir das Zimmer betraten, sah Robin sich neugierig um. Ich wusste nicht, was sie dachte. An meinen Wänden hingen keine Poster von nackten Frauen oder Autos. Auch sonst hatte ich nirgends Bilder stehen. Vor einer Woche noch hatten mehrere Fotos von mir und Sara die Wände verschönert, aber nach dem Fiasko mit Moritz hatte ich sie abgenommen. Es hatte so verdammt wehgetan, sie anzusehen. Jetzt lächelte uns weiße Tapete an. Die rote Ferraribettwäsche bildete den einzigen Farbtupfer im Zimmer und der große Bildschirm auf dem Schreibtisch war ein deutliches Indiz dafür, dass ich Filme und Serien mochte.

»Nett hast du es«, sagte Robin und grinste mich an.

»Danke!« Ich kratzte mich am Hinterkopf und deutete auf mein Bett. »Willst du dich setzen?«

Zögerlich nickte sie und nahm auf der Bettkante Platz. Sie wirkte ein wenig eingeschüchtert, als wüsste sie genauso wenig wie ich, was sie hier eigentlich sollte. Für ein paar Minuten schwiegen wir. Als sich unsere Blicke kreuzten, mussten wir beide lachen und das Eis war gebrochen.

»Wir stellen uns an wie kleine Kinder«, schmunzelte sie und rutschte auf dem Bett ein bisschen nach hinten. »Coole Bettwäsche«, meinte sie grinsend. Sara hatte sie gehasst. Was vielleicht der Grund war, wieso ich sie jetzt draufgezogen hatte. »Mein Bruder hat auch so eine. Meghan findet sie ganz schlimm«, kicherte Robin.

»Meghan?«

»Die Freundin von meinem Bruder«, erklärte sie und stützte sich mit dem Rücken an der Wand ab. »Sie versucht schon, seit ich denken kann, ihn zu hübscher Bettwäsche zu überreden. Aber wir wissen alle, dass sie sie selbst insgeheim liebt.«

»Du verstehst dich gut mit deinem Bruder?«

Sie schloss die Augen und lächelte. »Sehr gut. Ich weiß nicht, wo ich heute ohne meinen Bruder wäre.«

Sie sah mich an und ich hatte das Gefühl, in ihrem Blick eine ganze Vergangenheit voller Schmerz und Enttäuschung zu sehen. »Meine Eltern«, sagte sie leise. »Meine Eltern sind gestorben, als ich ungefähr sechs Jahre alt war.«

Ich zuckte zusammen. »Verdammt«, meinte ich mitfühlend, beugte mich vor und drückte ihr Knie. Das geschah alles so automatisch, dass ich kaum bemerkte, was ich tat. »Das tut mir leid.«

Ihr Lächeln wirkte angestrengt. »Nicht deine Schuld.«

Ich zuckte mit den Schultern und wartete, ob sie noch mehr erzählen wollte.

»Mein Bruder war damals fünfundzwanzig«, sprach sie weiter. »Hatte gerade sein Medizinstudium beendet und das alles.«

»Dein Bruder ist so viel älter als du?«

Sie nickte. »Ich war nicht so ganz geplant ... Was aber nichts daran geändert hat, dass meine Eltern sich über mich gefreut haben.« Sie spielte mit dem Saum ihres Shirts. »Sie hatten einen Autounfall und waren auf der Stelle Tod. Josh hatte die Wahl, mich in ein Kinderheim zu geben oder aufzunehmen.« Ihr Lächeln wurde eine Spur liebevoller. »Er hat sich dazu entschieden, mich aufzunehmen.«

»Wie hat er das denn geschafft?«, fragte ich erstaunt und musterte sie neugierig.

»Er hat ein Kindermädchen angestellt, das auf mich aufgepasst hat, während er im Krankenhaus sein musste, um seine Assistenzzeit hinter sich zu bringen.« Sie lachte. »Megs war unser Kindermädchen und ich glaube, sie hat Josh ganz schön oft zur Weißglut getrieben.« Sie sah mich an, als wollte sie sichergehen, dass ich ihr folgen konnte. »Sie hat zu der Zeit selbst gerade Medizin studiert und bestimmt gehofft, von einem Assistenzarzt lernen zu können. Aber mein Bruder war ganz schön bockig und nicht so der gesprächigste Typ.« Sie seufzte. »Ich glaube, das war seine Art zu trauern.« Wieder zögerte sie. »Und dann war da ja noch die Sache mit mir.«

»Die Sache mit dir?«, fragte ich verwirrt und musterte sie noch eine Spur gebannter, um ja nichts zu verpassen.

»Nachdem meine Eltern gestorben waren«, erzählte sie leise und ich musste mich anstrengen, sie zu verstehen, »habe ich mich nicht mehr vor die Tür getraut und mit niemandem geredet. Die meiste Zeit habe ich das Essen verweigert und nur in der Ecke gesessen.« Sie warf mir einen verstohlenen Blick zu, ehe sie wieder auf ihre Finger sah, die noch immer mit dem Saum ihres T-Shirts spielten. »Josh hat schon die Krise bekommen, Kinderpsychologen zu uns nach Hause geschleppt und alles versucht, was ihm einfiel, um mich irgendwie zum Reden zu bewegen.«

»Aber du hast nicht geredet?«

Sie schüttelte den Kopf. »Nein. Nachts bin ich entweder zu ihm oder Meghan ins Bett gekrabbelt, weil ich Angst davor hatte, alleine zu sein.« Sie schluckte sichtbar. »Und ich hatte Angst davor, dass Josh und Meghan auch noch sterben und ich dann vollends alleine wäre.«

Wieder drückte ich kurz ihr Knie. Ich konnte mir nicht vorstellen, wie viel Angst sie gehabt haben musste.

»Deswegen bin ich auch schon neunzehn«, erklärte sie. »Besser gesagt, bald zwanzig.« Sie grinste verlegen. »Aber ich konnte ja nicht vor die Tür. Ich hab mich nicht getraut.«

Ich wagte kaum, sie zu unterbrechen. »Und dann?«, fragte ich dennoch. »Wie kam es dazu, dass du dich wieder vor die Tür getraut hast?«

Ihr Grinsen wurde breit. »Motorräder«, sagte sie und zuckte mit den Schultern. »Ich habe Motorräder schon immer geliebt, konnte jedes Modell bestimmen und wichtige Daten herunterrattern. Als unser Nachbar sich dann ausgerechnet mein Lieblingsmotorrad gekauft hat, musste ich es unbedingt aus der Nähe sehen. Also bin ich vor die Tür gegangen. Einfach so. Auf einmal war da nicht mehr diese Barriere, die mich davon abgehalten hat. Ich glaube, Meghan und Josh hatten einen riesigen Schock.« Sie sah mir in die Augen. Ich hatte nicht gewusst, dass braune Augen so strahlen konnten. »Deswegen kann er mir das Motorradfahren nicht verbieten. Er weiß, dass es mir aus der dunkelsten Zeit meines Lebens geholfen hat und dass ich es brauchte wie die Luft zum Atmen. Irgendwie.«

»Aber es ist doch saugefährlich«, meinte ich ungläubig. »Er erlaubt es dir einfach so?«

Sie schüttelte den Kopf. »Nicht einfach so. Ich musste ein Fahrsicherheitstraining absolvieren. Außerdem muss ich für jede noch so kleine Strecke meine Schutzkleidung tragen.«

Ich nickte. Das war mir aufgefallen.

»Willst du mal mitfahren?«, fragte sie und grinste mich schief an.

Zögernd schüttelte ich den Kopf. »Eher nicht.«

»Schisser«, lachte sie und zwinkerte mir zu. Dann wurde sie wieder ernst. »Normalerweise erzähle ich das nicht jedem«, sprach sie leise weiter. »Eigentlich weiß kaum einer davon.«

»Ich werde es niemandem verraten«, versprach ich ihr. Mein Herz fühlte sich seltsam warm an, weil sie mir einen so wichtigen Teil von sich offenbart hatte.

»Und was gibt es Spannendes über dich zu wissen?«, fragte sie neugierig.

So viel. »Eigentlich gar nichts«, meinte ich ausweichend und vermied es, sie anzusehen.

Nachdem sie so viel von sich preisgegeben hatte, fühlte es sich falsch an, sie anzulügen. Aber wie hätte ich ihr das ganze Drama in meinem Leben erklären sollen? Ich verstand es ja selbst kaum.

»Meine Mum und ich sind alleine«, erzählte ich ihr zumindest etwas. »Mein Vater hat uns verlassen, als ich noch nicht einmal auf der Welt war.«

Robin riss die Augen auf. »Das tut mir leid«, meinte sie zerknirscht.

Schwach lächelte ich. »Nicht deine Schuld«, wiederholte ich ihre Worte. Ihr rechter Mundwinkel hob sich zaghaft.

»Aber es ist gut so. Ich könnte mir keine bessere Mutter wünschen«, sagte ich voller Inbrunst.

»Sie wirkt ziemlich cool«, bestätigte Robin. Ihr Blick wanderte wieder durch mein Zimmer. »Bisschen kahl, findest du nicht?«, fragte sie amüsiert.

»Hast du jetzt Duftkerzen erwartet?«, neckte ich sie.

»Schon«, lachte sie. »Oder zumindest ein bisschen Deko.« Ich erschauderte bei dem Wort.

»Was habt ihr Männer nur gegen Deko?«, fragte sie kopfschüttelnd und sah mich grinsend an.

»Nichts«, erwiderte ich schulterzuckend. »Solange wir sie uns nicht hinstellen müssen.« Abrupt wechselte ich das Thema. »Kennst du schon viele Leute an unserer Schule?«

Sie schüttelte den Kopf. »Nein, außer dir und Marisa kenne ich eigentlich niemanden.«

»Marisa?«

Robin runzelte die Stirn und zog die Brauen zusammen. »Marisa«, sagte sie mit etwas mehr Nachdruck. »Sitzt in Geschichte neben mir.«

Ich durchforstete meine Erinnerungen, aber da war nichts.

Robin stöhnte und legte den Kopf in den Nacken. »Marisa besucht seit der fünften Klasse dieselbe Stufe wie du.«

Auf einmal machte es klick. »Ach du meinst Klöpschen?«, rief ich aus und bereute die Worte im nächsten Augenblick.

Robin sah mich böse an und schien mir am liebsten an die Gurgel gehen zu wollen.

»So hat Moritz sie immer genannt.« *Und das war noch einer der netten Ausdrücke.*

Ein bisschen von Robins Wut verpuffte, aber sie war nicht vollends verraucht.

»Ihr habt sie ernsthaft Klöpschen genannt?«, fragte sie mich mit einem entsetzten Kopfschütteln. Zerknirscht nickte ich. »Sag mal, was ist euer Scheißproblem? Sie hat einen Namen.«

»Ich weiß«, sagte ich leise. »Das war nicht richtig.«

»Nein, war es nicht«, stellte sie fest und ließ nicht zu, dass ich das Problem relativierte. Sie seufzte. »Ich mag Marisa. Nach Meghan und Josh ist sie der beste Mensch, den ich kenne.«

Ich plusterte mich auf. »Und ich?«

»Na ja, nach deiner Äußerung eben bin ich mir nicht mehr so sicher«, erwiderte sie und klang enttäuscht.

Wieso mir ihre Enttäuschung mitten ins Herz fuhr, konnte ich nicht sagen. Aber unter keinen Umständen wollte ich je wieder daran schuld sein, dass sie mich so ansah.

»Wollt ihr morgen mit zu meinem Kumpel kommen?«, schlug ich versöhnlich vor.

»Welcher? Dieser Moritz?«, schnaubte sie verächtlich.

Sie konnte es nicht wissen, aber alleine, dass sie seinen Namen aussprach, fühlte sich an wie ein Schlag in die Magengrube.

»Nein«, schüttelte ich den Kopf. »Mit dem haben wir nichts mehr zu tun.« Ich konnte ihren neugierigen Blick auf mir spüren, ignorierte ihn aber. »Wir treffen uns morgen bei Julian. Seine Freundin wird auch da sein.«

»Mara, richtig?«, fragte Robin langsam, als wäre sie sich nicht sicher, ob das ihr Name war.

Ich nickte. »Genau.«

»Ich werde es mal mit Marisa besprechen«, seufzte sie. Dann sah sie mich mit einem kleinen Lächeln an. »Aber ich denke, dass das kein Problem sein sollte.«

Den Rest des Abends verbrachten wir damit, uns über alles – und irgendwie auch wieder nichts – zu unterhalten. Robin erzählte mir von den Orten, die sie am liebsten bereisen wollte, und von den Dingen, die sie getan haben wollte, bis sie dreißig war.

»Was ist dein größter Wunsch?«, fragte ich sie aus einem Impuls heraus.

»Mein größter Wunsch?«, wiederholte sie stirnrunzelnd, als wäre die Frage nicht deutlich genug gewesen.

»Ja, was möchtest du mal erreicht haben? Wo möchtest du mal sein?«

Sie legte den Kopf in den Nacken und schaute an die Decke, als wüsste diese die Antwort auf meine Frage.

»Ich glaube, ich will einfach nur glücklich sein.« Sie zögerte. »Und ich will geliebt werden«, fügte sie leise hinzu, als wäre es ihr peinlich, den Satz laut auszusprechen.

»Liebt dich dein Bruder nicht?«, fragte ich stirnrunzelnd.

Sie nickte wild. »Doch, natürlich«, erwiderte sie. »Aber das ist nicht das, was ich meine.« Sie sah an mir vorbei ins Leere. »Ich will geliebt werden. So richtig. Von jemandem, der mich zum Lachen bringt, dass meine Bauchmuskeln wehtun. Jemand, der morgens aufwacht und sich denkt ›Verdammt, was habe ich für ein Glück‹. Der mein Bild seinen Freunden zeigt und sagt: ›Das ist sie.‹ Jemand, der mich mag, auch wenn ich unausstehlich bin. Jemand, der mich schön findet, wenn ich noch die Schminke vom Tag vorher drauf habe«, sie blinzelte und blickte mir direkt in die Augen, als könnte sie auf den Grund meiner Seele sehen. »Ich will von jemandem geliebt werden, der mich sieht.«

Erst Stunden später, als Robin nach Hause fuhr, fiel mir auf, dass ich nicht einmal an Sara gedacht, sondern einfach nur Robins Anwesenheit genossen hatte.

Kapitel 4

Robin

Damals

Unsicher sah ich auf das Haus vor mir.

»Und Finn hat uns wirklich eingeladen?«, fragte Marisa skeptisch.

Kurz blickte ich sie von der Seite an. Meine neue Freundin kaute nervös auf ihrer Unterlippe und fummelte am Saum des T-Shirts. Sie hatte sich heute besonders viel Mühe gegeben und trug ein langes, violettes T-Shirt sowie eine Jeans. Nichts Besonderes, aber es stand ihr gut.

Schulterzuckend nickte ich. »Aber warum? Und woher kennst du ihn noch mal?«, hakte sie weiter nach und musterte mich.

Ich war mir sicher, dass mir die Röte in die Wangen schlich, konnte es ihr aber nicht erzählen.

»Wir sitzen in Mathe nebeneinander, hab ich doch gesagt«, seufzte ich und nickte zu dem Haus. »Komm, wir sind schon spät dran.«

Gemeinsam liefen wir den Weg bis zur Haustür. Auf einmal blieb Marisa stehen und griff nach meinem Unterarm.

»Was, wenn ich gar nicht dabei sein soll?« Diese Frage hatte sie mir heute sicher schon zwanzig Mal gestellt.

»Ganz sicher sollst du dabei sein.«

»Robin«, sagte sie zögerlich. »Das ist nicht meine Welt. Das sind ...«, sie ließ den Satz unbeendet und sah mich hilflos an.

»Das ist nicht deine Welt?«, hakte ich mit hochgezogener Braue nach. »Also, solange wir, wenn wir durch diese Tür gehen, nicht in Narnia landen, würde ich behaupten, dass es unsere Welt ist.«

Sie ließ den Kopf sinken. »Das habe ich nicht gemeint«, flüsterte sie.

Beruhigend drückte ich ihre Hand. »Ich weiß.« Ich seufzte. »Haben sie dich irgendwann gemobbt?«, fragte ich sie zögerlich. »Weil, wenn ja, dann drehen wir auf der Stelle um.« Ich tippte mit dem Zeigefinger auf meine Unterlippe. »Nein, erst einmal verpasse ich ihnen eine und dann gehen wir.«

Marisas rechter Mundwinkel hob sich und ich hatte das Gefühl, dass Tränen in ihren Augen glitzerten.

»Nein«, schüttelte sie den Kopf. »Eigentlich war das immer Moritz. Aber mit dem sind sie ja nicht mehr befreundet.«

Ich nickte. »Okay, aber wenn du dich irgendwie unwohl fühlst, dann gehen wir. Ja?«

Dankbar lächelte Marisa mich an. Wir liefen die letzten Meter bis zur Haustür und klingelten. Nach wenigen Sekunden wurde sie geöffnet. Mir gegenüber stand ein hochgewachsener Kerl mit rotblonden Haaren und Sommersprossen auf dem Gesicht. Lars.

Er musterte uns kurz, ehe er schief lächelte. »Du bist Robin, oder?« Er deutete mit seinem Kinn auf mich. Ich nickte und wollte etwas erwidern, als er weitersprach. Sein Blick war jetzt auf Marisa gerichtet. »Dich kenne ich ja, Klöpschen.« Marisa versteifte sich und ihr Lächeln wirkte aufgesetzt.

»Wie bitte?«, zischte ich leise und trat einen Schritt näher zu ihm. »Wie hast du sie gerade genannt?« Lars musterte mich unsicher. »Sie hat einen Namen«, sprach ich weiter.

Er schluckte und nickte.

»Robin«, sagte Marisa hastig. »Lass gut sein. Es ist nicht so schlimm.«

Ich warf ihr einen kurzen, eindeutigen Blick zu. »Doch, es ist schlimm.« Dann wandte ich mich wieder an Lars. »Du wirst sie nie wieder Klöpschen nennen oder ihr sonst welche Namen verpassen, haben wir uns verstanden?« Er nickte. »Du entschuldigst dich und dann gehen wir.«

»Robin«, fing Marisa an, aber ich schüttelte den Kopf.

Lars sah sie zerknirscht an und reichte ihr die Hand. »Tut mir leid, Marisa«, sagte er ernst und ich kaufte es ihm sogar ab. »Ich wollte dich nicht verletzen.«

Sie nickte und schüttelte kurz seine Hand, ehe sie diese so schnell losließ, als hätte sie sich verbrannt. Noch immer hatte ich meine Arme vor der Brust verschränkt.

»Gut«, meinte ich und nickte grimmig. »Wir gehen jetzt.«

»Ihr müsst nicht gehen.« Lars klang fast flehentlich. Auch Marisa schaute mich mit großen Augen an, aber ich schüttelte vehement den Kopf.

»Nein«, wiederholte ich. »Wir gehen.«

»Finn wird mir den Arsch aufreißen«, stöhnte er und starrte genervt nach oben.

Wir hatten uns bereits umgedreht, aber ich sah noch einmal über die Schulter. »Dann solltest du vielleicht lernen, wie man andere Menschen richtig behandelt.«

Schweigend liefen wir zurück zu Marisas Wagen. Erst als wir auf unseren Plätzen saßen und rückwärts aus der Einfahrt fuhren, brach sie das Schweigen.

»Wir hätten nicht gehen müssen«, begann sie ein weiteres Mal.

Ich seufzte. »Marisa«, versuchte ich ihr einfühlsam zu erklären, »du kannst nicht jeden auf dir herumtrampeln lassen.«

»Lass ich doch gar nicht«, verteidigte sie sich schwach. Ich hob die rechte Braue. »Na gut«, murmelte sie. »Aber er hat sich entschuldigt.«

»Egal«, erwiderte ich achselzuckend. »Ich mag es nicht, wenn man meine Freunde scheiße behandelt.«

Ich streckte die Beine von mir und ignorierte Marisas Blick. Ungläubig sah sie mich von der Seite an.

»Deine Freunde?«, traute sie sich schließlich zu fragen.

Ich warf ihr ein aufmunterndes Lächeln zu. »Klar«, sagte ich schulterzuckend. »Was hast du denn gedacht, was wir sind?«

Sie blinzelte ein paar Mal, schluckte und konzentrierte sich wieder auf die Straße. »Wir hätten aber bleiben können«, räusperte sie sich. Marisas Stimme klang rau. »Er hat sich ja schließlich entschuldigt.«

Ich verdrehte die Augen. »Egal jetzt«, brummte ich. »Zu dir oder zu mir?«

Wir landeten bei mir.

»Hallo?«, rief ich, während ich die Haustür aufstieß. Ich war mir nicht mehr sicher, ob Josh und Megs heute Nachtschicht hatten.

»Robin?«, rief Megs fragend. »Wir sind im Wohnzimmer.«

»Okay«, brüllte ich zurück.

Marisa schaute sich neugierig um, während sie sich die Schuhe von den Füßen streifte. Als ich ins Wohnzimmer schlenderte, folgte sie mir eingeschüchtert. Ich lehnte mich gegen den Türrahmen.

»Wolltest du heute nicht mit einer Freundin weg?«, fragte Josh und schaltete den Ton des Fernsehers leiser.

Er hatte den Arm um Meghan gelegt und beide lagen unter eine Decke gekuschelt. Innerlich hoffte ich, dass sie darunter angezogen waren. Es war schon ein paar Mal vorgekommen, dass ich Dinge gesehen hatte, die ich nicht mehr ungesehen machen konnte. Mit hochgezogener Braue musterte ich die beiden.

»Wir sind angezogen, Robin«, seufzte er.

»Schau«, meinte Meghan und hob die Decke an. »Keine Panik auf der Titanic.«

»Ich hab meine Freundin mitgebracht«, sagte ich.

Meghans Wangen überzog eine leichte Röte und Josh setzte sich ein wenig gerader. Ich trat ein bisschen an die Seite.

Unsicher sah Marisa zu den beiden und winkte unbeholfen. »Hallo, ich bin Marisa Braun.«

»Ich bin Meghan«, stellte sich Megs vor. Dann deutete sie auf meinen Bruder. »Das hier ist Josh, Robins Bruder.«

»Hey«, sagte Marisa noch einmal.

»Okay, wir sind in meinem Zimmer«, unterbrach ich das höfliche Geschwätz und wandte mich zur Treppe.

»Marisa?«, rief Josh, bevor wir nach oben verschwinden konnten. »Bleibst du zum Frühstück?«

Fragend hob sie die Brauen und ich zuckte mit den Schultern.

»Ich hab nichts fürs Übernachten mit«, meinte sie vorsichtig.

»Nicht schlimm«, erwiderte ich. »Du darfst gerne bleiben, wenn du willst.«

Nach kurzem Zögern nickte sie. »Okay.«

In meinem Zimmer blickte Marisa sich wieder neugierig um. Ein Kleiderschrank nahm die gesamte linke Wand ein. Rechts von der Tür stand ein großes Doppelbett, direkt gegenüber davon der Schreibtisch. An den Wänden hingen

Fotos und Postkarten, die von Lichterketten umrahmt wurden. Kissen türmten sich auf dem Bett und eine Kuscheldecke lag zusammengefaltet in der Ecke. Duftkerzen zierten das Bücherregal.

Skeptisch sah Marisa mich an. »Du bist ja ein richtiges Mädchen.«

»Was?«, lachte ich verwirrt.

»Na ja«, meinte sie und setzte sich vorsichtig auf das Bett. Sie ließ sich rückwärts fallen und kicherte. »Wow, ist das kuschelig.« Dann räusperte sie sich. »Du wirkst immer so … *badass*.«

»Und?«, fragte ich, fühlte mich aber irgendwie geschmeichelt.

»Hätte nicht gedacht, dass du auf Duftkerzen stehst«, sagte sie mit einem schiefen Grinsen. Spielerisch stieß ich ihr gegen den Oberarm und ließ mich neben ihr aufs Bett fallen.

»Ich darf also nicht Motorradfahren *und* Duftkerzen mögen?«, fragte ich sie amüsiert. »Newsflash«, fuhr ich fort. »Ich steh auf Chick-Lit-Filme, Duftkerzen und Kitsch.«

»Sieht man dir nicht an«, meinte sie und betrachtete meine Einrichtung. »Alter, Robin«, lachte sie. »Mit den Lichterketten hast du es echt ein bisschen übertrieben.« Ich schlug ihr ein Kissen ins Gesicht und stimmte in ihr Lachen ein.

»Magst du Popcorn?«, fragte ich sie, nachdem wir uns beruhigt hatten.

Sie nickte. »Wer mag kein Popcorn?«, erwiderte sie. »Solche Menschen mag ich nicht.«

»Josh mag kein Popcorn.« Ich grinste ihr frech zu.

Sie wurde rot. »Also, ähm«, stotterte sie.

Ich kicherte und winkte gelassen ab. »Alles gut.« Beruhigend zwinkerte ich ihr zu. »Meghan kann es auch nicht verstehen.« Jetzt schlug Marisa mir das Kissen ins Gesicht und sah mich aus verengten Augen an.

»Nimm mich nicht noch mal auf den Arm«, warnte sie mich.

»Oh, das werd ich noch ganz oft machen«, versprach ich ihr. »Was hältst du von Popcorn und einem Film?«

Marisa strahlte. »Klingt gut.«

Als ich am Montag mit dem Motorrad auf den Schulhof fuhr, konnte ich Marisas Roller schon von Weitem sehen. Lächelnd erwiderte ich ihr Winken und parkte direkt neben ihr. Ich klappte das Visier auf.

»Du bist heute aber früh dran«, sagte ich.

Sie zuckte mit den Schultern. »Ich wollte nicht mehr zu Hause bleiben«, erwiderte sie ausweichend.

Ich legte den Kopf schief, während ich das Motorrad abstellte, und musterte sie besorgt.

»Alles okay?«, hakte ich nach. Mein Bauchgefühl sagte mir, dass etwas nicht stimmte. Fast schon beruhigend strich sie sich über die Arme und nickte, sah mir aber nicht in die Augen. »Wenn was ist, dann kannst du mit mir reden, okay?« Ich drückte ihre Hand.

Sie lächelte mir kurz zu, aber ich konnte eine Traurigkeit in ihrem Blick sehen, die mir vorher nicht aufgefallen war. Das ungute Bauchgefühl verstärkte sich.

»Alles gut«, sagte sie und wandte sich zum Schulgebäude. Ein paar Sekunden blieb ich stehen und starrte sie nachdenklich an, ehe ich ihr hinterhereilte. Unser erster Gang führte uns zum Vertretungsplan.

»Na toll«, stöhnte ich. »Wir hätten zwei Stunden länger schlafen können.«

Bevor Marisa etwas erwidern konnte, rief jemand nach mir. Verwirrt drehte ich mich um und erkannte Finn, der auf uns zugejoggt kam. Wie immer hatte er mit seinen Freunden, die jetzt unverhohlen zu uns hinübersahen, bei den Treppen gesessen.

»Hey«, begrüßte er uns lächelnd, als er bei uns angekommen war. »Schade, dass ihr am Samstag nicht geblieben seid.« Bedrückt senkte Marisa den Kopf.

»So ist das leider, wenn man Idioten als Freunde hat«, erwiderte ich und verschränkte die Arme vor der Brust. Hoffentlich konnte er nicht hören, wie laut mein Herz schlug. Und das
alles nur, weil er in meiner Nähe war.

Beschwichtigend hob Finn die Hände. »Ich weiß.« Er schien zerknirscht. »Tut mir echt leid, dass der Idiot dich so genannt hat, Marisa«, sagte er jetzt an meine Freundin gewandt. Erstaunt hob diese ihren Kopf und starrte ihn an. »Lars tut es wirklich leid«, beteuerte er. »Er meinte, ihr dürft ihn gerne für den Rest seines Lebens Pickelfresse nennen.« Marisa kicherte. Kurz zögerte Finn. »Habt ihr Lust, euch zu uns zu setzen?«

Als ich zu Marisa sah, nahm ich ein Strahlen in ihren Augen wahr.

»Wenn Lars nicht noch mal so einen dummen Spruch bringt«, meinte ich noch immer argwöhnisch.

Finn hob die Hände. »Versprochen.«

Gemeinsam schlenderten wir zu seiner Clique. Finn und ich liefen so dicht nebeneinander, dass sich unsere Fingerspitzen hin und wieder berührten. Jedes einzelne Mal durchzuckte mich ein kleiner Adrenalinstoß.

»Hey, Leute!« Ich winkte in die Runde, als wir angekommen waren. Lars sprang sofort auf.

»Hey«, sagte er und grinste mich unsicher an.

Ich zwinkerte ihm zu, um ihm zu verdeutlichen, dass ich nicht nachtragend war. Meistens zumindest. Auch der dritte im Bunde – Julian – war in der Zwischenzeit aufgestanden.

Skeptisch musterte er mich von Kopf bis Fuß. Als sein Blick wieder auf meinem Gesicht lag, zog ich eine Braue hoch.

»Und?«, fragte ich ihn herausfordernd. »Hab ich die Prüfung bestanden?«

»Weiß ich noch nicht«, gab er zu, konnte sein Lächeln aber nicht verbergen. Dann wurde er wieder ernst. »Mein Bedarf an hinterhältigen Schlampen ist gedeckt«, sagte er so trocken, als hätte er mir die Farbe der Wand beschrieben.

»Gut«, meinte ich schulterzuckend. »Meiner auch.«

Jetzt grinste er und reichte mir die Hand. »Julian Schneider.«

»Robin Wolf«, stellte ich mich vor und erwiderte seinen Händedruck mindestens genauso fest.

Ich wusste jetzt schon, dass ich Julian mochte. Als ich über die Schulter sah, konnte ich Finns nachdenklichen Blick auf mir spüren. Ich wünschte, ich hätte hören können, was er dachte. Und noch mehr wünschte ich mir, dass er an mich dachte.

Kapitel 5

Robin

Damals

Gelangweilt lag ich auf dem Bett und scrollte durch Instagram, als mein Handy eine neue Nachricht vermeldete. Auf einmal wurden meine Hände schweißnass und mein Puls beschleunigte sich um einige Takte. *Finn.* Ohne groß zu zögern, klickte ich auf die Nachricht.

Was machst du?

Nervös knabberte ich auf meiner Unterlippe. Eigentlich war es eine simple Frage und dennoch war ich mir nicht sicher, wie ich reagieren sollte.

Ich prokrastiniere.
Instagram und ich führen eine Langzeitbeziehung.

Er schickte mir drei Lachsmileys, ehe er tippte. Wie gebannt starrte ich auf den Bildschirm.

Wir wollen ins Kino. Willst du mit?

Wer ist wir?

Julian, Lars und Mara.

Bevor ich reagieren konnte, schob er einen Satz hinterher.

Du kannst auch Marisa mitbringen.

Ich wusste, dass sie sich über eine Einladung freuen würde, also wählte ich, ohne groß zu zögern, ihre Nummer. Wenige Sekunden später nahm sie das Gespräch entgegen.
»Hallo?«, fragte sie gehetzt. Im Hintergrund hörte ich jemanden brüllen und zog die Brauen zusammen.
»Marisa? Ist alles okay?«
Wieder hörte ich Gebrüll, dann wurde eine Tür ins Schloss geworfen und es war still. Bis auf Marisas erleichtertes Aufatmen.
»Ja«, murmelte sie. »Jetzt ist alles okay.«
Ich wollte sie nicht drängen, mir irgendetwas zu erzählen, aber ich wünschte, ich könnte ihr helfen.
»Hast du Lust, mit Finn und den anderen ins Kino zu gehen?«, schlug ich stattdessen vor.
»Ja!«, rief sie begeistert aus. »Wann und welcher Film?«
»Warte ...« Ich nahm das Handy noch einmal vom Ohr, um zu sehen, was Finn geschrieben hatte. »In einer Stunde im *Lichtspiele*?«
»Passt. Treffen wir uns dort?«
Nachdem wir aufgelegt hatten, schrieb ich Finn eine kurze Nachricht, dass wir dabei sein würden. Seine Antwort kam postwendend.

Freue mich :-)

Ich hatte nicht gewusst, dass nur zwei Worte und ein Emoji mich dazu bringen konnten, eine Herzrhythmusstörung zu entwickeln, aber anscheinend war ich dabei, neue Dinge über mich zu lernen. Im Eiltempo zog ich mich um und schminkte mich, bevor ich die Treppe nach unten polterte. Mein Blick fiel auf die Motorradklamotten, ehe ich wieder an mir heruntersah.

Für Anfang Oktober war es unfassbar warm draußen und ich hatte keine Lust, mich in die enge Lederkluft zu schmeißen. Josh und Meghan waren beide im Krankenhaus. Schlechtes Gewissen überfiel mich, das ich schnell zur Seite schob.

»Einmal wird mich schon nicht umbringen«, murmelte ich. »Und Josh weiß es auch nicht.«

Ich zog mir den Helm über und lief zu meinem Bike. Der altbekannte Adrenalinrausch durchzuckte mich, als ich den Motor startete. Nie hatte ich mich freier gefühlt als auf dem Motorrad. Auf einmal verstand ich, wieso so viele gerne auf ihre Schutzkleidung verzichteten. Es war ein ganz anderes Gefühl, wenn der Wind direkt über die Haut strich und eine Gänsehaut hinterließ.

Als ich am Kino ankam, konnte ich Marisa schon von Weitem sehen. Sie stand links neben dem Eingang und verlagerte nervös ihr Gewicht vom einen auf das andere Bein. Ich war nur noch eine Ampel entfernt und winkte ihr zu, was sie euphorisch erwiderte. Wie immer warf ich einen Blick in den Seitenspiegel und über die Schulter, ehe ich den Blinker setzte. Wieso mich das Auto dennoch übersah, wusste ich nicht.

Es bog direkt vor mir in die Straße und ich zog die Bremse so heftig an, dass mein Hinterrad ausbrach. Wie automatisch ließ ich die Bremse los, nur um sie im selben Moment wieder anzuziehen. Ich dachte nicht einmal im Entferntesten daran, die Hupe zu drücken. Alle meine Sinne waren darauf gerichtet, mein Motorrad zu kontrollieren und einen Aufprall zu verhindern. Als das Auto abbog, riss ich das Bike so herum, dass ich einen halben U-Turn hinlegte und seitwärts stehen blieb. Mein Herz schlug wie wild in meinem Hals und ich musste ein paar Mal Luft holen, ehe ich begriff, was passiert war.

Es hatte nur wenige Sekunden gedauert, aber ich hatte das Gefühl, als wären es Minuten gewesen. Ich schluckte ein weiteres Mal, ehe ich auf den Parkplatz fuhr. Als ich stand, rannte Marisa bereits auf mich zu. Erst im nächsten Moment bemerkte ich, dass Finn und die anderen direkt hinter ihr waren.

»Robin!«, rief Marisa angsterfüllt und packte mich am Oberarm. Noch immer hielt ich den Lenker fest umklammert. Wenn ich ihn jetzt losließe, würde ich am ganzen Körper wie Espenlaub zittern.

»Scheiße«, brummte eine Männerstimme, die ich nicht zuordnen konnte. »Das war knapp.«

»Robin!« Wieder Marisas angsterfüllte Stimme. »Ich dachte, das Auto nimmt dich mit.« Ich wollte etwas sagen, um sie zu beruhigen, wusste aber nicht, was. Mein Kopf war wie leer gefegt.

»Robin.« Eine andere Männerstimme ertönte, die eine Saite in mir zum Klingen brachte. Mühsam drehte ich den Kopf und blickte in Finns graue Augen. Verständnisvoll sahen sie mich an. »Kannst du das Motorrad loslassen?«

Ich schüttelte den Kopf.

»Darf ich dir deinen Helm abnehmen?«

Dieses Mal nickte ich.

Vorsichtig beugte er sich vor und löste die Schnalle an meinem Kinn. Würde mein Herz nicht schon wie wild rasen, täte es das spätestens jetzt.

»Ich zieh deinen Helm jetzt hoch, okay?«

Wieder nickte ich und ließ zu, dass er mir den Helm abnahm und Marisa in die Hand drückte. Ich war mir sicher, dass meine Haare verschwitzt an meinem Kopf klebten.

»Hast du dich verletzt?«, fragte er besorgt.

Wieder schüttelte ich den Kopf. Es war wahnsinnig knapp gewesen, aber mir war nichts passiert. *Mir war nichts passiert.* Zitternd ließ ich die angehaltene Luft entweichen und Tränen schossen mir in die Augen. Finn bemerkte es und sah zu den anderen.

»Könnt ihr schon einmal die Karten holen? Wir brauchen noch einen Moment.« Die anderen, ganz besonders Marisa, protestierten, aber Finn brachte sie mit einem Blick zum Schweigen.

»Sie sind jetzt weg«, flüsterte er und ich hob den Kopf, um ihn wieder anzusehen. Eine Träne hatte sich aus meinem Augenwinkel gelöst. Sanft strich er sie weg.

»Es ist alles gut, Robin«, sagte er. »Dir ist nichts passiert. Dir geht es gut.«

Er wiederholte diese Sätze so lange, bis mein Puls sich verlangsamte und ich die Hände vom Lenker lösen konnte. Noch immer zitterten sie.

»Danke«, krächzte ich und atmete ein paar Mal tief durch.

Er warf mir ein Lächeln zu, das meinen Puls gleich wieder in die Höhe trieb. Ich sah auf die Straße und schüttelte entsetzt den Kopf.

»Der Idiot ist einfach vor mir abgebogen«, sagte ich mehr zu mir selbst als zu ihm.

Noch nie war mir etwas Vergleichbares passiert. Sicher hatte ich es Josh und den endlosen Sicherheitstrainings zu verdanken, dass ich heute wie auf Autopilot reagiert hatte. Und dennoch. Es war knapp gewesen und hätte auch ganz anders ausgehen können. Ausgerechnet an dem einen Tag, an dem ich meine Schutzkleidung nicht trug.

»Du hattest Glück«, bestätigte Finn meine Gedanken. »Ich dachte schon ...«, fing er an, beendete seinen Satz aber nicht. Aus dem Augenwinkel konnte ich sehen, wie sein Blick gequält wirkte, ehe er den Kopf schüttelte.

»Wo ist deine Schutzkleidung?« Er klang keinesfalls vorwurfsvoll. Eher neugierig.

»Ich wollte sie heute nicht anziehen«, gestand ich ihm leise. »Ich –«, ich schüttelte den Kopf und wusste nicht, wie ich es ihm erklären sollte. »Es war total dumm.«

Er lächelte mir beruhigend zu und strich mir sanft über den Rücken. Ein Schauer durchlief mich. Der absolut nichts damit zu tun hatte, dass das Adrenalin in meinem Körper abgebaut wurde.

»Meinst du, du kannst aufstehen?«, fragte er besorgt. Noch immer saß ich auf dem Motorrad.

Beschämt lachte ich. »Weiß ich nicht.«

Jetzt grinste er breit und reichte mir seine Hand. »Komm. Ich helfe dir.«

Ich schob den Seitenständer nach hinten, ehe ich vom Motorrad glitt. Nachdem ich abgestiegen war, bemerkte ich, dass meine Beine zitterten. Finn legte seinen Arm um meine Schulter und zog mich dicht an sich.

»Hab dich«, murmelte er und seine Lippen streiften mein Ohrläppchen. Gänsehaut kroch über meine Arme und ich hoffte, dass er es nicht bemerkte. Ich hatte keine Ahnung, was mit mir los war, aber jede seiner Berührungen schien einen Elektroschock durch meinen Körper zu senden.

»Danke«, murmelte ich und ließ mich ein wenig gegen ihn fallen. Gemeinsam gingen wir in Richtung des Einganges.

»Wir müssen auch nicht ins Kino«, meinte er und musterte mich skeptisch. Ich musste den Kopf in den Nacken legen, um ihn anzusehen, und schenkte ihm ein beruhigendes Lächeln.

»Alles gut. Ich freue mich auf den Film.« Er schien nicht vollends überzeugt, nickte aber dennoch. Wir bezahlten unsere Tickets, ehe wir die anderen an der Snackausgabe entdeckten.

»Robin!« Marisa kam erleichtert auf uns zugeeilt.

Sie musterte Finn und mich, wobei sie eine ihrer Brauen hochzog, was dafür sorgte, dass sich meine Wangen rot färbten. Dann umarmte sie mich und zwang Finn so, sich von mir zu lösen. Enttäuschung durchflutete mich, die ich an die Seite zu schieben versuchte.

»Gehts dir gut?«, fragte Marisa und betrachtete mich gründlich. Als hätte sie Angst, eine Verletzung zu übersehen.

»Alles gut«, beruhigte ich sie und schenkte ihr ein – noch immer etwas zittriges – Lächeln. »Ich glaub, ich stand kurz unter Schock.«

Mittlerweile hatten sich auch die anderen genähert.

»Sah auch übel aus«, pflichtete Lars mir bei.

»Du hast das echt gut gemacht«, meinte Julian.

Ich hob den Kopf und lächelte die beiden an. Dabei fiel mir eine zierliche Rothaarige auf, um die Julian seinen Arm geschlungen hatte. Er bemerkte meinen Blick und drückte ihr einen Kuss auf die Schläfe.

»Das ist Mara«, stellte er sie vor.

Sie grinste mich breit an und ich hatte das Gefühl, dass ihre grünen Augen amüsiert funkelten. »Wir kennen uns schon«, zwinkerte sie ihrem Freund zu. »Hey, Robin«, sagte sie fröhlich, wobei ihre Korkenzieherlocken auf und ab wippten. »Gut, dass dir nichts passiert ist.« Auch ihre Stirn zog sich besorgt zusammen.

»Kennen ist vielleicht übertrieben«, scherzte ich. »Wir haben uns ein paar Mal gesehen.«

»Dann kenne ich dich halt«, lachte sie. »Schließlich bist du immer mit den beliebtesten Mädchen unterwegs gewesen.«

Ich schlug die Hände vors Gesicht und stöhnte. »Erinner mich nicht daran.« Sie kicherte und ich konnte aus den Augenwinkeln sehen, wie Marisa uns beobachtete.

»Hast du keinen Kontakt mehr zu deinen Freundinnen?«, fragte sie mich neugierig und ich prustete.

»Nö«, schmunzelte ich leise. »Die haben mir nach einem Tag die Freundschaft gekündigt. Ich glaube, ich war ihnen nicht weiblich genug.«

Ich spürte, wie Finn mich von der Seite musterte und etwas von »Für mich siehst du ganz schön weiblich aus« murmelte. Hitze schoss mir in die Wangen und Marisa verfolgte die Szene argwöhnisch.

»Besser ist das«, bestätigte Mara meine Worte und verdrehte die Augen. »Deine Freundinnen haben mich immer Hexe genannt.«

Erschrocken sah ich sie an. »Das tut mir leid. Hätte ich das mitbekommen ...«, ich schlug mir mit der Faust in die Hand.

Mara grinste und ihre Korkenzieherlocken wackelten wieder, als sie ihren Kopf bewegte. »Weiß ich. Sie haben es auch nur gemacht, wenn du nicht in der Nähe warst.«

»Also Leute«, unterbrach Lars uns. »Sollen wir endlich mal den Film schauen oder halten wir hier einen Weibertratsch?« Julian gab ihm einen Klaps auf den Hinterkopf, grinste aber dennoch.

»Möchtest du was essen?«, flüsterte Finn in mein Ohr. Wieder sorgten seine Lippen für eine Gänsehaut auf meinen Armen.

»Popcorn«, krächzte ich.

»Süß oder salzig?«, fragte er mit schiefgelegtem Kopf.

»Wenn du mir jetzt sagst, dass du salziges Popcorn isst«, meinte ich ernst und schüttelte mich, »dann muss ich dir leider die Freundschaft kündigen.«

Leise lachte er. »Nein. Ich verstehe Menschen nicht, die gerne salziges Popcorn essen.« Er tat, als würde er sich ekeln und ich hielt ihm meine Hand für ein High Five hin. Er schlug ein und stellte sich an der Snackausgabe an.

»Geht schon mal vor«, meinte er und deutete auf den Saal. »Ich komme nach.« Ich wollte meinen Geldbeutel zücken, aber er schüttelte den Kopf und nickte in die Richtung der anderen. Marisa hatte sich etwas zurückfallen lassen und wartete auf mich. Ich lief zu ihr und hakte mich bei ihr unter.

»Was geht bei dir und Finn?«, fragte sie mich wie aus der Pistole geschossen. Wieder färbten sich meine Wangen rot. Ich hasste es, dass man mir das so deutlich ansah.

»Gar nichts«, antwortete ich hastig. Die Skepsis wich nicht aus ihrem Blick. Ich zuckte mit den Schultern. »Wir verstehen uns einfach gut.«

»Das sah aber nach mehr aus«, erwiderte sie misstrauisch.

»Quatsch«, meinte ich und lenkte unser Gespräch in eine andere Richtung. »Danke, dass du mitgekommen bist.«

Jetzt grinste sie mich breit an und schien alle Gedanken an Finn vergessen zu haben. Im Gegensatz zu mir. Unauffällig lugte ich über die Schulter. Seine sturmgrauen Augen waren direkt auf mich gerichtet. Für einen Moment betrachteten wir einander, ehe Marisa mich in den Saal zog und der Blickkontakt abbrach.

Wir saßen relativ weit vorne. Neben mir Marisa, die wiederum neben Lars. Dann kamen Julian und Mara. Ich hatte keine Ahnung, auf welcher Seite Finn sitzen würde. Ich hatte auch nicht nachfragen wollen, um Marisas Skepsis nicht erneut zu wecken. Bislang war mir selbst überhaupt nicht klar, was das zwischen ihm und mir war, und ich wollte die Pferde nicht scheu machen.

Die Lichter im Saal wurden gedimmt und die Werbung begann, als ich Finn erspähte, der, beladen mit zwei Popcorntüten, den Gang entlangschlenderte. Aufregung durchzuckte mich und ich wandte mich schnell wieder zur Leinwand. Ich verstand nicht, was mit mir los war. Noch nie hatte ich so auf jemanden reagiert. Ich hatte das Gefühl, als würde jeder meiner Blicke ihm folgen, wo auch immer er hinging. Oft ertappte ich mich dabei, wie ich nach ihm Ausschau hielt, und wenn ich ihn dann entdeckte, geriet mein Herz ins Stolpern.

Außerdem hatte ich das Gefühl, als würde meine Coolness in seiner Nähe dahinschmelzen.

Aus dem Augenwinkel registrierte ich, wie Finn sich zu Julian beugte und kurz mit ihm diskutierte. Als dieser mit den Schultern zuckte, richtete Finn sich wieder auf und quetschte sich an allen vorbei, um sich auf den freien Platz neben mir zu setzen.

»Hier«, raunte er und reichte mir die Popcorntüte. Als ich nach ihr griff, berührten sich unsere Finger.

»Danke«, grinste ich, ehe ich wieder zur Leinwand sah.

»Was für einen Film schauen wir eigentlich?« Er beugte sich zu mir und presste sein Bein an meines. Hitze schoss durch mich hindurch. Ich war mir sicher, dass ich schon wieder knallrot im Gesicht war.

»Psst«, meinte ich und deutete nach vorne. »Der beste Teil hat gerade begonnen.«

Er zog die Stirn kraus. »Die Trailer?«

Bestätigend nickte ich und er sah mich verständnislos an. »Irgendwie liebe ich die Trailer am Kino am meisten. Wenn dann kaum einer gezeigt wird, bin ich immer voll enttäuscht.« Hilflos grinste ich ihn an und er lachte leise.

»Du kannst Trailer auch zu Hause sehen.«

»Den Film auch«, erwiderte ich spöttisch und mit hochgezogener Braue.

»Touché«, grinste er. Ich wandte mich wieder nach vorne. Natürlich hatte ich die Hälfte des Trailers verpasst.

»Lust auf ein Spiel?«, schlug ich ihm vor, ohne ihn anzusehen. »Wir spielen Trailerraten.«

»Trailerraten?«, brummte er.

»Uh-uh«, nickte ich. Noch lief kein neuer Spot. »Wir raten, welcher Trailer als Nächstes gezeigt wird. Für jeden richtig erratenen gibt es einen Punkt. Der Verlierer muss den Gewinner das nächste Mal einladen.«

Kurz schwieg er. »Deal«, erwiderte er leise und mein Herz machte einen Satz. Er hatte zugestimmt. Und das wiederum bedeutete, dass wir noch einmal ins Kino gehen würden.

Natürlich hatte ich das Trailerraten gewonnen. Erst vor einer Woche war ich gemeinsam mit Meghan im Kino gewesen und wusste deswegen, was so lief. Der Film hingegen hatte mich eher ernüchtert.

Es war bereits kühl, als wir aus dem Kino traten.

»Das hat Spaß gemacht«, grinste Mara und sah in die Runde, während ich in der Tasche nach meiner Jacke kramte. Als ich sie fand, atmete ich erleichtert aus und zog sie mir an.

»Ich hätte dich auch wärmen können«, grinste Finn und legte wieder den Arm um meine Schulter, um mich an sich zu ziehen. Wie automatisch sah ich zu Marisa, die mich mit hochgezogener Braue ansah. Als wolle sie mir sagen: *Klar, da läuft nichts.*

»Habt ihr Lust, dass wir am Wochenende was zusammen machen?«, fragte Mara mich und Marisa. Ein kurzer Blick zu Letzterer, die aufgeregt nach meiner Hand gegriffen hatte, machte die Antwort ziemlich leicht.

»Gern«, nickte ich.

Unsicher sah ich auf mein Motorrad, während die anderen über die Wochenendpläne diskutierten. Es war nicht weit bis zu mir, aber ein mulmiges Gefühl machte sich in meinem Bauch breit. Etwas, was ich noch nie gespürt hatte, wenn es um mein Motorrad gegangen war. Aber der Zwischenfall hatte mir Angst gemacht. Und ohne Schutzkleidung traute ich mich gerade nicht zu fahren.

Finn schien meine Unsicherheit zu spüren. »Sollen wir dich mitnehmen?«

Unschlüssig kaute ich auf meiner Unterlippe. »Ich brauche mein Motorrad morgen«, erklärte ich ihm mit einem hilflosen Schulterzucken. »Mein Bruder und Megs haben heute Nachtdienst. Sie werden mich morgen nicht fahren können.«

»Wir holen dich morgen ab und bringen dich wieder her«, schlug Finn vor, als wäre es das Normalste auf der Welt.

»Ich möchte keine Umstände machen.« Finn verdrehte die Augen, zog mich enger an sich und wandte sich an Lars. »Können wir Robin heute mitnehmen und morgen vor der Schule wieder hier absetzen?«

Alle Blicke waren jetzt auf uns gerichtet. Ich war froh, dass er mit keiner Silbe erwähnte, dass ich Schiss davor hatte, mich wieder aufs Motorrad zu setzen.

»Wo wohnst du?«, erkundigte sich Lars Nachdem ich ihm meine Adresse genannt hatte, zuckte er mit den Schultern. »Das ist in der Nähe von Julian. Kein Problem.«

»Siehst du«, brummte Finn leise. Die anderen hatten sich schon zum Gehen gewandt, ich hingegen blieb noch immer unschlüssig an derselben Stelle stehen. »Komm«, meinte er und zog mich mit sich zu den anderen.

Hinter dem Kino verabschiedeten sich Mara, Julian und Marisa von uns.

»Bis morgen«, meinte ich zu ihr. Lars und Finn wandten sich zu einem Kombi, der nur wenige Meter entfernt stand.

»Du kannst vorne sitzen«, meinte Finn und zwinkerte mir zu. So weit, wie es mir möglich war, rutschte ich mit dem Sitz nach vorne, damit er Platz für seine langen Beine hatte. Lars startete den Motor und schaltete das Radio an. Als ein Song lief, der mir besonders gut gefiel, deutete ich fragend auf die Armatur.

»Darf ich? Mir gefällt das Lied.«

Lars grinste und nickte. »Tu dir keinen Zwang an.«

Leise summte ich das Lied mit, bis mich eine rauchige Stimme aus dem Konzept brachte. Finn hatte begonnen mitzusingen und traf dabei jeden Ton. Ich hätte ihm ewig zuhören können. Erstaunt blickte ich über die Schulter. Er hatte sich vorgebeugt und sein Kopf ragte über der Mittelkonsole nach vorne.

»Ich liebe das Lied auch«, zwinkerte er mir zu, nachdem es vorbei war.

Mit großen Augen sah ich ihn an. »Du kannst singen«, sagte ich und klang ein wenig fassungslos. Er schmunzelte und auch Lars musste sich ein Lachen verkneifen.

»Ein bisschen vielleicht.«

»Ein bisschen vielleicht«, wiederholte ich seine Worte ungläubig. »Das war der Wahnsinn!«

Seine Wangen färbten sich rot, ehe er sich an Lars wandte und ihn in ein Gespräch über ein Videospiel verwickelte. Ich hingegen beobachtete Finn und hoffte, dass niemand mein Starren bemerkte. Mein Zuhause war nur noch wenige Meter von uns entfernt und irgendwie war mir überhaupt nicht danach, mich von Finn zu verabschieden.

»Hier ist es.« Ich deutete auf das rote Backsteinhaus.

Nachdem unsere Eltern gestorben waren, hatte ihre Lebensversicherung den Rest des Kredites übernommen und Josh und ich hatten in dem Haus bleiben können. Etwas Normalität, nachdem sonst alles um uns herum zusammengebrochen war.

Lars hielt an und für einen Moment blieb ich unschlüssig neben ihm sitzen.

»Danke fürs Fahren«, grinste ich. Er gab mir ein High Five und ich stieg aus. In der Zwischenzeit war Finn ebenfalls ausgestiegen. Unschlüssig stand ich ihm gegenüber. Ich hatte keine Ahnung, wie ich mich von ihm verabschieden sollte.

»Danke für heute«, sagte ich leise und schenkte ihm ein scheues Lächeln.

»Gerne«, zwinkerte er mir zu. Ich winkte ihm noch einmal lahm zu und wollte mich gerade abwenden, als er mich in seine Arme zog. Tief sog ich seinen Duft ein und genoss die Wärme, die von ihm ausging. Als wir uns voneinander gelöst hatten, lächelte ich ihn ein weiteres Mal an, ehe ich mich umdrehte und zu unserem Haus ging. Auf halbem Wege zur Haustür rief Finn nach mir. Er stand noch immer auf dem Gehweg.

»Wann sollen wir dich morgen abholen?«

»So um sieben?«, fragte ich ihn nach kurzer Überlegung.

Er nickte und streckte den Daumen nach oben. »Ach übrigens, Robin«, sagte er und sah mich dabei so an, wie er das in dem Club getan hatte. »Es hat mich ganz schön geschockt, dich an der Schule wiederzusehen. Aber mittlerweile finde ich es richtig gut.«

Mein Herz klopfte so laut, dass ich mir sicher war, dass sogar er es hören konnte. Er zwinkerte mir zu, ehe er einstieg. Lars startete den Wagen und gemeinsam fuhren sie weg.

Ich blieb noch eine Weile an derselben Stelle stehen und starrte dem Auto hinterher, bis ich die Rücklichter nicht mehr erkennen konnte. Das erste Mal hatte er etwas zu dem Abend im Club gesagt. Das erste Mal war ich mir sicher, dass er sich genauso daran erinnern konnte wie ich. Und irgendwie deutete ich das als ein gutes Zeichen.

Kapitel 6

Robin

Damals

»Stell dich nicht so an«, lachte ich und beobachtete, wie Finn skeptisch mein Motorrad betrachtete.

Er hatte den Bus verpasst und mich panisch angerufen. Ich war gerade dabei gewesen, die Haustür zu verlassen, und war einen kurzen Umweg zu ihm gefahren. Seit dem Kinoabend waren ein paar Wochen vergangen, die wir dazu genutzt hatten, noch mehr Zeit miteinander zu verbringen. Entweder als Clique oder einfach nur zu zweit.

Mittlerweile hatte auch Josh Finn kennengelernt. Meghan hatte sich Hals über Kopf in ihn verliebt – natürlich nur im übertragenen Sinne –, während Josh ihm gegenüber eher zurückhaltend war. Als wüsste er nicht genau, was er von ihm halten sollte. Aber langsam schien er sich an ihn und seine Anwesenheit zu gewöhnen. Im Gegensatz zu meinem Herzen, das noch immer wilde Purzelbäume schlug, sobald ich ihn sah.

»Ich bin noch nie Motorrad gefahren«, gab er brummend zu, während er sich den Helm, den ich ihm mitgebracht hatte, über den Kopf zog.

»Dann wird es aber Zeit«, stellte ich fest. »Schließlich ist deine beste Freundin eine begnadete Fahrerin.«

Er war gerade dabei gewesen, die Schnalle an seinem Kinn zu schließen, als er innehielt und mich mit einem nicht zu definierenden Blick musterte. »Du bist also meine beste Freundin?«

»Klar«, gab ich mich locker und warf kokett mein Haar über die Schulter. »Oder willst du etwas anderes behaupten?« Ich musterte ihn aufmerksam.

Ein schiefes Lächeln schlich sich auf seine Lippen. »Nein, du hast recht.«

Lachend zog ich mir den Helm über den Kopf und setzte mich aufs Motorrad. Finn stand etwas unbeholfen daneben und beäugte mein Bike noch immer skeptisch.

»Du musst dich schon hier hinsetzen«, meinte ich und klopfte auf den Sitz hinter mir.

»Ich glaube nicht, dass ich da hinpasse«, murmelte er, bevor er sich etwas unbeholfen hinter mich schwang.

»Du musst dichter aufrutschen«, erklärte ich.

Finn schob sich näher an mich heran und seine Brust presste sich an meinen Rücken. Mein Hals wurde auf einmal staubtrocken. Ich glaubte, die Hitze seines Körpers noch durch den Schutzanzug zu fühlen.

Ich griff nach seinen Armen und legte sie um meine Taille. »So«, nickte ich.

Dann sah ich über die Schulter und erschrak kurz, als unsere Helme gegeneinanderstießen, ehe ich leise glucksen musste. Mein Kichern entlockte Finn ein angestrengtes Lächeln.

»Wenn ich mich in eine Kurve lege«, erläuterte ich ihm sachlich und versuchte, nicht daran zu denken, dass er mir so unfassbar nah war, »dann musst du dich in dieselbe Richtung legen. Du wirst das ganz automatisch machen.«

»Und wenn ich mich in die andere Richtung lehne?«, fragte er.

Fast hätte ich wegen seiner Unsicherheit gegrinst, verkniff

es mir im letzten Moment aber. »Dann kann es gut sein, dass wir das Gleichgewicht verlieren und über den Asphalt rutschen werden.« Ich war mir sicher, dass er schluckte. Mit großen Augen sah er mich an.

Beruhigend klopfte ich ihm auf den Oberschenkel, während ich den Motor startete. »Keine Sorge«, gluckste ich. »Es wird schon gut gehen.«

Dann fuhr ich an und steuerte in Richtung Schule. In der ersten Kurve wurde Finns Griff um meine Taille ein wenig fester, als hätte er Angst, runterzufliegen. In der zweiten war ich mir sicher, seinen Jubel im Ohr zu haben. Hundertprozentig konnte ich es jedoch nicht sagen, weil der Wind alle anderen Geräusche verschluckte. Innerhalb weniger Minuten waren wir auf dem Schulhof angekommen und ich parkte mein Motorrad an der typischen Stelle. Wie immer wartete Marisa auf mich und blickte mich erstaunt an.

Finn schwang sich vom Motorrad – natürlich trat er mir mit dem Fuß in den Rücken – und stellte sich neben mich. Während wir uns die Helme vom Kopf streiften, lächelte ich ihn verschmitzt an.

»Und?«, fragte ich grinsend. »Hats dir gefallen?« Ich konnte die Begeisterung in seinen Augen blitzen sehen und war mir sicher, dass ich ihn mit dem Motorradfieber angesteckt hatte.

»Meine Beine sind noch ganz wackelig«, lachte er und auch Marisa kicherte. »Aber das war der Oberwahnsinn.« Wäre er ein Mädchen, war ich mir sicher, würde er zusätzlich in die Hände klatschen. »Ich wünschte, ich könnte auch fahren.«

Aus einem Impuls heraus erwiderte ich: »Wenn du magst, kann ich es dir nach der Schule mal zeigen.«

Marisas Brauen berührten bei diesen Worten fast ihren Haaransatz. Erst gestern hatte ich ihr gesagt, dass niemals jemand außer mir mein Motorrad fahren durfte. Da konnte man mal sehen, wie schnell ich mich umstimmen ließ.

Da läuft gaaar nichts, sagte sie wortlos zu mir. Ich sah sie mit aufgerissenen Augen an, wurde aber von Finn unterbrochen, der begeistert nickte.

»O ja«, rief er und hielt mir seine Hand zum High Five hin, in das ich lachend einschlug.

Im nächsten Moment wurde Finn von der Seite angequatscht. Wenn ich mich nicht irrte, gingen die beiden in denselben Physikkurs.

Er schaute mich entschuldigend an. »Wir sehen uns in Mathe, ja?«

Ich nickte und beobachtete ihn, als er sich zur Schule wandte. Marisa stieß mir ihren Arm in die Seite.

»Autsch!«, stöhnte ich und rieb mir die Stelle. »Was guckst du so?«, fragte ich und hoffte, dass ich nicht wieder rot anlief.

»Bei euch läuft natürlich überhaupt nichts«, schnaubte sie. »Es fehlt nur noch, dass du dir die Klamotten vom Leib reißt und dich auf seinen Schoss wirfst.«

Entsetzt starrte ich sie an. »Was, nein!«, rief ich aus und knuffte nun sie in den Oberarm. »Hör auf, sowas zu sagen.«

»Finn«, stöhnte sie verträumt. »Natürlich schenke ich dir mein Motorrad.«

Ich wollte sie böse anstarren, stattdessen verfiel ich in Gelächter und gab ihr einen Klaps auf den Hinterkopf. »Komm«, erwiderte ich und verdrehte die Augen. »Sonst sind wir zu spät für Geschichte.«

Sie schloss auf und hakte sich bei mir unter. »Pass auf, dass er dir dein Herz nicht bricht«, meinte sie, bevor wir in die Schule traten, und sah mich ernst an. »Er wirkt jetzt ausgelassen, aber ich weiß noch, wie er war, als er mit Sara zusammen war.« In meiner linken Brust zog sich etwas schmerzvoll zusammen.

»Er redet nie von ihr«, gestand ich ihr leise.

»Ich glaube, die beiden sind seit der neunten Klasse zusammen«, erzählte sie mir nach einem nachdenklichen Schweigen, ohne dass ich nachfragen musste. Etwas, wofür ich ihr unfassbar dankbar war. »Aber das war schon immer ein On-und-Off. Wenn du mich fragst, hat sie ihn schon viel öfter betrogen.«

Neugierig musterte ich sie, aber sie zuckte nur mit den Schultern.

»Ich habe früher viel beobachtet«, meinte sie. »Ich glaube, die zwei waren mindestens fünf Mal auseinander.« Überrascht zog ich die Braue hoch.

Sie nickte. »Ich verstehe es auch nicht. Finn hat definitiv etwas Besseres verdient.« Sie musterte mich. »Jemanden wie dich«, flüsterte sie.

»Wie sieht sie aus?«, fragte ich nach ein paar Sekunden. In Finns Zimmer hatte ich kein einziges Foto von ihr gesehen und ich hatte mich nicht getraut, einen Blick in die Jahrbücher zu werfen. Außerdem hatte ich mir verboten, sie in irgendeiner Art und Weise zu stalken.

Marisa schwieg ein paar Sekunden, ehe sie antwortete. »Gut. Wahnsinnig gut. Ellenlange Beine, die sie wie ein Model aussehen lassen, braune Haare und diese mitleiderregenden braunen Augen. Ich kenne kein Mädchen, das nicht so aussehen wollte wie sie.« Ich schluckte und sah an mir herunter. Mit so jemandem konnte ich nicht mithalten.

Marisa bemerkte meinen Blick und drückte meine Hand. »Ihr Charakter hat dafür alles ruiniert.«

Ich warf ihr ein dankbares Lächeln zu, ehe ich den Kopf schüttelte und auf den Stundenplan deutete. »Vielleicht haben wir ja Glück und der Schmitt ist krank.«

Marisa verstand, dass ich nicht weiter darüber reden wollte, und ließ sich auf den Themenwechsel ein.

»Können wir das einfach hier machen?« Finn musterte skeptisch die Umgebung. Er stand mit dem Rücken zur Sonne und zum ersten Mal fiel mir auf, dass seine Haare länger geworden waren.

»Hier ist niemand«, erwiderte ich schulterzuckend und deutete mit der Hand auf das Feld, das uns umgab. »Nur ein paar Hundebesitzer laufen hier mal lang.«

Unschlüssig sah Finn auf mein Motorrad.

»Du musst auch nicht«, räumte ich ein, »wenn du ein Schisser bist.«

Er verengte die Augen und schnaubte. Dann setzte er sich den Helm auf und schwang sich auf den Sitz. Mein Herz klopfte wie wild in meinem Hals und ich hoffte, dass ihm – und natürlich meinem Bike – nichts passieren würde.

»Erklärst du es mir auch?«, rief er über seine Schulter und riss mich aus meiner Starre.

Ich eilte zu ihm und zeigte auf den Lenker. »Links ist die Kupplung«, meinte ich und deutete auf den Hebel. »Rechts ist die Vorderradbremse.«

Er hörte aufmerksam zu und nickte.

Dann wies ich auf den Hebel vor seiner linken Fußraste. »Hier sind die Gänge. Den ersten Gang schaltest du, indem du nach unten drückst, die anderen ziehst du mit dem Fuß hoch.« Ich bedeutete ihm, es auszuprobieren. »Wenn du runterschaltest, dann drückst du einfach nur drauf.« Ich deutete auf die Armatur. »Wenn das grüne N leuchtet, dann bist du im Leerlauf.«

»Okay«, meinte Finn und nickte zuversichtlich.

»Vor deinem rechten Fuß ist die Hinterradbremse.«

»Und wann drück ich welche?«, fragte er stirnrunzelnd.

»Primär verwendest du das Vorderrad«, sagte ich, nachdem ich kurz nachgedacht hatte. Diese ganzen Abläufe waren mir mittlerweile in Fleisch und Blut übergegangen. »Wenn du immer mal wieder leicht auch die Hinterradbremse benutzt, ist das nicht schlimm. Aber bloß nicht zu doll, dann bricht das Hinterrad aus.«

»Und dann?«, fragte er und ich meinte einen leicht panischen Unterton zu hören.

»Dann rutschst du weg«, erwiderte ich und verzog das Gesicht. »Und ich will nicht, dass mein Motorrad Kratzer bekommt.«

Empört schnaubte er. »Und was ist mit meinem schönen Gesicht?«

Ich kicherte und hatte das Gefühl, dass Finn mich auf einmal sehr liebevoll ansah. Mir wurde heiß.

»Ich denke, dein Gesicht kann das vertragen«, murmelte ich.

Finn räusperte sich. »Wo ist das Gas?«

Ich deutete auf den rechten Griff. »Einfach hier nach unten drehen«, meinte ich und bewies es ihm. Der Motor heulte auf und Finn nickte.

»Meine Güte«, sagte er kopfschüttelnd. »Konnte ja keiner ahnen, was für eine Wissenschaft dahintersteckt.« Er grinste mich an und ich zwinkerte ihm zu.

»Du wirst es schon schaffen.« Dann griff ich an die Kupplung und versetzte das Motorrad in den Leerlauf. Dabei kamen wir uns wieder unfassbar nahe und ich musste schlucken.

»So«, räusperte ich mich und deutete auf die Straße. »Jetzt musst du eigentlich nur die Kupplung anziehen, in den ersten Gang schalten und anfahren.« Während ich sprach, trat Finn bereits in den ersten Gang, ohne die Kupplung zu ziehen, und mein Motorrad machte einen Satz nach vorne, ehe er es abwürgte.

Ich verzog das Gesicht. »Bisschen sanfter!«, empörte ich mich und schlug ihm gegen den Oberarm. »Schließlich hat sie Gefühle.«

»Sie?«, grinste er unter dem Helm. »Dein Motorrad ist eine Sie?«

»Ja. Ein Problem damit?«

Er hob abwehrend die Hände, schüttelte den Kopf, aber grinste immer noch von einem Ohr zum anderen.

Ich zeigte ihm, wie er den Motor starten konnte. »Und jetzt lässt du die Kupplung ganz sanft kommen«, meinte ich, nachdem er sich im ersten Gang befand. »Ganz vorsichtig loslassen«, erklärte ich und beobachtete ihn. »Und wenn das Motorrad sich zu bewegen beginnt, ein bisschen Gas dazugeben.«

Finn nickte, man konnte ihm ansehen, dass er hochkonzentriert war.

Als sich das Motorrad in Bewegung setzte, hörte ich ihn jubeln. »Jetzt ein bisschen Gas geben!«, rief ich ihm zu und hoffte, dass er es nicht übertrieb. Was er natürlich tat. Entsetzt sah ich zu, wie das Motorrad nach vorne schoss.

»Du musst schalten!«, brüllte ich, weil ich hörte, dass er bereits einen viel zu hohen Drehmesser erreicht hatte. Zum Glück ließ er einfach das Gas los. Auch wenn er damit das Motorrad abbockte, passierte nichts Schlimmeres. Ich lief zu ihm und er warf mir über die Schulter einen hilfesuchenden Blick zu.

»Robin, ich glaub, ich kann das nicht alleine.« Ich kicherte. »Kannst du mir helfen?«

Erst wollte ich verneinen, weil das nun mal nicht ging, bevor mir eine Idee kam und ich nickte. Ich klappte die Fußrasten für den Beifahrer aus und setzte mich hinter ihn. Dann rutschte ich, so dicht ich konnte, auf und beugte mich vor. Meine Arme waren ein wenig zu kurz und Finn musste sich etwas vorbeugen, damit ich den Lenker ebenfalls zu fassen bekam. Er hatte sein Visier geöffnet, damit er mich auch verstehen konnte. Ich hingegen trug überhaupt keinen Helm.

»Motor starten«, befahl ich ihm und mein Gesicht war gegen seinen Helm gepresst. Ich versuchte, nicht daran zu denken, wie nah wir uns waren. »Jetzt in den ersten Gang schalten und die Kupplung kommen lassen.«

Finn gehorchte mir, und während er anfuhr, gab ich ein bisschen Gas. Nicht zu viel, schließlich hatte mein Motorrad wahnsinnig Power unterm Sessel und war definitiv nicht für einen Anfänger geeignet. Ich glaubte, Finn jubeln zu hören.

»In den zweiten Gang schalten«, brüllte ich, als der Drehzahlmesser hochkletterte. Wie auf Kommando gehorchte Finn mir und beschleunigte das Motorrad auf 60 km/h.

»Dritter Gang«, wies ich ihn an.

Er beschleunigte noch mehr. Der Wind zerzauste mein Haar und Finn war hörbar begeistert. Würde Josh mich so sehen, würde er mir den Hals umdrehen, weil ich mich in so eine Gefahr begeben hatte. Aber alles, was mich gerade interessierte, war das Glück, das durch meine Adern pulsierte. Mit der Hand bedeutete ich Finn, zu verlangsamen, was er, ohne zu zögern, tat. Als er angehalten hatte, drehte er seinen Kopf über die Schulter und gab mir dadurch eine Kopfnuss mit dem Helm. Ich stöhnte und rieb mir über die Stirn, ehe ich vom Beifahrersitz runterrutschte.

»Das war der Wahnsinn, Robin«, schwärmte er, nachdem er sich den Helm vom Kopf gezogen hatte. Seine Haare standen wirr ab und wie automatisch griff ich nach ihnen, um sie zu richten. Auf einmal waren wir uns so nah, dass sich unsere Nasenspitzen fast berührten.

»Ich …«, sagte ich stotternd. »Deine Haare«, versuchte ich zu erklären, ehe ich die Hand schnell zurückzog, als hätte ich mich an ihnen verbrannt.

Finns Augen wirkten wie flüssiges Silber und er schüttelte den Kopf. »Alles gut«, räusperte er sich. Sekundenlang sahen wir einander unbeholfen an, ehe sich ein breites Grinsen auf seine Lippen schlich. »Ich verstehe jetzt, wieso du so fasziniert davon bist.«

»Ja, oder?«, meinte ich strahlend. Er klappte den Seitenständer aus und wollte absteigen, als ich den Kopf schüttelte. Ich deutete auf das andere Ende des Weges, von dem wir gestartet waren. »Magst du uns zurückfahren?«, fragte ich ihn. »Meine Sachen liegen alle dahinten.«

Kurz zögerte er, ehe er nickte. »Dann schwing dich rauf, Weib!«

Ich lachte und setzte mich hinter ihn. Natürlich genoss ich die Möglichkeit, mich wieder eng an ihn zu pressen. Heimlich sog ich seinen Geruch in mir auf.

»Hilfst du mir wieder?«, fragte er und ich zuckte ertappt zusammen.

»Nö«, versuchte ich meine Verlegenheit zu überspielen.

»Das schaffst du schon.« Und tatsächlich. Finn fuhr uns zurück, als hätte er nie etwas anderes getan.

»Ich glaube, irgendwann werde ich auch den Motorradschein machen«, meinte er zufrieden, als er abstieg. Mein Herz flatterte bei dieser Aussicht ein wenig.

»Dann können wir ja zusammen eine Tour machen?«, schlug ich ihm unsicher vor.

»Das klingt perfekt«, sagte er und grinste mich breit an.

Kapitel 7

Robin

Damals

Marisa und ich belegten gerade eine Pizza, als die Haustür geöffnet wurde.

»Ich hab dir gesagt, dass es scheiße ist!«, fauchte Meghan und ich ließ erschrocken die Dose Mais fallen. Josh und Meghan stritten sich so gut wie nie, aber wenn sie es taten, gab es Tote und Verletzte.

»Megs«, seufzte Josh und klang müde. Was auch nicht verwunderlich war, weil beide eine lange Wochenendschicht hinter sich hatten.

»Schieb dir dein Megs sonst wohin«, herrschte sie meinen Bruder an. »Ich hab dir hundertmal gesagt, dass sie sich an dich ranmachen will, aber du hast mir ja nicht geglaubt.« Marisa sah mich unsicher an. Ich klapperte extra laut mit der Besteckschublade, um auf uns aufmerksam zu machen, aber die beiden schienen uns nicht zu hören.

»Meghan«, sagte Josh jetzt wütend. »Es ist mir vollkommen egal, ob sich Lara an mich ranmachen will oder nicht.«

»So«, meinte sie höhnisch. »Oder genießt du die Aufmerksamkeit?«

»Hör auf, so einen Stuss zu reden«, fuhr Josh sie an. »Wieso sollte ich das genießen?«

»Na keine Ahnung«, brüllte Meghan ihn an. Marisa und ich zuckten zusammen. »Weil deine Playboy-Tage vorbei sind und du Aufmerksamkeit und Sex vermisst?«

»Sex bekomme ich bei dir genug«, brummte Josh.

Ich verzog das Gesicht und Marisa hob ihre Brauen Richtung Haaransatz. Manchmal konnte mein Bruder eine absolute Hohlfrucht sein. Irgendetwas knallte. Vermutlich hatte Meghan ihren Rucksack auf den Boden geworfen.

»Du bist ein Arschloch, Josh Wolf«, fauchte sie. »Und du weißt ganz genau, dass du das alles noch förderst mit deinen blöden Grinsern und Augenzwinkern.«

»Meghan«, seufzte er und ich war mir sicher, dass er sich über die Schläfe rieb. »Ich bin einfach nur freundlich.«

»Freundlich, freundlich, freundlich«, spöttelte sie. »Und nächstes Mal, wenn ich in dein Büro platze, dann erwische ich euch dabei, wie sie dir auf ihren Knien Freundlichkeit erweist?«

»Meghan«, ächzte mein Bruder.

»Hör auf mit deinem Meghan«, sagte sie und dieses Mal konnte ich hören, wie ein Schluchzer sich aus ihrer Kehle bahnte. »Ich habe da keinen Bock mehr drauf, Josh. Wenn du nicht weißt, was du willst, dann lass mich aus dem Spiel.«

Mein Herz zog sich zusammen und ich klammerte mich an die Kante der Theke. Josh hatte Meghan doch nicht betrogen, oder? Das konnte ich mir beim besten Willen nicht vorstellen.

»Meghan«, wiederholte er ihren Namen so unglaublich sanft, dass es mir Tränen in die Augen trieb.

»Nein, Josh«, weinte sie jetzt. »Ich werd heut Nacht zu meinen Eltern gehen.«

Ich schluckte. Ich wusste nicht, wann Meghan das letzte Mal bei ihren Eltern geschlafen hatte. Das musste Jahre her sein.

Im nächsten Moment lief sie an der Küche vorbei und zuckte zusammen, als sie Marisa und mich an der Theke stehen sah. Sie winkte uns lahm zu und ging weiter. Als ich eine Tür knallen hörte, wusste ich, dass sie im Schlafzimmer war. Sicher, um eine Tasche zu packen. Am liebsten würde ich sie in den Arm nehmen. Ich hatte Meghan erst ein einziges Mal weinen sehen. Josh ging ebenfalls an der Küche vorbei und verharrte, als er mich und Marisa bemerkte.

»Hey«, sagte ich vorsichtig. Er wirkte erschöpft und nickte gequält.

Dann deutete er in die Richtung, in die Meghan verschwunden war. »Ich geh ihr mal hinterher.« Aber er kam gar nicht weit, denn Meghan kehrte zurück.

Über ihre Schulter hatte sie einen Weekender geschlungen, den ich mir schon ein paar Mal bei ihr ausgeliehen hatte. Ihr Gesicht war verquollen und die Augen rot.

»Meghan« Josh streckte die Hand nach ihr aus. Bevor er sie berühren konnte, schüttelte sie den Kopf.

»Ich mach das nicht mehr mit, Josh«, flüsterte sie leise. »Du willst unsere Beziehung im Krankenhaus verheimlichen, dann kannst du das gerne tun.«

Gequält sah ich woanders hin. Das war ein Punkt, der sie schon seit Jahren nervte. Etwas, was ich sowieso nie verstanden hatte. Meghan arbeitete nicht einmal auf Joshs Station.

»Aber ich bin es leid, immer nur an zweiter Stelle zu kommen. Ich bin es leid, in dein Büro zu platzen und nur mit einem BH bekleidete Frauen vorzufinden.« Kurz warf sie mir einen entschuldigenden Blick zu und ich schluckte. Hatte Josh sie doch betrogen? »Ich melde mich die Tage bei dir«, murmelte sie, lächelte mir kurz gequält zu, ehe sie an ihm vorbeitrat und die Haustür ins Schloss warf.

Ich stürzte aus der Küchentür. »Du musst ihr hinterhergehen!«, bedeutete ich meinem Bruder und fuchtelte mit den Händen vor seinem Gesicht. Er hatte mir den Rücken zugewandt und die Arme vor der Brust verschränkt, während er aus der Tür dabei zusah, wie Meghan mit ihrem Mini Cooper unseren Hof verließ.

Ich rüttelte an seiner Schulter. »Josh.«

»Nein«, brummte er und schüttelte den Kopf. »Sie würde mir sowieso nicht zuhören. Das wollte sie schon den ganzen Tag nicht.«

»Ja, wie toll fändest du es denn, wenn du sie mit einem anderen Typen im Büro erwischen würdest?«

»So war es nicht«, brüllte er jetzt mich an.

Ich zuckte zusammen und trat einen Schritt zurück.

Josh sah mich entschuldigend an. »Tut mir leid, Robin.« Er schüttelte wieder den Kopf. »Ich werde morgen in Ruhe mit ihr reden, wenn sie sich beruhigt hat und mir zuhört.« Er lächelte mir und Marisa gequält zu. »Das Wochenende war hart. Ich werde mich hinlegen.«

Ich nickte und beobachtete, wie er in sein Schlafzimmer ging. Dasselbe, aus dem vor wenigen Minuten Meghan hinausgestürmt war. Als ich mich zu Marisa umdrehte, konnte ich sehen, dass sie genauso wenig wie ich davon überzeugt war, dass Meghan sich morgen beruhigt hätte.

»Willst du drüber reden?«, fragte Marisa, nachdem ich die letzten zehn Minuten gemeinsam mit ihr unsere Pizza im Ofen beobachtet hatte.

»Nein, ja.« Ich zuckte mit den Schultern. »Weiß nicht. Ich hab Angst, dass Meghan uns alleine lässt«, gab ich zu. »Sie und Josh haben mich quasi großgezogen.« Die Panik streckte ihre Finger nach mir aus, aber ich versuchte sie abzuschütteln.

»Sie wird schon wiederkommen«, meinte Marisa zuversichtlich und drückte meine Schulter. Dankbar lächelte ich sie an, auch wenn ich ihren Worten keinen Glauben schenken konnte. Dieses Mal war Meghan weggerannt, etwas, was sie noch nie gemacht hatte. Ganz egal, wie schlimm sie und Josh sich schon gestritten hatten.

»Welchen Film magst du sehen?«, fragte sie mich, nachdem wir die Pizza aufgeteilt und uns aufs Sofa gefläzt hatten.

Ich zuckte mit den Schultern. »Such du aus«, murmelte ich und schob mir das erste Stück in den Mund.

Skeptisch sah Marisa mich an. Normalerweise artete die Filmwahl in eine Riesendiskussion aus und wir verbrachten den Abend damit, Trailer zu schauen. Bis wir uns entschieden hatten, war es meist zu spät, noch einen Film zu beginnen. Marisa wählte eine Komödie aus, die sie mir schon seit Wochen aufbrummen wollte.

Tatsächlich gefiel mir der Streifen sogar relativ gut und für ein paar Stunden konnte ich meine Sorgen vergessen. Aber als Marisa nach Hause gefahren war und ich alleine auf dem Bett lag, hatte ich wieder Angst. Wie automatisch griff ich nach meinem Handy und wählte Finns Nummer.

»Ja?«, nahm er das Gespräch verschlafen entgegen. Ein Blick auf die Uhr sagte mir, dass es schon nach Mitternacht war. Ich verzog das Gesicht. Darauf hatte ich natürlich nicht geachtet.

»Hey«, antwortete ich zerknirscht.

»Robin?«, gähnte er. Ich konnte es rascheln hören. »Hast du mal auf die Uhr gesehen?«

»Nein«, gab ich zu. »Tut mir leid, ich …« Ich hielt inne, weil ich nicht wusste, was ich sagen wollte. Mittlerweile kam es mir wie eine vollkommen bescheuerte Idee vor, ihn angerufen zu haben.

»Was ist passiert?« Plötzlich klang er wacher als vorher.

»Josh und Meghan haben sich gestritten«, erzählte ich ihm und kam mir dabei wie ein verängstigtes Kleinkind vor. »Ich hab Angst, dass sie nicht wiederkommt.«

Er brummte, als würde er verstehen, was ich meinte. Und vielleicht tat er das auch. »Wie weit bist du mit *Prison Break*?«, fragte er mich und ich war ihm dankbar, dass er versuchte meine Gedanken in eine andere Richtung zu lenken.

»Noch nicht so weit«, gestand ich ihm.

»Pf«, schnaubte er und meine Mundwinkel hoben sich.

»Schmeiß den Laptop an. Wir schauen zusammen weiter, sonst wird das ja nichts.« Ich klemmte mir das Handy zwischen Schulter und Kopf ein und griff mit der anderen Hand nach dem Laptop.

»Dann hast du ja eigentlich noch gar nichts gesehen«, meinte er empört, nachdem ich ihm gesagt hatte, bei welcher Folge ich war.

Leise kicherte ich.

»Play?«, fragte er und ich war mir sicher, ein Lächeln in seiner Stimme hören zu können.

»Auf drei«, antwortete ich.

Zeitgleich begannen wir die Serie weiterzuschauen, aber eigentlich lauschte ich nur Finn. Ich mochte es, wie er lachte, wenn ihm etwas besonders gefiel. Oder wenn er meinte, mich auf eine Szene extra hinweisen zu müssen, weil ich ja sonst die Zusammenhänge nicht verstehen würde. Je länger ich ihm zuhörte, umso schwerer wurden meine Lider.

»Danke«, flüsterte ich, als ich merkte, dass ich kurz davor war, abzudriften.

»Immer, Robin«, erwiderte er und das war das Letzte, was ich wahrnahm, bevor ich in einen unruhigen Schlaf fiel.

Kapitel 8

Robin

Damals

»Ey, Robin«, hörte ich eine mir mittlerweile mehr als vertraute Stimme. Auch die Schmetterlinge in meinem Bauch erkannten sie nur allzu gut und ich musste mich anstrengen, kein allzu idiotisches Grinsen aufzusetzen. Betont gelangweilt sah ich über die Schulter. Finn war nur wenige Meter von mir entfernt und bedeutete mir, stehen zu bleiben. Was ich natürlich nicht tat.

»Du machst echt nie was von dem, was man dir sagt, oder?«, keuchte Finn, als er mich eingeholt hatte.

»Nö«, grinste ich ihn breit an. »Wieso auch?«

Er lachte und legte seinen Arm um meine Schulter, um mich dicht an sich zu ziehen. Finn hatte keine Ahnung, was diese Geste mit meinem Inneren anstellte. Heimlich sog ich seinen Geruch tief in mich auf. Die anderen Schüler drängten sich an uns vorbei, was ihn dazu veranlasste, mich noch dichter an sich zu pressen. Es passte nicht einmal mehr ein Blatt zwischen uns. An den Stellen, an denen unsere Körper sich berührten, hatte ich das Gefühl, zu verbrennen. Für jeden Außenstehenden gaben wir sicher ein schönes Paar ab, mit dem einen Problem: Wir waren keins. Was definitiv nicht daran lag, dass ich es nicht wollte.

Ich war hoffnungslos und unwiderruflich in Finn Roth verliebt.

Das war mir besonders in den letzten Tagen aufgefallen. Meghan war noch immer nicht wieder nach Hause gekommen und langsam befürchtete ich, dass mein Bruder es wirklich verkackt hatte. Jeden Abend rief ich Finn an und wir sahen zusammen unsere Serie. Auch wenn ich nur seinem Atem und seiner Stimme lauschte. Irgendwie hatte das etwas Beruhigendes. Er war das Letzte, an das ich dachte, wenn ich abends einschlief, und das Erste, zu dem meine Gedanken nach dem Aufstehen wanderten. Selbst in meinen Träumen verfolgte er mich.

Ich war mir sicher, dass sogar mein Bruder bemerkt hatte, dass ich verliebt war. Denn außer Finn kannte ich fast kein anderes Thema mehr. Finn hat dieses, Finn hat jenes. Ich war wie eine CD, die an einer Stelle hängenblieb.

»Kann ich später vorbeikommen?«, fragte er mich beiläufig.

»Natürlich«, erwiderte ich so lässig wie möglich.

»Hey, Leute!« Finn winkte in die Runde, ohne seinen Arm von meiner Schulter zu nehmen.

Ich konnte Marisas hochgezogene Braue sehen. Sie hatte mich schon oft gefragt, ob da mehr zwischen uns war, aber ich hatte es immer vehement verneint. Ich wusste nicht, wieso ich sie anlog, aber es war leichter, als ihr mein Gefühlschaos offenzulegen. Julian und Lars nickten uns kurz zu, ehe Lars sich wieder an Marisa wandte und ihr irgendetwas in Mathe erklärte. Natürlich hätte ich ihr auch geholfen, aber sie behauptete, dass Lars das besser konnte als ich. Mit ihren geröteten Wangen und den geweiteten Pupillen hatte das sicher nichts zu tun.

»Was machst du heute?«, wandte sich Finn fragend an mich. Seufzend blickte ich nach draußen. Es war immer kälter geworden. Zeit, mein Motorrad einzuwintern.

»Ich werd noch eine letzte Runde drehen.« Ich hasste diese Zeit besonders. Es fühlte sich im Winter immer so an, als würde ein Teil meiner selbst fehlen.

»Für nächste Woche ist schon Schnee angekündigt«, bestätigte er das, was ich längst im Radio gehört hatte.

»Ich weiß«, seufzte ich und wandte mich in Richtung der Schließfächer. Als Finn mich fragend ansah, nickte ich auf meinen Helm. »Ich muss den noch einschließen.« Anstatt bei den anderen zu bleiben, folgte er mir.

»Wie geht es dir?«, fragte er mich ernst, als wir alleine waren.

Nur ein paar Schüler huschten an uns vorbei. Ich hob den Blick. Seine grauen Augen ruhten besorgt auf mir. Als kleines Kind hatte ich Angst vor Stürmen gehabt, aber mittlerweile ließ ich mich gerne von dem in seinen Iriden mitreißen.

»Meistens gut«, sagte ich ehrlich und versuchte, das Chaos in meinem Inneren in Worte zu fassen. »Aber manchmal habe ich Angst, dass Meghan nicht wiederkommt.« Erst heute Morgen hatte sie mir eine SMS geschrieben, dass sie mich lieb hatte und vermisste.

»Sie kommt schon wieder«, meinte er zuversichtlich, aber mittlerweile war ich mir nicht mehr sicher. So lange hatten sie und Josh sich noch nie gestritten. Joshs Laune wurde von Tag zu Tag mieser, aber mein Bruder war – ähnlich wie ich – ein sturer Esel.

»Ich hoffe es.« Seufzend knallte ich das Schließfach zu. Finn legte wieder den Arm um meine Schulter und zog mich an sich. Bevor ich begreifen konnte, was er tat, hatte er seine Lippen an meine Schläfen gedrückt. Mein Herz blieb stehen und ich vergaß, wo wir waren.

»Es wird alles gut werden«, flüsterte er mir ins Ohr und eine Gänsehaut überzog meine Arme. Hoffentlich bemerkte er sie nicht.

Denn obwohl Finn in den letzten Wochen so etwas wie mein bester Freund geworden war, gab es drei Dinge, über die wir nicht miteinander sprachen: seine Ex-Freundin, unseren Kuss und meine Gefühle für ihn. Ich hatte Angst, dass er herausfand, was ich für ihn fühlte. Dass meine Gefühle das Ende unserer Freundschaft bedeuten würden. Denn auch, wenn wir uns noch nicht so lange kannten, konnte ich mir ein Leben ohne ihn nicht mehr vorstellen.

Ich lächelte ihn an und gemeinsam schlenderten wir zu unserem Mathekurs.

Kapitel 9

Robin

Damals

Meghan kehrte die nächsten zwei Wochen nicht zurück und Joshs Laune wurde von Tag zu Tag mieser. Als ich an einem Nachmittag eher von der Schule nach Hause kam – und wie immer Marisa im Schlepptau hatte –, stand Meghans Auto vor der Tür. Mein Herz machte einen kleinen Satz und ich folgte den Geräuschen ins Schlafzimmer.

Wie erstarrt hielt ich inne. »Onkel Nic?«

Meghans Bruder Dominic räumte ihre Sachen in Umzugskartons. Von Meghan und Josh war keine Spur zu sehen. Mir wurde schlecht.

»Hey, Kleines«, sagte er und schenkte mir ein trauriges Lächeln.

»Was machst du hier?« Ich hörte selbst, wie schrill ich klang.

Er kratzte sich am Hinterkopf und ließ seinen Blick über die Kartons wandern.

»Nein, nein, nein!«, rief ich. Ich wirbelte herum und deutete auf die Tür. »Komm, Marisa, wenn mein Bruder seinen Scheiß nicht klären kann, dann müssen wir das tun.« Während sie mir hinterhereilte, sah ich noch mal zu Nic über die Schulter. »Du fasst hier gar nichts an.«

Er grinste und zwinkerte mir zu.

Gemeinsam mit Marisa hüpfte ich in ihr Auto. Als sie den Motor startete, fragte sie aufgekratzt: »Und was machen wir jetzt?«

Ich zuckte mit den Schultern und starrte nachdenklich aus dem Fenster. »Keine Ahnung«, seufzte ich und hoffte, dass mir auf dem Weg zum Krankenhaus eine Idee kommen würde. So wie immer in unserer Kleinstadt dauerte es nicht lange, bis wir da waren.

Marisa drückte meine Hand, die vor Aufregung zitterte. »Wir schaffen das schon.«

Am Eingang blieb ich nachdenklich stehen.

»Zu wem gehen wir zuerst?«, sprach Marisa das aus, was ich dachte.

Hilflos zuckte ich mit den Schultern. »Meghan?«, schlug ich vor, denn ich wusste, dass mein Bruder ein sturer Esel war.

Marisa folgte mir durch die Gänge, bis wir in der Neurologie angekommen waren. Ich war schon lange nicht mehr hier gewesen. Wenn ich jemanden von den beiden besuchte, dann meistens meinen Bruder, der in der Chirurgie arbeitete. Vorsichtig lugte ich um die Ecke.

»Da steht sie«, flüsterte ich zu Marisa, die über meine Schulter meinem Blick folgte. Irgendwie fühlte ich mich albern.

»Wer ist der Arzt, der so dicht bei ihr steht?«, fragte Marisa neugierig.

»Mein Bruder zumindest nicht«, knurrte ich und zuckte zusammen, als ich im selben Moment seine Stimme hörte.

»Was macht ihr hier?« Schuldbewusst drehten wir uns um und sahen in Joshs Gesicht, der uns skeptisch musterte.

»Ähm«, druckste Marisa herum. Ich hingegen war vollkommen unbeeindruckt von dem Ton, den er angeschlagen hatte.

»Dominic ist bei uns zu Hause und packt Meghans Sachen zusammen.« Ich verschränkte die Arme vor der Brust. »Wenn du langsam nicht in die Gänge kommst, befürchte ich, dass sie heute noch auszieht.« Josh zog die Brauen zusammen und sah, genauso wie wir noch vor ein paar Sekunden, um die Ecke.

»Dieser Arsch«, brummte er und dachte wohl, dass wir ihn nicht hören konnten. Er wandte sich an uns. »Ihr bleibt hier.« Dann richtete er seinen Kittel und ging auf die beiden zu.

Ich hörte Marisa seufzen und warf ihr einen bösen Blick zu, den sie aber gar nicht beachtete, weil sie bereits um die Ecke schielte. Schnell folgte ich ihrem Beispiel, schließlich wollte ich mir nicht entgehen lassen, wie mein Bruder dem anderen Arzt eine verpasste.

»Meghan«, ertönte Joshs autoritäre Stimme und alle Anwesenden drehten sich zu ihm. Außer Meghan. Die starrte auf die Unterlagen in ihrer Hand.

Josh sah den Arzt an, der seine Freundin vorher noch ziemlich offensichtlich angeflirtet hatte. »Verpiss dich«, zischte er und ich musste grinsen. Das war mein Bruder.

»Meghan«, wiederholte er viel sanfter als vorher. Wieder seufzte Marisa und ich stieß ihr meinen Ellbogen in die Taille. »Willst du mich nicht ansehen, Süße?« Bei dem Spitznamen versteifte Meghan sich.

»Was kann ich für Sie tun, Doktor Wolf?«, fragte sie kühl und wandte sich ihm zu.

»Du könntest meinen Heiratsantrag annehmen«, schlug er vor und schenkte ihr ein Lächeln, das Marisa erneut zum Seufzen brachte. Die Krankenschwestern um sie herum begannen zu tuscheln und es waren noch ein paar weitere Schaulustige dazugekommen.

»Was?«, fragte Meghan fassungslos, aber ich konnte sehen, dass die Akten in ihrer Hand zitterten.

Josh trat noch einen Schritt näher auf sie zu und legte seine Hand auf ihre Wange. Meghan schloss ihre Augen und ich war mir sicher, dass sie sich in die Bewegung hineinlehnte.

»Ich liebe dich, Meghan«, sagte er – laut genug, dass ihn jeder hören konnte. »Und das tue ich auch schon ziemlich lange.« Das Getuschel wurde wieder lauter. Dann ging Josh auf sein Knie. »Also würdest du mich Vollidioten bitte endlich heiraten?«

Aus seiner Hosentasche zückte er einen Ring und ich musste schlucken, um den Kloß aus meinem Hals zu vertreiben. Ich hatte gar nicht gewusst, dass mein Bruder so verdammt süß sein konnte. Noch immer wirkte Meghan unsicher.

»Ich war schon bei der Personalabteilung«, grinste er frech. »Wenn du jetzt meinen Antrag ablehnst, wird das ganz schön peinlich für mich.«

Meghan schüttelte den Kopf und hielt sich eine Hand vor das Gesicht. Ihre Schultern bebten und ich war mir sicher, dass sie weinte. Josh stand auf, schloss sie in seine Arme und flüsterte ihr etwas ins Ohr. Keine Ahnung, was es war, aber es sorgte dafür, dass das Beben weniger wurde und sie ihn ansah.

»Warum sagst du das nicht gleich?«, fragte sie ihn laut und schlug ihm gegen die Brust. Er zuckte mit der Schulter und schmunzelte. Jetzt lächelte sie ebenfalls.

»Kannst du mich noch mal fragen?«, bat sie ihn so leise, dass wir es kaum hören.

Josh nickte lächelnd und ging wieder auf ein Knie.

»Dein Bruder ist so heiß«, seufzte Marisa. »Ich will auch, dass mir mal ein Arzt in einem Kittel einen Antrag –«

Ich stieß ihr wieder den Ellbogen in die Taille. »Das ist mein Bruder, Marisa!« Angewidert zog ich die Brauen zusammen und starrte weiter gebannt auf Josh und Meghan.

»Ich find ihn trotzdem heiß«, brummte Marisa, aber dieses Mal beachtete ich sie gar nicht.

»Ich liebe dich, Meghan«, sagte mein Bruder laut. »Das habe ich schon vor zehn Jahren getan und das tue ich heute sogar noch ein bisschen mehr. Du bist schon so lange Teil meines Lebens, dass ich mir eines ohne dich gar nicht mehr vorstellen kann.« Jetzt war ich mir sicher, dass sogar die Krankenschwestern seufzten. »Du hast mir durch die schwersten Zeiten meines Daseins geholfen und mir in den Hintern getreten, wenn ich meiner Schwester kein gutes Vorbild war. Du hast sie praktisch großgezogen.« Tränen sammelten sich in meinen Augen. »Also sei so gut und nimm meinen Antrag an, damit du auch endlich offiziell zu unserer Familie gehörst.«

Meghan lachte und die Tränen liefen ihr über die Wangen, als sie nickte. Alle Umstehenden begannen zu applaudieren, als Josh ihr den Ring an den Finger steckte und sie in seine Arme zog. Sie küssten sich eine halbe Ewigkeit – für meinen Geschmack viel zu lange –, ehe sich Meghan von ihm löste und ihn schuldbewusst ansah.

»Mein Bruder ist gerade dabei, meine Sachen aus dem Haus zu räumen«, gestand sie ihm.

Josh lachte leise. »Das hat Robin mir schon gesagt. Ich glaube, sie hat ihn vertrieben.«

Zufrieden nickte Meghan und ich bedeutete Marisa, dass es Zeit war, zu gehen. Mein Bruder hatte seinen Kram geregelt und Megs würde bei uns bleiben. Besser als das, sie würde ganz offiziell zu unserer Familie dazugehören.

»Was machen wir jetzt?«, fragte Marisa fröhlich, als wir im Auto saßen und vom Parkplatz fuhren.

»Keine Ahnung«, erwiderte ich schulterzuckend. Im selben Moment verkündete mein Handy, dass ich eine Nachricht von Finn erhalten hatte. »Hast du Lust, dich mit den anderen zu treffen?«, fragte ich Marisa.

»Na klar!«, rief sie begeistert aus und steuerte den Wagen in die Richtung von Julians Haus.

Nachdem wir angekommen waren, parkte Marisa neben Lars und wir schlenderten gemeinsam zum Eingang. Wir brauchten nicht einmal zu klingeln, weil die Tür bereits aufgerissen wurde.

Mara grinste uns an. »Da seid ihr ja endlich!«

Die Jungs saßen auf dem Sofa und zockten. Als Finn hörte, dass die Tür ins Schloss geworfen wurde, hob er den Kopf. Sein Blick fiel direkt auf mich und seine Augen schienen auf den Grund meiner Seele zu sehen.

»Die Jungs nerven«, seufzte Mara und zog uns in die Küche.

Am liebsten wäre ich zu Finn gegangen und hätte mit ihm geredet. Ich hatte das Gefühl, seit Ewigkeiten nicht mit ihm gesprochen zu haben, dabei hatten wir uns erst gestern gesehen. Zu gerne wollte ich ihm von Meghan und Josh erzählen.

»Ich bin so froh, dass ihr gekommen seid«, meinte Mara und deutete auf die Stühle. »Ich bin gerade dabei, heiße Schokolade zu kochen. Wollt ihr auch welche?«

Abwesend nickte ich, während Marisa zögerte. »Hast du auch einfach nur Wasser?«, nuschelte sie.

Mit hochgezogener Braue musterte ich sie, aber Marisa starrte nur auf die Tischplatte.

»Schon, aber das ist doch langweilig«, lachte Mara. »Außerdem ist es schon so kalt geworden, da ist eine heiße Schokolade doch das Beste.« Sie drehte sich um und zog drei Tassen aus dem Schrank.

»Alles okay?«, fragte ich und berührte vorsichtig Marisas Oberschenkel. Sie warf mir ein Lächeln zu und nickte.

»Wo seid ihr gewesen?«, fragte Mara uns neugierig, nachdem sie die heißen Schokoladen vor uns abgestellt hatte.

»Wir waren im Krankenhaus!« Marisa seufzte verträumt.

»Im Krankenhaus?«, erwiderte Mara schrill. »Was ist passiert? Gehts euch gut?«

»Uns geht es gut, keine Sorge«, lachte ich. »Aber wir waren dabei, als mein Bruder seiner Freundin einen Heiratsantrag gemacht hat.« Schnell fassten wir zusammen, was passiert war. Mara seufzte. »Das ist so romantisch.«

»Ihr Frauen steht echt auf so einen Scheiß?«, fragte Julian und erschreckte uns alle.

Wir hatten gar nicht mitbekommen, dass die Jungs zu spielen aufgehört hatten und die Küche betraten. Finn lehnte an der Wand und musterte uns amüsiert.

»O ja«, meinte Mara und nickte wild mit dem Kopf. »Wir stehen total auf sowas.«

Julian wandte sich lachend an mich. »Aber du nicht, Robin, oder? Ich wette, du wirst deinem Kerl mal einen Heiratsantrag machen.«

Ich lief rot an und versuchte, nicht in Finns Richtung zu blicken. Aber ehe ich etwas erwidern konnte, kam Marisa mir zuvor.

»Robin ist von uns allen die Romantischste«, verriet sie mit einem breiten Grinsen. »Sie guckt jeden Tag Chick-Lit-Filme. Je kitschiger, desto besser. Manche von denen sind so kitschig, dass sogar ich das Kotzen bekomme.«

Empört schnaubte ich, aber die Jungs sahen mich entgeistert an.

»Echt wahr?«, brummte Lars ungläubig. Auch Finn zog eine Braue hoch.

Genervt verschränkte ich die Arme vor der Brust und pustete mir eine Strähne aus dem Gesicht. »Ich bin ein Mädchen. Was genau kommt euch daran so seltsam vor?«

»Na ja«, meinte Lars und deutete auf mich. »Du bist du.«

War das schlecht? Noch immer musterte ich sie skeptisch. »Und?«

»Ich glaube«, lachte Finn leise und ich spürte sein Lachen bis in die Zehenspitzen, »sie meinen, dass du sonst immer so badass bist und wir nicht erwartet hätten, dass du auf kitsch stehst.«

»Genau.« Julian klopfte Finn auf die Schulter. »Du hast das wieder sehr gut zusammengefasst, Alter.«

Finn wollte etwas erwidern, als das Klingeln seines Handys ihn unterbrach. Er warf einen Blick darauf, seufzte entnervt und schaltete den Ton aus. Gequält stieß er die Luft aus und am liebsten hätte ich ihn in den Arm genommen. Als er mich wieder ansah, schenkte ich ihm stattdessen ein aufmunterndes Lächeln.

»Sollen wir einen Film schauen?«, schlug Lars vor und sah mich vorsichtig an. »Aber keine Schnulze!«

Ich verdrehte die Augen. »Ich schau auch Actionfilme, weißt du«, meinte ich und schlug ihm gegen den Oberarm. Ich sah zu Mara und Marisa. »Mädels?«

Beide tauschten einen Blick und nickten.

»Top!« Lars zog Finn hinter sich her ins Wohnzimmer. »Wir suchen aus.« Anscheinend hatte er Angst, dass es sonst doch noch ein Kitschfilm werden könnte.

Julian lachte leise, ging zu Mara und zog sie in seine Arme. Er drückte ihr einen Kuss auf den Scheitel und sie ließ sich gegen seine Brust fallen. Das mit den beiden könnte sogar für immer halten. Kurz bevor ich mich abwendete, um ihnen ein wenig Privatsphäre zu geben, rief Mara noch einmal nach mir.

»Finn hat bald Geburtstag«, flüsterte sie mir zu. Erstaunt zog ich die Brauen hoch. Natürlich hatte er davon nichts gesagt. Sie kicherte.

»Er hat am 1. Januar«, erklärte Julian mir. »Wir hatten überlegt, eine Silvesterparty zu schmeißen.«

Begeistert nickte ich.

»Hast du Lust, bei der Planung zu helfen?«, fragte Mara. »Ihr seid gut befreundet und ...«, den Rest des Satzes ließ sie in der Luft hängen. Ich grinste breit.

»Sehr gerne.«

Kapitel 10

Finn

Damals

Robin lehnte sich in meinem Schreibtischstuhl zurück und schenkte mir ein breites Grinsen.

»Verloren«, meinte sie. »Schon wieder.«

Früher wäre es mir peinlich gewesen, gegen eine Frau in Videospielen zu verlieren, mittlerweile war es mir vollkommen egal. Mir gefiel es, Robin beim Zocken zu beobachten. Wahrscheinlich merkte sie es nicht einmal, aber sie steckte immer ihre Zunge zwischen die Zähne, als könnte sie sich dadurch besser konzentrieren.

»Hast du nicht behauptet, du wärst der König der Videospiele?«, kicherte sie.

Und ich mochte ihr Kichern. Sogar sehr.

»Ich hab dich gewinnen lassen«, erklärte ich großspurig. »Sonst hättest du keine Chance gegen mich.«

Sie prustete, was nicht sonderlich damenhaft wirkte. »Red dir das ruhig ein«, lachte sie und legte ihre Beine auf den kleinen Tisch.

Mit Robin wusste ich einfach nicht, woran ich war. Manchmal hatte ich das Gefühl, als würde sie mehr in mir sehen. Als würde sie mich mitunter länger betrachten. Manchmal dachte ich, eine Sehnsucht in ihren Augen zu sehen, die meiner ähnelte. Wenn ich dann aber ein zweites Mal hinsah, konnte ich davon nichts mehr erkennen.

Die meiste Zeit war ich nur Finn, ihr bester Freund, und ich wusste nicht, ob mir das gefiel. Aber ich traute mich auch nicht, mit ihr darüber zu reden. Was, wenn sie nichts für mich empfand? Und was, wenn ich vielleicht doch nichts für sie empfand?

Ich konnte meinen Gefühlen nicht trauen. Auch wenn das mit Sara bereits drei Monate her war, rief sie mich immer noch jeden Tag an. Jeden Tag erhielt ich mehrere SMS von ihr. Meistens löschte ich diese ungelesen, aber manchmal – wenn sie mir besonders fehlte – öffnete ich doch eine Nachricht. Und dann glaubte ich ihr, dass sie mich vermisste.

Dass sie bereute, was sie getan hatte. Und es gab Tage, da wünschte ich mir, dass es wirklich so war. Weil ich das Mädchen vermisste, in das ich mich verliebt hatte. Mit dem ich so viel erlebt hatte, dass es sich manchmal anfühlte, als würde mein Herz in tausend Teile zerfallen, wenn ich nur an einen dieser Momente dachte.

Je mehr Zeit verging, umso mehr fragte ich mich, ob es bis zu einem gewissen Grad nicht auch meine Schuld gewesen war. Vielleicht hatte ich ihr nicht genug Aufmerksamkeit geschenkt. Vielleicht hatte sie das Gefühl gehabt, fremdgehen zu müssen, weil sie bei mir nicht mehr die Liebe bekam, nach der sie sich sehnte.

Robin lachte und lenkte mich von meinen trübseligen Gedanken ab. Ich mochte ihr Lachen. Eigentlich mochte ich alles an Robin. Selbst wenn sie mich dazu zwang, irgendwelche Schnulzen mit ihr zu schauen. Etwas, was ich Lars niemals verraten würde. Ich war schon wieder total abgelenkt gewesen und hatte nicht mitbekommen, dass Robin bereits ein neues Match gestartet hatte. Natürlich verlor ich wieder haushoch. Sie beugte sich zu mir und ihr Geruch stieg in meine Nase. Sie roch irgendwie nach Meer. Ihr Controller landete in meinem Schoss.

»Ich gehe schnell auf die Toilette«, meinte sie und stand auf. Sie streckte ihre Glieder und für einen kurzen Moment entblößte sie ihren Bauch.

»Seit wann hast du ein Piercing?« Überrascht zog ich die Brauen hoch. Ihre Wangen färbten sich rot und sie zupfte an ihrem T-Shirt. Ich wollte nicht zu sehr darüber nachdenken, dass man durch diese Bewegung ein bisschen von der Spitze ihres BHs sehen konnte.

»Verrat es bloß nicht Josh«, grinste sie. »Ich hab es mir letzte Woche mit Marisa stechen lassen.«

Ich lachte leise.

Kurz zögerte sie. »Ein Tattoo habe ich mir auch machen lassen.«

Jetzt sah ich sie erstaunt an. Sie hatte mir noch nie erzählt, dass sie gerne eines hätte.

»Wo?«, fragte ich sie neugierig. Mir war nichts aufgefallen. Sie wurde noch eine Spur röter.

»Ähm ...«, stotterte sie. »Also das ist keine so einsichtige Stelle.« Sie deutete auf den unteren Teil ihrer Brust. »Ich habe mir *never forgotten* hierhin tätowieren lassen.«

Hitze durchschoss mich.

»Für meine Eltern«, erklärte sie schnell.

»Das ist schön«, sagte ich und lächelte sie an. *Klar, nur schön.*

Kurz starrte sie mich an, ehe sie den Kopf schüttelte. »Ich muss jetzt wirklich«, grinste sie schief und ließ mich alleine zurück.

Bevor ich weiter über ihr Tattoo nachdenken konnte, klingelte mein Handy. Das erste Mal seit Wochen kontrollierte ich nicht, wer mich anrief, bevor ich das Gespräch entgegennahm.

»Ja?«, meldete ich mich gedankenverloren.

Für einen Augenblick herrschte Stille.

»Finn?«, hörte ich Saras geschockte Stimme.

Mein Herz pochte auf einmal dreimal so schnell wie vorher. Kurz nahm ich das Handy vom Ohr, um mich zu vergewissern, dass mir dieser Fehler tatsächlich unterlaufen war. Ich hatte Saras Anruf entgegengenommen.

»Leg nicht auf«, sagte sie schnell und stolperte über ihre Worte.

Sie klang wahnsinnig nervös. Etwas, was ich früher immer süß an ihr gefunden hatte. Ihre Verlegenheit hatte meinen Beschützerinstinkt geweckt. Mittlerweile fragte ich mich jedoch, ob die nicht nur gespielt war. *Bei Robin war nichts gespielt.*

»Ich freue mich, dass du das Gespräch angenommen hast.«

»Was willst du, Sara?«

Ich hatte geglaubt, ihren Verrat längst überwunden zu haben, aber anscheinend hatte ich mich geirrt. Alleine ihre Stimme zu hören, tat weh und ich musste an all die Momente denken, in denen wir glücklich waren.

»Ich –«, sie zögerte. Unruhig stand ich vom Bett auf, um durch den Raum zu gehen. Immer wieder warf ich einen Blick zur Tür, weil ich wusste, dass Robin nicht lange brauchen würde. Und ich wollte nicht, dass sie dieses Gespräch mitbekam. Wir hatten noch nie über Sara geredet und irgendwie fühlte es sich falsch an, mit ihr darüber zu sprechen. Warum auch immer.

»Es tut mir leid«, riss Sara mich aus meinen Gedanken.

Höhnisch lachte ich. »Was genau tut dir leid?«

»Alles«, flüsterte sie und klang so verletzlich, dass mit einem Mal meine ganze Wut verpuffte. »Ich«, sie seufzte, »ich hatte das Gefühl, dass du mich vergisst. Dass ich dir nicht mehr so wichtig bin wie früher. Und dann dachte ich, dass ich dich nur ein bisschen eifersüchtig zu machen brauche. Aber ich ...«, sie schwieg einen Moment. »Ich weiß, keine sonderlich gute Entschuldigung.«

Mein Herz zog sich zusammen. Es tat so verdammt weh.

»Aber ich vermisse dich.«

Sehnsucht sammelte sich in meinem Bauch. Drei Jahre waren wir zusammen gewesen. Drei Jahre, die sie mir nichts, dir nichts hingeschmissen hatte. Die Tür öffnete sich und Robin betrat mein Zimmer. Dieses Mal machte mein Herz ganz andere Turnübungen als vorher.

Ich hatte keine Ahnung, was ich fühlen und denken sollte. Alles war so verwirrend.

Robins Lächeln gefror und sie musterte mich skeptisch. Als würde sie ahnen, dass irgendetwas nicht stimmte. Ich wandte mich ab und sah in unseren kleinen Garten.

»Meinst du, wir könnten noch einmal über alles reden?«, fragte Sara vorsichtig.

Wieder zog sich mein Herz zusammen. Ich schüttelte den Kopf. »Ich glaube, momentan ist das keine gute Idee. Das ist kein Gespräch fürs Telefon.«

»Finni«, flehte sie. Ich schloss die Augen und konnte mir bildlich vorstellen, wie sie mich in diesem Moment ansehen würde. So hatte ich ihr noch nie etwas abschlagen können. »Bitte. Ich vermisse dich. Ich liebe dich, Ich –«, wollte sie weiterreden, aber ich unterbrach sie.

»Nein!«, sagte ich energischer. So hatte ich noch nie mit ihr gesprochen. Eigentlich hatten wir uns auch nie gestritten. Ich hatte immer Angst gehabt, irgendetwas zu sagen, weil ich nicht wollte, dass sie begann, unsere gesamte Beziehung infrage zu stellen.

»Ich kann jetzt sowieso nicht«, versuchte ich sie abzuwimmeln. »Ich habe Besuch.«

»Ach so«, meinte sie beiläufig, dabei wusste ich, dass sie vor Neugier platzte. »Sind Julian und Lars bei dir?«

»Nein«, erwiderte ich und warf einen Blick über die Schulter.

Robin hatte sich wieder auf den Schreibtischstuhl gesetzt und drehte sich. Ein Lächeln spielte um meine Lippen. Robin anzusehen, tat nicht weh.

»Finn«, Saras Stimme klang so sanft.

Aber mit Robin hatte ich nicht die Vergangenheit, die ich mit Sara teilte. Sie war schon so lange Teil meines Lebens, dass eines ohne sie irgendwie seltsam war.

»Nein«, wiederholte ich. Vielleicht auch, um mich selbst davon abzuhalten. Ich wollte ihre Ausflüchte nicht hören. »Du bist in Spanien. Bring dein Auslandsjahr zu Ende. Nächstes Jahr können wir immer noch schauen, wo wir stehen.« Vielleicht bildete ich es mir auch nur ein, aber Robin schien bei dem Wort ›Spanien‹ zusammenzuzucken.

»Viel Spaß noch«, hörte ich mich sagen.

Ohne ein weiteres Wort abzuwarten, legte ich auf. Tief atmete ich durch, ehe ich mein Handy auf leise stellte und Saras Kontakt blockierte. Ich wollte nicht in Versuchung geraten, mir noch einmal ihre Ausflüchte anzuhören. Als ich mich umdrehte, schenkte Robin mir ein vorsichtiges Lächeln.

»Ich bin beeindruckt«, nickte ich ihr zu. »Du hast nicht gebrochen.«

»Pah«, meinte sie großspurig und warf sich ihre blonden Haare über die Schulter. »Ich könnte mich hierdrauf mindestens hundertmal um die eigene Achse drehen, bevor ich kotze.«

Auffordernd hob ich eine Braue. »Beweis es.«

Kapitel 11

Robin

Damals

»Hallo, Frau Roth«, sagte ich mit einem breiten Lächeln, als mir Finns Mutter die Tür öffnete.

»Du sollst mich doch Maria nennen, Robin«, lachte sie und umarmte mich kurz. »Wie oft soll ich dir das eigentlich noch sagen?«

Unbeholfen zuckte ich mit der Schulter. »Mein Bruder hat immer gesagt, dass ich höflich sein soll.«

»Wie geht es Josh?«, fragte sie mich lächelnd und ließ mich in das kleine Haus, das sie gemeinsam mit Finn bewohnte. Sie hatte Meghan und Josh vor ein paar Wochen kennengelernt, als wir uns zufällig in der Stadt getroffen hatten.

»Gut«, grinste ich. »Meghan hat jetzt angefangen, Hochzeitskataloge anzuschleppen. Ich glaube, er bereut es schon, ihr einen Antrag gemacht zu haben.«

Maria lachte und erinnerte mich dabei so sehr an Finn, dass es fast ein bisschen wehtat.

»Finn ist nicht da?«, fragte ich und spähte über ihre Schulter in das Wohnzimmer.

»Nein«, zwinkerte sie mir zu.

»Er ahnt auch nichts?«, hakte ich noch einmal nach. In den letzten Wochen hatte ich gemeinsam mit den anderen auf Hochtouren daran gearbeitet, eine Geburtstagsfeier für Finn auf die Beine zu stellen. Natürlich hatten wir uns Mühe gegeben, alles vor ihm zu verheimlichen.

»Überhaupt nichts«, bestätigte sie. »Lars hat ihn vor einer halben Stunde zum Fußballspielen abgeholt.«

Ich machte eine Siegerpose. »Yes«, rief ich glücklich aus, was Maria zum Lachen brachte.

»Wann kommen die anderen?«, fragte sie mich.

Ich sah kurz auf die Uhr an meinem Handgelenk. »Die sollten auch gleich hier sein.« Maria schnappte sich zwei der drei vollen Tüten, die ich mitgebracht hatte, und ging in die Küche.

»Danke, dass wir das ganze Haus in Beschlag nehmen dürfen«, grinste ich sie an und stellte den Rest meines Einkaufs auf der Arbeitsplatte ab. Gemeinsam räumten wir Unmengen an Deko und Snacks aus.

»Ich habe euch für heute Abend mehrere Partybleche Pizza geordert«, sagte Maria, während wir anfingen, die Luftballons aufzupusten. Dankbar sah ich sie an. »Mein Sohn wird ja nur einmal achtzehn.« Ihr Blick bekam etwas Wehmütiges, ehe sie den Kopf schüttelte und mich wieder mit einem Lächeln bedachte. »Du tust ihm gut, Robin.«

Meine Wangen färbten sich rot. »Ach«, wiegelte ich ab. »Ich glaube, er hat einfach viele gute Freunde.«

Maria legte ihre Hand auf meine, was mich dazu brachte, aufzusehen. Wieder lächelte sie mich an.

»Das weiß ich, aber das meine ich nicht.« Fragend legte ich den Kopf schief. »Seit du in seinem Leben bist, ist er viel glücklicher als vorher.« Es wirkte, als würden Gewitterwolken über ihr Gesicht ziehen, aber so schnell wie sie da gewesen waren, waren sie auch wieder verschwunden. »Danke.«

»Er tut mir auch gut«, gestand ich ihr leise. Und das tat er. Finn hatte in den letzten Monaten meine Welt komplett auf den Kopf gestellt. Manchmal hatte ich das Gefühl, als würde sich mein gesamtes Leben nur noch um ihn drehen. Aber andersherum wirkte es genauso. Und ganz vielleicht würde ich heute endlich den Mut aufbringen, ihm zu sagen, was ich für ihn fühlte.

Maria setzte zu einem weiteren Satz an, als das Klingeln der Haustür sie unterbrach. Die anderen waren eingetroffen.

Gemeinsam mit Mara und Marisa begann ich das Haus zu dekorieren. Wir hatten gefühlt den gesamten Jahrgang eingeladen und würden eine epische Geburtstagsparty feiern. Julian war dabei, die Getränkekisten ins Haus zu schleppen. Er beschwerte sich zwar immer mal wieder, dass er nichts gegen Hilfe hätte, aber Mara winkte ab.

»Wofür trainierst du bitte so hart?«, fragte sie ihn unschuldig und drückte ihm einen Kuss auf den Mundwinkel.

»Ich hasse diesen dummen Spruch«, brummte er, räumte aber weiter alles aus.

Wir hatten alle zusammengeworfen, um eine Feier dieser Größenordnung zu finanzieren. Stundenlang waren wir damit beschäftigt, Luftballons aufzupusten, Girlanden aufzuhängen und Tische zusammenzuschieben, auf denen wir die Getränke platzierten. Marisa hatte sich irgendwann in die Küche verzogen und damit begonnen, einen Kuchen zu backen. Der Geruch von Schokolade zog durchs Haus und brachte meinen Magen zum Knurren.

»Das riecht so unfassbar gut«, schwärmte ich, als ich die Küche betrat, um ein Glas Wasser zu trinken. Neugierig lugte ich über Marisas Schulter und wollte ein Stück naschen.

»Nein, Robin!« Resolut schlug sie mir auf die Finger. »Der ist für Finn. Pfoten weg.«

»Du kannst mir auch ruhig eine Torte backen«, erwiderte ich.

Sie lachte. »Wenn du Geburtstag hast, gerne.« Danach scheuchte sie mich wieder aus der Küche.

Zwei Stunden später klingelten die ersten Gäste an der Tür. Maria ließ sie herein und grinste mich an.

»Ich werde mich dann mal verabschieden.«

Schlechtes Gewissen überkam mich. »Du kannst auch hierbleiben«, schlug ich vor und deutete auf das Wohnzimmer. »Getränke und Platz haben wir hier ja schließlich genug.«

Sie lachte und nahm mich in die Arme. »Das ist lieb, Robin. Aber ich glaube, ihr solltet alleine feiern.« Kurz zögerte sie. »Aber wenn du da bist, dann weiß ich, dass es meinem Sohn gut gehen wird.« Sie winkte ein letztes Mal, schlüpfte in ihren Mantel und schloss die Tür hinter sich.

Noch mehr Leute trafen ein und allmählich füllte sich das Haus.

»Leute«, rief ich, nachdem ich einen Blick auf mein Handy geworfen hatte. Lars hatte mir geschrieben, dass es nicht mehr lange dauern würde, bis sie eintrafen. »Kommt bitte alle ins Wohnzimmer. Finn soll doch nichts ahnen.«

In diesem Moment betrat auch Julian wieder den Raum. Die letzten Minuten war er draußen gewesen und hatte alles für das Feuerwerk vorbereitet.

»Passt alles?« Er nickte und deutete mit beiden Daumen nach oben.

Dann wanderte sein Blick für eine Sekunde suchend über die Menge, ehe er an Maras rotem Lockenkopf hängenblieb. Sein Gesichtsausdruck veränderte sich und er sah sie mit so viel Liebe an, dass selbst meine Hormone verrücktspielten. Ich wünschte, Finn würde mich genauso ansehen.

»Das tut er«, sagte Julian und ich starrte ihn entsetzt an.

Hatte ich meine Gedanken wirklich laut ausgesprochen? Julian zwinkerte mir zu, ehe er sich auf den Weg zu Mara machte. Ich folgte ihnen mit den Augen, bis mich das Knallen von Autotüren aus den Gedanken riss.

»Leute!«, rief ich laut genug, um die Aufmerksamkeit aller Anwesenden auf mich zu ziehen. »Ruhe jetzt. Sie sind da!«

Alle wurden leise und vier Kumpels aus Finns Physikkurs positionierten sich neben der Tür. Ich hatte ihnen Konfettikanonen in die Hand gedrückt, die sie abschießen sollten, wenn Finn das Wohnzimmer betrat.

Ein Schlüssel wurde im Schloss gedreht und Aufregung pulsierte durch meine Adern. Ich hoffte wirklich, dass er sich über die Überraschung freuen würde. Sporttaschen wurden in die Ecke geworfen.

»Das hat echt gutgetan, Alter.«

Finns Stimme sorgte dafür, dass sich mein Magen verknotete. Ich verstand immer noch nicht, wieso mein Körper so stark auf ihn reagierte, aber ich hatte mich damit abgefunden.

»Wann treffen wir uns noch mal mit den anderen?«, rief er zu Lars und ich konnte hören, dass er dem Wohnzimmer näher kam. Als er im Türrahmen erschien, breitete sich ein Lächeln auf meinen Lippen aus. Er hatte den Blick auf sein Handy gerichtet und tippte irgendwas.

»Überraschung«, rief ich mit den anderen vierzig Anwesenden. Finn erschrak so sehr, dass sein Handy aus der Hand fiel, während Konfetti über ihn regnete.

»Was?«, stotterte er und schaute sich mit großen Augen um. Noch hatte er mich nicht entdeckt.

Julian lachte, trat neben ihn und klopfte ihm auf die Schulter. »Wir dachten uns, wir lassen das Jahr dieses Mal ordentlich ausklingen. Was bietet sich da besser an, als das mit deinem Geburtstag zu kombinieren?« Die beiden umarmten sich kurz und klopften sich gegenseitig auf den Rücken.

»Wow, danke!«, sagte Finn und strich sich die Haare aus dem Gesicht.

Mittlerweile waren sie mehr als nur etwas lang. Ich hatte sogar mal versucht, ihm einen Zopf zu machen, aber dafür waren sie noch eine Spur zu kurz. Mir gefielen seine langen Haare und ich musste mich ständig davon abhalten, mit den Fingern durch sie hindurchzufahren.

»Du solltest Robin danken«, grinste Julian und auf einmal wurden meine Hände schweißnass.

Finn Blick fiel fast sofort auf mich. Ich stand abseits – von hier hatte ich den besten Überblick –, und als er mich ansah, stahl sich ein liebevolles Lächeln auf seine Lippen. Ich würde wahrscheinlich niemals genug von diesem Lächeln bekommen. Er versuchte sich zu mir vorzukämpfen, wurde aber von mehreren Menschen gleichzeitig umringt.

Später, sagte ich lautlos und zwinkerte.

Später, nickte er und wandte sich an seine Gäste.

Mit den Unterarmen stützte ich mich auf dem Geländer des Balkons ab. Obwohl es eiskalt war und ich keine Jacke trug, genoss ich diese paar Sekunden Auszeit. Noch immer hatten Finn und ich keine Möglichkeit gehabt, miteinander zu reden. Entweder hatte er bei jemandem gestanden oder ich war damit beschäftigt gewesen, Getränke und Snacks aufzufüllen. Aber ich konnte sehen, dass er die Feier genoss, und das war das Wichtigste von allem.

»Hey«, hörte ich in diesem Moment Finns vertraute Stimme.

Ich sah über die Schulter und musterte ihn. Den ganzen Abend schon war mein Blick ihm gefolgt. Auch wenn wir nicht miteinander gesprochen hatten, hatte ich ihn nicht aus den Augen gelassen. Und ich glaubte, dass es ihm ähnlich gegangen war.

Er lehnte sich neben mich und gemeinsam blickten wir in die Ferne. Trotz der Kälte wurde mir auf einmal wahnsinnig warm und ich hatte das Gefühl, dass die Luft flirrte. In weniger als einer Stunde würde das neue Jahr beginnen.

»Danke für das alles!« Er deutete mit dem Daumen hinter sich. Ich brauchte mich nicht umzudrehen, ich wusste auch so, dass er die Party meinte, die im vollen Gange war.

Schief grinste ich ihn an. »Das war ich nicht alleine. Mara, Marisa, Julian und Lars haben auch geholfen.«

Das Lächeln, das er mir jetzt zuwarf, nahm mir fast den Atem. Etwas, das mir sonst nur beim Motorradfahren passierte. Er nahm meine Hand in seine und ich war mir sicher, dass ich sterben müsste.

»Schon klar«, sagte er leise und rutschte ein wenig näher. »Aber so wie ich dich kenne, hast du den Großteil der Arbeit geleistet.«

Er stand so dicht, dass sein Oberarm meinen berührte. Krampfhaft starrte ich nach vorne, weil ich mich nicht verraten wollte. Ich wusste, wenn ich ihn jetzt ansah, würde er die Wahrheit in meinen Augen erkennen. Dann würde er sehen, dass ich mir nichts sehnlicher wünschte, als ihn endlich wieder zu küssen. Am liebsten für den Rest meines Lebens.

»Ich weiß nicht, was ich ohne dich machen würde, Robin. Ohne dich wären die letzten Monate echt mies gewesen.«

Jetzt drehte ich doch den Kopf. Und ich war mir sicher, dass sich in seinen Augen die gleiche Sehnsucht spiegelte, die ich sonst nur in meinen sah. *Konnte das sein?*

»Robin«, flüsterte er meinen Namen andächtig, als würde er ihn zum ersten Mal aussprechen. Noch nie hatte jemand meinen Namen so ausgesprochen wie er in diesem Moment. Ich öffnete den Mund, um etwas zu erwidern, aber kein Ton kam heraus.

Sein Blick heftete sich auf meine Lippen und auf einmal hatte ich das Gefühl, als würde um uns herum die Welt stillstehen. Es gab nur noch ihn und mich. Mein Herz schlug so schnell und laut, dass ich mir sicher war, dass er es auch hören musste. Wie von selbst bewegten sich unsere Köpfe aufeinander zu, bis wir uns so nahe waren, dass wir dieselbe Luft atmeten.

»Robin«, flüsterte er heiser und mein Herz stolperte ein weiteres Mal. Er sollte nie aufhören, meinen Namen so zu sagen. Nie.

»Finn«, erwiderte ich leise und ehrfürchtig, als wäre sein Name das größte Geheimnis dieses Planeten.

Mit seinen Fingerspitzen strich er über meinen Handrücken und eine Gänsehaut, die nichts mit der Kälte zu tun hatte, breitete sich auf meinem Unterarm aus. Ich konnte seinen Atem auf meinen Lippen spüren und ganz automatisch schloss ich die Augen. Das war er jetzt. Der Moment, nach dem ich mich so lange gesehnt hatte. Ich konnte schon den Hauch seiner Lippen auf meinen spüren, als ich auf einmal eine Stimme hörte.

»Finn«, rief jemand schrill. Mit einem Schlag verließ mich seine Wärme. Benommen blinzelte ich. Er hatte mir den Rücken zugewandt. Verärgert zog ich die Brauen zusammen.

»Sara«, erwiderte Finn und seine Stimme klang seltsam. Angepisst, aber auch ... erstaunt. Glücklich erstaunt, irgendwie.

Erst ein paar Millisekunden später begriff ich, was er gesagt hatte. Sara. *Die* Sara. Seine Ex-Freundin. Die, über die wir nie sprachen. Die, die ihn vor einigen Monaten betrogen hatte. Die, mit der er seit Jahren eine On-off-Beziehung führte.

Es fühlte sich an, als hätte mir jemand in den Magen geschlagen. Dennoch schielte ich neugierig über seine Schulter.

Was ich jetzt sah, ließ ein bitteres Gefühl zurück. Sara spielte in einer ganz anderen Liga als ich. Sie hatte lange braune Haare, die zu sanften Locken gedreht waren, ein schmales Gesicht und rehbraune Augen. Da, wo ich vielleicht ein paar Kilo zu viel hatte, hatte sie ein paar zu wenig. Mir kam es sogar so vor, als wären ihre beiden Oberschenkel zusammen so dick wie einer von mir. Sie trug eine enge Lederhose und ein weit ausgeschnittenes Top. Eigentlich sollte man meinen, dass die Natur ihr wenigstens auch eine kleine Oberweite beschert hätte, aber das Gegenteil war der Fall. Marisa hatte mir vor Wochen gesagt, dass Sara bildschön sei, dass es kein Mädchen gebe, das nicht aussehen wollte wie sie. Und ich verstand jetzt, was meine Freundin gemeint hatte.

»Was machst du hier? Wieso bist du nicht in Spanien?«, sagte Finn verwirrt, aber ich konnte den glücklichen Unterton in seiner Stimme ausmachen. Und der tat so verdammt weh.

Sara ging auf ihn zu und zog ihn an sich. Dabei taxierte sie mich skeptisch.

»Ich«, sie räusperte sich und legte ihre Hand auf seinen Unterarm, »ich habe dich vermisst, und nachdem wir miteinander telefoniert hatten ...« Sie schüttelte den Kopf. »Können wir das alleine besprechen?«

Erst jetzt schien Finn zu bemerken, dass ich noch da war. Er sah über die Schulter zu mir, ehe sein Blick wieder auf Sara und dann erneut auf mich fiel.

»Ich geh schon«, flüsterte ich, dabei wollte ich bleiben. Ihr sagen, dass sie ihre verdammten Klauen von ihm nehmen sollte.

Für einen Moment hoffte ich, dass Finn etwas sagen würde, dass er mich bitten würde, zu bleiben, dass er mich küssen würde. Aber nichts dergleichen geschah. Sein Blick war auf Sara gerichtet und spiegelte solch eine Verwunderung wider, dass es mir die Luft zum Atmen nahm.

Sie hingegen musterte mich. »Danke«, flötete sie zuckersüß, aber ihr Tonfall machte deutlich, dass sie eigentlich »Verpiss dich« sagen wollte.

Als ich an der Balkontür stand, warf ich einen letzten Blick auf die beiden. Sie hatte immer noch ihre Hand auf seinen Unterarm gelegt und sagte etwas zu ihm. Ganz sanft und leise. Er schüttelte den Kopf, aber seine Augen hatten sich an ihrem Gesicht festgesaugt, als müsste er sich jede Kleinigkeit von ihr einprägen. Und in diesem Moment brach mein Herz ein kleines bisschen.

Leise schloss ich die Balkontür hinter mir und atmete tief durch, ehe ich meine Schultern straffte und mich zurück in das Getümmel begab. Als ich gerade dabei war, mir einen Drink zu mischen, klopfte mir Julian auf die Schulter.

»Robin?«, fragte er verwirrt. »Was machst du hier?«

»Trinken«, meinte ich und hob den Becher, um ihn in einem Zug zu leeren.

»Aber wo ist Finn?« Er hatte die Brauen zusammengezogen. »Er hat dich doch gesucht ...«, begann er, aber seine Worte blieben ihm in der Kehle stecken, als er zur Tür sah. Ich hingegen hatte das Gefühl, mich übergeben zu müssen.

Finn betrat, gemeinsam mit Sara, das Wohnzimmer. Und er hielt ihre Hand, während sie sich an seine Seite presste.

»Was?«, knurrte Julian und ich griff nach der Tischkante.

Tränen schossen mir in die Augen, je länger ich die beiden musterte. Ein Mädchen, das Sara offensichtlich kannte, eilte auf die beiden zu und nahm sie in den Arm. Während sie miteinander plauderten, klebte Finns Blick auf Sara. Das Gespräch dauerte nicht lange und als ihre Freundin sich entfernt hatte, drehte sich Sara zu Finn, sah ihn unter halbgeschlossenen Lidern an, ehe sie auf ihre Zehenspitzen ging und ihn küsste. Vor versammelter Mannschaft.

Während alle anderen johlten, hatte ich das Gefühl, als wäre mir mit einem Faustschlag jegliche Luft aus dem Bauch entwichen. Keuchend schnappte ich nach Atem und Julian drehte sich ruckartig zu mir um. Wahrscheinlich bemerkte er die Tränen in meinen Augen, denn er musterte mich mitleidig.

»Robin«, murmelte er sanft und ich schüttelte panisch den Kopf. Ich würde jetzt nicht vor allen – und ganz besonders vor Finn – die Beherrschung zu verlieren.

»Ich muss gehen«, flüsterte ich. Mit gesenktem Kopf eilte ich an den Gästen vorbei, durch die Haustür nach draußen.

Keiner sollte den Schmerz in meinem Gesicht sehen.

Ich hatte keine Jacke mitgenommen, und wusste nicht, wo ich mit mir hinsollte. Ich ballte die Hände zu Fäusten und hätte am liebsten in die Nacht hinausgeschrien. Als mich eine Hand vorsichtig an der Schulter berührte, zuckte ich zusammen.

»Hey«, sagte Marisa mitfühlend.

»Ich muss weg hier«, keuchte ich, bevor sie mir irgendeine Frage stellen konnte.

Noch immer hatte ich vor Augen, wie Sara Finn küsste. Als müsste sie ihre Besitzansprüche für jeden deutlich machen. Marisa nickte, holte ihren Autoschlüssel aus der Hosentasche und deutete auf ihren Wagen. Am Oberarm zog sie mich hinter sich her, weil meine Beine mich nicht wegtragen wollten.

»Wohin?«, fragte sie, nachdem sie den Motor gestartet hatte. Schulterzuckend schlang ich die Arme um mich.

»Okay«, meinte sie nachdenklich. »Ich kenne einen Ort.«

Ich krallte die Finger in meine Handflächen. Ich hatte das Gefühl, keine Luft zu bekommen. Immer wieder tanzten Bilder von Finn und Sara in meinem Kopf. Dabei hatte ich wenige Minuten vorher noch gedacht, dass er mich küssen würde. Dass er für mich das Gleiche fühlen würde wie ich für ihn. Hatte ich mich geirrt? Hatte ich so danebengelegen?

Ich hatte keine Ahnung, wie lange wir fuhren, aber irgendwann hielt Marisa an.

»Komm«, meinte sie. »Gleich beginnt das Feuerwerk.«

Ein Blick auf ihre Armatur bestätigte mir, dass das neue Jahr in wenigen Minuten anfangen würde. Als ich ausgestiegen war, warf sie mir eine dicke Jacke übers Auto. In der Zwischenzeit hatte sie zwei Decken auf die Motorhaube gelegt und sich daraufgesetzt. Sie winkte mir aufmunternd zu. Ich kletterte neben sie und sie legte mir eine Decke um die Schultern, die die Kälte darin hinderte, in meine Knochen zu wandern. Ich war Marisa dankbar, dass sie mit mir schwieg und keine unangenehmen Fragen stellte.

Es dauerte nicht lange, bis die ersten Feuerwerke in die kalte Winternacht schossen und bunte Farben auf dem Nachthimmel hinterließen. Finn hatte offiziell Geburtstag, aber er würde nicht einmal bemerken, dass ich nicht da war. Eine Träne löste sich aus meinem Augenwinkel, dann noch eine. Marisa griff nach meiner Hand und drückte sie.

»Ich liebe ihn«, flüsterte ich und versuchte, ein Schluchzen zu unterdrücken. »Ich liebe ihn so sehr, dass es wehtut, Marisa.«

Ich konnte spüren, wie sie mich von der Seite ansah. Noch immer hielt sie meine Hand und alles, was ich in den vergangenen Monaten so gut in mir verwahrt hatte, brach aus mir heraus. Ich erzählte ihr von dem Abend im Club, wie ich ihn das erste Mal wiedergesehen hatte und was ich in den letzten Wochen alles gefühlt hatte. Und dann erzählte ich ihr von heute Abend. Vom Balkon, dass er kurz davor gewesen war, mich zu küssen, und dass ich mir sicher war, dass er mich mit derselben Sehnsucht angesehen hatte wie ich ihn.

»Aber er hat sich für sie entschieden«, sagte ich emotionslos, um den Schmerz davon abzuhalten, mich zu durchdringen. »Er hat sich einfach für sie entschieden.«

Kapitel 12

Robin

Heute

Der Flieger war längst gelandet und trotzdem saß ich noch immer in meinem Sitz und starrte nach draußen. So lange hatte ich nicht an ihn gedacht und an alles, was uns miteinander verbunden hatte. Nicht alle Erinnerungen waren schmerzhaft. Manche von ihnen waren meine allerliebsten. Und trotzdem hatte ich mir verboten, an sie zu denken. Sie wurden einfach von alldem überschattet, was danach gekommen war.

Es hatte eine Zeit gegeben, da hatte ich nicht verstanden, wie man sich selbst so wahnsinnig kleinmachen konnte. Und das alles nur für einen Mann. Doch dann war er passiert.

»Miss?«, fragte mich eine weibliche Stimme. Ich schüttelte den Kopf und sah nach links. Eine Stewardess musterte mich mit einem besorgten Lächeln. »Ist alles okay?«

»Ja«, räusperte ich mich. Ein kurzer Blick verriet mir, dass längst alle verschwunden waren und nur noch ich auf meinem Platz saß.

»Entschuldigung«, murmelte ich und versuchte mich an einem Lächeln. Ich war mir sicher, dass es nicht meine Augen erreichte. Das tat es schon lange nicht mehr. »Ich war in

Gedanken versunken.« Sie nickte verstehend, blieb aber ein Stück hinter meiner Reihe stehen. Als wolle sie sichergehen, dass ich auch wirklich den Flieger verließ.

Ich stand auf, zog das Handgepäck aus dem Stauraum und verabschiedete mich. »Schönen Tag noch«, sagte ich freundlich und wandte mich zum Gehen.

Ich konnte die Blicke vom Rest der Flugbesatzung auf mir spüren. Früher wäre mir das unangenehm gewesen – auch wenn mir das nie jemand hatte ansehen können –, heute interessierte es mich nicht mehr. Ich hatte schon Schlimmeres erlebt als neugierige Blicke.

Schnellen Schrittes lief ich in Richtung der Gepäckausgabe. Auch wenn ich keines aufgegeben hatte. Ich hatte nicht vor, lange zu bleiben. So viele Jahre war ich nicht hier gewesen und wäre es nicht um Marisas willen gewesen, dann wäre ich nie wiedergekommen. Selbst Josh und Megs hatten eigens für mich ihre Hochzeit an einen anderen Ort verschoben. Aber Marisa hatte das gar nicht eingesehen.

»Es ist Jahre her, Robin«, hatte sie erst letzte Woche am Telefon gesagt. »Ich weiß, dass ihr gerade eine Saisonpause habt, und wenn du nicht zu meiner Hochzeit kommst, dann reiße ich dir den Allerwertesten auf.«

Je näher ich der Gepäckhalle kam, umso dichter wurde das Gedränge der Menschen. Es hatte eine Zeit gegeben, da hatte ich mich in großen Menschenmengen nicht wohlgefühlt. Mittlerweile liebte ich es, in ihnen unterzugehen und keinerlei Aufmerksamkeit auf mich zu ziehen.

Eilig lief ich an den Gepäckbändern vorbei und trat in die Empfangshalle. Ich brauchte mich nicht einmal umzusehen. Ich wusste, dass mich niemand abholen würde. Keiner kannte meine Ankunftszeiten. Ich hatte dieses peinliche Aufeinandertreffen vermeiden wollen.

Je näher ich dem Ausgang kam, desto nervöser wurde ich. Mit dem Bus wollte ich zum Hauptbahnhof fahren, um dann den Zug in unser drei Stunden entferntes Zuhause zu nehmen. *Zuhause.* Es fühlte sich seltsam an, das zu denken, nachdem ich so lange nicht hier gewesen war. Ich hatte schon lange kein Zuhause mehr.

Kurz bevor ich hinaustrat, klingelte mein Handy.

»Vermisst du mich schon, Jan?«

Leise lachte er.

Es hat eine Zeit gegeben, da hatte ich sein Lachen gemocht. Nie so sehr wie das von Finn, aber er war ihm nahe gekommen.

»Nein, ich bin froh, dass ich dich nicht ertragen muss. Deine Laune war echt zum Kotzen.« Ich brummte etwas Unverständliches.

»Was war das?«, hakte er amüsiert nach.

»Du bist zum Kotzen«, erwiderte ich heiter.

»Ja, ja«, lachte er. Irgendjemand sprach ihn an und er wimmelte die Person ab. »Das wirst du nicht mehr sagen, wenn du meine Überraschung gesehen hast.«

Ich trat nach draußen und die Sonne blendete mich für einen Moment. Es war Ende November und hatte immer noch Plusgrade. Wieso Marisa ausgerechnet eine Dezemberhochzeit wollte, konnte ich nicht verstehen.

»Und, was ist deine ominöse Überraschung?«, fragte ich skeptisch. Ein Motor heulte auf und mein Kopf ruckte zur Seite.

»Ist sie da?«, fragte er schmunzelnd, aber ich legte einfach auf und ließ das Handy in meine Hosentasche wandern. Ich wusste, dass Jan es mir nicht übel nehmen würde. Er war von mir weitaus Schlimmeres gewohnt.

Ungläubig ließ ich den Blick über das Motorrad wandern, das neben mir gehalten hatte. Der Fahrer stieg ab und zog seinen Helm vom Kopf.

»Frau Wolf?«, fragte er und ich nickte. Er reichte mir eine Tasche und ich brauchte nicht einmal einen Blick hinein-

werfen, um zu wissen, dass meine Lederkombi darin steckte.
»Herr Kaiser hat darum gebeten, dass wir Ihnen dieses Motorrad ausliefern.« Er zog aus seinem Rucksack ein Klemmbrett. »Würden Sie bitte hier unterschreiben?«

Benommen nickte ich und hinterließ meine Unterschrift. Danach sagte er noch ein paar Sätze, aber ich strich mit den Fingern bereits über das Motorrad und war längst in eine andere Welt abgedriftet. Das Bike erinnerte mich so sehr an meine Yamaha, die ich damals gefahren war. Ich hatte sie nicht mitgenommen. Es hatten einfach zu viele Erinnerungen an ihr gehangen. Irgendwann hatte Josh es verkauft und mir das Geld überweisen wollen, aber ich hatte ihn gebeten, es zu behalten.

Ich zog den Schlüssel vom Schloss und eilte noch mal zurück in das Gebäude, um mich auf der Toilette in die Lederkombination zu werfen. Als ich wieder nach draußen trat, ging eine Nachricht auf meinem Handy ein.

Gefällt sie dir? Ist eine Sonderanfertigung.

Ich verdrehte die Augen. Das hatte ich mir auch denken können.

Ich liebe sie. Danke.

Dann schob ich das Handy in den Weekender und schwang mich aufs Motorrad. Als ich es startete und den Motor aufheulen ließ, durchzuckte mich Adrenalin. Nie hatte ich mich lebendiger gefühlt als auf dem Motorrad.

Nur in seinen Armen, erinnerte mich mein Unterbewusstsein an die Dinge, die in mir brodelten. Wütend versuchte ich, all das zu verdrängen, und startete die Fahrt in meine Heimatstadt. Aber je mehr ich mich wehrte, umso stärker kämpften sich die Erinnerungen an die Oberfläche.

Kapitel 13

Robin

Damals

Finn versuchte nicht einmal mich zu erreichen. Nicht ein einziges Mal hatte er sich bei mir gemeldet. Keine SMS, kein Anruf. Bis vor zwei Wochen hatten wir jeden Abend miteinander telefoniert und dabei eine Serie geschaut. Von heute auf morgen war das weg.

Ich brauchte nicht raten, wieso das so war. Denn seit vierzehn Tagen war Sara wieder da. Nachdem ich das erste gemeinsame Bild von ihnen bei Instagram gesehen hatte, hatte sich mein Magen umgedreht. Es zeigte einen ihrer innigen Küsse auf seiner Geburtstagsfeier. Von da an wurde fast jeden Tag ein Bild von den beiden mit irgendeiner schnulzigen Caption hochgeladen. Wahrscheinlich sollte ich ihre Beiträge nicht stalken, aber es war wie eine Sucht, gegen die ich nicht ankam.

Heute Morgen hatte ich sogar fast den Bus verpasst, weil Finn vor seinem Geburtstag versprochen hatte, mich am ersten Schultag abzuholen. Ich Dummerchen hatte natürlich gedacht, dass das noch immer so war. Aber ich hatte bis zur letzten Sekunde gewartet, ehe ich zur Bushaltestelle rannte. Ich war die Letzte gewesen, die angekommen war, und hatte von meinem Sprint tierisches Seitenstechen gehabt. Ich war stinkwütend auf Finn. Und auf der anderen Seite war ich so wahnsinnig verletzt.

Die letzten zwei Wochen hatte ich primär im Bett verbracht. Josh hatte mehrfach versucht, mich zu animieren, etwas zu tun – oder wenigstens aufzustehen –, aber war gescheitert. Meghan hingegen hatte verstanden, dass ich meine Wunden lecken musste. Auch wenn ich beiden nicht erzählt hatte, was passiert war. Aber wahrscheinlich waren sie schlau genug, um zwei und zwei zusammenzuzählen. Schließlich hatten auch sie Finn seit zwei Wochen nicht gesehen, vorher war er so gut wie jeden Tag bei uns gewesen. Wenn Meghan keinen Nachtdienst hatte, legte sie sich zu mir ins Bett und schaute mit mir einen Film, während wir uns ohne Ende mit Eis vollstopfen. Meistens weinte ich dabei und sie hielt mich.

An der Schule angekommen, suchte ich den Parkplatz ab. Als ich Finns Wagen erkannte, klopfte mein Herz wie wild. Noch hatte ich die Hoffnung, dass Sara zurück nach Spanien geflogen war, um ihr Auslandsjahr zu beenden. Langsam hatte ich begriffen, dass Finn mich nicht so wollte wie ich ihn, aber ich wollte ihn auch nicht als besten Freund verlieren. Und er fehlte mir so verdammt.

Ich schulterte meinen Rucksack und sprang aus dem Bus. Stur blickte ich nach vorn, ohne jemanden anzusehen. Ich bildete mir ein, dass sie über mich tuschelten. Vor dem Eingang blieb ich abrupt stehen. Ich hatte keine Ahnung, was mich heute erwarten würde, und das machte mir Angst. Jemand stieß mit seinem Ellbogen in meinen Rücken und ich stolperte ein paar Schritte vorwärts.

»Robin?«, hörte ich Marisas fragende Stimme.

Als ich zur Seite sah, bemerkte ich ihre besorgte Miene. Ich hatte gar nicht mitbekommen, dass sie neben mir stand. Gequält lächelte ich ihr zu und sie drückte meine Hand. Keine Ahnung, was ich ohne sie in den letzten zwei Wochen gemacht hätte. Jeden Tag hatte sie bei mir auf der Matte gestanden, und auch wenn sie mir erlaubt hatte zu weinen, hatte sie mich dazu gezwungen, mich nicht gehen zu lassen. Allein ihr war es zu verdanken, dass ich jeden zweiten Tag geduscht hatte.

»Sollen wir zusammen reingehen?«, fragte sie, weil sie zu ahnen schien, was für ein Kampf in mir vorging.

Erleichtert nickte ich und sie hakte sich bei mir unter. Sobald wir in der Eingangshalle standen, scannte ich die Treppe. Sofort entdeckte ich Julian, der mich nur wenige Sekunden später bemerkte. Er lächelte mich gequält an und als ich den Blick weiterwandern ließ, verstand ich auch, wieso. Ich krallte mich in Marisas Hand fest. Tränen hatten sich schon wieder in meinen Augen gesammelt. Eigentlich hatte ich gedacht, dass ich genug geweint hatte.

»Es tut mir so leid, Robin«, flüsterte sie, nachdem sie gesehen hatte, was mich so aus der Fassung brachte.

Wenige Meter neben Julian saß Finn und niemand anderes als Sara hatte sich auf seinem Schoß platziert. Seine Hand lag um ihre Taille und in dem Moment, als ich ihn angesehen hatte, hatte er seine Lippen auf ihren Hals gedrückt.

»Ich glaub, mir wird schlecht«, brummte ich. Am liebsten wäre ich wieder nach Hause gefahren und hätte mich unter der Decke vergaben, damit ich mir den ganzen Scheiß nicht mehr ansehen musste.

»Seit wann lässt du dich von jemandem so unterkriegen?« Marisas Stimme drang wie durch einen Nebel zu mir durch. »Und dann noch von einem Mann?«

Mit verengten Augen sah ich sie an und wollte ihr ein paar passende Worte an den Kopf knallen. Ihr triumphierendes Lächeln verriet mir, dass das ihr Ziel gewesen war.

»Er ist ein Arschloch, Robin«, flüsterte sie und drückte meine Hand. »Ich weiß, dass es wehtut«, fuhr sie fort und ich musste mich davon abhalten, noch einmal in seine Richtung zu sehen. »Aber du darfst dich davon nicht unterkriegen lassen.«

Auch wenn das leichter gesagt als getan war, lächelte ich ihr dankbar zu. Ich war froh, eine Freundin wie sie gefunden zu haben.

»Du bist die Beste, habe ich dir das eigentlich schon mal gesagt?«, fragte ich sie und ließ mich von ihr in die Richtung unseres Klassenzimmers ziehen.

»Ein paar Mal«, lachte sie. »Wird Zeit für eine Gehaltserhöhung, meinst du nicht?«

Montag war der schlimmste Tag von allen, denn das war der, an dem ich die meisten Kurse gemeinsam mit Finn hatte. In Geschichte saß ich neben Marisa und gab mir Mühe, nicht in seine Richtung zu starren, konnte aber spüren, wie sein Blick auf mir brannte. Am liebsten hätte ich ihn angeschrien, dass er wegsehen solle, aber ich brachte es nicht fertig. Ich hatte Angst, dass er in meinen Augen sehen würde, wie viel ich wegen ihm gelitten hatte.

In der Pause versteckte ich mich – gemeinsam mit Marisa – in der Bibliothek. Es war seltsam, nach all den Wochen nicht bei Lars, Julian und Finn zu sitzen, aber momentan hatte ich nicht den Nerv dazu. Als es zur nächsten Stunde läutete, krallte ich mich am Bücherregal fest. Es war Zeit für Mathe. Und das bedeutete, dass ich drei lange Schulstunden neben Finn sitzen würde.

»Du schaffst das«, ermutigte Marisa mich.

Auf dem Weg zum Klassenraum wiederholte ich dieses Mantra immer wieder, in der Hoffnung, dass ich es irgendwann selbst glauben würde. Als ich Finn auf seinem Platz sitzen sah, nahm ich mir Zeit, seine Rückseite zu betrachten.

Obwohl er noch genau so aussah wie vor zwei Wochen, hatte sich so viel zwischen uns verändert.

Tief atmete ich durch, ehe ich meinen gesamten Mut zusammenkratzte und den Rucksack auf den Platz neben ihm fallen ließ. Finn kritzelte etwas in sein Notizbuch und zuckte bei dem Geräusch zusammen. Vielleicht hatte er nicht erwartet, dass ich kommen würde?

Ich spürte, wie er meinen Blick suchte, tat aber, als wäre ich mit dem Inhalt meiner Tasche beschäftigt.

»Hey, Robin«, sagte er nach wenigen Sekunden so sanft, als hätte sich nicht alles zwischen uns geändert. Als hätte er mich in den letzten zwei Wochen nicht ignoriert. Auf einmal war da keine Trauer mehr, sondern Wut.

»Du weißt noch, wer ich bin?« Spöttisch zog ich eine Braue hoch.

Er zuckte zusammen und grinste entschuldigend. Am liebsten hätte ich ihm dieses Grinsen aus dem Gesicht geschlagen.

»Ich ...« Er kratzte sich am Hinterkopf. »Tut mir leid, dass ich mich nicht gemeldet habe. Es war einfach wahnsinnig viel zu tun ...«

»In den Ferien?«, unterbrach ich ihn und spuckte ihm die Worte vor die Füße. Ich bemerkte, wie einige Mitschüler uns neugierig musterten.

»Robin«, meinte er entnervt. Vor Sara hatte er nie so mit mir geredet. »Du hast dich schließlich auch nicht bei mir gemeldet.«

Fassungslos sah ich ihn an. »Ich habe dir zu deinem Geburtstag gratuliert«, erinnerte ich ihn.

Auch, wenn ich stockwütend auf ihn gewesen war, hatte ich ihm eine SMS geschrieben und behauptet, dass Marisa Magenschmerzen bekommen hatte. Nur mein Geschenk hatte ich ihm nicht gegeben. Ich hatte es sogar heute mit und es fühlte sich an, als würde es ein Loch durch den Rucksack brennen.

Mittlerweile befürchtete ich jedoch, dass es eine schlechte Idee gewesen war.

»Nein, hast du nicht.« Stirnrunzelnd zog er sein Handy aus der Hosentasche.

Um seinen Punkt zu verdeutlichen, zeigte er mir das Display. Erstaunt stelle ich fest, dass meine letzte Nachricht an ihn wenige Stunden vor seiner Feier angekommen war. Ich holte mein Telefon heraus und hielt es ihm unter die Nase. Denn bei mir war die Nachricht zu sehen. Die grünen Haken neben der Sprechblase machten deutlich, dass er sie empfangen und gelesen hatte.

Verwirrt zog er die Stirn kraus. »Die hab ich nie gesehen«, meinte er und klang ehrlich.

Ein schrecklicher Verdacht machte sich in mir breit, aber ich traute mich nicht, ihn laut auszusprechen. »Ist ja auch egal«, erwiderte ich und wandte mich von ihm ab.

»Robin«, drängte er, aber ich starrte ins Mathebuch, das ich mittlerweile aus der Tasche gezogen hatte. »Es tut mir leid, okay? Sara ist wieder da und wir haben die letzten zwei Wochen einfach viel Zeit miteinander verbracht.«

Er war mir so nah, dass mir sein Geruch in die Nase stieg. Ich drehte den Kopf und musterte traurig sein Gesicht. Finn konnte nichts für meine Gefühle. Er wusste nicht einmal, was allein seine Anwesenheit mit meinem Herzschlag anstellte.

»Schon okay«, murmelte ich und er lächelte mich erleichtert an.

»Wo wart ihr in der Pause?«, fragte er.

»Marisa musste noch irgendetwas in der Bibliothek nachlesen«, log ich, ohne mit der Wimper zu zucken.

Er nickte. »Ich hatte schon Angst, dass du mich jetzt meidest.« Er schenkte mir ein breites Lächeln und ich musste meinem Herzen befehlen, nicht durchzudrehen. Auch wenn das leichter gesagt als getan war.

»Nein, keine Sorge«, winkte ich ab und war froh, als der Lehrer die Stunde begann.

»Kommst du mit?«, fragte Finn und beobachtete, wie ich meinen Rucksack schulterte. Am liebsten hätte ich verneint, aber dann hätte ich ihm erklären müssen, wieso ich seine Nähe mied.

»Klar«, erwiderte ich locker und schlenderte gemeinsam mit ihm in die Aula. Von Weitem konnte ich schon sehen, wie Marisa neben Lars saß, der ihr etwas aus dem Mathebuch erklärte.

Ich warf einen kurzen Seitenblick zu Finn und überlegte, was ich sagen sollte. Vor zwei Wochen hätte ich mir darüber keine Sorgen gemacht. Hätte mich nicht gefragt, ob ich ihn auch ja nicht nervte. Aber jetzt war alles anders.

Kurz bevor wir bei den anderen ankamen, rempelte mich jemand an und ich geriet ins Straucheln. Finn hielt mich an den Oberarmen fest. Als ich den Kopf hob, waren wir uns so nahe, dass wir fast dieselbe Luft atmeten. Reflexartig wanderte mein Blick zu seinen Lippen und ich beugte mich ein wenig weiter vor. Auch Finn fixierte meinen Mund und seine Pupillen verdunkelten sich.

»Finni!«, zerstörte eine schrille Stimme den Moment zwischen uns.

Als hätte er sich verbrannt, ließ er mich los und trat ein paar Schritte von mir weg. Sara erschien neben ihm und schlang die Arme um seinen Oberkörper, ehe sie ihm einen langen und feuchten Kuss schenkte. Betroffen trat ich zurück und versuchte, überall hinzusehen, nur nicht zu ihnen.

»Entschuldige, ich glaube wir wurden uns noch nicht vorgestellt«, flötete sie zuckersüß und reichte mir ihre Hand. »Ich bin Sara.« Sie warf Finn einen langen Blick zu. »Finns Freundin.«

Ich sollte es vermutlich nicht tun, aber mein Mund war schneller als mein Kopf.

»Die, die ihn vor ein paar Wochen erst betrogen hat?«, fragte ich und verschränkte die Arme vor der Brust.

Sie keuchte und auch Finn riss die Brauen entsetzt hoch, ehe er mich wütend anstarrte. »Robin!«

»Schon gut, Finni«, meinte Sara und tätschelte ihm die Brust. *Was war das für ein schrecklicher Spitzname?* »Sie meint es ja nur gut.«

»Ich habe einen ziemlichen Fehler gemacht.« Sie schenkte mir ein falsches Lächeln. Dass ihre Augen wütend blitzten, konnte vermutlich jeder sehen. »Aber ich bin so froh, dass Finni ein Verfechter zweiter Chancen ist.«

Bei diesem Spitznamen rollten sich mir die Zehennägel auf, aber ich starrte sie weiter nur kühl an.

»Glück gehabt«, erwiderte ich und musterte sie kritisch. »Wollen wir mal hoffen, dass es dieses Mal besser läuft.«

»Robin!«, zischte Finn und Sara musterte mich empört.

Ich wollte gerade wieder den Mund öffnen, als wir unterbrochen wurden.

»Hey«, sprach Julian mich an. Ich zwinkerte und bemerkte erst jetzt, dass er direkt neben mir stand. *Wann war er denn hierhin gekommen?* »Gut, dass du da bist. Ich wollte noch was mit dir wegen unseres Referates besprechen.«

Ich runzelte die Stirn, aber Julian zog mich ohne ein weiteres Wort hinter sich her. Erst als wir Abstand zu den anderen beiden gewonnen hatten, murmelte er: »Leg dich nicht mit Sara an. Sie ist eine hinterhältige Bitch.«

»Das habe ich mir schon gedacht«, erklärte ich freudlos und warf noch einen Blick über die Schulter. Sie hatte ihre Arme um Finn gelegt und küsste seinen Hals, während er uns wütend anfunkelte.

»Versuch einfach, ihr aus dem Weg zu gehen«, schlug Julian vor.

»Wieso?« Jetzt sah auch Julian über die Schulter und erschauderte.

»Ich habe noch nie einen Menschen kennengelernt, der so gerne manipuliert und trickst wie sie. Sie würde alles zu ihrem Vorteil ausnutzen.«

Skeptisch musterte ich ihn. »Und dann lässt du zu, dass sie mit Finn zusammen ist?«, empörte ich mich.

»Finni«, äffte er Sara nach und entlockte mir ein Glucksen. »Hat sich diesen Drachen selber ausgesucht. Außerdem will er nichts von dem hören, was wir ihm zu sagen haben.«

»Also habt ihr es schon versucht?«

»Hundertmal«, stöhnte er. Wir waren fast bei Lars und Marisa angekommen, als er nach meinem Unterarm griff und mich zwang, stehen zu bleiben.

»Gib ihn nicht auf, Robin«, sagte er eindringlich. »Auch wenn er jetzt mit Sara zusammen ist, sehe ich, wie er dich ansieht.«

Ich wandte mich wieder zu Finn um, der damit beschäftigt war, seine Zunge tief in Saras Hals zu stecken. Angewidert und mit schmerzendem Herzen drehte ich mich wieder um.

»Ich glaube, dass du dir da was einbildest«, brummte ich und wollte weitergehen.

»Nein«, erwiderte er bestimmt. »Finn sieht dich an, wie er Sara noch nie angesehen hat. Und irgendwann wird es ihm auch auffallen.«

Für einen Moment musterte ich Julian, der mich ernst anblickte.

»Okay«, wisperte ich und folgte ihm die letzten Meter zu Lars und Marisa. Beide begrüßten uns lächelnd. Julian schloss sich ihrer Unterhaltung an, während ich meinen Gedanken nachhing.

In den letzten Monaten war Finn mein bester Freund geworden und ich hatte nicht vor, das zu ändern. Und dennoch wusste ich nicht, wie viel ›Sara und Finn‹ ich ertragen konnte. Denn Finn war so viel mehr als nur mein bester Freund. Er ließ mein Herz in einem völlig neuen Rhythmus tanzen. Konnte an einem noch so dunklen Tag dafür sorgen, dass die Sonne aufging. Ein Blick von ihm ließ das Adrenalin durch meine Adern pulsieren. Und er konnte mich zum Lachen bringen, selbst wenn ich es eigentlich nicht wollte.

Ich hob den Kopf und sah direkt in sturmgraue Augen. Eine Weile starrten wir uns einfach nur an, ehe ich mich abwandte. Ich wusste nicht, ob Julian recht hatte, dennoch klammerte ich mich an seine Worte wie an einen Rettungsring.

Vielleicht war ich doch mehr für Finn, als ich angenommen hatte. Aber die nächsten Wochen zeigten mir, wie sehr ich mir etwas vormachte.

Kapitel 14

Robin

Damals

Die letzten Monate waren scheiße gewesen. Richtig scheiße. Finn hatte sich immer weiter von uns zurückgezogen. Nicht einmal in den Pausen hatte er bei uns gesessen, sondern war bei Sara und ihren Freundinnen gewesen.

Ich konnte mich auch nicht mehr daran erinnern, wann er das letzte Mal bei mir war oder wir gemeinsam etwas gemacht hatten. Immer wenn er versprach, zu mir zu kommen, versetzte er mich. Entweder hatte er vergessen, abzusagen, oder irgendetwas mit Sara hatte ihn aufgehalten.

Mittlerweile war ich mir sicher, dass Julian unrecht hatte. Finn hatte noch nie mehr in mir gesehen. Und wie die Dinge momentan standen, war ich mir nicht einmal mehr sicher, ob wir Freunde bleiben könnten. So, wie wir das vorher gewesen waren. Ich nahm, was ich kriegen konnte, aber selbst mit dem Hausmeister unserer Schule hatte ich mehr Kontakt als mit ihm.

Das Einzige, worauf ich mich in den letzten Wochen gefreut hatte, war, dass der Winter enden und der Frühling beginnen würde. Gestern Abend war es endlich so weit: Ich hatte mein Motorrad aus der Garage geschoben und konnte es kaum erwarten, durch die Gegend zu rasen.

»Hallo, Süße«, begrüßte ich mein Bike und strich mit den Fingern über die Maschine. »Ich habe dich vermisst«, flüsterte ich und schwang mich auf den Sitz.

Als ich den Motor anschmiss, stolperte mein Herz. Adrenalin schoss durch meine Venen und erst jetzt merkte ich, wie sehr ich es vermisst hatte. Rückwärts rollte ich vom Hof und fuhr dann an. Ich gab etwas zu viel Gas und das Motorrad machte einen großen Satz nach vorne.

»Huch«, lachte ich leise. Augenblicklich hatte ich Finns unbeholfene erste Fahrversuche vor mir. Die Erinnerung traf mich unvorbereitet und hart – mitten in die Magengrube. Ich nahm die Hand vom Gas, um mich zu sammeln und meine Konzentration ganz auf mein Bike zu richten.

Es war Monate in der Garage gewesen und ich würde ein paar Tage brauchen, um mich wieder vernünftig einzufahren. Ich war extra früher aufgestanden, um einen Umweg über meine Lieblingsstrecke zu machen, und die würde ich jetzt auskosten. Mit Vollgas fuhr ich die Kurven hinauf und genoss die Aufregung, die mich begleitete. Ich sollte langsamer machen, aber ich wollte mich endlich wieder lebendig fühlen. In den letzten Wochen hatte sich alles verändert, was ich lieben gelernt hatte. So viele Abende hatte ich geweint, weil ich Bilder von Sara und Finn gesehen hatte. Jetzt, hier auf meinem Motorrad, wollte ich nicht daran denken, sondern einfach nur fühlen.

Ich fuhr die Strecke so lange rauf und runter, bis ich endlich wieder freier atmen konnte. Erst dann machte ich mich auf den Weg zur Schule.

Der heutige Tag zog wie in einem Nebel an mir vorbei; am liebsten hätte ich meine Sachen gepackt und wäre gegangen. Ich wusste aber, dass Josh mir dann den Hintern versohlen würde. Es war nur noch ein knappes Jahr, bis ich endlich das

Abitur in der Tasche haben würde, und die paar Monate würde ich schon irgendwie rumkriegen. Den ganzen Vormittag über hatte ich Finn nicht einmal gesehen, und auch wenn ich mich langsam daran gewöhnte, tat es immer noch weh. Ich vermisste ihn.

»Ich verstehe es auch nicht«, hörte ich eine seufzende Stimme, die mir nur allzu vertraut vorkam. Ich sollte weitergehen, doch meine Beine waren wie festgewachsen. »Aber ich bin froh, dass er langsam den Kontakt zu diesen Vollidioten runterschraubt.« Sara. Und wenn mich nicht alles täuschte, dann sprach sie über uns. Und Finn.

Ihre Freundinnen lachten und Sara plauderte weiter. »Am schlimmsten finde ich diese Robin.«

Wenn sie wüsste, dass ich nur um die Ecke stand, würde sie sicher nicht so frei sprechen. Wahrscheinlich sollte ich mich bemerkbar machen, doch es interessierte mich auch, zu hören, was sie über mich dachte.

»Aber Finn spricht nur in den höchsten Tönen von ihr.« Irgendwie machte das mein Herz leichter. Sie schnaubte. »Das werd ich ihm schon austreiben.« Wieder lachten ihre Freundinnen und ich ballte die Hände zu Fäusten.

»Schaut mal, wer da kommt«, rief Sara laut und einige Schüler, die in der Nähe standen, sahen in ihre Richtung. »Der Wohltätigkeitsfall.« Auf einmal lachten nicht nur sie und ihre Freundinnen, sondern ein Haufen anderer Leute mit ihr.

»Du solltest dich schämen, so fett wie du bist«, sie machte einen Tsk-Laut.

Ein schrecklicher Verdacht befiel mich und ich schielte um die Ecke. Marisa lief gerade an ihr vorbei und sah auf den Boden. Ich konnte sehen, wie sie ihre Lippen zusammenpresste und schwieg.

»Kannst du mich nicht hören, Fetti?«, zog Sara sie weiter auf. »Ehrlich«, meinte sie kopfschüttelnd. »Wäre ich du, hätte ich mich längst umgebracht.«

Zischend holte ich Luft, aber niemand reagierte. Niemand gebot ihr Einhalt.

»Und wenn ich du wäre, dann würde ich jetzt die Klappe halten«, brachte ich gepresst, aber laut genug hervor, dass sie mich hören konnte.

Marisas Kopf ruckte nach oben. Tränen schimmerte in ihren Augen, aber Dankbarkeit und Erleichterung fluteten ihre Züge, als sie mich erblickte. Sara zuckte erschrocken zusammen, ehe sie eine Maske der Gleichgültigkeit aufsetzte und sich zu mir drehte. Verächtlich musterte sie mich und nicht zum ersten Mal fragte ich mich, was Finn an ihr fand. Der Finn, den ich kannte, würde nämlich niemals mit jemandem wie ihr zusammen sein.

»Und das ausgerechnet von dir?«, sprach sie höhnisch.

Sie stand auf und richtete sich zu ihrer vollen Größe auf, trotzdem überragte ich sie um einige Zentimeter. Ich hatte die Arme vor der Brust verschränkt.

»Du bist doch die Lächerlichste von allen, wie du Finn immer hinterhersiehst mit deinem traurigen Hundeblick.«

Am Rande meines Sichtfeldes registrierte ich, dass Julian und Lars sich näherten. Als Julian bemerkte, was los war, beschleunigte er seinen Schritt und kam neben Marisa zum Stehen. Mit einem Kopfschütteln bedeutete ich ihm, dass ich das alleine regeln würde.

»Ich hasse Menschen, die andere runtermachen müssen, nur um sich selbst groß zu fühlen«, spuckte ich ihr entgegen.

»Und ich hasse Frauen, die sich an vergebene Männer ranmachen«, fuhr sie mich an.

Ich trat an sie heran. »Besser als sie zu betrügen, oder?«, sagte ich so leise, dass nur sie mich hören konnte.

Sie zuckte zusammen, als hätte ich sie geschlagen, und stieß mich zurück. Der Stoß kam so unerwartet, dass ich rückwärts stolperte und auf meinen Hintern fiel.

»Robin«, hörte ich Finns entsetzte Stimme hinter mir. Er

wollte mir seine Hand reichen, aber ich schlug sie weg.

Saras Gesichtsausdruck wandelte sich innerhalb weniger Sekunden. »Finn«, rief sie erleichtert. »Endlich. Sie hat mich drangsaliert und beschimpft.«

Finn zog sie in seine Arme und musterte mich entsetzt. »Gehts noch, Robin?«, fragte er mich wütend. »Von dir habe ich wirklich mehr erwartet.«

Ich legte den Kopf in den Nacken. Eigentlich war mir nach Weinen zumute, stattdessen lachte ich. *Heute sollte doch ein ganz normaler Tag werden.* Julian, Lars und Marisa kamen an meine Seite geeilt.

»Finn.« Julians Stimme vibrierte vor Wut.

Ich legte ihm meine Hand auf die Schulter und wischte mir die Tränen aus den Augenwinkeln. Dann trat ich um ihn herum und stellte mich vor Finn und Sara.

»Mir reicht es, Finn«, erklärte ich und deutete auf ihn und mich. »Deine Freundin hat Marisa gemobbt. Vor allen Anwesenden.« Ich warf den Umstehenden einen Blick zu, der verdeutlichen sollte, was ich davon hielt. Absolut gar nichts. Ein paar sahen beschämt zu Boden, aber das reichte nicht. Das würde Leute wie Sara niemals aufhalten. »Und das hat sie nicht zum ersten Mal gemacht.«

Wenn die Blicke, mit denen Sara mich bedachte, töten könnten, dann würde ich nicht mehr atmen. Enttäuscht musterte ich Finn. »Der Finn, den ich kenne, würde sich niemals mit einer Mobberin zusammentun.« Dann wandte ich mich an Sara. »Herzlichen Glückwunsch. Du hast dein Ziel erreicht und mich aus seinem Leben vertrieben.«

Sie tat, als müsse sie nach Luft schnappen, aber ich konnte das verräterische Glitzern in ihren Augen sehen.

Dann drehte ich mich zu Marisa um und legte ihr eine Hand auf die Schulter. »Bist du in Ordnung?«, fragte ich sie leise.

Sie nickte, auch wenn ich bemerkte, dass es nicht ganz der

Wahrheit entsprach. »Ist es okay, wenn ich dich bei Lars und Julian lasse?«

Sie sah über ihre Schulter und Lars musterte sie besorgt. »Ja«, erwiderte sie.

Marisa kannte mich besser als die anderen und wusste, dass ich ein paar Minuten für mich brauchte. Am besten auf dem Motorrad. Ich konnte Finns Blick in meinem Rücken brennen spüren, aber ich wagte es nicht, ihn anzusehen. Schnell drückte ich Marisa an mich, ehe ich herumwirbelte und aus der Schule lief.

»Glotzt nicht so«, brüllte Julian jetzt die Umherstehenden an. Ohne mich umzudrehen, eilte ich nach draußen. Ohne meine Schritte zu verlangsamen, wich ich den Pfützen auf dem Schulhof aus, sog die regenfeuchte Luft ein und rannte zu meinem Motorrad. Kurz bevor ich mein Ziel erreichte, packte mich eine Hand am Ellbogen und riss mich herum. Finn.

»Robin, was sollte das?«

»Was sollte was?«, zischte ich.

Er deutete auf die Schule. »Deine Show.«

Ungläubig schüttelte ich den Kopf. »Meine Show?«, sagte ich gefährlich leise.

»Ja«, erwiderte er und verschränkte die Arme vor der Brust. »Du stellst Sara dar wie eine vollkommene Idiotin. Wegen dir weint sie.«

Ich wusste nicht, was ich darauf sagen sollte, also drehte ich mich um und stapfte die letzten Meter zu meinem Motorrad. Wieder griff Finn nach mir, aber ich schlug ihn wütend weg.

»Geh zu deiner ach so tollen Freundin«, fauchte ich ihn an. Erschrocken wich Finn vor mir zurück. »Seit sie wieder da ist, bist du nicht mehr der Finn, den ich kennengelernt habe.« Ich schluckte und musste gegen die Tränen in meinem Hals ankämpfen. »Der Finn, den ich kenne, würde niemals dabei zusehen, wie jemand systematisch andere mobbt.« Ich schnaubte. »Außerdem würde er seit Wochen und Monaten seine Freunde nicht ständig versetzen.«

»Tu ich doch gar nicht«, protestierte er.

»Ach nein?«, fragte ich mit hochgezogener Braue und die erste Träne löste sich aus meinem Augenwinkel. Wütend wischte ich sie weg und hoffte, dass er es nicht bemerkt hatte. »Wann bist du das letzte Mal bei mir gewesen? Wann hast du mich das letzte Mal angerufen? Mir eine Nachricht geschrieben? Wo warst du gestern Abend?«

Kurz starrte er mich verständnislos an, bevor er betroffen zu Boden blickte.

»Du hattest zum hundertsten Mal versprochen, vorbeizukommen, und ich war dir nicht einmal eine Absage wert.«

»Es tut mir leid, Robin«, flüsterte er und jegliche Wut in meinem Bauch verpuffte. Ich musterte seine traurigen Gesichtszüge.

»Mir auch.« Dieses Mal drehte ich mich wirklich um, zog mir den Motorradhelm über und startete den Motor. Ich warf ihm keinen letzten Blick zu, sondern fuhr einfach los. Für ein paar Minuten wollte ich nur vergessen und den Kopf frei bekommen.

Aber es wollte mir nicht gelingen. Ganz egal, wie schnell ich fuhr oder wie tief ich die Kurven nahm, immer wieder wanderten meine Gedanken zurück zu Finn.

In den letzten Monaten hatte ich mich daran gewöhnt, wie sich mein Herz zusammenzog, wann immer ich an ihn dachte. Das machte den Schmerz aber nicht erträglicher. Ich vermisste meinen besten Freund. Ich vermisste, wie er mich ansah. Ich vermisste, gemeinsam mit ihm zu lachen. Und ich vermisste seine Nähe. Tränen sammelten sich in meinen Augen und verschleierten mir die Sicht. Ich geriet ins Rutschen. Automatisch stützte ich mich mit dem rechten Fuß ab und schaffte es gerade noch, das Schlittern unter Kontrolle zu bringen.

Mein Herz pochte wie wild. Würde Josh mich so sehen, bekäme er einen Anfall. Meine Schutzkleidung lag noch in meinem Spind, an dem ich, ohne stehen zu bleiben, vorbeigelaufen war.

Tief atmete ich durch und beschloss umzukehren. Vor mir lag eine schmale Straße, die ich schon mehrmals gefahren war. Sie war so eng, dass nur ein Auto hindurchpasste, aber ich könnte einige Ampeln umgehen und fünf Minuten früher bei der Schule sein. Ohne groß nachzudenken, bog ich ab.

Gedankenverloren kontrollierte ich meine Geschwindigkeit, als ich das nächste Mal aufsah, kam ein Auto frontal auf mich zu. Es fuhr mitten auf der Fahrbahn. Panik durchzuckte mich und mit voller Kraft stieg ich in die Bremsen. Aber das Auto war zu schnell. Mein Blick fiel auf die rechte Seite. In meiner Verzweiflung versuchte ich auszuweichen, auch wenn die logische Seite meines Hirns wusste, dass ein Aufprall unausweichlich war.

Und dann gab es einen lauten Knall.

Kapitel 15

Robin

Heute

Noch immer zuckte ich zusammen, wenn ich das Gefühl hatte, dass andere Verkehrsteilnehmer mich übersahen. Ich würde niemals das Geräusch von Metall auf Metall vergessen können. Den Schmerz, den ich am ganzen Körper gespürt hatte. Die Angst, die mich fest im Griff hatte.

Es hatte einiges an Überwindung und *seine* Hilfe benötigt, bis ich mich wieder aufs Motorrad getraut hatte.

Um die Gedanken an *ihn* zu verdrängen, presste ich die Lippen aufeinander und schüttelte den Kopf. Ich konzentrierte mich auf den Straßenverkehr und fuhr die letzten Meter bis nach Hause.

Nach Hause. Keine Ahnung, wann ich das letzte Mal einen Ort so genannt hatte. Seit damals war ich nicht mehr hier gewesen. Vermutlich ein bisschen melodramatisch, aber ich hatte unter allen Umständen vermeiden wollen, *ihm* zu begegnen. Ich glaubte nicht, dass mein Herz das ertragen hätte.

Das rote Backsteinhaus, in dem ich großgeworden war, schob sich in mein Sichtfeld. Nervös hüpfte das Ding in meiner Brust auf und ab und ich musste ein paar Mal tief durchatmen. Ich parkte das Motorrad neben Joshs Auto und blieb für einen Moment sitzen. Das Haus, der Ort, die gesamte Umgebung strahlte so viel Vertrautheit aus, dass es mir für einen Augenblick den Hals zuschnürte. Schnell blinzelte ich, in der Hoffnung, die Tränen zu vertreiben.

Im selben Moment öffnete sich die Haustür und mein großer Bruder trat nach draußen. Seine blonden Haare standen ihm wirr vom Kopf ab, als wäre er gerade mit den Fingern durch sie hindurchgefahren. In seinen grauen Jogginghosen, dem schwarzen Longsleeve und seinen dunkelblauen Crocs – Himmel, ich hasste diese Dinger – sah er nicht im Entferntesten nach einem Arzt aus. Eher als würde er nie seinen Hintern vom Sofa hochbekommen.

Mit einem strahlenden Lächeln lief er die drei Treppenstufen hinunter und joggte in meine Richtung. Ich stellte das Motorrad ab und schaffte es gerade noch, den Helm abzunehmen, ehe er seine Arme um mich schlang und mich an seine Brust zog.

Der Geruch nach Minze und sein glückliches »Robin« gaben mir endgültig den Rest und ließen mich in Tränen ausbrechen. Obwohl ich schon meine Nichte und meinen Neffen hören konnte, hielt er mich so lange, bis ich mich beruhigt hatte.

»Sorry«, schniefte ich, als ich mich löste. »Keine Ahnung, wieso ich gerade so sentimental bin.«

Er zwinkerte mir zu und drückte mir einen Kuss auf den Scheitel. »Alles okay. Wir wissen alle, dass du ein großer Softie bist.«

Ich lachte und stieß ihm die Faust gegen den Oberarm. »Sag das bloß nicht zu laut.«

Breit grinste er. »Mist, dann muss ich wohl mein Exklusiv mit der *MotoSport* canceln.«

»Das will ich dir auch geraten haben.« Ich streckte ihm die

Zunge raus.

»Besonders viel Gepäck hast du ja nicht mitgenommen«, meinte Josh naserümpfend.

»Ich habe nicht vor, lange zu bleiben«, brummte ich, ohne ihn anzusehen. Ich hatte Angst vor der Enttäuschung in seinem Blick. Bevor er etwas erwidern konnte, wurde mein Name gebrüllt.

»Tante Robin«, schrie meine Nichte Clara, hüpfte wie ein Flummi die Treppen hinunter und auf mich zu. Ihr kleiner Bruder, Paul, war ihr dicht auf den Fersen, musste sich aber noch am Geländer festhalten.

»Ich hab dich so vermisst«, rief sie und sprang mir in die Arme. Im letzten Moment fing ich sie auf und presste sie dicht an mich. Wieder musste ich gegen den Kloß in meinem Hals ankämpfen; nicht zum ersten Mal fragte ich mich, ob es richtig war, dass ich mich so lange nicht hatte blicken lassen.

Auch wenn Megs und Josh die beiden einpackten und mich überall besuchten, war es doch etwas anderes, nach Hause zu kommen.

Nach Hause. Schon wieder dieses Wort.

»Tante Robin«, quietschte jetzt auch Paul, der es zu mir geschafft hatte und ebenfalls auf den Arm genommen werden wollte. Da Clara sich weigerte, mich loszulassen, drückte ich Josh meinen Helm in die Hand und hielt beide auf dem Arm. Mein Herz fühlte sich schwer an und ein warmes Gefühl breitete sich in meinem Bauch aus.

Meghan lehnte mit der Hüfte an der Haustür und schenkte mir ein sanftes Lächeln. Josh legte seine Hand auf meinen unteren Rücken und bugsierte mich zum Eingang.

»Willkommen zu Hause, Robin.«

Kapitel 16

Robin

Damals

Als ich das nächste Mal die Augen öffnete, lag ich auf der Straße und wurde von drei Frauen umringt, die alle gleichzeitig auf mich einredeten. In meinen Ohren klingelte es so laut, dass ich kein Wort verstand. Schmerz fuhr von meinem Bein durch meinen gesamten Körper.

»Was?«, krächzte ich. Eine Passantin kniete neben meinem Kopf.

»Ich werde dir jetzt den Helm abnehmen, okay?«, sagte sie freundlich und ich nickte benommen. Dabei meinte ich mich daran zu erinnern, dass man das bei Motorradfahrern niemals machen sollte. Nicht, solange Rückenmarksverletzungen nicht ausgeschlossen waren. Als sie den Helm von meinem Kopf zog, hatte ich das Gefühl, besser Luft zu bekommen.

»Was tut dir weh?«

»Mein Bein.« Ich spürte, dass mir Tränen über die Wangen liefen. Es tat so weh, so unfassbar weh.

»Ich rufe jetzt einen Krankenwagen.«.

»Josh«, kam es mir heiser über die Lippen.

»Was?«, fragte sie verwirrt und zog die Brauen zusammen.

»Josh. Mein Bruder.« Jetzt schüttelten Schluchzer meinen Körper. Es tat so weh. »Bitte rufen Sie meinen Bruder an.« Hilflos blickte die Frau zu den anderen. Dann lächelte mich die dritte an.

»Wie wäre es, wenn wir erst den Krankenwagen rufen und dann deinen Bruder?«

Erleichtert nickte ich. »Gute Idee«, flüsterte ich und hätte am liebsten laut geschrien.

Unter Anstrengung hob ich den Kopf, um einen Blick auf mein Motorrad zu werfen. Was ich sah, ließ mich ungläubig aufkeuchen.

»Ich weiß.« Eine der Frauen tätschelte meine Schulter. »Wenn der Krankenwagen da ist, bekommst du was gegen die Schmerzen.« Aber das war es nicht.

Nach allen Gesetzen der Physik hätte ich bei dem Aufprall entweder übers Auto geschleudert werden– auch wenn dafür die Geschwindigkeit nicht hoch genug war – oder mit dem Kopf voran durch die Windschutzscheibe fliegen müssen. Stattdessen lag mein Motorrad andersherum, als wäre der Autofahrer mir draufgefahren. Als hätte ich kurz vor dem Sturz noch einen U-Turn hingelegt. Wie auch immer das möglich war, es hatte mir wahrscheinlich das Leben gerettet.

»Ich habe deinen Bruder nicht erreicht«, sagte eine Frau zu mir.

»Was?«, weinte ich. »Sie müssen. Seine Nummer ist in meinem Handy abgespeichert, er –«, die Frau unterbrach mich und drückte meine Hand. Wenigstens das konnte ich spüren.

»Eine Meghan ist ans Telefon gegangen.«

Wieder weinte ich. Dieses Mal aus Erleichterung. Meghan würde kommen. Noch immer saß der Fahrer des Unfallwagens im Auto. Ich konnte mich keinen Zentimeter bewegen, weil jede Faser meines Körpers vor Schmerz pulsierte. Eine der Frauen hielt die ganze Zeit meine Hand. Zumindest glaubte ich das.

Jetzt stieg der Fahrer des Wagens aus, sah aber nicht einmal zu mir. Stattdessen musterte er sein Auto. Noch immer versuchte mein Kopf das Ganze zu verarbeiten, als der Fahrer sich mir zuwandte und seine Augen zu Schlitzen verengte. Würde ich nicht schon längst am Boden liegen, hätte ich mich jetzt sicher irgendwo versteckt.

»Du hast meinen Wagen zerstört! Ich muss zu meinem Kumpel und du fährst einfach in mich rein. Wie dumm bist du eigentlich?«

Ich wollte etwas erwidern, aber mir fielen keine passenden Worte ein. Alles tat weh, ich hatte Angst und wusste nicht, was als Nächstes passieren würde. Die Frau streichelte weiter beruhigend meine Hand. In der Ferne konnte ich schon den Krankenwagen hören.

»Hat jemand die Polizei gerufen?«, stänkerte der Fahrer.

Ich bekam gar nicht mit, was die Anwesenden antworteten. Mittlerweile hatten sich weitere Passanten um uns versammelt, aber nur die drei Frauen standen direkt bei mir. Mein Blick fokussierte sich auf den Krankenwagen, der immer näher kam und hinter dem Unfallwagen hielt. Seine Türen öffneten sich und drei Sanitäter eilten auf mich zu. Direkt hinter dem Krankenwagen hielt ein Mini Cooper, den ich – ebenso wie seine Fahrerin – überall erkennen würde.

»Megs«, schluchzte ich und weitere Tränen liefen mir über die Wange.

»Robin«, rief sie, entsetzt und erleichtert zugleich. Sie ließ sich neben mir auf die Knie fallen und drückte meine Hand. »Wie geht es dir?«

»Mir tut alles weh«, weinte ich.

Die Sanitäter lächelten mich freundlich an.

»Hey, ich bin Mark. Kannst du dich bewegen?«, sprach mich einer von ihnen an.

Ich schüttelte den Kopf. »Mein Bein. Ich kann mein Bein nicht bewegen.«

Ich wollte Megs nicht ins Gesicht schauen, hatte Angst, in ihren Augen zu lesen, was es bedeuten könnte, schließlich kannte ich alle Horrorgeschichten. Josh hatte mir genug von ihnen erzählt.

»Kein bisschen bewegen?«, fragte der zweite Sanitäter. Wieder schüttelte ich den Kopf.

»Wer hat deinen Helm abgenommen?«, brummte Meghan. »Du weißt doch«, begann sie.

»Das war ich«, unterbrach sie einer der Frauen. Schuldbewusst blickte sie drein. »Ich wusste nicht, dass ...«

Die Sanitäter beruhigten sie und lächelten mir freundlich zu.

»Wir müssen deine Hose aufschneiden«, erklärte der erste – *Mark?* – und deutete auf meine Jeans.

Noch immer mied ich Meghans Blick. Sie wusste, dass Josh mir nur eine einzige Bedingung gestellt hatte. Und ausgerechnet heute hielt ich mich nicht daran.

»Hier?«, fragte ich schrill und sah panisch zu der Menschenmenge. »Auf offener Straße?«

»Tut mir leid«, sagte er und hatte wenigstens den Anstand, zerknirscht auszusehen. Dabei hatte er längst begonnen, die Jeans aufzuschneiden.

»Das ist meine Lieblingsjeans«, versuchte ich ihn noch einmal davon abzuhalten.

»Kannst die Rechnung ja bei der Krankenkasse einreichen«, erwiderte er mit einem frechen Grinsen. Ich verzog das Gesicht und hoffte, schöne Unterwäsche anzuhaben. Marisa hatte mir das immer geraten, sie meinte, man wüsste ja nie.

»Wo ist Josh?«, fragte ich an Megan gewandt. Ich wollte an alles denken, nur nicht an diese verdammten Schmerzen.

»Noch im OP«, antwortete sie und streichelte sanft mein Gesicht, während ihr Blick auf meinem Bein lag. Ich wünschte, ich könnte sehen, was sie sah, aber noch immer konnte ich mich nicht bewegen.

»Es tut so weh, Megs«, krächzte ich.

»Du bekommst gleich was gegen die Schmerzen.« Liebevoll drückte sie mir die Hand.

Umständlich hoben mich die Sanitäter auf die Trage – was mir einen Schmerzensschrei entlockte – und trugen mich in den Krankenwagen. Der Geruch nach Alkohol und Desinfektionsmittel schlug mir entgegen und ich verzog das Gesicht.

»Willst du was gegen die Schmerzen haben?«, fragte mich der Sanitäter, der sich zuerst vorgestellt und dessen Namen ich längst vergessen hatte.

Energisch nickte ich.

Noch immer standen mir Tränen in den Augen. Es fühlte sich an, als wäre jeder Knochen in meinem Körper gebrochen.

»Na dann viel Spaß beim Zugang legen.« Megs deutete amüsiert auf meine Arme.

Anders als bei meinem Bruder war es bei mir immer eine Tortur, eine vernünftige Ader zu finden, und sie wusste das nur zu gut. Plötzlich wurde die Tür ein weiteres Mal aufgerissen und zwei Polizisten steckten ihren Kopf herein. Also hatte der Unfallfahrer sie doch noch angerufen.

»Wieso stinkt es hier so nach Alkohol?«, fragte der eine lautstark. Mir war klar, was er damit andeuten wollte.

»Ich bin das sicher nicht«, zickte ich zurück.

Megs warf ihnen strafende Blicke zu. »Raus«, ordnete sie an. Der zweite Polizist öffnete den Mund, aber sie schüttelte ihren Kopf und deutete auf die Tür. »Sie muss behandelt werden. Kommen Sie wann anders wieder.«

»Wir brauchen noch ihre Daten«, sagte der eine ungeduldig.

Megs warf mir einen fragenden Blick zu und ich nickte. Kurz verschwand sie mit ihnen nach draußen und ich war froh, dass ich mich mit denen nicht mehr herumschlagen musste.

»Okay«, sagte der Sanitäter mit dem Ohrring, der irgendwie süß war. »Wir geben dir jetzt ein Schmerzmittel, ja?« Erleichtert nickte ich. »Es kann aber sein, dass dir davon schwindelig wird.«

»Egal«, flüsterte ich. »Ich will einfach nur, dass diese Schmerzen aufhören.«

Ich schloss die Augen und spürte, wie etwas Kaltes in meine Venen floss. Megs griff wieder nach meiner Hand.

»Kannst du Finn und Marisa anrufen?«, flüsterte ich. Scheißegal, dass wir uns gestritten hatten, ich brauchte meine besten Freunde. Und das am liebsten sofort.

»Schon längst gemacht, Süße«, lächelte sie und drückte meine Hand.

Ein Ruck ging durch den Krankenwagen und er fuhr los. Ich machte mir keine Gedanken um das, was passiert war. Wollte nicht darüber nachdenken, welche Folgen ich vielleicht davontragen würde. Alles in mir war leergepustet. Da war nur der Schmerz, der wie ein treuer Begleiter weiterpochte.

Als ich das nächste Mal meine Augen öffnete, drehte sich alles. »Huch«, sagte ich und blinzelte.

Einer der Sanitäter – Goldlöckchen, weil er so wilde Locken hatte – lächelte mich an. »Dreht sich alles?«

Ich nickte. Es drehte sich nicht nur, es fühlte sich an, als wäre alles in Watte gepackt. Auch der Schmerz wurde weniger, war nicht mehr im Vordergrund, dominierte nicht mehr mein ganzes Denken. »Krasses Zeug, was ihr da habt«, meinte ich. Alle lachten und ich war mir sicher, es auch zu tun.

Nach einigen Minuten waren wir beim Krankenhaus angelangt. Der Krankenwagen war über die Bahnschienen extra langsam gefahren, dennoch hatte ich das Gefühl, dass jede noch so kleine Bewegung wehtat. Die Sanitäter begleiteten mich zum Röntgen und Megs verließ nicht einmal meine Seite. Im Aufzug sah ich wieder zu dem Ersthelfer mit dem Ohrring. Er trug nur ein T-Shirt und seine Arme waren mit Tattoos bedeckt.

»Du bist echt süß«, sagte ich mit einem verführerischen

Lächeln.

Alle prusteten und er zwinkerte mir zu. »Danke.«

Megs kicherte. »Da habt ihr ihr aber das gute Zeug gegeben.« Ich hatte keine Ahnung, was sie meinte, nickte aber dennoch. Danach ging alles ziemlich schnell. Die Sanitäter verabschiedeten sich und wünschten mir alles Gute, dann wurde ich geröntgt und in ein Untersuchungszimmer geschoben. Gemeinsam mit Megs wartete ich auf den Arzt.

»Ich verstehe nicht, wieso sie nicht das ganze Programm bei dir abspielen«, schnaubte sie.

»Das ganze Programm?«, hakte ich ängstlich nach.

»Na ein Traumateam«, fing sie an aufzuzählen. »Die Neurochirugie«, fuhr sie fort, als die Tür geöffnet wurde und ein Arzt hereintrat. Augenblicklich verstummte sie, er hatte sie aber trotzdem gehört.

»Hallo Frau Wolf«, begrüßte er zuerst mich, ehe er sich an Meghan wandte. »Und hallo Doktor Fischer«, meinte er zu ihr. »Normalerweise spielen wir bei Motorradunfällen das ganze Programm ab, aber Frau Wolf war nicht schnell unterwegs, nicht einmal 20 km/h, außerdem klagt sie nur über Schmerzen im Bein. Da ist das ganze Prozedere wirklich nicht notwendig.«

Meghan kniff die Augen zusammen und presste die Lippen aufeinander, erwiderte aber nichts.

»Was machen sie überhaupt hier?«, hakte er nach.

Sie verschränkte die Arme und deutete mit einem Nicken auf mich. »Das ist meine Schwägerin.«

Ich grinste, dann flüsterte ich dem Arzt verschwörerisch zu: »Noch nicht, noch ist sie nur die Verlobte meines Bruders.« Nachdenklich sah ich Meghan an. »Du musst unbedingt unseren Nachnamen annehmen. Fischer klingt irgendwie …« Ich rümpfte die Nase. »… stinkig. Wolf hingegen klingt cool. Und badass.« Die beiden lachten.

»Gut zu wissen«, meinte Meghan und verdrehte ihre Augen.

Der Arzt zog die Röntgenbilder hervor und steckte sie an eine Wand, die die Aufnahmen von hinten beleuchtete. Ich hatte mich immer gefragt, wie diese Dinger hießen. Meghan musterte die Bilder und verzog ihr Gesicht.

»Was?«, rief ich panisch. »Was ist das? Was siehst du da?«

Sie wollte mich beruhigen und der Arzt zu einer Antwort ansetzen, als Josh in den Raum stürzte. Er trug noch seine OP-Mütze, sein Gesicht war vor Sorge verzerrt und entspannte sich erst ein wenig, als sein Blick auf meinen traf. Tränen der Erleichterung strömten über meine Wangen.

»Josh«, schluchzte ich auf.

Ich hatte nicht geahnt, dass ich meinen Bruder so dringend sehen musste. Sofort eilte er zu mir und drückte einen festen Kuss auf meinen Scheitel.

Immer wieder murmelte er: »Du lebst, du lebst. Es wird alles gut, Robin.«

Ich genoss die Umarmung meines Bruders, sog seinen – wenn auch von Krankenhaus durchzogenen - vertrauten Geruch in mich auf und ließ den Tränen freien Lauf.

Nach einer Weile löste er sich von mir. »Was ist passiert?«

Bevor ich zu einer Antwort ansetzen konnte, räusperte sich der Arzt. Erst jetzt fiel mir auf, dass er sich nicht vorgestellt hatte.

»Doktor Wolf«, sagte er mit einem respektvollen Nicken. »Ich wollte gerade erklären, was mit Ihrer Schwester ist.« Josh ließ mich nicht los und bewegte sich keinen Zentimeter, sein Blick wanderte aber ebenfalls über die Bilder. Auch er verzog das Gesicht.

»Was ist los?«, rief ich panisch. »Ihr seht alle aus, als würde ich sterben!«

»Sorry, Robin«, begann Megs zerknirscht, wurde aber direkt von dem anderen Arzt unterbrochen. Mittlerweile war er sichtlich genervt.

»Sie haben eine Tibiakopffraktur und ein gebrochenes

Schienbein.«

»Ich habe eine was?«, fragte ich und sah ihn an, als würde er Chinesisch reden. Kein Wort hatte ich verstanden.

Langsam wiederholte er und betonte dabei jede Silbe überdeutlich, als wäre ich zurückgeblieben: »Eine Ti-bia-kopf-fraktur.«

Ich verstand immer noch nicht, was das war. »Und das heißt was?«, fragte ich gereizt.

»Das ist das Ende deines Schienbeins, das in deinem Kniegelenk verankert ist«, erklärte mir Josh.

»Shit!« Ich verzog das Gesicht.

Alle drei nickten.

»Wir werden Sie operieren und Ihnen Nägel ins Knie setzen müssen«, erklärte der Arzt weiter. »Dann wird eine Schiene eigens für Sie angefertigt, damit Sie Ihr Knie weiterhin bewegen können.«

Blass starrte ich ihn an. »Ich muss meinen gebrochenen Knochen bewegen?«

Diesmal antwortete Meghan. »Das ist wichtig bei Gelenken. Würdest du dein Knie nicht mehr bewegen, würde es steif werden und wäre nicht mehr zu gebrauchen.«

Ich schluckte.

»Sie würden ein gutes Ergebnis erzielen, wenn Sie irgendwann einmal Ihr Knie wieder um neunzig Grad beugen können«, fuhr der Arzt fort und ich hatte das Gefühl, noch blasser zu werden. »Ich schätze, Sie werden die nächsten sechs Monate nicht ohne Krücken laufen können«, dozierte er weiter. »Ihr Sommer ist definitiv gelaufen.«

Es fühlte sich an, als würde meine Welt in Scherben zerbrechen. Wir hatten so viele Pläne für den Sommer. Erst gestern hatten Marisa und ich einen Kurztrip nach London gebucht. Der Arzt redete weiter, aber ich hörte ihm gar nicht zu. Stattdessen begann ich wieder zu weinen. Aus dem Augenwinkel bemerkte ich, wie Josh ihn mit einem Blick zum Schweigen brachte.

»Ich schicke eine Schwester, die das Bein gipsen soll«, murmelte der Arzt beschämt und verließ das Zimmer. Megs trat an meine andere Seite und gemeinsam mit Josh versuchte sie mich zu trösten.

»Wir«, schluchzte ich und zog nach jedem Wort meine Nase geräuschvoll hoch. »Wir hatten doch so viele Pläne.« Ich spürte, wie Schnodder aus meiner Nase lief, und bevor ich weiter in Selbstmitleid ertrinken konnte, wurde ich von Josh unterbrochen.

»Er war nur unsensibel«, sagte er ernst und sah mich aufrichtig an. »Es kann auch schon in drei Monaten geheilt sein.« Ich suchte in seinem Gesicht nach dem Anzeichen einer Lüge, aber sein Blick lag ruhig und zuversichtlich auf mir.

»Okay«, nickte ich, wischte mir mit dem Handrücken übers Gesicht und fühlte mich gleich viel optimistischer. Eine Schwester kam rein und begann mein gesamtes Bein einzugipsen.

»Ich geh mal Finn und Marisa informieren«, sagte Megs und wandte sich zur Tür.

»Sie sind hier?«, fragte ich aufgeregt.

»Sie sitzen draußen.«

»Kannst du sie mit reinbringen?«

Meghan nickte und verließ das Zimmer. Keine Minute später stand Marisa in der Tür und sah mich besorgt an.

»Was machst du nur für Sachen, Robin?«, rief sie aus und eilte an mein Bett. Ich lächelte ihr zu, aber meine Aufmerksamkeit galt noch immer der Tür. *Wo war Finn?*

Als sie sich das nächste Mal öffnete, geriet mein Herz eine Minute aus dem Takt. Ich erwartete, dass Finn das Zimmer betrat, aber es war Meghan. Entschuldigend zog sie ihren Kopf ein.

Marisa bemerkte meinen suchenden Blick und sagte zerknirscht: »Er musste vor zehn Minuten los.« Dann, so leise, dass nur ich sie verstehen konnte, fügte sie hinzu: »Sara hat angerufen und brauchte irgendwas.«

Ich gab mir Mühe zu verbergen, wie sehr es mich verletzte, das zu hören, aber ich wusste, dass ich gescheitert war, als sich eine wütende Falte auf Joshs Stirn bildete.

»Oh, okay«, flüsterte ich und konnte die Träne, die mir über die Wange lief, nicht aufhalten.

Marisa lächelte mir gequält zu und ich schloss die Augen. Ich hätte Finn gebraucht, ich brauchte Finn! Noch nie hatte ich von ihm irgendetwas verlangt, noch nie ihn gebeten, etwas für mich zu tun, aber heute hätte ich meinen besten Freund gebraucht. Nicht einmal heute, nicht einmal, nachdem ich einen Unfall gehabt hatte, hatte er hierbleiben können. Sara rief und er folgte. Das verletzte mich mehr als alles andere, und wenn ich ehrlich war, dann tat es sogar mehr weh als mein gebrochenes Knie.

»Aber Julian, Lars und Mara sitzen vor der Tür«, lenkte sie schnell ab. Mein Herz fühlte sich für einen kurzen Moment ganz warm an.

Während Megs und Marisa versuchten, mich abzulenken, und Josh grimmig durch die Gegend starrte, wanderten meine Gedanken immer wieder zurück zu Finn. Ich konnte nicht verstehen, was in diesem Moment wichtiger war als ich. Ja, wir hatten uns gestritten und ja, wir waren nicht im Guten auseinandergegangen, aber war das ein Grund, mich alleine zu lassen? Vor allem, weil er überhaupt nicht wusste, was mit mir war! Schmerzhaft wurde mir bewusst, dass das wohl immer so sein würde. Sara hatte immer irgendetwas, war unglücklich oder brauchte ganz dringend seine Hilfe, aber heute, zum allerersten Mal, seit wir uns kannten, brauchte ich ihn. Und er war nicht da.

Als die Krankenschwester fertig war, wandte ich mich an Marisa. »Du kannst gehen«, flüsterte ich und lächelte sie an.

Sie schüttelte vehement den Kopf. »Ich bleibe.«

Müde lächelte ich. »Das ist lieb, aber ich werde heute nur noch schlafen«, sagte ich ihr ehrlich. Noch immer wirkte sie besorgt und ich drückte ihre Hand. »Gib bei den anderen Entwarnung«, meinte ich und nickte zur Tür. »Ich werd dir schreiben, wie es weitergeht.« Sie blieb einen Augenblick unschlüssig vor mir stehen.

»Wir würden gern ein wenig allein mit Robin sein«, sagte Josh und nahm ihr damit die Entscheidung ab.

Umständlich beugte sich Marisa zu mir und drückte mir einen Kuss auf die Wange. »Ich bin so froh, dass du wieder gesund wirst.« Ihre Stimme klang heiser und ich war mir sicher, ungeweinte Tränen darin zu hören. »Mach so etwas nie wieder«, beschwor sie mich. »Ich hab Todesängste um dich ausgestanden.«

Nachdem Marisa gegangen war, schoben Josh und Meghan mich auf mein Zimmer. Kein anderer außer mir war hier und ich wusste nicht, ob mein Bruder da seine Finger im Spiel gehabt hatte. Nachdem alles so stand, wie es sollte, und die Schwester einen weiteren Schmerztropf angehängt hatte, setzte sich Josh auf den Rand meines Bettes und sah mich aufmerksam an. Nervös fummelte ich an dem Bettlaken herum.

»Bist du sauer auf mich?« Meine Lippe begann zu zittern.

»Was?«, fragte Josh entsetzt. »Robin, wie kommst du darauf?«

Ich zuckte mit den Schultern und vermied weiterhin seinen Blick. Die erste Träne bahnte sich bereits einen Weg über meine Wange. Mit seinem Zeigefinger hob er mein Kinn und zwang mich damit, ihm ins Gesicht zu sehen.

»Wie kommst du auf sowas?«, sagte er sanft, aber eindringlich.

»Du wolltest nie, dass ich Motorrad fahre. Ich hatte meine Schutzhose nicht an und ich hab einen Unfall gebaut. Such dir eins aus«, sagte ich beschämt.

»Ach Robin«, erwiderte er kopfschüttelnd und zog mich

vorsichtig in seine Arme. »Auch wenn ich heute um mindestens zwanzig Jahre gealtert bin, bin ich so dankbar, dass dir nichts Schlimmeres passiert ist und du wieder laufen können wirst.«

Ich lächelte. Eine Weile verharrten wir schweigend Arm in Arm. Ich wusste, dass er mit mir nur allzu gerne über Finn reden wollte, aber ich konnte nicht. Noch nicht.

»Wir bringen dir morgen früh ein paar Sachen vorbei, okay?«, fragte Josh nach einer Weile.

Ich nickte und gähnte.

»Brauchst du noch was?«

»Nur ein Ladekabel«, erwiderte ich.

Grinsend zog er eins aus seiner Tasche und schloss es an. »Kenne meine kleine Schwester doch«, meinte er zwinkernd. Dann wurde sein Blick ernster und er küsste noch mal meine Stirn. »Erhole dich, okay?«

Wieder nickte ich. Er schien zu zögern, als hätte er Sorge, mich alleine zu lassen, aber mit einem Wedeln meiner Hand machte ich ihm deutlich, dass er sich verziehen sollte.

An der Tür blieb er noch einmal stehen und drehte sich um. »Ich hab dich lieb, Robin.«

Mit einem Lächeln auf den Lippen antwortete ich: »Ich dich auch.«

Dann verließ er das Zimmer. In der Sekunde, in der die Tür ins Schloss fiel, griff ich nach meinem Handy. Ich war mir so sicher, wenigstens eine SMS von Finn zu haben, aber da war nichts. Rein gar nichts.

Ungläubig schüttelte ich den Kopf, wartete, entsperrte erneut das Display, aber da war immer noch nichts. Tränen sammelten sich in meinen Augen.

Nach einer halben Stunde schrieb ich ihm: **Werde morgen operiert. Vermisse dich**, und kam mir dabei total dämlich vor.

Ich hatte keine Ahnung, was in seinem Kopf vorging. Verstand er nicht, dass ich meinen besten Freund brauchte? Noch immer starrte ich auf den Bildschirm, sah, dass er meine Nachricht empfangen und gelesen hatte, aber er reagierte nicht. Es war weit nach Mitternacht, als ich endlich in den Schlaf fand, aber Finn hatte mir nicht geantwortet.

Kapitel 17

Robin

Damals

Der nächste Morgen kam und verging. In der Zwischenzeit hatten sich Marisa, Mara, Julian und sogar Lars bei mir gemeldet. Nur von Finn war nichts gekommen. Am Anfang war ich noch enttäuscht gewesen, aber je mehr Zeit verstrich, umso wütender wurde ich.

Früh am Morgen waren Josh und Meghan wiedergekommen und hatten mir Gesellschaft geleistet. Ihre Anwesenheit hielt mich wenigstens davon ab, mir den Kopf über Finns Verhalten zu zerbrechen.

Kurz vor der OP half Meghan mir in ein sexy Krankenhaushemdchen. Als die Schwestern kamen, um mich abzuholen, schluckte ich. Die ganze Zeit hatte ich versucht nicht daran zu denken. Als ich das letzte Mal operiert worden war, waren meine Eltern noch am Leben gewesen. Mama hatte meine Hand gehalten und Papa meine Stirn geküsst. Auch nachdem ich aufgewacht war, waren sie die ganze Zeit an meiner Seite geblieben. Josh bemerkte meinen Blick.

»Ich fahre sie«, erklärte er zu den Schwestern in einem Ton, der keinen Widerspruch duldete.

Ein letztes Mal sah ich aufs Handy, aber da war immer noch nichts. Finn hatte mich einfach vergessen. Megs begleitete uns, bis wir an einen Punkt kamen, wo sich die beiden verabschieden mussten.

»Wir warten genau hier auf dich, okay?«, sagte sie aufmunternd.

Ich schluckte und blickte nervös zu Josh. Ich wusste nicht, ob er ahnte, was in mir vorging, aber er ergriff meine Hand und drückte sie.

»Wird alles gut werden?«, flüsterte ich ängstlich.

Ich hatte das Gefühl, wieder neun zu sein. Mama und Papa waren gerade gestorben und jede Nacht war ich zu Josh ins Bett geklettert, weil ich Angst davor gehabt hatte, die Augen zu schließen. Erst in seiner Nähe war diese Angst verschwunden.

»Es wird alles gut werden«, versprach er mir, so wie er das schon immer getan hatte.

»Ich hab dich lieb, Josh«, sagte ich ein letztes Mal.

»Ich dich auch, Robin.«

Dann übernahmen wieder die zwei Schwestern und schoben mich den Gang hinunter in ein Zimmer. Nur ein Licht brannte und die Anwesenden hievten mich auf den OP-Tisch. Hinter mir stand ein Mann, der mich fröhlich anlächelte.

»Hallo, Robin«, sagte er und ich hatte gleich das Gefühl, ihn schon ewig zu kennen. »Ich werde dir jetzt eine Maske aufs Gesicht legen und dann zählst du langsam bis zehn, okay?«

Nervös nickte ich. »Okay.«

Nachdem er mir die Maske aufgesetzt hatte, nahm ich einen tiefen Atemzug und begann zu zählen. »Eins, zwei, drei, ...« Danach hatte ich keine Erinnerungen mehr.

Als Erstes nahm ich das Rattern von Rollen war. Als ich die Augen öffnete, blendete mich grelles Deckenlicht. Ich musste den Kopf zur Seite drehen.

»Ist alles gut gegangen?«, hörte ich eine mir vertraute Stimme, dann wieder nichts.

»Robin?«, sagte eine sanfte Frauenstimme, aber ich war zu müde.

Stetiges Piepen weckte mich wieder. Blinzelnd drehte ich den Kopf auf die Seite und lächelte. »Josh«, krächzte ich, dann fielen mir die Lider wieder zu.

Immer wieder wachte ich für wenige Sekunden auf, nur um wieder ins Delirium zu fallen. Manchmal wusste ich, was um mich herum geschah. Jedes Mal war Josh da und saß an meinem Bett. Einige Male glaubte ich zu hören, wie sich Meghan leise mit ihm unterhielt. Maschinen piepsten, Türen wurden aufgemacht und zugeschlagen.

Ich wusste nicht, wie viel Zeit vergangen war, als ich die Augen erneut öffnete. Dieses Mal war da kein Nebel, ich nahm die Dinge um mich herum bewusst wahr und hatte nicht das Gefühl, sofort wieder einschlafen zu müssen. Ich war alleine und mein Hals fühlte sich an, als hätte ich seit Wochen nichts getrunken. Eine kleine Fernbedienung lag in meiner Hand. Es dauerte ein paar Sekunden, bis ich begriff, dass ich damit nach einer Schwester rufen konnte. Keine Minute später stand bereits eine vor mir.

»Hallo, Robin«, lächelte sie mich an. »Wie geht es dir?«

»Durst«, krächzte ich.

Sie nickte und goss ein wenig Wasser in einen Becher. »Kleine Schlucke«, ermahnte sie mich und half mir beim Trinken, wofür ich ihr wahnsinnig dankbar war, denn meine Hand zitterte.

Nachdem ich getrunken hatte, sah sie mich fragend an. »Brauchst du was?«

»Mir ist so kalt«, flüsterte ich.

Skeptisch musterte sie mich. »Du liegst bereits unter vier Decken.« Als sie meinen flehenden Blick bemerkte, seufzte sie ergeben. »Ich hole noch zwei, okay?«

Schneller als ich blinzeln konnte, verließ sie wieder das Zimmer. Bevor die Tür ins Schloss fallen konnte, wurde sie erneut geöffnet.

»Robin!«, hörte ich Megs erleichterte Stimme. Ich schenkte ihr ein schiefes Lächeln. »Josh wurde gerade in eine Not-OP gerufen und …«, begann sie zu erklären, aber ich winkte ab. Ich würde niemals von meinem Bruder verlangen, an meinem Bett sitzen zu bleiben und meine Hand zu halten, wenn dadurch das Leben eines anderen gefährdet wurde. »Wie fühlst du dich?«, fragte sie und setzte sich auf meine Bettkante.

»Kalt«, flüsterte ich zitternd.

Sie runzelte die Stirn. »Das hast du schon ein paar Mal gesagt.«

»Hab ich?« Ich konnte mich nicht daran erinnern.

»Weißt du das nicht mehr?«

Ich ging die paar Erinnerungsfetzen durch, die ich hatte, schüttelte aber den Kopf.

»Nicht schlimm«, meinte sie und drückte meine Hand. »Das ist ganz normal.«

Die Schwester kam wieder, gab mir weitere Decken und verließ mit einem knappen Lächeln in Megs Richtung das Zimmer.

»Die hassen dich hier alle, was?«, meinte ich amüsiert.

»Ein bisschen vielleicht«, zwinkerte sie mir zu.

Wir unterhielten uns über Belanglosigkeiten und zwischendrin fielen mir wieder die Lider zu. Erst als die Sonne bereits am Untergehen war, kam Josh noch einmal in mein Zimmer. Die ganze Zeit über hatte ich mich nicht getraut, auf mein Handy zu sehen. Zu groß war die Angst gewesen, dass Finn sich noch immer nicht bei mir gemeldet hatte.

»Hey.« Allein an seiner Stimme konnte ich hören, wie

erschöpft er war. Er drückte mir einen Kuss auf den Scheitel.
»Wie geht es dir?«
»Okay«, sagte ich schulterzuckend.
»War schon ein Arzt da?«
Ich schüttelte den Kopf und er runzelte mit der Stirn.
»Vielleicht denken sie, dass du eh schon alles weißt?«, versuchte ich mich an einer Erklärung.
»Das geht trotzdem nicht«, brummte er und ging auf den Flur. In der Haut von demjenigen, der seinen Frust abbekommen würde, wollte ich nicht stecken.
»Oh, oh«, murmelte Megs, die vermutlich Ähnliches gedacht hatte.
»Ich glaube, du musst den Brummbär heute ein wenig beruhigen.« Spielerisch drückte ich ihr den Ellbogen in die Seite. Megs verzog das Gesicht und wir kicherten.
Keine fünf Minuten später betrat Josh gemeinsam mit zwei weiteren Ärzten das Zimmer.
»Hallo, Robin«, begrüßte mich der Ältere von beiden.
Schief grinste ich ihn an. »Nehmen Sie meinen Bruder nicht allzu ernst.«
Josh schnaufte, konnte sich ein Lächeln aber nicht verkneifen.
»Hunde die bellen, beißen nicht.«
Die Ärzte lachten und die Stimmung entspannte sich.
»Ich bin Doktor Wagner«, stellte sich der Ältere vor. »Wie geht es dir?«
»Ganz okay.«
»Deine Operation ist gut verlaufen«, erzählte er weiter und Erleichterung durchflutete mich. »Eigentlich hatten wir dir Schrauben einsetzen wollen, um die Narbe so klein wie möglich zu halten«, er sah mich ein wenig zerknirscht an. »Das war leider nicht möglich. Der Bruch war komplizierter als auf den Bildern ersichtlich.« Ich schluckte und verzog das Gesicht.
»Wir haben dir eine Platte eingesetzt und die Narbe verläuft

nun fast über dein gesamtes Schienbein. Tut mir leid«, sagte er aufrichtig.

Ich winkte lächelnd ab. »Nicht schlimm.«

Eindringlich blickte mich der Arzt an. »Du hast Glück gehabt. Wärst du nur ein bisschen schneller gewesen, dann hättest du ein neues Kniegelenk benötigt.«

Mit großen Augen starrte ich ihn an. Ich konnte mir Besseres vorstellen, als mit Anfang zwanzig ein neues Kniegelenk zu bekommen.

»Die nächsten Tage ruhst du dich einfach aus, dann beginnen wir mit der Physiotherapie, okay?«

Ich nickte. Kurz zögerte ich, aber Doktor Wagner lächelte mir aufmunternd zu.

»Wie lange dauert die Heilung?«, fragte ich leise.

»Es kommt drauf an, wie gut du übst und wie schnell sich dein Knochen regeneriert. Aber ich schätze so vier Monate.«

Wieder durchströmte mich die Erleichterung. Vielleicht konnte ich doch noch mit Marisa nach London.

»Okay«, meinte ich gut gelaunt.

Dann kontrollierten sie noch meine Werte. »Wir werden dir noch ein weiteres Schmerzmittel geben, damit du heute Nacht in Ruhe schlafen kannst«, erklärte der zweite Arzt, ehe sie sich wieder verabschiedeten und mich mit Josh und Megs alleine ließen. Ich musterte Joshs Gesicht. Die Anstrengung und Erschöpfung der letzten vierundzwanzig Stunden war in jede seiner Falten eingegraben.

»Geht nach Hause«, sagte ich.

Vehement schüttelte Josh den Kopf. »Ich bleibe bei dir.«

»Nein«, beharrte ich. »Du warst den ganzen Tag da. Geht euch ausruhen.«

Megs sah unbekümmert auf ihre Nägel. Mittlerweile hatte sie jahrelange Erfahrung und wusste, dass wir Dickköpfe das unter uns ausmachen mussten und jegliches Einmischen nichts brachte.

»Robin«, fing Josh an, aber ich hob die Hand, um ihn zu unterbrechen.

»Ich komm klar, Josh. Ich werde sowieso einfach schlafen.« Sanft fügte ich hinzu: »Geht nach Hause, ruht euch aus und kommt mich morgen wieder besuchen, okay?«

Der innere Kampf war auf seinem Gesicht zu sehen und ich schob ein »Bitte, Josh« hinterher.

Als seine Schultern nach unten sackten, wusste ich, dass ich gewonnen hatte.

»Aber wir werden morgen in aller Frühe bei dir sein.«

»Macht, was ihr wollt«, meinte ich und musste mir ein Gähnen verkneifen.

»Ich bin froh, dass alles so gut ausgegangen ist«, flüsterte Josh mir ins Ohr und drückte meine Hand.

Ich konnte mir kaum vorstellen, welche Albträume er durchlebte und welche Schatten der Vergangenheit ihn verfolgt hatten. Als Mama und Papa gestorben waren, war er in meinem Alter gewesen. Sicher konnte er sich an mehr Details erinnern, als ich das tat.

»Ich auch«, wisperte ich.

Eine Weile saß er schweigend an meinem Bett und ich konnte den Sturm, der in seinem Inneren tobte, in seinen Augen sehen. Als Megs ihre Hand auf seine Schulter legte, schüttelte er den Kopf, küsste mich ein letztes Mal auf den Scheitel und stand dann auf. Vorsichtig umarmte sie mich.

»Kümmer dich bitte gut um ihn«, flüsterte ich ihr ins Ohr, während ich Josh besorgt musterte.

»Immer«, erwiderte sie genauso leise und nicht zum ersten Mal war ich froh, dass Josh sie hatte.

Als die beiden mein Zimmer verlassen hatten, überkam mich mit einem Schlag die Einsamkeit. Mein Handy lag auf dem Nachtschrank, aber ich traute mich nicht, danach zu greifen. Zu groß war die Angst, dass Finn mich immer noch vergessen hatte. Zehn Minuten lang sprach ich mir Mut zu, bis ich mich überwand und auf das Display sah. Mein Herz klopfte in meiner Kehle, als ich feststellte, dass Finn sich endlich gemeldet hatte.

Ich war bei dir, aber du warst schon im OP.

Kein »Wie geht es dir?«, kein »Tut mir leid, dass ich mich erst jetzt gemeldet habe«, und dennoch freute ich mich so sehr über die Nachricht, als hätte er mir seine Gefühle gestanden.

Bin jetzt wieder auf dem Zimmer.

Keine Minute später antwortete er mir.

Kann ich noch vorbeikommen?

Ich seufzte, schloss lächelnd meine Augen und drückte mir das Handy an die Brust.

Ja.

Zu gerne hätte ich jetzt einen Spiegel gehabt, um mein Aussehen zu überprüfen, aber an so etwas hatten Megs und Josh nicht gedacht. Aufstehen war auch keine Option, also musste ich liegend warten. Vorsichtig stellte ich die Rückenlehne des Bettes hoch und machte eine Bestandsaufnahme.

Ein Verband war um das operierte Bein gelegt und Schläuche führten aus ihm heraus. Angewidert verzog ich das Gesicht, als mein Blick auf die Seite des Bettes fiel. Beschämt stellte ich fest, dass an ihm nicht nur zwei Beutel festgemacht waren, in denen sich Blut sammelte, sondern auch einer für meinen Urin. Das hatte ich ganz vergessen. Weil ich mich nicht bewegen konnte, hatte man mir einen Katheter gelegt. Kleinlich, aber so wollte ich Finn nicht unter die Augen treten.

Ich war gerade dabei, ihm eine Absage per SMS zu schreiben, als es klopfte. Bevor ich reagieren konnte, wurde die Tür aufgerissen und Finn betrat mit einem zaghaften Lächeln das Zimmer.

»Robin«, sagte er und ich hatte das Gefühl, dass seine Stimme mit Sorge durchwoben war. Vergessen war der Urinbeutel an der Seite des Bettes.

Mit schnellen Schritten kam er zu mir, nahm meine Hand und drückte mir einen Kuss auf die Stirn. Dort verharrte er und ich schloss die Augen und genoss das Gefühl seiner Nähe. Ich wusste nicht, wann er mir das letzte Mal so nahe gewesen war. Hatte es wirklich erst einen verdammten Motorradunfall benötigt?

Obwohl ich es ihm verboten hatte, veranstaltete mein Herz seltsame Turnübungen in meiner Brust.

»Robin«, flüsterte er wieder und löste sich von mir. Sein Blick wanderte suchend über mein Gesicht, als wolle er sich vergewissern, dass es mir auch wirklich gut ging. Das hier war mein Finn. Der Finn, den ich vor Monaten kennen und lieben gelernt hatte.

»Was machst du nur für Sachen?«, fragte er kopfschüttelnd. Ich versuchte mich an einem Grinsen, aber Tränen traten mir in die Augen und ich zuckte mit den Schultern. Das war nicht das erste Mal, dass mir diese Frage gestellt wurde, und ich wusste immer noch nicht, wie ich darauf antworten sollte.

»Wie geht es dir?«, fragte er weiter. Wahrscheinlich weil er ahnte, dass ich nicht wusste, was ich sagen sollte.

»Ganz okay«, antwortete ich schulterzuckend. »Sie haben gute Schmerzmittel.« Dann erzählte ich ihm, was passiert war und warum ich operiert wurde. Als ich geendet hatte, verzog er das Gesicht.

»Scheiße«, flüsterte er und drückte meine Hand, die er noch immer hielt. Von mir aus hätte er sie für den Rest meines Lebens halten können.

Er zögerte. »Robin ...« Mit schiefgelegtem Kopf sah ich ihn an. »Hattest du den Unfall wegen unserem Streit?« Er hatte so leise gesprochen, dass ich ihn fast nicht verstanden hätte.

»Was?«, fragte ich entsetzt. »Wie kommst du auf so einen Bullshit?«

Das schlechte Gewissen war ihm ins Gesicht geschrieben. Hatte er sich deswegen nicht bei mir gemeldet?

»Na ja«, druckste er herum und schaffte es nicht, mich anzusehen. »Wir haben uns gestritten und nicht einmal eine halbe Stunde später hast du einen Unfall.«

»Es war nicht deine Schuld«, unterbrach ich ihn. »Solche Dinge passieren eben.«

Er musterte mich skeptisch, nickte aber. »Ich war heute Mittag schon einmal da«, wechselte er schnell das Thema. »Aber sie hatten dich gerade in den OP gebracht.« Ich zuckte mit den Schultern. »Hat Josh dir was gesagt?«

Stirnrunzelnd schüttelte ich den Kopf. »Nein, aber er hatte heute auch noch eine Not-OP und hat es wahrscheinlich einfach nur vergessen.«

Finn nickte, aber mir war klar, dass er es nicht vergessen hatte. Josh konnte Finn nicht ausstehen. Denn er wusste, dass ich Finn liebte und wie sehr ich in den letzten Monaten wegen ihm gelitten hatte, wie oft ich im letzten Jahr wegen Finn geweint hatte. Und ich wusste, dass er das hasste. Dass Josh nichts lieber tun würde, als ihm eine ordentliche Tracht Prügel zu verpassen. Einzig und allein mir zuliebe hatte er das nicht getan.

Nach einer Weile kam eine Schwester rein. »Die Besuchszeiten sind eigentlich längst vorbei«, meinte sie mit einem Kopfnicken auf Finn.

Flehend sah ich sie an. »Darf er bitte noch bleiben, er stört ja niemanden.«

Kurz zögerte sie, aber dann lenkte sie ein. »Junge Liebe soll man ja nicht stören«, meinte sie zwinkernd und ließ uns wieder alleine. Mein Gesicht fühlte sich an, als würde es glühen, und ich war froh, dass Finn nicht auf ihren Kommentar einging.

Ein Gähnen entfuhr mir.

»Ich sollte gehen«, meinte er.

Schnell griff ich nach seiner Hand. »Bleib bitte«, flüsterte ich. Kurz zögerte er und ich wusste nicht, was durch seinen Kopf ging, aber er nickte. Er begann mir aus einem Buch vorzulesen, das Megs mir mitgebracht hatte. Die ganze Zeit hielt er meine Hand und ich gab mich der Illusion hin, dass da mehr zwischen uns war.

Kapitel 18

Robin

Damals

Ich hasste es, im Krankenhaus zu sein. Die Physiotherapie tat verdammt weh und kostete mich wahnsinnig viel Kraft. Das einzig Gute war, dass Finn wieder der Alte war. Jeden Morgen, wenn ich aufwachte, hatte ich eine SMS von ihm auf dem Handy. Jeden Nachmittag stand er mit den anderen vor meiner Tür und blieb, bis ihn die Krankenschwester rauswarf. Mit keiner Silbe erwähnte er Sara und nicht ein einziges Mal war er aus dem Krankenhauszimmer gestürmt, um zu ihr zu fahren.

Ich hatte gerade eine anstrengende Physiositzung hinter mir, als es an der Tür klopfte. Finn war mitten in einem Satz gewesen, den er mir vorgelesen hatte, als er den Kopf schieflegte.

»Erwartest du wen?« Ich zuckte mit den Schultern und schüttelte den Kopf. Die Tür öffnete sich und ein riesiger Blumenstrauß erschien. Ein mir vage bekanntes Gesicht lugte dahinter hervor.

»Hallo, Robin!« Der Typ hatte eine angenehme Stimme, die mir seltsam vertraut vorkam.

»Hey«, sagte ich unsicher und hörte selbst, dass meine Aussage wie eine Frage klang.

»Du hast keine Ahnung, wer ich bin, oder?«, lachte er und kam an mein Bett.

Finn beobachtete ihn mit Argusaugen.

»Leider überhaupt nicht«, gab ich zerknirscht zu.

»Ich bin Mark«, stellte er sich vor und langsam begann es zu dämmern. »Ich war ...«

»Einer meiner Sanitäter, oder?«

»Jap«, grinste er breit. Meine Wangen färbten sich rot und ich versteckte mein Gesicht hinter den Händen.

»O nein«, stöhnte ich. »Ich hab gesagt, dass ...«

»Dass ich ziemlich süß bin, ja«, lachte er.

Es klang, als würde Finn knurren und Mark warf ihm einen schnellen Blick zu.

»Tut mir leid«, sagte er zerknirscht. »Ich wollte sehen, wie es dir geht.«

»Machst du das bei all deinen Patienten?«, brummte Finn angepisst, aber Mark ignorierte seinen Tonfall.

»Nein«, meinte er und zwinkerte mir zu. »Nur bei denen, die mich ganz offensichtlich anflirten.«

Mein Gesicht brannte jetzt und ich traute mich nicht, zu Finn zu sehen. »Ich wusste nicht, dass du einen Freund hast«, meinte er. »Dann will ich euch nicht länger stören.«

»Besser ist das«, murmelte Finn leise.

»Er ist nicht mein Freund«, verbesserte ich aus einem unerfindlichen Impuls heraus.

Mark hatte gerade die Blumen auf einen kleinen Tisch gelegt, als er in der Bewegung innehielt und zwischen Finn und mir hin und her sah. Ich hatte das Gefühl, dass Finn mich wütend anfunkelte, ignorierte ihn aber.

»Wenn das so ist ...« Er grinste breit. »Hättest du Lust, mal mit mir auszugehen?«

Ich konnte mich nicht daran erinnern, dass mich jemals

irgendjemand nach einem Date gefragt hätte. Mit einem entschuldigenden Lächeln deutete ich auf mein Bein.

»Ich glaube, das könnte ein bisschen schwerer werden«, sagte ich zerknirscht. »Die nächsten Monate werde ich nicht so
mobil sein.«

»Kein Problem«, zwinkerte er und zückte sein Handy. »Lass das mal meine Sorge sein.«

Wir tauschten Nummern aus und er versprach, sich am Abend bei mir zu melden. Finns Miene war noch angepisster geworden. Eigentlich hatte ich erwartet, dass er aufspringen und aus dem Zimmer stürzen würde, aber er blieb, wo er war. Nach wenigen Minuten verabschiedete Mark sich und ich sah ihm lächelnd hinterher, bis die Tür ins Schloss gefallen war.

»Gehts noch?«, herrschte Finn mich an. Ich holte tief Luft, bevor ich zu ihm sah.

»Was ist dein Problem?«, fragte ich ihn genervt und rieb mir angestrengt die Schläfen. Noch immer hatte Finn die Arme vor der Brust verschränkt und verzog das Gesicht, als hätte er in eine saure Zitrone gebissen. Seine Haare waren mittlerweile kurz geschnitten und ich ertappte mich bei dem Gedanken, dass ich sie länger schöner gefunden hatte.

»Wenn ich dich störe und du lieber Dates ausmachen möchtest, kann ich auch verschwinden«, fauchte er und ich merkte, wie es auch unter meiner Oberfläche wieder brodelte.

»Finn«, warnte ich ihn. »Du hast absolut kein Recht, dich wegen irgendetwas zu beschweren«, fügte ich leise hinzu, aber er hatte sich so in Rage geredet, dass er mich gar nicht hörte.

»Ich bin bei dir«, spuckte er mir vor die Füße. »Jeden Tag. Und dafür hat Sara unsere Beziehung schon wieder beendet.« Seine Worte taten mehr weh, als ich es zugeben würde.

»Geh.«

Finn erstarrte und sah mich ungläubig an. »Was hast du gesagt?«

Ich deutete auf die Tür. »Geh«, wiederholte ich und schüttelte den Kopf. »Wo auch immer Saras Schuh wieder drückt, es ist weder mein Problem noch meine Schuld.« Er runzelte die Stirn. »Mich deswegen anzumachen ist vollkommen daneben.«

»Und jetzt schmeißt du mich raus? Das ist dein Dank?« Ich musste zur Seite sehen, damit er nicht merkte, wie sehr er mich verletzte.

»Geh, Finn«, wiederholte ich leise. Schnaubend stand er auf, knallte das Buch auf den Nachttisch und zog seine Jacke an. Kurz bevor er die Tür erreicht hatte, fügte ich noch hinzu: »Ich habe mich gefreut, dass mein bester Freund endlich wieder Zeit für mich hat. Ich habe dich so unfassbar vermisst.« Er hielt inne und seine Schultern verspannten sich. Hoffentlich konnte er nicht hören, dass meine Stimme tränenerstickt war. »Ich werde mir aber keine Vorwürfe von dir anhören, weil jemand Interesse an mir hat. Wenn du dich beruhigt hast, darfst du gerne wiederkommen.« Ich drehte mich, so gut es mit dem Bein eben ging, auf die Seite, damit ich ihn nicht ansehen musste. Und damit er nicht sah, dass mir die Tränen jetzt über die Wangen liefen.

»Robin«, flüsterte er gequält, aber ich schüttelte den Kopf. Kurz darauf fiel die Tür zu meinem Zimmer ins Schloss.

Kapitel 19

Robin

Damals

Finn und Sara trennten sich noch zwei weitere Male. Oder waren es drei? Es war so ein ständiges Hin und Her, dass ich mittlerweile den Überblick verloren hatte. Aus dem Augenwinkel musterte ich Finn, der mich zu meinem Abschlusstermin fuhr. Heute würde der Arzt feststellen, ob mein Knie so verheilt war, wie es sollte. Ob sich all die harte Arbeit gelohnt hatte. Nervös wippte ich mit dem anderen Bein auf und ab.

Finn legte seine warme Hand auf meinen Oberschenkel und alles in mir verspannte sich. »Es wird schon alles gut werden«, nickte er mir aufmunternd zu. »Bislang hat doch alles gut funktioniert.«

Ich lehnte den Kopf zurück. »Ich weiß«, seufzte ich mit geschlossenen Augen. »Ich hab trotzdem Angst.«

Als ich sie wieder öffnete, musterte mich Finn mit einem unergründlichen Blick. Immer, wenn er mich so ansah, zog sich mein Innerstes zusammen und ich hätte zu gerne in seinen Kopf gesehen, um zu wissen, was er dachte.

»Alles wird gut sein«, meinte er und parkte den Wagen. Er

ging um das Auto herum und öffnete mir die Beifahrertür. Vorsichtig stieg ich aus und streckte mich.

Die letzten vier Monate waren hart gewesen. Ganz besonders am Anfang. Alles hatte mir wehgetan und die ersten drei Wochen hatte ich nur dank Schmerzmitteln ertragen. Die Physiotherapie hatte mich an meine Grenzen gebracht. Nicht nur einmal war ich in Tränen ausgebrochen. Auch das ständige Krückenlaufen nervte – am liebsten hätte ich diese Dinger verbrannt.

Ein Gutes hatten die letzten Monate jedoch: Finn hatte mich jeden Tag abgeholt und zur Schule gefahren. Außer in den Zeiten, in denen er wieder mit Sara liiert war. Dann hatten entweder Lars oder Marisa diesen Job übernommen. Und ganz manchmal sogar Mark.

Lächelnd dachte ich an Mark, der mir in den letzten Monaten ein guter Freund geworden war. Sein Arbeitsplan verhinderte es, dass wir uns allzu oft sahen, aber nächste Woche würden wir unser erstes Date haben. So richtig offiziell mit allem Drum und Dran. Und ich konnte es kaum erwarten.

»Bereit?«, riss mich Finn aus meinen Gedanken. Ich hakte mich bei ihm unter und gemeinsam liefen wir ins Krankenhaus. Als wir vor dem Sprechzimmer des Arztes angekommen waren, lächelte er mir ein weiteres Mal aufmunternd zu.

»Ich warte hier auf dich, ja?« Ich nickte, dann atmete ich tief durch, klopfte und betrat das Büro des Arztes.

Es dauerte eine knappe halbe Stunde. Wir machten ein Röntgenbild, ehe der Doc feststellte, das alles so verheilt war, wie es sollte.

»In einem Jahr etwa können wir dann die Metallplatte rausholen«, erklärte er zufrieden.

Erleichterung durchströmte mich und ich wünschte, Finn würde neben mir sitzen.

»Ich habe kein Gefühl mehr in meinem Schienbein«, erzählte ich ihm, nachdem wir alles andere abgewickelt hatten.

Er sah nicht einmal von seinen Unterlagen auf und nickte. »Ja, das ist leider ganz normal.«

»Kommt das irgendwann wieder?«, fragte ich und verzog das Gesicht.

»Kann sein«, meinte er und hob den Blick. »Kann aber auch nicht sein. Vielleicht kommt nur ein Teilgefühl wieder.«

Enttäuscht seufzte ich, aber eigentlich konnte ich mich glücklich schätzen. Ich konnte mein Knie weitaus weiter beugen, als mir der Arzt in der Notaufnahme prophezeit hatte, und auch, wenn ich hin und wieder noch Schmerzen verspürte, war es fast so wie vorher.

»Alles Gute, Robin«, sagte er und grinste mich an. Wir verabschiedeten uns und aufgeregt verließ ich sein Büro.

Ich erwartete, dass Finn auf einem der Stühle an der gegenüberliegenden Wand sitzen würde, aber er war nicht da. Ein mulmiges Gefühl machte sich in mir breit, das ich zur Seite schob. Vielleicht war er einfach nach draußen gegangen, um die Sonne zu genießen. Aber auch vor dem Krankenhaus stand er nicht. Ich ging zum Parkplatz, nur um festzustellen, dass sein Auto weg war. Ein Blick aufs Handy verriet mir, dass er nicht einmal eine Nachricht geschrieben hatte. Wütend ballte ich die Hand zur Faust und wählte seine Nummer.

»Arschloch«, fluchte ich. Nach drei Freizeichen landete ich auf seiner Mailbox. Ich versuchte es erneut, erzielte aber dasselbe Ergebnis.

Es war in den letzten Monaten zwei Mal vorgekommen, dass er mich einfach beim Arzt hatte stehen lassen. Jedes Mal hatte ich Marisa anrufen müssen, und wenn Josh wüsste, dass Finn mich alleine gelassen hatte, würde er ausflippen. Wütend schrieb ich Finn eine Nachricht.

Ich hoffe für dich, dass du eine gute Ausrede hast.

Es dauerte ein paar Minuten, bis er mir antwortete.

Tut mir leid ... Hab vergessen, dir zu schreiben.

Auch, wenn er nicht erklärte, was dazwischengekommen war, wusste ich es ganz genau: Sara.

Arschloch.

Dann blockierte ich seine Nummer. Heute hatte ich absolut keine Lust mehr darauf, irgendetwas von ihm zu hören oder zu sehen. Als ich gerade Marisas Nummer wählen wollte, vernahm ich eine vertraute Stimme.

»Robin?«

Lächelnd drehte ich mich um und sah in Marks Gesicht. Gemeinsam mit einem Kollegen schob er eine Trage zu dem Krankenwagen, der nur wenige Meter von mir entfernt stand.

Er kam auf mich zu und umarmte mich schnell. »Was machst du denn hier?«, fragte er mich neugierig.

Ich deutete auf das Gebäude hinter ihm. »Ich hatte heute meine Abschlussuntersuchung«, erwiderte ich mit einem breiten Grinsen. »Ich bin jetzt ganz offiziell genesen«, zwinkerte ich ihm zu.

Wieder nahm er mich in die Arme. »Yeah«, jubelte er. »Ich freu mich.« Fragend musterte er mich. »Hast du niemanden, der dich abholt?«

Seufzend hielt ich mein Handy hoch. »Mein Taxi ist leider abhandengekommen und ich wollte gerade meine beste Freundin anrufen.«

Er winkte ab und wies auf den Krankenwagen. »Wir können dich mitnehmen.«

Sein Kollege, der gerade die hinteren Türen geschlossen hatte, nickte bekräftigend. Erleichtert nahm ich das Angebot an.

»Irgendwie passend«, meinte er und zog mich zur Beifahrertür. »Du bist mit einem Krankenwagen gekommen und gehst mit einem.«

Amüsiert schüttelte ich den Kopf und kletterte hinter ihm in den Wagen. »Können wir auch mit Blaulicht fahren?«, fragte ich mit einem schiefen Grinsen.

»Wenn du die Strafe zahlst.« Sein Kollege ließ eine Sekunde das Martinshorn ertönen, ehe er es wieder ausschaltete. Lachend unterhielten wir uns weiter. Als wir bei mir zu Hause angekommen waren, sah Mark mich fragend an.

»Hast du morgen Abend Zeit?«

»Willst du unser Date vorlegen, oder was?«, scherzte ich und er nickte.

Ich blickte ihm ins Gesicht und tat, als müsste ich über die Frage nachdenken, während ich mein Innerstes durchforstete. Ich mochte Mark. Er hatte mich in den letzten Monaten oft zum Lachen gebracht und von Finn abgelenkt. Aber wenn ich ihn berührte, dann gingen keine Stromstöße durch meinen Körper. In seinen Augen tobte kein Sturm, der mich mit sich riss. Aber vielleicht war es genau das, was ich nach dem vergangenen Jahr voller Herzschmerz brauchte.

Jemanden, der mir Sicherheit gab, ohne Feuerwerke in mir auszulösen.

»Ja«, sagte ich, bevor ich es zu Tode denken konnte. Ich war es leid, auf Finn Roth zu warten, auch wenn mein Herz das nicht hören wollte.

»Hast du es gesehen?«, fragte Marisa mich in derselben Sekunde, in der ich ihren Anruf annahm. Ich war gerade dabei, die letzten Stücke meiner Pizza zu verspeisen.

»Was genau?«, nuschelte ich.

»Mach den Laptop an«, befahl sie mir. Kurz zögerte ich, denn mein Herz zog sich seltsam zusammen, aber natürlich folgte ich ihrem Befehl. Als ich sah, was sie so aufgeschreckt hatte, starrte ich ungläubig auf den Bildschirm.

»Robin?« Marisa klang besorgt. »Ist alles okay?«

In meinem Hals hatte sich ein Kloß geformt. »Wieso?«, fragte ich sie heiser. »Wieso rennt er immer zurück zu ihr?«

»Ich weiß es nicht«, sagte Marisa sanft und ich musste die Augen zukneifen, um nicht in Tränen auszubrechen.

Auch wenn ich mir erst heute vorgenommen hatte, meine Gefühle für Finn hinter mir zu lassen. Dass er wieder mit Sara zusammen war, hatte mich kalt erwischt. Ich hatte gehofft, dass er endlich begriffen hatte, dass sie nicht gut für ihn war. Während ich auf das Display starrte, kam Meghan in die Küche. Bei meinem Anblick zuckte sie zusammen und trat neben mich, um ebenfalls einen Blick auf den Laptop zu werfen.

»Oh, Robin«, flüsterte sie und drückte meine Schulter.

»Ich ruf dich zurück, Marisa, ja?«, krächzte ich ins Telefon und wartete nicht einmal eine Antwort von ihr ab, ehe ich auflegte. Meine Sicht war tränenverschleiert und ich konnte Meghan nur verschwommen sehen.

»Wieso rennt er immer zu ihr zurück?« Ich hörte selbst, wie bitter ich klang. Meghan drückte meine Hand und zog mich in ihre Arme, aber auch sie hatte keine Antwort für mich.

Kapitel 20

Finn

Damals

Hart schluckte ich und versuchte Robin nicht allzu offensichtlich anzustarren. Sie trug einen knappen, schwarzen Bikini und hatte es sich auf dem Handtuch neben uns gemütlich gemacht.

»Bist du sicher, dass du nicht mit ins Wasser willst?«, fragte Mark sie. Lächelnd sah sie von ihrem Buch auf und schüttelte den Kopf.

»Geh mal alleine«, zwinkerte sie. »Ich komm vielleicht nach.«

»Okay«, seufzte er, beugte sich herunter und drückte ihr einen schnellen Kuss auf die Lippen. Lippen, von denen ich wusste, wie weich sie waren.

In meinem Magen setzte sich ein Steinklumpen fest. Ich hasste es, sie mit ihm zu sehen. Am liebsten wäre ich aufgesprungen und hätte ihm eine verpasst, aber dann hätte ich allen erklären müssen, was mit mir los war. Dabei wusste ich es selbst nicht.

»Finni«, quengelte Sara neben mir und ich musste mich zusammenreißen, um nicht die Augen zu verdrehen. »Kannst du mich einschmieren?« Sie hielt mir die Sonnencreme unter die Nase.

Nickend bedeutete ich ihr, sich hinzulegen.

Während ich die Creme auf ihrer Rückseite verteilte, warf ich immer wieder verstohlene Blicke zu Robin. Sie hatte sich auf den Rücken gelegt, ein Handtuch unter dem Kopf und las in irgendeinem Kitschroman. Hin und wieder entwich ihr ein Seufzen oder ein Kichern. Ich war mir sicher, dass sie es nicht einmal bemerkte.

Ihr Bikini verdeckte nur das Nötigste und wenn sie ihren linken Arm ein bisschen bewegte, konnte ich den Ansatz ihres ersten Tattoos sehen. Mittlerweile waren weitere dazugekommen. Ich betrachtete ihren Körper und blieb für eine Sekunde an ihrem Bauchnabelpiercing hängen. Ich hätte niemals gedacht, dass mich ein Piercing so dermaßen anmachen konnte. Als mein Blick über ihre Beine glitt, starrte ich ihre Narbe etwas länger an.

Noch immer hatte ich ein schlechtes Gewissen. Ich wurde das Gefühl nicht ganz los, dass es doch meine Schuld war. Dass sie vor einem knappen halben Jahr diesen Unfall meinetwegen gehabt hatte.

»Jetzt die andere Seite«, schnurrte Sara genüsslich und drehte ihr Gesicht zu mir. Ertappt zuckte ich zusammen und lächelte sie an. Sie schob sich die Träger ihres Bikinis so weit herunter, dass sie fast ihre Brüste freilegte. Sara warf mir ein verführerisches Lächeln zu, das früher mein Blut zum Kochen gebracht hätte, mich heute aber irgendwie kalt ließ. Schnell cremte ich ihr Dekolleté ein.

»Fertig«, grinste ich.

»Danke«, lächelte sie mich an, reckte mir ihre Lippen entgegen und küsste mich.

Während sie ihre Augen geschlossen hielt, konnte ich gar nicht anders, als zu Robin zu schielen. Aber diese schien vollkommen in ihr Buch vertieft und beachtete uns nicht. Nachdem Sara den Kuss beendet hatte, strich sie mir mit ihren Fingern durch die Haare.

»Die sind wieder viel zu lang, Finni«, nöselte sie und verzog das Gesicht.

»Findest du?«, brummte ich.

»Ja, du solltest sie dir unbedingt abschneiden lassen«, schlug sie vor, aber eigentlich wusste ich, dass es ein Befehl war. Würde ich es nicht tun, würde sie immer wieder mit diesem Thema anfangen, bis ich nachgab. Sie deutete auf meinen Oberschenkel und verzog das Gesicht.

»Musstest du dir unbedingt ein Tattoo stechen lassen?«, seufzte sie naserümpfend.

Vor ein paar Wochen war ich gemeinsam mit Robin zum Tätowierer gegangen. Sie hatte sich ihr mittlerweile fünftes Tattoo stechen lassen, ich mir mein erstes. Ich hatte mich für einen Kompass auf dem Oberschenkel entschieden, was Robin hatte machen lassen, wusste ich nicht. Sie hatte es mir nicht verraten wollen. Deswegen wanderte mein Blick auch ständig über ihren Körper. Zumindest redete ich mir das ein.

»Ja«, sagte ich und schmierte mir selbst Sonnencreme auf die Schultern. Sie verdrehte genervt die Augen, setzte sich ihre Sonnenbrille auf und legte sich auf den Bauch. Fast hätte ich erleichtert ausgeatmet.

Ich zuckte zusammen, als Robin ihr Buch zusammenklappte und aufstand. Sie drehte sich ihre blonden Haare zu einem Dutt und gab damit die Sicht auf zwei ihrer Tattoos frei. Zwei Schwalben, die aufeinander zuflogen und so detailliert waren, dass sie fast echt wirkten.

»Kommt ihr mit ins Wasser?«, fragte Robin freundlich, aber zurückhaltend. So, wie sie immer war, wenn Sara unsere Clique begleitete.

Im Becken hatten Lars, Julian und die anderen irgendein Ballspiel begonnen.

Ich wollte gerade aufspringen, als Sara für uns antwortete:

»Danke, nein.«

Unbeeindruckt zuckte Robin mit den Schultern, warf mir noch ein wehmütiges Lächeln zu, ehe sie sich umdrehte und zu den anderen lief. Ich wollte wegsehen, aber mein Blick klebte an ihr. Robin versuchte nicht einmal, besonders aufreizend oder verführerisch zu wirken, und brachte dennoch mein gesamtes Blut in Wallungen. Schnell legte ich mich auf dem Bauch, damit keiner sah, was für ein Chaos sie in meinem Inneren anstellte. In ihrer Nähe fühlte ich mich wie ein hormongesteuerter Teenager.

»Kannst du mir was zu essen holen?«, fragte Sara gelangweilt. »Mir ist schlecht.«

Genervt massierte ich meine Schläfen. Bevor ich ihr antworten konnte, fragte sie weiter.

»Wie lange bleiben wir eigentlich? Findest du nicht, wir machen in letzter Zeit genug mit deinen Freunden?«

»Wir sind gerade erst gekommen«, herrschte ich sie an, weil mich ihre Launen seit Neuestem in den Wahnsinn trieben. Ich hatte das Gefühl, dass sie in den letzten Wochen unausstehlich geworden war. »Wir machen so gut wie nie etwas mit meinen Freunden, du wirst das schon aushalten.«

Sara sah mich mit großen Augen an, in denen sich Tränen sammelten. Mein Innerstes zog sich zusammen. Ich hasste es, wenn sie mich so ansah.

»Tut mir leid«, flüsterte sie und rutschte näher an mich heran. Ich sog ihren Geruch in mich auf. Mein Herz füllte sich mit Sehnsucht. Sehnsucht danach, dass es zwischen ihr und mir so war wie noch vor wenigen Monaten. Mit Sara hatte ich so viel erlebt. Alle unsere ersten Male. Sie war das erste Mädchen, in das ich mich verliebt hatte. Die Erste und Einzige, der ich gesagt hatte, dass ich sie liebte. Sara war mein erster Herzschmerz.

Saras Finger strichen über meinen Oberkörper und hinterließen eine Gänsehaut. Ein freches Grinsen zupfte an ihren

Lippen und mit einem Schlag waren all diese Gefühle für sie wieder da. So erinnerte sie mich an das Mädchen, in das ich mich verliebt hatte, das mich ihrer fröhlichen Natur um den Verstand gebracht hatte.

Sie rief alle Gefühle wach, die sie in mir ausgelöst hatte, als ich sie das erste Mal gesehen hatte. Ihr breites Grinsen, ihr Lachen, bei dem ihr manchmal ein Grunzer entwich. Ich sah das Mädchen vor mir, das mich mit zerzausten Haaren nach unserem ersten Mal angegrinst und »noch mal« gesagt hatte. Die mich auf jede noch so hohe Achterbahn geschleift hatte und mich vergessen ließ, was es bedeutete, Angst zu haben.

»Ich liebe dich«, flüsterte sie und strich mit ihren Lippen über meine.

Genau so war sie das Mädchen, das ich liebte. Nicht dieses zickige Biest, das sie in den letzten Wochen gewesen war.

Kurz bevor ich ihre Worte erwidern konnte, wehte der Wind Robins Lachen herüber. Ich drehte den Kopf und beobachtete sie. Mark hatte sie über seine Schulter geworfen und war dabei, gemeinsam mit ihr ins Becken zu springen. In meinem Bauch explodierten ganz andere Gefühle als eben noch. Gefühle, die ich nicht näher ergründen wollte, weil sie mir Angst machten. Weil sie alles verändern könnten. Also drehte ich den Kopf zu Sara, die mich musterte.

»Ich liebe dich auch«, sagte ich und erwiderte ihren Kuss. Mit meinen Gedanken war ich aber bei einer anderen Frau.

Kapitel 21

Robin

Damals

Mit seinen Lippen wanderte er über meinen Hals. Ich wusste, dass ich etwas fühlen sollte, aber nicht einmal eine Gänsehaut machte sich breit. Es war, als wenn seine Berührungen gar nichts auslösten.

»Mark«, flüsterte ich und griff nach seiner Hand, bevor sie unter mein Oberteil wandern konnte. Benommen hielt er inne und sah mich fragend an. Als er meinen Blick bemerkte, seufzte er.

»Du bist noch nicht so weit?«, fragte er und atmete ein paar Mal tief durch. Es war mehr als offensichtlich, dass ihn das Ganze nicht kalt gelassen hatte. Im Gegensatz zu mir.

Seit Wochen hatte ich das Gefühl, dass er und ich an einem Punkt waren, wo es entweder weiterging oder aufhörte. Ich wusste, welchen Weg er gehen wollte. Aber es war ein anderer als der, den ich gewählt hatte.

»Ich kann das nicht«, gestand ich leise.

»Ich weiß«, seufzte er. Erstaunt blickte ich auf. Mark kniff sich mit Zeigefinger und Daumen in die Nasenwurzel und lächelte mich gequält an. »Du liebst ihn, oder?«

Er brauchte nicht zu erklären, wen er mit ›ihn‹ meinte, wir wussten es beide. Ich nickte und schenkte ihm ein trauriges Lächeln.

»Und er hat keine Ahnung?«

»Nicht die geringste«, bekannte ich und strich mir eine Strähne aus dem Gesicht.

»Er ist ein Idiot.« Er verdrehte die Augen. »Und ich würde ihm gerne eine reinhauen.«

Leise lachte ich. »Es tut mir leid. Ich wollte es wirklich versuchen.« Seufzend zuckte ich mit den Schultern.

»Ich weiß«, nickte Mark und gab mir einen Kuss auf die Stirn. »Aber falls du irgendwann einmal über ihn hinwegkommen solltest, ruf mich an, ja?«

»Werd ich«, lachte ich und nahm ihn noch einmal in den Arm. Ich hatte es wirklich versucht. Ich hatte mich von Mark auf ein Date einladen lassen. Aus einem waren zwei geworden und dann drei. Und auf einmal waren wir ein Paar gewesen. Nur war der Funke nie übergesprungen. Zumindest nicht bei mir. Statt Mark nicht aus den Augen lassen zu können, war mein Blick Finn gefolgt. Noch immer zog sich alles in mir schmerzhaft zusammen, wenn er gemeinsam mit Sara irgendwo auftauchte.

Das war Mark gegenüber nicht fair. Und auch mir nicht.

Gedankenverloren sah ich ihm hinterher. Er winkte mir ein letztes Mal und setzte seinen Wagen in den Rückwärtsgang. Als er abgebogen war, warf ich die Tür unseres Hauses zu und stellte mich unter die Dusche.

Nächste Woche waren die Sommerferien vorbei und unser letztes Schuljahr würde beginnen. Ich hatte noch absolut keine Ahnung, was ich dann mit meinem Leben und mir anfangen würde. Aber ich wusste, dass, wenn es nach meinem Herzen ginge, ich Finn bis ans Ende der Welt folgen würde.

Wahllos griff ich nach irgendwelchen Sachen, die in meinem Zimmer rumlagen, und trottete die Treppe nach unten. Kurz überlegte ich, Marisa anzurufen, entschied mich dann aber dafür, mich mit einer Familienpackung Eis auf das Sofa zu setzen. Ich hatte es mir gerade bequem gemacht und mich auf meine Serie konzentriert, als es an der Tür klingelte. Schwerfällig erhob ich mich und riss die Augen auf, als ich sah, wer vor mir stand.

»Finn?«, fragte ich erstaunt. Er schnaubte und schien kurz davor, auf etwas – oder jemanden – einzuschlagen.

»Was machst du hier?« Verstohlen blickte ich an mir runter. Ich hatte nicht damit gerechnet, dass er heute kommen würde, und trug das vermutlich unpassendste Outfit des Jahres. Alte Schlabberhose – *scheiße, war das da ein Ketchupfleck?* – ein T-Shirt mit Minnie-Maus-Aufdruck – *hoffentlich fiel ihm nicht auf, dass ich keinen BH trug* – und einen Löffel in der Hand. Er musste ja nicht wissen, dass ich gerade dabei gewesen war, mir einen Zwei-Liter-Eistopf zu genehmigen.

»Was stimmt nicht mit ihr?«, fluchte er, sah dabei aber mich an.

»Ihr?«, fragte ich verwirrt, auch wenn ich es mir hätte denken können.

»Sara«, antwortete er. Obwohl ich es gewöhnt sein sollte, obwohl es mir egal sein sollte, fühlte es sich an, als würde er ein Messer in meine Brust rammen. Zum hundertsten Mal. Schnell wich ich seinem Blick aus. Finn konnte ja nicht ahnen, was er mir antat.

»Und es ist alles deine Schuld«, fuhr er fort.

Ich verschränkte die Arme vor der Brust. »Meine Schuld?«, fragte ich ungläubig. »Willst du mich eigentlich verarschen?«

Ich hatte keine Ahnung, was heute sein Problem war. Wahrscheinlich drückte Saras Schuh wieder irgendwo und Finn brauchte ein Ventil, um es rauszulassen.

»Ja«, sagte er ungerührt und drängte sich an mir vorbei ins Haus. »Es ist deine Schuld.«

»Ich hab dich nicht eingeladen, reinzukommen«, rief ich

ihm hinterher, während ich die Haustür zuwarf.

Finn stand im Flur, die Hände zu Fäusten geballt und sah in die andere Richtung.

»Bist du allein?«, fragte er und ich hatte das Gefühl, dass er schwer atmete.

»Nur me, myself and I«, versuchte ich zu scherzen. Die Luft zwischen uns fühlte sich an, als wäre sie zum Zerreißen gespannt.

»Was ist mit Mark?«, fragte er gepresst.

»Mark?«, hakte ich verwirrt nach. »Was hat Mark damit zu tun ...?«, wollte ich weiterfragen, wurde aber jäh von Finn unterbrochen.

Er drehte sich um und der Blick, den er mir zuwarf, brannte sich in meine Seele ein. Niemals würde ich diesen Blick vergessen können.

»Was ist mit deinem Freund?«, verlangte er eine Antwort. Ich pustete eine Strähne aus meinem Gesicht.

»Ich habe keinen Freund«, meinte ich und verschränkte die Arme vor der Brust. Er nickte, als würde ihm die Antwort gefallen.

»Sie meint, du seist in mich verliebt«, sprach er weiter. Für einen Moment war ich ob des abrupten Themenwechsels verwirrt, ehe mir die Luft im Hals stecken blieb. *War das so offensichtlich?*

»Sie meint, dass das sogar ein Blinder sehen könnte.« Er trat einen weiteren Schritt auf mich zu. Ich schluckte und wich zurück, bis ich die Wand im Rücken spürte. Finn stand nur noch wenige Meter von mir entfernt. »Sie sagt, dass du mich ansiehst, als wüsstest du nicht, wie du ohne mich atmen sollst.«

Himmel, sie hatte so recht.

»Sie sagt, du siehst mich an, als wäre ich deine Droge.«

»Finn«, flüsterte ich kläglich.

Mein Herz klopfte wie wild. Mittlerweile war er nur noch

wenige Millimeter von mir entfernt. Wir atmeten dieselbe Luft und sein Geruch umgab mich wie ein schützender Kokon. Finn roch nach Kiefernadeln und Freiheit.

»Sie sagt, ich würde dich genauso ansehen.« Mein Herzschlag setzte einen Moment aus. Zwei.

»Was?«, krächzte ich.

Er stützte sich mit seinen Händen rechts und links von meinem Gesicht ab. Nur eine kurze Bewegung und seine Lippen würden auf meinen liegen.

»Robin«, flüsterte er meinen Namen, wie ein Gebet. »Robin«, wiederholte er noch einmal. Nie in meinem ganzen Leben hatte sich mein Name so gut angehört.

»Hat sie recht?«, fragte er und sah mir ins Gesicht.

Ich sah zur Seite, aus Angst, dass er die Wahrheit in meinen Augen lesen könnte. Er packte mein Kinn und drehte meinen Kopf.

»Finn«, flüsterte ich jetzt seinen Namen. Ich wusste nicht, wie ich meine Gefühle in Worte fassen sollte, hoffte, dass er in meinem Blick las, was ich ihm nicht sagen konnte. Er musterte mich, ehe er gequält die Augen schloss.

Als er einen Schritt von mir zurücktrat, hatte ich das Gefühl, einen Abgrund hinabzufallen. Hatte er es gesehen? Hatte ich ihn jetzt für immer verloren? Finn trat einen weiteren Schritt zurück. Noch einen.

Gerade eben war er mir so nah gewesen, jetzt fühlte es sich an, als wäre ein gesamtes Universum zwischen uns. Ich streckte den Arm nach ihm aus.

»Finn«, flüsterte ich wieder seinen Namen. Ängstlich, fragend, hoffnungsvoll. Tief holte er Luft, dann drehte er sich zu mir. Irgendetwas in seinem Blick hatte sich verändert.

»Finn«, begann ich, wollte eine Erklärung finden, so tun, als wäre da nichts. Aber wie lange konnte ich meine Gefühle noch verbergen? Wenn Mark es gesehen hatte? Wenn selbst *sie* es schon sah?

Mit drei langen Schritten war er wieder bei mir, drückte mich gegen die Wand und presste ohne Vorwarnung seine Lippen auf meine. Erschrocken holte ich Luft, was er ausnutzte, um mir seine Zunge in den Mund zu schieben. Ein Kribbeln breitete sich in meinem Körper aus.

Ich hätte ihn wegdrücken können, stattdessen zog ich ihn dichter an mich. Vergrub meine Finger in seinen Haaren – etwas, was ich schon so lange hatte tun wollen. Mit der gleichen Leidenschaft, mit der er mich küsste, erwiderte ich den Kuss. Unsere Zungen duellierten sich, fochten das Gespräch aus, das schon so lange überfällig war. Seine Hände wanderten über meine Taille bis hinab zu meinem Hintern. Mit festem Griff packte er mich und hob mich auf seine Hüften. Erschrocken keuchte ich und löste mich von ihm. Mein Blick wanderte suchend über sein Gesicht, als würde ich dort die Antwort auf meine Fragen finden.

Finns Augen waren verhangen und dennoch war da etwas, was ich vorher noch nie gesehen hatte. Er sah mich mit so viel Gefühl an, dass es mir die Kehle zuschnürte.

Ich beugte mich nach vorne und drückte ihm wieder meine Lippen auf, während er mich umständlich die Treppe hinauftrug. Jetzt küssten wir uns langsam, vorsichtig. Erkundeten den Mund des anderen, als wäre es das erste Mal. Als wollten wir diesen Moment für die Ewigkeit festhalten. Er stieß meine Tür auf und kickte sie mit dem Fuß wieder zu. Langsam setzte er mich ab.

Für einen Moment standen wir uns gegenüber, musterten einander stumm. Ich wusste nicht, was er sah, aber er nickte und zog mich wieder an sich. So, wie er das an diesem allerersten Abend getan hatte. Ich wollte meinen Mund öffnen, ihm sagen, dass ich ihn liebte, dass ich die bessere Wahl war, aber er schüttelte den Kopf. »Lass uns jetzt nicht reden.«

Zögerlich nickte ich.

Er strich mir eine meiner Strähnen aus dem Gesicht. »Du

bist so wunderschön, Robin«, flüsterte er und klang schon fast andächtig. Als könnte er nicht glauben, was er sagte.

Ein kleines Lächeln schlich sich in mein Gesicht. Er erwiderte es und näherte sich wieder meinen Lippen. Ganz sanft küsste er mich. Erkundete mich, als wollte er sich jeden Teil von mir einprägen. Seine Finger wanderten unter mein Oberteil, strichen über meine Seite und entlockten mir einen Schauder.

»Finn«, stöhnte ich drängend. Wozu ich ihn drängen wollte, wusste ich nicht.

Leise lachte er. »Gedulde dich«, flüsterte er. »Das hier stell ich mir schon so lange vor.«

Ich hielt inne und sah ihn an, aber er tat, als würde er es nicht bemerken. Stattdessen wanderte er mit seinen Lippen meinen Hals entlang und drängte mich in die Richtung des Bettes. Bevor ich mich fallen lassen konnte, hielt er mich fest und zog mir in einer schnellen Bewegung das T-Shirt über den Kopf. Keuchend musterte er mich.

»So wunderschön«, wiederholte er, drückte mich auf die Matratze und kniete sich zwischen meine Beine.

Bewundernd glitt sein Blick über meinen Körper, mit seinen Fingerspitzen strich er über meine Tattoos und hinterließ eine Gänsehaut überall dort, wo er mich anfasste. Dann beugte er sich vor und küsste mich, während seine Hand mit meinen Brüsten spielte. Ich gab mich der Empfindung hin. Er wanderte mit seinen Lippen tiefer, über meine Brüste und meinen Bauch, wo er sich bei meinem Piercing besonders viel Zeit ließ. Dabei blickte er mir ununterbrochen in die Augen. Natürlich entging ihm nicht, wie ich ihn immer ängstlicher ansah.

»Robin«, flüsterte er. »Ich bin's.«

Ich nickte.

»Du brauchst keine Angst haben«, sagte er zuversichtlich.

Ich nickte, dann schüttelte ich den Kopf. Nervös biss ich

mir auf die Lippe.

»Finn«, begann ich, als er gerade dabei war, seine Finger unter den Bund meiner Hose zu schieben. Sofort stoppte er.

»Ich –«, zögernd hielt ich inne und befeuchtete meine Lippen. Dann schloss ich kurz die Augen, ehe ich an die Decke starrte. »Ich habe noch nie«, versuchte ich zu erklären, traute mich aber nicht, die Worte auszusprechen.

»Was?«, fragte er ungläubig. »Du hast noch nie?«

Zögerlich nickte ich.

Finn ließ mich los und sofort vermisste ich die Berührung seiner warmen Hände.

»Bitte«, sagte ich, weil ich Angst hatte, dass er einen Rückzieher machen wollte. »Ich will das hier. Mit dir«, fügte ich fast flehentlich hinzu. So lange hatte ich mir das hier gewünscht.

Er zögerte noch immer. Umständlich hievte ich mich auf die Knie und sah ihn eindringlich an. Mit meinen Fingern wanderte ich unter sein T-Shirt, strich sanft über seine Bauchmuskeln. Ein Schaudern ging durch seinen Körper, was mir ein leises Lachen entlockte. Es fühlte sich so gut, so kostbar an, diese Macht über ihn zu haben. Ich zupfte am Saum und half ihm dabei, das Oberteil auszuziehen. Noch immer konnte ich einen kleinen Restzweifel in seinen Augen sehen. Mit Nachdruck presste ich meine Lippen auf seine, versuchte ihm durch den Kuss deutlich zu machen, was ich anscheinend mit Worten nicht schaffte.

»Ich will das hier«, sagte ich mit klarer, deutlicher Stimme, als ich mich von ihm löste. Jetzt konnte ich keine Zweifel mehr in seinem Blick sehen. Da war nur noch dunkles Verlangen. Seine grauen Iriden wirkten wie flüssiges Blei.

Leidenschaftlich küsste er mich und es dauerte nicht lange, bis wir uns unserer Hosen entledigt hatten. Bewundernd betrachtete ich seinen Körper und versuchte mir so viel von ihm einzuprägen, wie ich konnte. Die Muttermale, die auf seinem Oberkörper verteilt waren, die kleine Narbe auf dem

Oberarm, das Tattoo auf seinem Oberschenkel. Ich hätte ihn stundenlang anstarren können und wusste, dass ich immer noch etwas Neues entdecken würde. Er beugte sich ein Stück vom Bett und holte ein Kondom aus seiner Hosentasche.

Spöttisch hob ich eine Braue. »Bist du etwa vorbereitet gekommen?«, fragte ich mit einem Zwinkern.

Er warf mir ein freches Grinsen zu. Genau das Grinsen, das ich schon so lange an ihm liebte. Dann positionierte er sich zwischen meinen Beinen. Als ich seine Spitze fühlte, musste ich für einen Augenblick hart schlucken.

»Bist du dir sicher, Robin?«, fragte er heiser und ich konnte ihm ansehen, dass es ihn jeden Funken an Selbstbeherrschung kostete, nicht in mich einzudringen. Und doch – wenn ich jetzt Nein sagen würde, würde er sich sofort zurückziehen.

»Ich glaube, ich war mir in meinem ganzen Leben noch nie mit etwas so sicher«, erwiderte ich und drückte ihm einen Kuss auf den Mundwinkel.

Es gab nichts, dessen ich mir so sicher war. Ich liebte Finn Roth. Mit jeder Faser meines Körpers. Und an diesem Abend hatte ich das Gefühl, dass Finn Roth mich auch liebte.

Als ich aufwachte, war ich für einen kurzen Moment orientierungslos. Ich wusste, dass ich in meinem Bett lag, aber irgendwas war anders. Der warme Körper in meinem Rücken erinnerte mich an das, was gestern Abend geschehen war. Bei der Erinnerung wurde mein Kopf ganz heiß.

Vorsichtig drehte ich mich um, um Finn nicht zu wecken. Seine Lider waren geschlossen und sein braunes Haar fiel ihm ins Gesicht. Ich war froh, dass er es nicht abgeschnitten hatte. Einer seiner Arme lag über seinem Kopf, während der andere unter der Decke versteckt war. Aus dieser Entfernung konnte ich sogar seine einzelnen Sommersprossen zählen, die Narbe auf seinem Oberarm eingehend betrachten. Das erste Mal, seit ich ihn kannte, erlaubte ich mir, seine Gesichtszüge zu studieren, ohne Angst zu haben, dass ich mich verriet. Ohne Angst zu haben, dass man mir meine Gefühle an der Nasenspitze ansah. *Wie es jetzt wohl weitergehen würde?*

Ich war mir sicher, dass Finn etwas für mich empfand. Das, was gestern Abend zwischen uns geschehen war, konnte man nicht vortäuschen. Da war viel mehr gewesen als nur Sex. Die ganze Zeit hatte er mich so anders angesehen. So, wie ich ihn, wenn ich mir sicher war, dass es niemand bemerkte. Als könnte er keinen weiteren Atemzug ohne mich nehmen.

Das konnte er nicht gespielt haben. Es konnte doch nicht sein, dass ich mit meinen Gefühlen alleine da stand.

Meine Gedanken wurden jäh vom Klingeln seines Handys unterbrochen. Verschlafen blinzelte er und schaute sich orientierungslos um. Ich bemerkte den Moment, als es klick machte. Sein Blick zuckte erschrocken zu mir und sein Handy hörte auf zu klingeln.

»Ich –«, murmelte er und schien nicht zu wissen, was er sagen sollte. Dann schüttelte er den Kopf, schwang die Beine aus dem Bett und schnappte sich sein Handy. Plötzlich schämte ich mich, zog mir die Decke bis unter den Hals. Er fluchte. »Shit.« Dann tippte er eine Nummer ein. Was er als Nächstes tat, ließ mein Herz stillstehen.

»Sara«, sagte er knapp, aber mit so viel Gefühl, dass mir schlecht wurde.

Ich verließ das Bett, ignorierte seinen Blick, der auf meiner Rückseite lag, schlüpfte in einen Slip und zog mir ein langes Shirt an. Dann drehte ich mich um, lehnte mich an den Kleiderschrank und musterte ihn mit verschränkten Armen. Ich gab mir Mühe, sein Gespräch zu ignorieren, und er gab sich noch mehr Mühe, leise zu reden.

Sein letzter Satz tat mir in der Seele weh. »Ich komme sofort.« Dann legte er auf und atmete tief durch. Ohne mich anzusehen, zog er sich an. Erst als er wieder in den Sachen von gestern steckte, sah er mich an.

»Ich muss los.« Er drehte sich zur Tür und seine Hand lag schon auf der Klinke, als meine Sicherungen durchbrannten.

»Das heißt, du verpisst dich jetzt einfach?«, fragte ich wütend. Meine Stimme war wie eine Peitsche, die durch die Luft knallte, und er zuckte zusammen.

Er schloss die Augen und nahm einen tiefen Atemzug. Dann drehte er sich zu mir. »Robin«, flüsterte er und mein Name klang gequält aus seinem Mund. »Das gestern war ...« Er zögerte.

»Das gestern war was?«, fragte ich ihn schnippisch, um zu überdecken, dass er mir gerade das Herz brach. Nicht zum ersten Mal. Aber dieses Mal unwiderruflich.

Er schüttelte den Kopf, beendete seinen Satz nicht.

»Und jetzt rennst du wieder zu ihr?« Selbst in meinen Ohren klang meine Stimme schrill.

»Du verstehst das nicht«, meinte er ausweichend.

»Ich verstehe das nicht?«, fragte ich höhnisch, denn das war das Einzige, was mich davon abhielt, in Tränen auszubrechen. »Was genau verstehe ich nicht? Dass sie dich quält, dich ausnutzt und manipuliert und du trotzdem jedes Mal zu ihr zurückrennst?« Bitter lachte ich. »Das ist keine Liebe, Finn.«

Wütend starrte er mich an. »Ach ja? Woher willst *du* schon wissen, was Liebe ist?« Es hätte nicht mehr wehgetan, wenn er mich geschlagen hätte. Ich ließ den Kopf hängen.

»Weil ich *dich* liebe.«

»Robin«, flüsterte er und ich konnte die Entschuldigung schon an seinem Tonfall hören.

Ich unterbrach ihn, setzte alles auf eine Karte. Betete, dass ich mir das gestern nicht eingebildet hatte, dass er genauso etwas für mich empfand wie ich für ihn. »Ich liebe dich, Finn. Himmel, ich liebe dich so sehr, dass es mir wehtut, zu sehen, wie sie dich behandelt.« Ich schluckte und holte tief Luft. »Du bist das Erste, an das ich denke, wenn ich morgens aufwache, dein Gesicht sehe ich abends vor mir, bevor ich einschlafe«, gestand ich ihm das, was ich ihm schon so lange hatte sagen wollen. Das, was ich mich nie auszusprechen getraut hatte. »Ich würde für dich jede Schlacht kämpfen, alles aufgeben und dir bis ans Ende der Welt folgen. Ich sehe dich.«

Ernst sah ich ihn an, versuchte irgendwas in seinem Blick zu lesen. Schnell redete ich weiter, bevor ich den Mut verlieren würde. »Du hast alles von mir, Finn. Alles. Ich würde dich niemals betrügen, dich nie verlassen, dich nie von mir stoßen. Ich würde dich nie so behandeln wie diese Schnepfe.«

»Nenn sie nicht so.«

Von allem, was ich gesagt hatte, rief ausgerechnet das eine Reaktion in ihm hervor. Ich spürte, wie mein Herz in tausend Teile brach. Fast schon glaubte ich es zu hören.

Ein paar Mal musste ich blinzeln, um die Tränen zu vertreiben. Ich würde nicht weinen. Noch nicht. Nicht vor ihm.

Kopfschüttelnd musterte ich ihn. »Wenn du jetzt zu ihr gehst, brauchst du nicht mehr wiederzukommen.« Verwirrt sah er mich an. »Dann bin ich fertig mit dir. Du magst es vielleicht mögen, so behandelt zu werden, aber du machst mich kaputt.« Ich konnte den inneren Kampf auf seinem Gesicht sehen. »Ich weiß, dass du auch etwas für mich fühlst, Finn«, versuchte ich es ein letztes Mal. *Scheiß auf meinen Stolz, scheiß drauf.* Wenn ich dafür nur ihn hätte, würde ich alles geben. »Da ist mehr zwischen uns. Gib uns eine Chance.«

Minuten vergingen und ich erkannte den Moment, als er sich entschied. Ich drehte mich zur Seite, um meine Tränen zu verbergen.

»Robin, ich weiß, dass du sie für einen schlechten Menschen hältst, aber das ist sie nicht.«

»Raus!«

»Robin«, meinte er bedauernd und ich hörte, wie er einen Schritt auf mich zu kam. Ich drehte mich um und er zuckte zusammen, als er meine Tränen sah. »Raus!«, schrie ich jetzt. »Raus! Und wag es ja nicht, mich je wieder anzusprechen.«

Wie ein geprügelter Welpe blickte er mich an. Er nickte. »Ich werde jetzt gehen, aber wir werden die Woche darüber reden.«

»Verpiss dich«, sagte ich bitter. »Verschwinde aus meinem Leben.«

Er streckte die Hand nach mir aus und öffnete den Mund, als wolle er noch irgendetwas sagen. Als hätte er nicht schon genug gesagt. Als hätte er mir gerade nicht das Herz aus der Brust gerissen.

Ich wich einen Schritt zurück, ertrug es kaum, mit ihm im selben Raum zu sein. Erst dann tat er endlich, worum ich ihn gebeten hatte. Er verließ mein Zimmer und ging zu ihr. So wie er es immer getan hatte. Und so wie jedes Mal blieb ich alleine zurück.

Den Rücken gegen den Schrank gedrückt, sank ich auf den Boden und weinte bittere Tränen. Ich hatte alles riskiert und auf voller Linie verloren.

Ich habe keine Ahnung, wie lange ich so da saß. Irgendwann klopfte es leicht an der Tür. Vermutlich hätte ich irgendetwas sagen, die Person anbrüllen sollen, zu verschwinden, aber nicht einmal dafür hatte ich Kraft. Die Tür ging auf.

»Robin?«, hörte ich die fragende Stimme von Marisa. Verwirrt blinzelte ich und hob den Kopf von den Knien. Fast schon mitleidig sah sie mich an. »Scheiße«, murmelte sie und eilte zu mir. Umständlich ließ sie sich neben mich fallen.

»Was machst du hier?«, fragte ich, immer noch verwirrt.

»Finn hat mich angerufen«, sagte sie nach kurzem Zögern.

Seinen Namen aus ihrem Mund zu hören, fühlte sich an wie ein Messer, das man mir ins Herz rammte. Ich hatte gedacht, dass ich meine Gefühle in den Griff bekommen hätte, dass es besser geworden wäre mit der Zeit, dass ich nur noch ein kleines bisschen in ihn verliebt war. Der letzte Abend hatte mir jedoch gezeigt, dass ich mich einer Illusion hingegeben hatte. Noch nie in meinem ganzen verdammten Leben hatte etwas so wehgetan wie das.

»Was ist passiert?«, fragte sie, als ich wieder anfing zu schluchzen. Die Lippen aufeinandergepresst, schüttelte ich den Kopf. Ich konnte Marisa nicht erzählen, was passiert war. Ich konnte es einfach nicht.

»Robin«, hakte sie dennoch nach.

»Er wird es nie begreifen«, schluchzte ich. Ich brauchte ihr nicht in die Augen zu sehen, um das Fragezeichen in ihrem Gesicht zu lesen. »Er wird nie begreifen, dass ich die Richtige für ihn bin. Immer wieder rennt er zu ihr zurück.«

»Was ist passiert?«, fragte sie ein weiteres Mal.

Wahrscheinlich hatte sie keine Ahnung, was in mich gefahren war. Noch immer schüttelte ich den Kopf.

»Das ist doch scheißegal«, lenkte ich ab. »Er ist wieder zu ihr gerannt.« Ich schlug die Hände vors Gesicht. »Was hat sie, was ich nicht habe?«

Das war die eine Frage, auf die ich keine Antwort wusste. Marisa legte einen Arm um mich und mit dem Kopf lehnte ich mich gegen sie.

»Ich ertrage das nicht mehr«, flüsterte ich. »Wenn ich könnte, würde ich alle meine Sachen packen und gehen.«

Sie zuckte zusammen. »Das kannst du nicht machen«, sagte sie entsetzt.

Bitter lachte ich. »Ich wünschte, ich hätte ihn nie kennengelernt.«

Kapitel 22

Robin

Damals

Der Anblick im Spiegel war noch immer ungewohnt. In einer Kurzschlussreaktion war ich zum Friseur gefahren und hatte mir die Haare färben lassen. Von meiner blonden Mähne war keine Spur mehr zu sehen. Ich hatte jetzt lilafarbene Haare. Josh hatte zweimal hingucken müssen, als ich nach Hause gekommen war, sich aber relativ bald damit abgefunden. Wahrscheinlich war es ihm lieber, dass ich mir die Haare färbte, als dass ich den ganzen Tag weinend in meinem Zimmer saß.

In der letzten Woche hatte Finn ständig versucht mich anzurufen. Nachdem ich aber gesehen hatte, dass er und Sara wieder zusammen waren, hatte ich seine Nummer blockiert. Ich ertrug seine Nähe nicht mehr. Ich ertrug es kaum, wenn jemand seinen Namen aussprach.

Er hatte sich entschieden.

Heute jedoch musste ich ihm wieder unter die Augen treten. Allein daran zu denken, ließ meine Hände zittern. Ich wusste nicht, wie ich reagieren würde, wenn ich ihn gemeinsam mit Sara sah. Wo er doch erst vergangene Woche *mich* geküsst hatte. *Mich* angesehen hatte, als würde ich ihm die Welt bedeuten.

Ich ließ den Motor des Motorrads aufheulen, um meine Gedanken zu verscheuchen. In der letzten Woche hatte ich jede freie Minute draußen verbracht, war Touren gefahren und hatte jegliche Kurve genommen, die sich mir geboten hatte. Alles, nur nicht an Finn denken.

Auch jetzt merkte ich, dass ich eine Runde drehen musste. Ich musste den Kopf freipusten, damit ich wenigstens so tun könnte, als wäre Finn mir egal.

Langsam beschleunigte ich das Motorrad. Ich liebte es, wie das Adrenalin durch meine Adern pulsierte. Ohne zu zögern, fuhr ich zu meiner Lieblingsstrecke. Am Fuß des Berges hielt ich inne und betrachtete die Serpentinen. So früh am Morgen war außer mir fast niemand unterwegs und ich konnte mich vollkommen austoben.

Ich beschleunigte das Motorrad, bis ich fast bei hundert Stundenkilometern war, und maß mit meinem Auge die vor mir liegende Kurve. Dann legte ich mich in sie hinein, immer tiefer und tiefer, bis ich es kratzen hörte. Freude durchschoss mich. Meine Fußraste hatte am Fußboden gekratzt, was bedeutete, dass ich keine Angst hatte. Zumindest nicht vor dem Motorradfahren. Finn war da eine ganz andere Nummer.

Ich war gerade aus der Kurve raus, als ich mich in die nächste hineinlegte. Das Adrenalin pulsierte durch meinen Körper. Jede Biegung nahm ich mit Präzision, legte mich so tief hinein, wie ich konnte, nur um wieder dieses belohnende Kratzen zu hören. Oben am Berg angekommen, legte ich einen U-Turn hin und blickte den Hang hinunter. Mein Unfall war gerade einmal ein halbes Jahr her und ich fuhr, als wäre nichts gewesen.

Da war keine Angst in mir. Nur Leidenschaft. Und so wahnsinnig viel Adrenalin.

Als ich den Blick wieder auf die Straße richtete, sah ich

einen anderen Motorradfahrer, den ich vorher nicht bemerkt hatte. Er nickte mir anerkennend zu und kam neben mir zum Stehen. Mit einer kurzen Handbewegung bedeutete er mir, das Visier zu öffnen. Ich kam seiner Bitte nach.

»Beeindruckend«, meinte er.

Ich zog eine Braue hoch. *Dafür hatte ich jetzt mein Visier öffnen sollen?*

»Kleines Rennen gefällig?«, fragte er herausfordernd und klang siegessicher.

Innerlich verdrehte ich die Augen. »Einverstanden«, hörte ich mich dennoch sagen.

»Wetteinsatz?«

»Wenn du gewinnst, bekommst du einen Kuss von mir. Gewinne ich, musst du damit leben, gegen ein Mädchen verloren zu haben.«

Lachend hielt er mir die Hand hin, damit ich einschlug. »Deal.«

Er winkte einem Mann, der bei einem Bulli an der Seite stand. Dieser stellte sich auf die Mitte unserer Straßenseite. Wir fuhren an die unsichtbare Startlinie, ich klappte das Visier herunter und ließ den Motor aufheulen. Mein Gegner blickte zu mir herüber und ich war mir sicher, dass er mich verschmitzt angrinste, denn er tat es mir gleich. Als ich wieder nach vorne sah, bekamen wir das Go, unser Rennen zu starten.

Mit Vollgas bretterte der Fremde los, während ich ihm knapp folgte. Er war viel zu siegessicher. Ich fuhr diese Strecke, seit ich sechzehn war, kannte sie in- und auswendig. Wusste, welche Geschwindigkeiten in welcher Kurve realistisch waren, wo ich vorsichtig sein musste. Bis etwa zur Hälfte der Strecke behielt er die Nase vorne. Dann kam eine Biegung, in der er sich verschätzte. Er hätte sie viel enger nehmen können, was mir die Möglichkeit gab, noch schneller zu werden, mich noch tiefer in die Kurve zu legen und an der

Innenseite an ihn vorbeizuziehen.

Hätte ich sein Gesicht sehen können, war ich mir sicher, hätte er mich ungläubig angesehen. Danach hatte er keine Chance mehr, in Führung zu gehen.

Am Fuß des Hügels angekommen, hielten wir an. Er klappte sein Visier auf und sah mich fassungslos an. Ich konnte mir ein Grinsen nicht verkneifen, zuckte mit den Schultern und winkte ihm, ehe ich weiter in Richtung Schule fuhr.

Als ich an ebendieser ankam, war ich dankbar, dass Marisa bereits auf mich wartete. Keine Ahnung, was ich im vergangenen Jahr, und ganz besonders in den vergangenen Wochen, ohne sie getan hätte. Ich parkte mein Motorrad, zog mir den Helm vom Kopf und hakte mich bei ihr unter.

»Habe ich dir eigentlich schon einmal gesagt, dass du die absolut Beste bist?«

Sie strahlte übers ganze Gesicht. »Vielleicht so ein- oder zweimal«, zwinkerte sie mir zu. Wir lachten, aber sobald wir das Schulgelände betraten, spannte sich jeder Muskel meines Körpers an.

Ich versuchte es zu verhindern, aber ich suchte die Menge ab, bis ich Finn entdeckte. Eigentlich hatte ich erwartet, dass er mich nicht ansehen würde, aber sein Blick lag direkt auf mir und der Sturm in seinen Augen riss mich mit. Auch wenn ich gewollt hätte, hätte ich mich nicht losreißen können. Dann jedoch schlang sich eine Hand um seine Taille und Saras Gesicht erschien, als sie ihm einen Kuss auf die Wange drückte.

Gequält ließ ich mich von Marisa mitziehen. Den ganzen Tag über vermied ich es, in seine Nähe zu kommen. Ich ertrug es nicht einmal, mich zu Julian und Lars zu setzen, sondern verbrachte die Zeit lieber alleine in der Bibliothek. Ich hatte keine Ahnung, wie es den Rest des Schuljahres weitergehen sollte. Auch in unserem Matheleistungskurs setzte ich mich ans andere Ende des Raumes, was sogar dem Lehrer einen skeptischen Blick entlockte. Aber ich ertrug Finns Nähe nicht. Nicht, nachdem er mir das Herz gebrochen hatte. Nicht, nachdem er *sie* über mich gestellt hatte.

»Robin«, rief Finn meinen Namen nach der Mathestunde, aber ohne mich umzusehen, beschleunigte ich meine Schritte.

Die gesamte Woche ging ich Finn aus dem Weg und ignorierte jegliche Art von Kontaktversuch. Als endlich Freitag war, atmete ich mit dem letzten Klingeln erleichtert auf. Ich hätte es keinen Tag länger ausgehalten.

Ich zog die Stirn kraus, als ich zu meinem Motorrad ging. Jemand lehnte dagegen. Für einen Moment blieb mein Herz stehen, denn ich dachte, dass es Finn war, der mich dazu zwingen wollte, mit ihm zu reden. Und wäre er es gewesen, hätte ich mich nicht wehren können. Aber je näher ich kam, umso deutlicher wurde, dass es nicht Finn war.

Ein Mann mit kurzen Haaren und braunen Augen hatte die Arme vor der Brust verschränkt und schenkte mir ein schiefes Grinsen.

»Das ist mein Motorrad«, sagte ich und zog spöttisch eine Braue in die Höhe.

»Du warst ganz schön schwer zu finden, Robin Wolf«, meinte er und sein Grinsen wurde noch eine Spur breiter.

»Du hast mich gefunden«, erwiderte ich mit schiefgelegtem Kopf. »Und wer bist du?«

»Jan Kaiser«, stellte er sich vor und schien darauf zu warten, dass sein Name mir etwas sagte. Als ich gerade meinen Mund öffnen wollte, um etwas zu erwidern, machte es klick. Das war auch derselbe Moment, in dem ich seine Lederkluft bemerkte.

»Ich bin gegen dich ein Rennen gefahren«, keuchte ich erschrocken.

Er grinste noch breiter. »Und du hast gewonnen.« Mein Herzschlag verdreifachte sich. Jan Kaiser war amtierender Motorradweltmeister. »Ich hab keine Ahnung, wann das das letzte Mal passiert ist«, lachte er.

Ich starrte ihn immer noch sprachlos an, während er sich von meinem Motorrad abstieß und einen Schritt auf mich zukam.

»Ich möchte, dass du in mein Team kommst.«

»Was?«, rief ich schrill und schüttelte ungläubig den Kopf. Das konnte er nicht ernst meinen. Ich musste träumen. So etwas geschah nicht im echten Leben.

»Ich glaube, dass du es mal weit bringen wirst«, bestätigte er seine Worte. »Lass mich dich ausbilden. Komm in mein Team.«

»Ich geh noch zur Schule«, erwiderte ich lahm.

»Ich besorg dir den besten Privatlehrer, den es gibt.«

»Also ...«, stotterte ich und klappte den Mund wieder zu. Ich hatte keine Ahnung, was ich darauf erwidern sollte.

»Komm in mein Team«, wiederholte er. »Du bekommst einen Privatlehrer, Gehalt und ich werde dir alles beibringen, was du brauchst, um es bis an die Spitze zu schaffen.«

Jan hielt mir seine Hand hin und wartete darauf, dass ich einschlug. Wahrscheinlich hatte er es noch nie erlebt, dass jemand so ein Angebot ausgeschlagen hatte. Und dennoch zögerte ich. Wegen Josh. Wegen Meghan. Wegen Marisa. Und ganz besonders wegen Finn.

Weil mein idiotisches Herz immer noch daran glaubte, dass er sich für mich entscheiden würde.

Aus dem Augenwinkel registrierte ich eine Bewegung. Sara lief eng an Finn gedrückt an mir vorbei. Ihre Hand hatte sie in die hinterste Tasche seiner Jeans vergraben. Als ich ihn ansah, hatte er seine Augen zu Schlitzen verengt und fixierte mich, als würde er mich am liebsten erwürgen. Kurz durchzuckte mich Traurigkeit, Verzweiflung, Herzschmerz. Aber dann überkam mich wütende Entschlossenheit. Er war derjenige, der mich von sich gestoßen hatte. Er war derjenige, der wieder zu seiner Ex-Freundin gerannt war. Und es vermutlich auch immer wieder tun würde.

Ich musterte Finn ein letztes Mal. Rief mir all den Schmerz in Erinnerung, den er mir im letzten Jahr bereitet hatte. Den er mir immer bereiten würde, wenn ich mich selbst nicht an die erste Stelle setzte. Ich drehte mich zu Jan, der mir noch immer seine Hand entgegenhielt. Ein wissender Ausdruck lag in seinem Gesicht.

»Deal.« Ich schlug ein.

Kapitel 23

Finn

Damals

»Was?«, flüsterte Lars entsetzt und sah mich genauso entgeistert an wie Julian. Ich hatte das Gespräch lange genug hinausgezögert. Warum ich es ausgerechnet auf dem Schulhof tat, wusste ich auch nicht. Vielleicht war das Ganze ja wie mit einem Pflaster. Je schneller man es abzog, umso besser. Dann tat es nur kurz weh.

Zumindest redete ich mir das ein.

»Du verarschst uns, oder?«, Julian blickte mich mit großen Augen an.

Ich fuhr mir mit der Hand über das Gesicht und wünschte, es wäre so. »Nein, tue ich nicht.«

Den beiden stand der Mund offen und sie blinzelten unbeholfen. Sie hatten keine Ahnung, wie sie reagieren sollten, was ich ihnen nicht einmal verübeln konnte. Ich wusste es ja selbst kaum.

»Ich hab noch keine Ahnung, wie ich es ...«, wollte ich weitersprechen, als mich jemand in den Oberarm kniff und ich herumwirbelte.

»Was zur ...«, begann ich zu fluchen, wurde aber jäh von

einem Tritt gegen mein Schienbein unterbrochen. »Verdammt«, jaulte ich und krümmte mich zusammen.

»Es ist deine Schuld«, brüllte Marisa mich an.

Ich hatte sie noch nie lauter werden hören. Erschrocken musterte ich sie. Ihr Gesicht war von roten Flecken übersät – genauso wie ihr Dekolleté – und so verquollen, als hätte sie die ganze Nacht geweint. »Es ist alles deine Schuld.«

Aus den Augenwinkeln sah ich, wie Lars und Julian die Stirn runzelten und ein Stück näher traten. Auch die anderen Schüler begannen sich neugierig ihre Hälse nach uns zu verrenken.

»Sie war meine einzige Freundin und jetzt ist sie weg.« Ein mulmiges Gefühl machte sich in meinem Bauch breit, aber ich wusste immer noch nicht, was sie meinte.

»Hey, Marisa!« ging Lars auf sie zu und sprach in einem beruhigenden Tonfall mit ihr. Er streckte seine Hand nach ihr aus, aber als er ihre Schulter berührte, schüttelte sie ihn ab.

»Fass mich nicht an«, fauchte sie. »Ich kann gut darauf verzichten, wieder wie ein Stück Dreck an die Seite geworfen zu werden.« Er verzog das Gesicht und wich beschämt zurück. Ich hatte schon länger die Vermutung gehabt, dass bei den beiden mehr gelaufen war.

»Marisa«, versuchte es jetzt Julian. »Wovon redest du?«

Ein ersticktes Schluchzen kam aus ihrer Kehle. »Von Robin«, sprach sie aus und sorgte dafür, dass mein Herz stehen blieb. »Robin ist weg.«

Mein Puls war auf hundertachtzig und ich malte mir die schlimmsten Horrorszenarien aus. »Was heißt das?«, fragte ich panisch. »Ist ihr etwas passiert?«

»Sie ist weg«, spuckte sie mir vor die Füße. »Wegen dir.«

Julian und Lars sahen sich verwirrt an, ehe sie mir einen fragenden Blick zuwarfen. Ich hatte ihnen nicht erzählt, was vor zwei Wochen geschehen war. Zum einem, weil ich mich geschämt hatte. Und zum anderen, weil das, was zwischen mir und Robin gewesen war, viel zu besonders war, um es laut auszusprechen.

»Ich hasse euch«, fauchte Marisa. »Ich hasse euch alle.«
Dann wirbelte sie herum und stapfte wütend zur Schule.

»Was meint sie?«, fragte Julian und kratzte sich verwirrt am Hinterkopf. Lars sah ihr nach und ich hatte das Gefühl, dass er ihr am liebsten hinterherlaufen würde.

»Ich habe keine Ahnung«, murmelte ich. Mein Blick fiel auf mein Auto. »Könnt ihr mich in Biologie entschuldigen?«, fragte ich die zwei und kramte in der Jackentasche bereits nach dem Schlüssel. Ich musste herausfinden, was mit Robin war.

Einen Augenblick zögerte ich, ehe ich auf die Klingel drückte. Robins Motorrad stand vor dem Haus. Das war ein gutes Zeichen. *Oder?*

Es dauerte nicht lange, ehe die Tür aufgerissen wurde. Zuerst hatte Meghan ein strahlendes Lächeln auf den Lippen gehabt, das in sich zusammenfiel, sobald sie mich erkannte.

»Was willst du hier?«, zischte sie und schloss die Tür so weit, dass nur ihr Gesicht zu sehen war.

»Ich ... Ich will mit Robin sprechen.«

Kurz musterte mich Meghan mitleidig, ehe sie den Kopf schüttelte. Irgendetwas anderes blitzte in ihren Augen auf. Wut?

»Robin ist nicht da«, murmelte sie und warf einen Blick über ihre Schulter. »Und du solltest verschwinden. Wenn Josh mitbekommt, dass du hier bist, kann ich für nichts mehr garantieren.«

»Was?«, fragte ich verwirrt. Im selben Moment hörte ich Josh: »Babe? Wer ist da an der Tür?«

Er kam bereits um die Ecke und erstarrte, als er mich erkannte. Ich war mir nicht sicher, aber ich glaubte, Meghan ein »Hau ab« flüstern zu hören, doch meine Füße waren wie festgewachsen.

»Was willst du hier?« Joshs Stimme vibrierte vor Wut.

»Ich will zu Robin«, wiederholte ich. Er schloss die Augen und ich konnte hören, wie er leise bis zehn zählte. Dann ballte er seine Hände zu Fäusten und entspannte sie wieder.

»Das geht nicht.«

Ich zog die Stirn zusammen. »Wieso sollte das nicht gehen?«, fragte ich etwas lauter. Wütend hatte ich die Arme vor der Brust verschränkt. Ich wollte verdammt noch mal wissen, was mit Robin war.

Meghan hatte Josh eine Hand auf die Brust gelegt, als müsste sie ihn zurückhalten.

»Weil sie nicht mehr hier ist«, sagte er ruhig, zu ruhig.

»Aber ...«, begann ich und schüttelte verwirrt den Kopf. »Sie war letzte Woche noch in der Schule. Sie ... Wo ist sie denn?« Mittlerweile machte ich mir wirklich Sorgen.

»Das geht dich nichts an«, meinte Josh und musterte mich mit einem unergründlichen Blick.

»Sie ist meine beste Freundin«, beharrte ich und schlug mit der flachen Hand gegen die Wand. Den Schmerz bemerkte ich kaum. »Ich habe ja wohl ein Anrecht ...«, begann ich, wurde aber von Meghan unterbrochen.

»Sie ist wegen dir gegangen«, wiederholte sie leise die Worte, die Marisa mir vor nicht einmal einer halben Stunde vorgeworfen hatte.

»Aber wieso?«, fragte ich, obwohl ich nicht wusste, ob ich die Antwort ertragen könnte. Ein Kloß formte sich in meinem Hals. »Und wo ist sie hin?«

Josh und Meghan tauschten einen Blick. Ich hatte das Gefühl, dass er nicht mehr ganz so wütend wirkte wie vorher, eher ... mitleidig. Seine Wut hatte mir besser gefallen.

»Sie wollte nicht, dass wir es dir sagen«, begann Meghan und schien nach den richtigen Worten zu suchen.

»Du hast ihr Herz gebrochen«, brachte Josh es unverblümt auf den Punkt. »Immer und immer wieder.« Ich krallte mich an dem Geländer der Treppe fest und schluckte. »So viel, wie sie das letzte Jahr geweint hat ...« Er sah gedankenverloren in die Ferne, ehe er den Kopf schüttelte. »Sie ist weg.«

»Aber ich ...«, ich schluckte und schloss die Augen. »Ich liebe sie doch.«

Josh schnaubte. »Seltsame Art, das zu zeigen, hast du«, brummte er.

Wieder legte Meghan ihm beruhigend eine Hand auf den Unterarm.

»Wann kommt sie wieder?«, fragte ich und fürchtete mich vor der Antwort. Vielleicht, weil ich ahnte, was er sagen würde.

»Gar nicht.«

Kapitel 24

Robin

Heute – acht Jahre später

Eine innere Unruhe hatte Besitz von mir ergriffen, je näher das Dinner mit Marisa rückte. Auch das fröhliche Plappern von Clara und Paul hatte das nicht lindern können.

»Du siehst gut aus«, hörte ich Joshs Stimme hinter mir.

Ich hatte mich vor einer Stunde zurückgezogen, um mich für das Probeessen fertig zu machen. Normalerweise legte ich nicht allzu viel Wert auf Äußerlichkeiten, aber heute war ein wichtiger Abend für Marisa.

»Danke«, antwortete ich und sah ein letztes Mal in den Spiegel.

Ich hatte mich für ein enges, schwarzes Kleid entschieden, das wie eine zweite Haut an meinem Körper klebte. Es war an den Seiten mit einem durchsichtigen Stoff durchwoben, an meinem linken Bein hatte es einen Schlitz, der erst kurz unterm Hintern endete. Bei jedem Schritt, den ich machte, wurde der Blick auf mein Phönixtattoo freigegeben.

»Es ist schön, dass du wieder da bist«, riss mich Josh wieder aus den Gedanken.

»Ich bin nicht wieder da«, fühlte ich mich zu sagen genötigt.

Er musterte mich mit dem Hauch eines Lächelns. »Ich weiß«, seufzte er. »Aber es ist schön, dich auch mal hier zu sehen. Und nicht immer nur in unpersönlichen Hotels.«

Schlechtes Gewissen machte sich in mir breit, das ich schnell beiseiteschob. Josh wusste, wieso ich gegangen war. Er mochte nicht die ganze Wahrheit kennen, aber er wusste genug.

»Was macht dein Training?«, lenkte er vom Thema ab. Vielleicht, weil er bemerkt hatte, in was für einer Abwärtsspirale sich meine Gedanken befanden.

»Es läuft gut«, grinste ich und dieses Mal hatte ich nicht das Bedürfnis, Freude vorzugaukeln. Kurz zögerte ich. »Ich glaube, dass ich dieses Jahr gute Chancen auf den Titel habe.«

Erstaunt sah er mich an, ehe sich ein stolzes Lächeln auf seinen Lippen ausbreitete. »Robin«, sagte er beeindruckt und schüttelte den Kopf, als könne er nicht glauben, was ich ihm erzählte. »Das ist der Wahnsinn!«

Er kam auf mich zu und drückte mich. Ich schloss die Augen und genoss die Umarmung meines Bruders. Es war viel zu lange her. Auch er hielt mich länger im Arm als unbedingt nötig und erst Meghans »Robin, dein Taxi ist da« brachte ihn dazu, mich loszulassen.

»Du hättest auch mit unserem Auto fahren können«, bemerkte Josh.

»Dafür müsste ich mittlerweile einen Führerschein haben«, lachte ich und wies ihn auf das Offensichtliche hin.

Ich schnappte mir mein Portemonnaie sowie die Handtasche und polterte die Treppe hinunter. Als ich gerade dabei war, mir den Mantel anzuziehen, hupte das Taxi.

»Du siehst toll aus«, schwärmte Clara. Ihr Blick war auf mein Bein geheftet. »Ist das ein brennender Vogel?«

Ich nickte.

»Kannst du ihn mir zeigen?«

»Ich muss jetzt los«, meinte ich entschuldigend, im selben

Moment, wie das Auto ein weiteres Mal hupte. »Aber morgen zeige ich ihn dir, okay?«

Sie strahlte und drückte mich kurz an sich. Schnell winkte ich den dreien, ehe ich zum Taxi eilte.

»Ich bin ja schon da«, rief ich gehetzt und zog eine Braue hoch. Der Fahrer des Taxis musterte mich, ehe er mit den Schultern zuckte.

»Zum *Mezze*, bitte«, bat ich ihn, lehnte mich zurück, starrte aus dem Fenster und ließ meine Gedanken wandern. Unweigerlich dachte ich an *ihn*. Ich hatte seinen Namen seit Jahren nicht mehr ausgesprochen. Nicht einmal in meinem Kopf.

Noch immer kämpften diese zwei Seiten in mir. Die eine, die ihn nicht wiedersehen wollte, und die andere, die sich nichts sehnlicher wünschte, als nur einen einzigen Blick auf ihn zu werfen. Vielleicht, um zu prüfen, ob da überhaupt noch Gefühle waren, vielleicht auch, um endlich abschließen zu können.

Nachdem wir angekommen waren, bezahlte ich den Taxifahrer und legte meinen Kopf in den Nacken. Das *Mezze* hatte es noch nicht gegeben, als ich das letzte Mal hier gewesen war. Es musste in den letzten Jahren eröffnet haben, aber was ich sah, gefiel mir. Und seltsamerweise fühlte es sich vertraut an. Als wäre ich schon einmal hier gewesen. Ich schüttelte den Kopf über meine bizarren Gedanken, straffte die Schultern und betrat das Restaurant.

»Robin«, quietschte Marisa, ehe ich überhaupt Gelegenheit hatte, mich umzusehen. Arme schlossen sich fest um mich. Lächelnd drückte ich meine beste Freundin genauso fest an mich.

»Du bist wirklich gekommen«, lachte sie und musterte mich ungläubig. Ich hatte Marisa seit über einem Jahr nicht gesehen und begutachtete sie ebenfalls. Es hatte sich nicht viel verändert. Ihre Haare waren ein Stück länger geworden und sie hatte ein paar Kilo zugenommen. Aber ihre Augen glitzerten so glücklich wie noch nie.

»Mir wurde ja das Ende unserer Freundschaft angedroht, wenn ich fernbliebe«, zwinkerte ich ihr zu. Marisa grinste noch eine Spur breiter.

»Das ist mein Verlobter Alex«, stellte sie den Mann vor, der an ihre Seite getreten war. Bislang hatte ich ihn noch nicht kennengelernt, sondern nur Fotos gesehen, die Marisa mir geschickt hatte. Und gerade jetzt bereute ich es, dass ich nicht schon eher nach Hause gekommen war, um nach dem Rechten zu sehen. Diesen ... *Sleazeball* wollte Marisa heiraten?

Anzüglich musterte er meinen Körper, als könnte er mich allein mit Blicken ausziehen. Am liebsten hätte ich ihm eine reingehauen.

»Hallo, Robin!« Er reichte mir seine Hand. »Schön, dich endlich kennenzulernen.«

Ich rang mir ein »Danke« ab, ohne den Händedruck zu erwidern.

Für einige Sekunden starrten wir uns an, ehe er verschämt die Hand zurückzog. Marisa blickte zwischen uns hin und her, als würde sie nicht genau verstehen, was passiert war. Irgendjemand rief ihren Namen und sie sah mich entschuldigend an.

»Setz dich, wo du willst, Robin. Es gibt keine Sitzordnung.« Verliebt strahlte sie ihren Verlobten an, der sie ebenfalls kurz musterte. »Sollen wir?«, fragte sie ihn mit einem breiten Grinsen. Er nickte und drückte ihr einen Kuss auf die Lippen.

»Zu meiner Zeit wäre so etwas nicht möglich gewesen«, erklärte mir meine Sitznachbarin zum gefühlt hundertsten Mal. Ich nahm einen großen Schluck von meinem Getränk und bereute nicht zum ersten Mal an diesem Abend, dass ich mich ausgerechnet hier hingesetzt hatte. Auf den ersten Blick hatte die alte Dame einen absolut harmlosen Eindruck gemacht. Auch auf den zweiten und dritten Blick. Bis zu dem Moment, als sie ihren Mund geöffnet hatte.

»Sicherlich willst du mir auch noch erzählen, dass du Piercings hast, oder wie ihr jungen Leute das nennt?«, fragte sie und musterte mich aus zusammengekniffenen Augen.

Ich wusste nicht einmal, ob sie Marisas Oma oder die des Vollidioten war. Besagter Vollidiot hatte seine Aufmerksamkeit schon wieder auf die Kehrseite der Kellnerin gerichtet. Jeder Anwesende schien es zu bemerken, wirklich jeder, außer Marisa. Ich wusste, dass ich etwas sagen musste, aber ich wusste auch, dass das verdammt schwer werden würde. Marisa hatte noch nie gut mit Kritik umgehen können und mir war klar, dass sie alles, was ich sagen könnte, persönlich nehmen würde.

»Tatsächlich bin ich das«, meinte ich trocken und sah Dora neben mir ausdruckslos an. »Ich habe ein Bauchnabelpiercing.«

Neugierig legte sie den Kopf schief. »Und das gefällt dir?«

»Ihnen nicht?«, gab ich die Frage zurück.

Sie runzelte die Stirn, als hätte sie so noch nie darüber nachgedacht. »Ich glaube nicht«, erwiderte sie nach ein paar Sekunden.

In der Zwischenzeit war mein Blick wieder zu Marisa gewandert. Sie wirkte so unfassbar glücklich. Und sie konnte doch nicht glücklich sein, wenn ihr Verlobter ein vollkommener Idiot war. Oder?

»Und diese Bilder auf deinem Körper?«, fuhr Dora fort und ich hatte das Gefühl, dass sie noch näher an mich herangerutscht war. »Wie viele hast du davon?«

»Zwanzig«, erwiderte ich ungerührt.

»Zwanzig«, echote sie ungläubig.

»Ja«, nickte ich, ohne sie anzusehen. »Zwanzig. Und man nennt sie Tattoos«, erwiderte ich beiläufig. Sie gab mir einen

Klaps auf den Hinterkopf, als wäre ich ihre Enkelin und sie dürfte mich tadeln.

»Weiß ich doch«, erwiderte sie mürrisch und starrte noch immer auf den Schriftzug auf meinem Schlüsselbein. »Was steht da?«, fragte sie. »Ich kann das nicht lesen.«

»Dann kann ich Ihnen leider auch nicht weiterhelfen«, erwiderte ich und hoffte, dass ich bald verschwinden konnte.

Wir hatten den Hauptgang bereits hinter uns gebracht und nur noch das Dessert wartete darauf, zubereitet zu werden. Ich hatte keine Ahnung, wieso das so lange dauerte, aber der Manager des Restaurants war bereits an unserem Tisch gewesen und hatte sich in aller Form entschuldigt. Natürlich hatte ich nichts gegen den Extradrink einzuwenden gehabt.

Dora sagte wieder etwas, aber ich nahm es überhaupt nicht wahr. Ich hatte auf einmal das Gefühl, als hätte sich die Luft verändert, als würde sie seltsam flimmern. Adrenalin pochte durch meine Venen und meine Hand begann zu zittern. Schnell stellte ich den Drink ab und zog die Brauen zusammen. Ich hatte keine Ahnung, was passiert war, aber irgendetwas war anders. *Hatte ich zu viel getrunken?*

Ich betrachtete die anderen Gäste, fragte mich, ob sie auch etwas bemerkt hätten, aber alle lachten und redeten mit ihren Sitznachbarn, als wäre nichts gewesen. Marisa fing meinen verwirrten Blick auf und musterte mich mit schiefgelegtem Kopf. Ich winkte ab, um ihr zu bedeuten, dass sie sich keine Sorgen zu machen brauchte. *Ich hatte mir das sicher nur eingebildet.*

»Hast du mich nicht gehört, Mädchen?«, lenkte Doras Stimme mich wieder ab. »Haben sie dir auch Farbe ins Ohr tätowiert oder warum hörst du so schlecht?«

»Was?«, fragte ich verdattert.

»Ich hab dich gefragt, was dein größtes Tattoo ist«, bemerkte sie ungeduldig. Dafür, dass sie etwas gegen meine Tattoos hatte, wirkte sie doch reichlich neugierig. Wieder ergriff ein seltsames Gefühl von mir Besitz und ich zögerte mit einer Antwort.

»Ein Phönix.«

»Ein Phönix?«, runzelte sie die Stirn. »Die gibt es doch gar nicht.« Tief atmete ich durch und schloss die Augen. Ich wusste nicht, wie lange ich ihr Verhör noch aushalten würde.

»Und wo ist der?«, fragte sie weiter.

»An meiner Hüfte«, erwiderte ich. Wieder dieses seltsame Gefühl. Verwirrt sah ich die anderen Gäste an. Es konnte doch nicht sein, dass nur ich das spürte. So viel hatte ich gar nicht getrunken.

Bevor ich groß darüber nachdenken konnte, wurde der Nachtisch serviert und ich wähnte mich meinem Ziel nahe, endlich von hier zu verschwinden. Ich hatte einen anstrengenden Tag hinter mir und konnte es kaum erwarten, mich zu Hause ins Bett fallen zu lassen. Morgen würde ich zum ersten Mal seit sehr langer Zeit nicht früh aufstehen müssen, um auf die Rennstrecke zu gehen, und konnte endlich mal wieder ausschlafen.

Das Wasser lief mir im Mund zusammen, als ein Kellner mir ein Schokoladenküchlein mit Mousse au Chocolat vor die Nase stellte. Als ich mit der Gabel hineinstach, musste ich mich zurückhalten, nicht fröhlich aufzujauchzen, weil der Kern des Küchleins noch immer weich war. Ich schob mir einen Bissen in den Mund und schloss genussvoll die Augen. Ein leises Stöhnen kam mir über die Lippen.

Genau in diesem Moment überkam mich wieder dieses seltsame Gefühl, und dieses Mal konnte ich es einordnen. Es fühlte sich an, als lägen Blicke auf mir, die meinen ganzen Körper in Brand steckten. Das letzte Mal, dass ich mich so gefühlt hatte, war lange her. Um genau zu sein ... Wütend schob ich den Gedanken beiseite und ballte die Hände zu Fäusten. *Das konnte nicht sein, oder?*

Als ich genug Mut gesammelt hatte, hob ich den Kopf und sah in graue Augen, in denen ein mir vertrauter Sturm tobte, von dem ich eigentlich gedacht hatte, dass er mich nicht mehr mit sich reißen konnte.

Ich hatte mich geirrt.

Kapitel 25

Finn

Heute

Mein Chefkoch war krank. Und zwar so richtig. Er hatte sich auf dem gesamten Dessert übergeben, kurz bevor es nach draußen hatte gehen sollen. Wäre er eine Frau, hätte ich auf eine Schwangerschaft getippt. So blieb die Befürchtung, dass irgendetwas von dem Essen, das wir heute rausgegeben hatten, schlecht war. Und das würde sich gar nicht gut machen. Besonders, da das *Mezze* dabei war, sich einen Ruf aufzubauen.

Zum Glück war ich in der Nähe gewesen und hatte nur wenige Minuten gebraucht, um vor Ort zu sein und das Debakel selbst zu bereinigen. Ich hatte mir eine Schürze umgebunden und Befehle in die Küche gefeuert. Manchmal hatte ich den Eindruck, dass man etwas nur dann gut machen konnte, wenn man es selbst in die Hand nahm. Vielleicht könnte man mich zu perfektionistisch nennen, aber in meinem Leben war mir bereits genug entglitten. Mein Restaurant würde ich in die lange Liste dieser Dinge nicht mit einreihen.

Als ich die Küchlein in den Ofen schob und einen Timer stellte, scheuchte ich mein Personal auf, damit alle Teller vorbereitet werden konnten.

»Artur«, rief ich nach meinem Manager, während ich die ersten Teller herrichtete und mit geübten Handgriffen kleine Häufchen von Mousse au Chocolat darauf drapierte.

»Ja, Boss?«, fragte er nervös.

Am liebsten hätte ich die Augen verdreht. Wir waren gemeinsam zur Schule gegangen, hatten zusammen studiert und er tat, als müsste er Angst vor mir haben.

»Hast du der Gesellschaft als Entschuldigung eine Runde Drinks aufs Haus angeboten?«, fragte ich ihn, ohne von meiner Arbeit aufzusehen.

»Ja«, erwiderte er und ich hatte das Gefühl, dass Stolz in seiner Stimme mitschwang. »Schon als wir dich angerufen haben.«

Ich nickte zufrieden. »Danke. Sehr gut.« Der Timer, den ich gestellt hatte, ertönte und ich klatschte einmal in die Hände. »Jetzt müssen wir uns beeilen, damit sie auch warm bleiben«, rief ich, während ich bereits das erste Blech aus dem Ofen holte und die Küchlein auf die angerichteten Teller verteilte.

Zum Glück war es keine besonders große Gesellschaft, gerade einmal dreißig Personen. Dunkel konnte ich mich daran erinnern, dass Artur mir vor ein paar Wochen gesagt hatte, dass es eine kleine Vor-Hochzeitsfeier war und das Paar uns auch für das Catering ihrer Hochzeit engagiert hatte. Aber ich hatte nur mit einem halben Ohr zugehört und die Planung in die fähigen Hände meines Managers gelegt.

Als auch der letzte Teller rausgegangen war, wischte ich mir einmal über die Stirn. In der Küche war es jedes Mal unfassbar heiß, und auch wenn ich es genoss, zu kochen und zu backen, war ich froh, dass ich nicht jeden Tag hier stehen musste. Das hatte ich am Anfang gemacht und ich hatte es gehasst. Fast hätte ich die Freude an alldem verloren.

»Möchtest du noch was trinken?«, fragte Artur mich, der beobachtete, wie ich die Schürze abband und mit einem

Handtuch ein weiteres Mal über meine Stirn wischte. Auch wenn ich nur kurz hier gewesen war, wusste ich, dass ich dringend eine
Dusche benötigte, weil ich nach Bratenfett roch.

»Gerne«, hörte ich mich sagen, was Artur dazu veranlasste, überrascht die Brauen in die Höhe zu ziehen. So wie ich hatte er nicht mit dieser Antwort gerechnet und nickte nach einem kurzen Schockmoment schnell.

»Ich hole mir selbst was«, beruhigte ich ihn, als er hastig aufstand. »Kümmer du dich um unsere Gäste.«

Er nickte, während ich zur Bar schlenderte.

Als ich den Hauptraum des Restaurants betrat, hatte ich das Gefühl, als wäre etwas anders. Ich runzelte die Stirn und blickte mich um. Es dauerte nur wenige Sekunden, bis ich einen blauen Haarschopf ausmachte. Mein Herz stockte für einen Moment, ehe es doppelt so schnell weiterschlug wie bisher. Es fühlte sich an, als drückte mir jemand den Brustkorb zusammen. Und obwohl sie anders aussah als noch vor acht Jahren, würde ich sie überall erkennen.

Ovales Gesicht, braune Augen, hohe Wangenknochen. Eingehend studierte ich sie, erlaubte mir den kleinen Moment, sie zu beobachten, bevor sie mich entdeckte. Sie saß neben einer älteren Dame und es wirkte, als würde sie ihr nicht zuhören.

Robin hatte ein Glas in der Hand und schaute sich gelangweilt die anderen Gäste an. Ihre Haare waren hochgebunden und gaben den Blick auf ihren schmalen Hals frei. Sie trug etwas Schwarzes und ich musste schlucken, als ich ihren tiefen Ausschnitt sah. Tattoos lugten darunter hervor und ich widerstand dem unbändigen Drang, zu ihr zu eilen, um den Stoff an die Seite zu schieben und diese Tattoos zu erkunden. Robins Haltung wirkte alarmiert, als hätte sie gemerkt, dass sich etwas verändert hatte. Als könnte sie meine Blicke spüren. Als fühlte sie, dass die Luft zu flimmern begonnen hatte.

Aber sie sah nicht auf, sondern musterte skeptisch die anderen Gäste, die an ihrem Tisch saßen.

Immer wieder runzelte sie die Stirn, bis ihr der Teller mit dem Nachtisch, den ich vor wenigen Minuten zubereitet hatte, vor die Nase gestellt wurde. Kurz erfasste mich Panik, dass das ihre Hochzeitsgesellschaft war. Dass Robin hier war, um zu heiraten. *Dann würde sie sicher nicht neben einer alten Dame sitzen.*

Sie nahm einen Bissen von dem kleinen Küchlein und schloss genüsslich die Augen. Als sich ihre Lippen teilten, wusste ich, dass ihr ein Stöhnen entwich, auch wenn ich es nicht hören konnte. Meine Kehle wurde staubtrocken und ich krallte mich an der Theke der Bar fest, um mich davon abzuhalten, zu ihr zu stürmen und sie mir, in aller Steinzeitmanier, über die Schulter zu werfen. Ihr Griff um die Gabel wurde fester und das Weiß ihrer Knöchel trat hervor. Noch hielt sie die Lider geschlossen.

Adrenalin durchzuckte mich und ich wusste, dass sie mich in wenigen Sekunden ansehen würde. Ich konnte nicht sagen, wieso ich mir so sicher war, aber es war, als ergäbe alles andere keinen Sinn. Als liefe alles in meinem Leben auf diesen Moment hinaus. Darauf, dass sie mich ansah.

Endlich tat sie es. Ihre Augen weiteten sich, als könnte sie nicht glauben, dass ausgerechnet ich hier war. Ich konnte es selbst kaum glauben, dass ich sie nach all den Jahren endlich wiedersah.

Für einen Moment musterten wir einander, ließen den Blick suchend über den jeweils anderen wandern. Wonach genau wir suchten, konnte ich nicht sagen, aber ich wusste, dass ich es gefunden hatte.

Robin war hier. Nach all den Jahren war sie wiedergekommen. Sie war die Eine, die davongekommen war. Nur dieses Mal würde ich sie nicht gehen lassen. Dieses Mal würde ich sie festhalten.

Kapitel 26

Robin

Heute

Mein Herz zog sich zusammen und die Sehnsucht schnürte mir fast die Kehle zu. Ich hatte Angst gehabt, ihn wiederzusehen, auch wenn ich geahnt hatte, es irgendwann zu tun. Jedoch nicht an meinem ersten Abend. Damit hatte ich nicht gerechnet.

Finn sah anders aus als vor acht Jahren. Nicht verwunderlich, schließlich waren wir damals noch grün hinter den Ohren gewesen. Aber jetzt war er ein Mann.

Er war noch immer groß, seine Schultern wirkten breiter – allgemein war er viel muskulöser. Mittlerweile war sein Haar so lang, dass er sich einen Zopf binden konnte, und er hatte einen dichten Bart. Die hochgekrempelten Ärmel seines weißen Hemdes gaben den Blick auf sehnige Unterarme frei, die mit Tattoos bedeckt waren. Ich musste die Augen schließen, weil das Ziehen in meinem Herzen immer stärker wurde.

Ich hatte gehofft – nein, ich hatte gedacht –, über ihn hinweg zu sein, aber ich hatte mich getäuscht. Und ein klein wenig hasste ich mich dafür.

Ein weiteres Mal schaute ich Finn an. Auch er musterte

mich, als hätte er nicht erwartet, mich jemals wiederzusehen. Aber da war noch ein anderer Ausdruck in seinem Gesicht. Ein Hunger, der eine Saite in mir zum Klingen brachte, die ich schon lange nicht mehr gespürt hatte. Wie in einem Film zogen unsere gemeinsamen Momente an uns vorbei, das Glück, das ich in seiner Nähe gefühlt hatte, die Leidenschaft, die er in dieser einen Nacht in mir geweckt hatte. Aber da war so viel Schmerz. Und Zorn.

Wütend klammerte ich mich an die Tischplatte. Marisa schien zu bemerken, dass sich meine Stimmung verändert hatte. Alarmiert drehte sie ihren Kopf in die Richtung, in die auch ich sah, ehe sie meinen Blick suchte. Schlechtes Gewissen stand ihr ins Gesicht geschrieben. Ein Keuchen kam mir über die Lippen. Marisa hatte gewusst, dass ich ihn sehen würde. Sie hatte gewusst, dass er hier sein würde.

Wütend stand ich so abrupt auf, dass mein Stuhl nach hinten kippte. Jedes Gespräch am Tisch verstummte und aller Augen richteten sich auf mich. Zynisch hob ich das Glas.

»Auf das glückliche Paar«, prostete ich, ehe ich den Sekt in einem Zug in mich hineinkippte. Dann schlüpfte ich in meinen Mantel.

»Willst du schon gehen, Kindchen?«, fragte Dora mich. »Ich wollte doch noch ...«, begann sie, aber ich brachte sie mit einem Blick zum Schweigen.

Dann wirbelte ich herum und stürzte zum Ausgang. Am Rande meines Sichtfeldes registrierte ich, dass Marisa mir folgen wollte, aber von irgendeinem ihrer Gäste aufgehalten wurde. Und wenn es etwas gab, das sie nicht konnte, dann andere Leute abwimmeln.

Nach Finn drehte ich mich kein weiteres Mal um. Das brauchte ich aber auch nicht. Ich konnte spüren, dass er mir folgte. Als würde von ihm eine Anziehung ausgehen wie von einem bescheuerten Magneten. Ich hasse Magneten. Noch mehr hasse ich die Leute, die ihre Kühlschränke damit zupflasterten. Als müssten sie jedem ihrer Gäste verdeutlichen, wo sie in ihrem Leben schon gewesen waren.

Kalte Nachtluft schlug mir entgegen, als ich das Restaurant verlassen hatte, und ich sog sie gierig in meine Lungen ein. Erst jetzt bemerkte ich, wie drückend es drinnen gewesen war. Wie schlecht ich hatte atmen können.

»Robin«, hörte ich seine tiefe Stimme, die mir einen Schauder über den Körper schickte. Auch wenn ich diesen auf die Kälte schob.

Ich wirbelte herum, verschränkte die Arme vor der Brust und starrte ihn mit so viel Verachtung an, wie ich aufbringen konnte.

»Robin«, wiederholte er. Ich hatte es vermisst, dass er meinen Namen sagte. Es hatte sich immer richtig angefühlt, wenn er das tat. Bis zu dem Morgen danach.

Er zögerte, als wüsste er nicht, was er sagen sollte. »Ich –«, begann er, schüttelte den Kopf und fuhr sich mit der Hand durch sein Haar. »Was machst du hier?«

Noch immer schwieg ich und sah ihn einfach nur an. Er kam einen Schritt auf mich zu und war mir auf einmal so nahe, dass sein Geruch mir in die Nase stieg. Ich musste mich zwingen, nicht die Augen zu schließen und sehnsuchtsvoll zu seufzen.

»Ich bin nicht wegen dir hier«, spuckte ich ihm vor die Füße und dieser Idiot grinste mich sogar an.

»Das hatte ich auch nicht erwartet«, lachte er leise. Ich wünschte, ich würde dieses Lachen nicht bis in die Zehenspitzen spüren. »Ich hätte nicht gedacht, dich je wiederzusehen«, murmelte er und trat einen weiteren Schritt auf mich zu.

Er war mir jetzt so nah, dass sich unsere Nasenspitzen fast berührten. Vermutlich sollte ich zurückweichen, aber ich war noch nie vor einer Herausforderung zurückgeschreckt. Und Schwäche zeigen, gerade vor ihm, war das Allerletzte, was ich wollte. *War ich schon immer so bitter gewesen?*

»Ich wollte auch nicht herkommen«, brummte ich.

Mein Blick war auf seine Augen gerichtet. Jetzt tobte kein Sturm mehr in ihnen, eher wirkten sie wie flüssiges Blei. So wie in dieser einen Nacht.

»Und doch bist du hier«, sagte er und klang für meinen Geschmack viel zu selbstsicher.

Ich brach den Blickkontakt und seufzte schwer. Dann suchte ich die Straße nach einem Taxi ab. Ich wollte weg von hier. Ich wusste nicht, wie lange ich es noch aushalten würde, ihm so nahe zu sein, ohne ihn zu berühren.

Und wenn ich ihn erst berührt hätte, wusste ich, wäre ich verloren.

»Was willst du, Finn?«

»Geh mit mir aus.«

Seine Antwort kam so unerwartet, dass ich mir für einen Moment sicher war, mich verhört zu haben. Ungläubig starrte ich ihn an. Ich musste mich einfach verhört haben.

»Geh mit mir aus«, wiederholte er. Mehrfach blinzelte ich.

Er beugte sich vor. Seine Lippen streiften mein Ohr und wieder brauchte es meine gesamte Willenskraft, nicht zu erschaudern. Sein warmer Atem strich über meine Ohrmuschel.

»Geh mit mir aus«, flüsterte er.

Ich beugte mich ebenfalls nach vorne und legte meine Hand auf seine Brust. Ich war mir sicher, dass ich sein Herz schlagen spüren konnte. Finn konnte im Gegensatz zu mir den Schauder nicht unterdrücken, als meine Lippen sein Ohr streiften.

»Nicht einmal, wenn die Hölle zufriert.«, erwiderte ich eisig.

Wenige Sekunden später hielt ein Taxi neben dem Restaurant, um weitere Gäste abzusetzen. Ich ergriff die Chance, die sich mir bot, und flüchte. Als mein Handy klingelte, brauchte ich nicht einmal auf das Display zu sehen, um zu wissen, wer mich anrief. Für einen Moment überlegte ich, nicht ranzugehen, entschied mich aber dagegen.

»Was willst du?«

»Robin«, sagte Marisa resigniert. »Ich —«, begann sie, aber bevor sie irgendeine Entschuldigung vorbringen konnte, unterbrach ich sie.

»Wusstest du, dass er da sein würde?«

»Nein«, beteuerte sie, doch ich konnte hören, dass sie mir etwas verschwieg.

»Aber?«, forderte ich ihr letztes Geheimnis ein.

»Ihm gehört das *Mezze*«, gab sie leise zu. Jegliche Antwort blieb mir im Halse stecken. *Er hatte mir nie gesagt, dass er ein Restaurant eröffnen wollte.*

»Und dann gehst du davon aus, dass er an dem Abend nicht da sein wird?«

»Er ist fast nie im Restaurant«, versuchte sie sich zu verteidigen. »Er ...«

»Und trotzdem hättest du dir jedes andere Restaurant aussuchen können«, fauchte ich sie an. »Jedes andere hätte es getan, aber es musste ausgerechnet das eine sein, das ihm gehört? Ausgerechnet *ihm*?« Meine Stimme wurde immer lauter und der Taxifahrer warf neugierige Blicke in den Rückspiegel. Ich wandte mich ab und starrte aus dem Fenster.

»Robin«, erwiderte Marisa eingeschüchtert. »Die Sache mit euch ist Jahre her. Ich dachte einfach ...«, sie zögerte. »Ich dachte einfach, es spielt keine Rolle.« Und vermutlich sollte es das auch. Aber es spielte eine Rolle.

»Er hat mir das Herz gebrochen, Marisa.«

»Das ist acht Jahre her, Robin«, echauffierte sie sich. Und doch fühlte es sich an, als wäre es erst gestern gewesen. Als ich nichts sagte, seufzte sie. »Es tut mir leid.«

Ich nickte, denn ich wusste, dass sie es so meinte. Das änderte aber nichts daran, dass es scheiße war.

»Hass mich nicht«, flüsterte sie. »Du bist meine beste Freundin, ich ... Ich dachte einfach, es würde keinen Unterschied machen.«

»Gerade als meine beste Freundin solltest du wissen, was für einen Unterschied es macht«, brummte ich. Müde rieb ich mir übers Gesicht. »Ich meld mich bei dir, okay?«

»Es tut mir leid, Robin«, betonte sie ein weiteres Mal. Marisa hatte ein so hohes Harmoniebedürfnis, dass sie es noch nie ausgehalten hatte, wenn wir uns stritten.

»Ich weiß«, seufzte ich leise. »Ich melde mich«, wiederholte ich und beendete das Gespräch.

Das Licht der Straßenlampen schien immer wieder in das Taxi. Als Kind hatte ich mir stets vorgestellt, ich würde von Laterne zu Laterne springen.

Es dauerte nicht lange, bis wir beim Haus meines Bruders angekommen waren. Nachdem ich bezahlt hatte, stieg ich aus und blickte an der Fassade hinauf. Mich beschlich das seltsame Gefühl, dass sich mein Leben in den nächsten Wochen gehörig ändern würde.

Kapitel 27

Robin

Heute

Ein Lächeln zupfte an meinen Lippen. Wenn es eines gab, was ich besonders vermisst hatte, dann war das diese Strecke. Alles sah aus wie vor acht Jahren. Die Serpentinen zogen sich den Hang entlang und flehten förmlich jeden Motorradfahrer an, sie hinauf- und hinunterzufahren. So lange, bis man alle seine Sorgen vergaß. Ja, sogar seinen eigenen Namen.

Ich klappte das Visier meines Helmes mit zwei Fingern hinunter und ließ den Motor aufheulen. Es war noch früh. Und außerdem war es schweinekalt. Da es aber nicht geschneit hatte, hatte mich nichts davon abhalten können, heute hierherzukommen.

Wie früher fuhr ich die Strecke, als hätte ich mein ganzes Leben lang nichts anderes getan. Es fühlte sich ein bisschen an, als besuchte ich einen alten Freund. Aber ich merkte auch, dass ich besser geworden war. Ich nahm die Kurven tiefer und schneller. Nicht ein einziges Mal verschätzte ich mich. Als ich oben angekommen war, wusste ich, dass ich meine persönliche Bestzeit gefahren war.

Wäre dies eines meiner Rennen gewesen, hätten sich die

Kommentatoren vor Begeisterung überschlagen.

Ich konnte nicht sagen, wie oft ich den Berg schon rauf und runter gerast war. Vielleicht waren es zwanzig Mal, vielleicht fünfzig. Aber noch immer nicht genug, um Finns Augen aus meiner Erinnerung zu streichen. Noch immer nicht genug, um das prickelnde Gefühl zu vergessen, das sich auf meiner Haut ausgebreitet hatte, als er mich ansah.

Das Heulen eines anderen Motorrads riss mich aus den Gedanken und neugierig beobachtete ich, wie ein weiterer Fahrer die Serpentinen hinauffuhr. Nicht so schnell und nicht so sicher wie ich – denn außer Jan hatte ich nicht viel Konkurrenz –, aber immer noch gut genug. Die Maschine rauschte an mir vorbei, ehe sie am Ende der Straße drehte. Ein Grinsen schlich sich auf meine Lippen. Einen U-Turn traute sich der Fahrer nicht hinzulegen. Als er umgedreht hatte, hielt er neben mir. Ähnlich wie meins war auch sein Visier getönt, sodass man nicht erkennen konnte, wer sich darunter verbarg.

Aber irgendetwas hatte sich verändert.

Der Fahrer deutete auf die Serpentinen. Er wollte ein Rennen, er sollte eines bekommen.

Ich ließ ihm ein bisschen Vorsprung, genug, damit er das Gefühl bekam, eine Chance gegen mich zu haben. Wenig genug, dass ich innerhalb weniger Sekunden an die Spitze ziehen konnte.

Auf der Hälfte der Strecke überholte ich ihn und fuhr den Rest des Weges so schnell herunter, dass ich fast eine Minute warten musste, bis er zu mir aufgeschlossen hatte. Als er neben mir hielt, stellte ich den Motor aus und zog mir den Helm herunter. Der andere Fahrer sah mich für einen Moment einfach nur an. Dank des verdunkelten Visiers konnte ich ihn noch immer nicht erkennen. Zögerlich griff er nach seinem Helm und nahm ihn ab.

»Gutes Rennen«, begann ich, aber meine Worte blieben mir in der Kehle stecken, als ich sah, wer auf dem anderen Motorrad saß. Finn.

»Du?«, kam es mir entsetzt über die Lippen. »Stalkst du mich jetzt?«, rief ich aufgebracht.

Finn fuhr sich mit der Hand übers Gesicht. Er sah müde aus.

»Nein«, brummte er. »Ich komm hier jeden Morgen hin, wenn es das Wetter zulässt.«

Ich musterte sein Motorrad. Er fuhr eine Reiseenduro, etwas, wofür ich mich im Leben nie entschieden hätte. Sie war bullig, tiefblau und für mich viel zu groß. Aber irgendwie passte sie zu ihm.

»Seit wann fährst du bitte Motorrad?«, purzelten die Worte aus meinem Mund, ehe ich mich davon abhalten konnte, irgendetwas zu sagen.

»Seit ein paar Jahren«, meinte er und zuckte mit den Schultern. Ungläubig blinzelte ich ihn an, während sein Blick über meinen Körper glitt. Alles in mir spannte sich an und ich musste mir reichlich Mühe geben, gleichgültig zu wirken.

»Das ist ein anderer Anzug als der, den du auf deinen Rennen trägst.«

Ich erstarrte. Finn schien meine Reaktion zu bemerken und lächelte. Aber sein Lächeln wirkte irgendwie traurig.

»Robin, du warst ständig in den Nachrichten. Hast du wirklich geglaubt, ich wüsste nicht, wo du bist?«

Warum bist du dann nie gekommen? Wieso hast du mich nie gesucht?

Aber natürlich sagte ich nichts dergleichen. Ich wollte mich nicht noch verletzlicher machen, als ich war.

»Können wir reden?«, fragte er leise.

Mein Herz zog sich vor Sehnsucht zusammen. Ich wollte so gerne mit ihm reden, würde alles dafür geben, wenn ich über meinen Schatten springen könnte.

»Finn«, seufzte ich gequält und er musste nur einen Blick in mein Gesicht werfen, um zu wissen, was in mir vorging. Das war früher auch immer so gewesen.

»Ich weiß, dass ich es verbockt hab«, seufzte er und fuhr sich mit der Hand wieder durchs Gesicht. »Aber ich bin nicht mehr der Achtzehnjährige, den du kennst.«

Sekundenlang musterte ich ihn. Es war mehr als deutlich, dass er keine achtzehn mehr war, und dennoch.

»Die Sache ist durch, Finn«, log ich ihn an. »Wir haben uns nichts mehr zu sagen.«

Jetzt war es an ihm, mich zu mustern. Wieder zupfte ein trauriges Lächeln an seinen Mundwinkeln.

»Wenn du bereit bist, mit mir zu reden, Robin, dann weißt du, wo du mich findest.« Er zog sich den Helm wieder über den Kopf, ehe er davonbrauste.

Ich blieb lange am Seitenrand stehen und starrte ihm hinterher. Alles in mir schrie danach, zu ihm zu fahren. Vielleicht hatte er ja eine gute Erklärung, vielleicht gab es einen guten Grund dafür, dass er mir das Herz gebrochen hatte. Aber mein Stolz verbot es mir.

Ich hatte mich schon einmal für ihn kleingemacht. Hatte jeglichen Stolz über Bord geworfen, alles auf eine Karte gesetzt. Das würde ich nicht noch mal tun.

»Hey«, rief Meghan, als ich die Tür öffnete. »Warst du Motorradfahren?«, fragte sie und musterte mich mit einem Stirnrunzeln.

Ich sah an mir herunter. »Ziemlich offensichtlich, oder?«, versuchte ich zu scherzen, merkte aber selbst, dass es mir misslang.

Meghan zog ihre Stirn noch ein wenig mehr kraus. »Ist alles okay?«

Seufzend schloss ich die Augen. *Nein.* »Ja«, sagte ich und schenkte ihr ein beruhigendes Lächeln. Sie öffnete ein weiteres

Mal den Mund, als wir von Clara unterbrochen wurden.

»Robin!«, rief sie und kam auf mich zugeeilt, ehe sie mir in die Arme sprang.

Gerade rechtzeitig fing ich sie auf und wirbelte sie durch die Luft. Laut kicherte sie.

»Paul ärgert mich.«

Im selben Moment stürmte ihr kleiner Bruder ebenfalls auf uns zu und zupfte an meinem Bein.

»Paul auch«, meinte er und deutete auf sich.

Vorsichtig ließ ich Clara herunter, um Paul hochzuheben und ihn durch die Luft zu wirbeln. Er legte jauchzend den Kopf nach hinten. Clara hingegen hatte die Arme vor der Brust verschränkt und musterte uns böse. Meghan lachte leise und strich ihr über den Kopf.

»Paul ist noch viel kleiner als du«, wies sie sie auf das Offensichtliche hin. »Er will einfach nur Zeit mit dir verbringen.«

»Ich aber nicht mit ihm«, brummte sie, womit sie mich so sehr an meinen Bruder erinnerte, dass ich mir ein Lachen verkneifen musste. Suchend sah ich mich um.

»Wo ist Josh eigentlich?«

»Der schläft.« Meghan wies in Richtung Schlafzimmer. »Er wurde gestern Nacht noch ins Krankenhaus gerufen.«

Verständnisvoll nickte ich.

»Deswegen wollten wir gerade zum Indoorspielplatz.«

Claras schlechte Laune war wie weggefegt und sie hüpfte aufgeregt auf und ab.

»Kommst du mit?«, fragte Meghan mich und sah mich so flehend an, dass ich wusste, ich könnte nicht hierbleiben.

»Ja, bitteeee«, flehte Clara und hängte sich an mein rechtes Bein. Auch Paul brüllte mir ins Ohr, obwohl ich nicht genau verstand, was er sagte.

»Okay, okay«, meinte ich und hob ergeben die Hände. »Natürlich komme ich mit.«

Es dauerte fast eine Stunde, bis wir alles beisammen hatten, um den Ausflug zu starten.

»Ich hätte nicht gedacht, dass ein Ausflug mit Kindern zu einer halben Weltreise mutiert«, meinte ich, während ich mich schnaufend anschnallte.

Meghan prustete. »Du hast ja keine Ahnung«, lachte sie, warf einen Blick in den Rückspiegel und setzte den Wagen aus der Ausfahrt. »Clara, hör auf, deinen Bruder an den Haaren zu ziehen.« Ich schaute nach hinten und sah gerade noch, wie meine Nichte ertappt ihre Hand senkte.

»Wie siehst du das?«, fragte ich sie beeindruckt.

Amüsiert zuckte sie mit den Schultern. »Mit dem zweiten Kind wachsen dir Augen im Rücken.«

Der Indoorspielplatz war nur ein paar Straßen weiter. Meghan verzog das Gesicht, während sie Paul aus seinem Sitz hob.

»Na toll.« Megs sah mich entschuldigend an. »Hier ist ein kleiner Windelunfall passiert.«

Ich wollte gerade fragen, was sie meinte, als ich einen Blick auf Paul warf und meinen Mund wieder schloss.

Meghan deutete auf die Halle hinter sich. »Ist es okay, wenn ich ihn wickle und du mit Clara schon einmal reingehst?«

»Aber klar!« Ich hielt Clara meine Hand für ein High Five hin. »Wir schaffen das schon.«

Dankbar lächelte Meghan mich an, schnappte sich eine der zwei großen Taschen und eilte in Richtung der Halle. Sekundenlang sah ich ihr noch hinterher, ehe ich mich an Clara wandte, die bereits wie ein Flummi aufgeregt auf und ab sprang.

»Wollen wir?«

»Jaaaaa«, jubelte sie und lief ein paar Schritte voraus. Ich stand noch am Kofferraum und holte die andere Tasche.

»Clara!«, rief ich ihr streng hinterher, als sie der Straße gefährlich nahe kam. »Bleib sofort stehen und komm zurück.« Auch wenn sie einen Schmollmund zog, kam sie wieder in meine Richtung. Am Rande meines Sichtfeldes registrierte ich, wie eine andere Frau mit ihrem Sohn an uns vorbeiging.

»Rooobin«, meinte Clara. »Beeil dich.«

Lachend verdrehte ich die Augen, schloss den Kofferraum und zuckte erschrocken zusammen, als ich von der Seite angesprochen wurde.

»Robin?«, erklang eine fragende Stimme.

Ich wirbelte herum und betrachtete die Frau, die gerade noch mit ihrem Sohn an mir vorbeigelaufen war. Ich brauchte nicht einmal eine Sekunde zu überlegen, wer mir da gegenüberstand, denn diese grauen Augen hätte ich überall erkannt.

»Frau Roth«, rief ich erstaunt aus und erstarrte, als sie mich an sich drückte.

»Habe ich dir nicht gesagt, dass du mich Maria nennen sollst?«, tadelte sie mich lachend.

Clara war an meine Seite geeilt und musterte die beiden neugierig. »Wer ist das, Robin?«, fragte sie.

Ich schenkte ihr ein Lächeln und konnte sehen, wie Maria die Stirn runzelte.

»Das ist Maria. Sie ist die Mutter eines alten Freundes«, erklärte ich ihr.

Dann fiel mein Blick auf den Jungen, der neben ihr stand und den ich fälschlicherweise für ihren Sohn gehalten hatte. Er musste etwa sieben oder acht sein. Sofort trocknete meine Kehle aus und mein Herz zog sich schmerzhaft zusammen. *War das Finns Sohn?*

Suchend betrachtete ich ihn. Nach einer eingehenden Musterung schüttelte ich den Kopf. Er ähnelte Finn nicht im Geringsten. Weder seine Augen – er hatte blaue – noch seine Haare – er war blond – noch die Nase, der Mund oder die Gesichtszüge. Nichts an diesem Jungen sah aus wie Finn.

Wahrscheinlich war er eines der Kinder, die Maria beim Jugendamt betreute.

»Und wer bist du?«, fragte ich ihn lächelnd. Sein Blick war auf eines meiner Tattoos gerichtet gewesen und er zuckte ertappt zusammen, als ich ihn ansprach.

»Ich bin Leo«, stellte er sich leise vor und versteckte sich ein wenig hinter Maria.

»Hey, Leo«, sagte Clara, bevor ich etwas erwidern konnte. »Ich bin Clara und das ist meine Tante Robin.«

Jetzt musterte Maria mich.

»Ich wusste nicht, dass du wieder da bist«, meinte sie nach kurzem Zögern. Ich merkte selbst, wie ich die Mauern hochfuhr und in einen Abwehrmodus überging.

»Bin ich nicht«, brachte ich so höflich wie möglich hervor. »Ich bin nur zu Besuch und werde in zwei Wochen wieder gehen.«

Sie nickte und irgendetwas Trauriges lag in ihrem Blick.

Clara zupfte an meinem Arm. »Können wir jetzt los, Tante Robin?«

»Es war schön, dich nach all den Jahren mal wiederzusehen«, meinte Maria und nahm mich ein weiteres Mal in den Arm.

Steif nickte ich, ohne die Umarmung zu erwidern. »Ebenso.« Dann wandte ich mich an Leo, der Clara neugierig musterte. »Bis bald, Leo«, zwinkerte ich ihm zu.

Clara hatte sich schon zum Gehen gewandt und mit ihrer kleinen Hand zog sie mich hinter sich her.

»Komm jetzt endlich, Robin«, meinte sie genervt. »Sonst ist Mama noch vor uns da.«

Ich ließ mich von ihr ziehen.

Erst, als wir bereits auf halbem Wege zur Halle waren, drehte ich mich ein weiteres Mal um. Maria stand noch immer an derselben Stelle und sah mir nachdenklich hinterher.

Kapitel 28

Finn

Heute

Der Bass wummerte so laut, dass ich am liebsten wieder umgedreht wäre.

»Du bleibst hier«, meinte Lars und griff genervt nach meinem Unterarm. Woher er gewusst hatte, dass ich am liebsten Reißaus nehmen wollte, konnte ich nicht sagen. Vielleicht brachten sie einem so etwas beim Bund bei.

Julian stand bereits an der Theke und orderte uns etwas zu trinken. Immer wieder blitzten grelle Lichter auf und der DJ grölte irgendetwas Unverständliches ins Mikrofon.

»Ich bin zu alt für diesen Scheiß«, brummte ich und ließ mich auf einen Hocker neben Julian an der Theke fallen.

Er lachte und stieß mit seinem Bier gegen meins. »Was soll ich denn sagen?«

»Hat Mara dir überhaupt Ausgang gegeben?«, fragte ich ihn spöttisch und zog die Braue hoch.

Er plusterte sich auf und streckte die Brust hervor. »Pah!«

»Oder war sie froh, dich endlich einmal los zu sein?«, fragte Lars amüsiert und gesellte sich zu uns.

»Nervt nicht«, meinte Julian. Er hatte gerade sein Bierglas

zum Trinken angesetzt, aber selbst ich konnte das Lächeln sehen, das sich auf seine Lippen geschlichen hatte.

Ein bisschen beneidete ich ihn und Mara um das, was sie hatten. Auch wenn es das Leben nicht immer gut mit ihnen gemeint hatte, waren die beiden immer noch zusammen. Mittlerweile hatten sie sogar eine gesunde Tochter, die bald ein Jahr alt werden würde. Und jeder Blinde konnte sehen, dass die beiden immer noch Hals über Kopf ineinander verliebt waren. Es war schon fast eklig, wie sehr Mara zu strahlen begann, sobald Julian einen Raum betrat. Und andersherum genauso.

Lars und Julian verfielen in ein belangloses Gespräch, während mein Blick über die Menschenmenge wanderte.

Anfang zwanzig war ich einem Clubbesuch niemals abgeneigt gewesen. Schließlich hatte es mir einen mehr als netten Ausweg aus der Realität geboten. Mittlerweile jedoch konnte ich dem nichts mehr abgewinnen. Ein ruhiger Abend auf dem Sofa mit irgendeiner Serie - vorzugsweise *Prison Break* – wäre mir hundertmal lieber gewesen. Ich verzog das Gesicht. Früher hatten Robin und ich die Serie gemeinsam gesehen.

»Ich kenne diesen Gesichtsausdruck«, riss mich Julian aus den Gedanken. Er hatte die Arme vor der Brust verschränkt und musterte mich eingehend.

»Ruf sie an, fahr zu einem ihrer Rennen. Mach irgendwas, Alter«, meinte Lars und verdrehte die Augen.

Wir hatten nie darüber gesprochen, was zwischen mir und Robin vorgefallen war. Aber die beiden waren keine Idioten – zumindest den Großteil der Zeit nicht – und wussten, dass irgendetwas passiert sein musste.

»Sie ist wieder hier«, murmelte ich und trank einen Schluck von meinem Bier. Ich wusste, dass die beiden mich gleich mit ihren Fragen löchern würden.

»Wie bitte?«, riefen sie fast gleichzeitig aus. Erwartungsvoll sahen sie mich an und wirkten wie die schlimmsten Klatschweiber dieser Stadt. Was sie vermutlich auch waren.

»Sie ist wieder hier«, wiederholte ich schulterzuckend und vermied es, den beiden in die Augen zu sehen.

»Lass dir nicht alles aus der Nase ziehen.« Genervt schlug Lars mir mit der Faust gegen den Oberarm.

Ich musste mir ein Winseln verkneifen. Die Jahre beim Bund hatten ihm definitiv nicht geschadet.

»Sie war letzte Woche im *Mezze*«, brummte ich und fuhr mir durch die Haare. Dabei musste ich aufpassen, meinen Zopf nicht vollkommen durcheinanderzubringen. Als ich den Blick hob, sahen die beiden mich immer noch erwartungsvoll an.

Ich schüttelte den Kopf. »Ihr seid schlimmer als jedes Klatschweib.«

Julian zuckte mit den Schultern, als wäre das für ihn keine neue Information.

»Sie ist zu Besuch. Marisa heiratet.«

»Marisa?«, fragte Lars. Die beiden waren damals enger befreundet gewesen, als es manchmal den Anschein gehabt hatte. Wie viel enger, wusste niemand so genau.

»Ja«, sagte ich genervt. »Marisa.«

»Und?«, fragte Julian erwartungsvoll.

Unentschlossen trank ich mein Bier leer und schluckte gegen den Kloß in meinem Hals an. Was sollte ich ihm schon sagen? Robin hasste mich noch immer für das, was ich ihr angetan hatte. Sie hatte mich nicht einmal aufgesucht und von meiner Mutter wusste ich, dass sie in weniger als zwei Wochen wieder weg sein würde. Mein Zeitfenster war also verdammt klein. Und ich wusste nicht, wie ich es anstellen sollte. Wie ich sie davon überzeugen sollte, bei mir zu bleiben.

»Sie hasst mich noch immer«, stellte ich fest.

»Das ist ein gutes Zeichen.« Lars nickte begeistert.

Entgeistert musterte ich ihn. Auch Julian sah ihn schief von der Seite an. Lars verdrehte die Augen. »Du bedeutest ihr immer noch etwas.«

»So ein Quatsch«, wehrte ich ab.

»Dohoch«, nickte er und fixierte mich ungeduldig. »Würdest du ihr nichts mehr bedeuten, wärest du ihr doch egal, oder nicht? Dann würde sie nicht einmal Energie dafür aufbringen, dich zu hassen.«

»Bist du Oprah Winfrey, oder was?«, fragte Julian skeptisch. Aber irgendwie ergaben Lars' Worte seltsam viel Sinn in meinem Kopf. Ich wollte zu einer Antwort ansetzen, als ich das Gefühl hatte, dass sich etwas veränderte. Keine Ahnung, woher es kam und worauf ich es zurückführen konnte, aber es war für mich klar wie der Tag.

»Sie ist hier.« Ich stand von meinem Hocker auf, bevor Julian und Lars beginnen konnten, miteinander zu diskutieren. Aus den Augenwinkeln sah ich, wie die beiden einander verwirrt anblickten.

»Woher weißt du das?«, hörte ich Julian fragen, aber ich war viel zu beschäftigt damit, sie zu suchen, als dass ich ihm eine Antwort geben konnte.

Ich brauchte nur wenige Sekunden, bis ich sie in der tanzenden Menge entdeckte. Selbst wenn sie keine blauen Haare gehabt hätte, wäre sie mir sofort ins Auge gesprungen.

Robin hatte die Hände in die Luft gehoben und wiegte ihre Hüften im Einklang mit der Musik. Sie hielt die Augen geschlossen und ihre Lippen bewegten sich. Sicher weil sie den Songtext mitsang. Das hatte sie früher schon immer getan.

Ich trat einen Schritt zur Seite, weil jemand anders mir die Sicht auf sie verwehrt hatte. Robin bewegte sich, als hätte sie keine Sorge in der Welt, als spielte die Musik nur für sie. Als wäre sie in diesem Moment der einzige Mensch auf der Erde. Und es fühlte sich an wie ein Déjà-vu.

Magnetisch angezogen, ging ich auf sie zu. Ich nahm weder wahr, wie Lars und Julian nach mir riefen, noch, wie mich mindestens zwei Leute auf meinem Weg zur Tanzfläche anrempelten. Alles, was ich sah, war Robin. Und auch wenn sie nicht mehr das junge Mädchen oder die junge Frau von damals war, fühlte es sich genauso an wie an dem Tag, an dem ich sie das erste Mal gesehen hatte.

Als ich bei ihr angekommen war, legte ich meine Hände auf ihre Hüfte. Ich wusste, dass sie wusste, dass ich es war. Das verriet das kurzzeitige Erstarren ihres Körpers sowie die Gänsehaut, die sich auf ihren Armen ausbreitete. Sie trug ein knappes, schwarzes Kleid mit hauchdünnen Spaghettiträgern, das kurz unter ihrem Hintern endete und meine Fantasie befeuerte. Mein Griff um ihre Hüften wurde noch ein wenig fester und am liebsten hätte ich sie von hier weggetragen. Niemand außer mir sollte sie in diesem Outfit sehen. *Niemand.*

Ihre Schultern hoben sich, als sie tief Luft holte und sich zu mir herumdrehte. Ich zog sie noch ein wenig enger an mich. Sie legte ihre Arme auf meinen Schultern ab und verschränkte sie hinter meinem Kopf. Wir tanzten weiter zur Musik, auch wenn ich längst keine mehr hören konnte, weil das Blut so laut in meinen Ohren rauschte. Ihr Blick war direkt auf mich gerichtet und ich war mir sicher, dass sie bis auf den Grund meiner Seele sehen konnte.

Als das Lied endete, löste sie sich von mir. Kopfschüttelnd packte ich sie am Handgelenk und zog sie hinter mir her, bis wir in einer dunklen Ecke angekommen waren, an der nicht allzu viele Leute vorbeigingen. Ich drückte sie gegen die Wand.

Sie hatte den Mund einen Spalt geöffnet und ihr Atem ging schneller als gewöhnlich. Und dann, ohne Vorwarnung, zog sie mich an sich und drückte ihre Lippen fest auf meine. Ein Stöhnen entwich mir. Ich hob sie auf meine Hüften und drängte sie noch fester gegen die Wand. Ich musste jeden Zentimeter von ihr spüren. Jeden einzelnen.

Unsere Zähne stießen gegeneinander, während wir uns küssten, aber ich wollte mich nicht einen Moment von ihr lösen. Robin fuhr mit ihren Fingern durch meine Haare und zog mich noch ein wenig dichter an sich. Mit den Lippen glitt ich ihren Hals hinab und konnte hören, wie ich ihr ein kleines Stöhnen entlockte. Ich hob meinen Kopf.

»Deine Augen sehen immer aus wie flüssiges Blei«, keuchte sie leise. Vermutlich dachte sie, dass ich sie nicht gehört hätte.

»Was?«, krächzte ich. Sie schüttelte den Kopf und drückte gegen meinen Brustkorb. Ich wusste, was sie wollte, aber ich konnte sie nicht gehen lassen.

»Nicht, Robin«, flüsterte ich. »Nicht.« Ich drückte meine Nase gegen ihre Schläfe.

»Bitte, Finn«, sagte sie genauso leise. »Lass mich runter.«

Ich nickte, sog noch ein weiteres Mal ihren Duft in mich auf und setzte sie ab. Sie hatte ihren Kopf von mir abgewandt. Vorsichtig streckte ich meine Finger nach ihr aus und drehte ihr Kinn in meine Richtung. Der Schmerz, den ich in ihren Augen sah, nahm mir fast die Luft zum Atmen.

»Sprich mit mir, Robin«, flehte ich sie an. Ich konnte sehen, wie sie sich hinter einer unsichtbaren Mauer verbarrikadierte.

»Wir haben nichts mehr miteinander zu besprechen«, erwiderte sie leise und klang seltsam endgültig. Dann entzog sie sich mir und drehte sich um.

Panik kam in mir auf, weil ich sie nicht schon wieder gehen lassen wollte. »Du bist feige, Robin«, rief ich aus einem Impuls heraus. »Du bist zu feige, dich deinen Gefühlen zu stellen.« Wie erstarrt blieb sie stehen. Sie hatte ihre Hände zu Fäusten geballt. »Wenn du dich deinen Gefühlen stellen würdest, dann –«, begann ich, wurde aber von Robin unterbrochen, die wütend herumwirbelte.

»Dann was?«, spuckte sie mir vor die Füße und ich hatte das Gefühl, dass ihre Augen loderten. »Dann werde ich feststellen, dass du meine einzig wahre Liebe bist?«

Ich öffnete den Mund, schloss ihn aber direkt wieder, als sie mir einen bitterbösen Blick zuwarf.

»Du hast keine Ahnung von meinen Gefühlen, Finn«, presste sie wütend hervor. Sie war immer näher gekommen und pikste mit ihrem Zeigefinger auf meinen Brustkorb ein. »Du hast keine Ahnung, was es bedeutet, jemanden zu lieben, ohne dass diese Liebe erwidert wird. Nein, schlimmer noch. Du hast keine Ahnung, was es bedeutet, jemanden zu lieben, der einer Person hinterherläuft, die dessen Liebe überhaupt nicht würdig ist.«

»Robin«, begann ich. »Das mit ...«

»Was?«, fauchte sie, bevor ich nur irgendetwas herausbringen konnte. »Das mit Sara war was? Die eine große Liebe für dich? Die einzige Frau, die dich je verstanden hat? Die einzige Frau, mit der du dir ein Für-Immer vorstellen konntest?«

Sie sah zur Seite, aber ich hatte ihren Schmerz längst gesehen. Es fühlte sich an, als hätte mir jemand in den Magen geboxt.

»Robin, ich war ein dummer, pubertärer Junge«, sagte ich leise, aber sie hörte mich gar nicht.

Ihr Blick war in die Ferne gerichtet und sie ballte ihre Hände zu Fäusten, ließ sie locker, nur um sie wieder zu einer Faust zu ballen.

»Mir ist klar, dass ich nicht sie war«, wisperte sie kaum hörbar und ich musste einen Schritt näher an sie herantreten, um sie zu verstehen. »Dass ich nicht sie bin«, lachte sie bitter. Sie schüttelte den Kopf. »Mir ist klar, dass ich kein ›Für-immer-Mädchen‹ bin«, sie schluckte sichtbar, ehe sie mir in die Augen sah. »Aber ich wollte doch auch kein Für-Immer«, gestand sie leise. *Hatte sie mich doch nie ...?* »Ich hätte mich mit einem ganzen Leben mit dir begnügt.«

Ihre Worte trafen mich mitten ins Herz, ließen meine Welt stillstehen. Sie suchte in meinem Gesicht nach einer Antwort, obwohl sie keine Frage gestellt hatte. Ich war mir nicht sicher, was sie sah, aber sie wandte sich kopfschüttelnd ab.

»Robin«, sagte ich laut genug, dass sie mich verstehen konnte, aber sie lief immer weiter.

Nur noch ein paar Meter und sie würde wieder in den lauteren Teil des Clubs treten, sich von der Menschenmasse mitreißen lassen, ohne dass sie wusste, was ich zu sagen hatte.

»Verdammt, Robin!«, brüllte ich und wusste, dass sie mich hörte. »Glaubst du, ich habe dich nicht geliebt?«

Sie hielt inne und wirbelte herum, um mich anzustarren.

»Glaubst du nicht, dass ich mich mit jeder Faser nach dir verzehrt habe?« Ich trat auf sie zu und hoffte, dass sie nicht die Flucht antreten wollte. »Glaubst du wirklich, dass du meine ganze Welt nicht auf den Kopf und alles infrage gestellt hast, woran ich bis dahin geglaubt habe?«

Ihr Mund öffnete sich erschrocken und ich hörte sie keuchen.

Verbittert schüttelte ich den Kopf. »Ich wünschte, ich hätte dich einfach nur als meine beste Freundin sehen können, aber du warst schon immer so viel mehr.«

Vorsichtig streckte ich die Hand nach ihr aus, wollte sie unbedingt berühren, aber kurz bevor ich ihre Wange streifen konnte, zuckte sie zurück.

»Robin«, flehte ich, aber sie trat weiter von mir weg und schüttelte den Kopf. Und dann, ohne dass ich es aufhalten konnte, stürmte sie zurück in die Menge.

Kapitel 29

Robin

Heute

Die Friseurin drehte auch die letzte meiner Strähnen zu einer Hochsteckfrisur, ehe sie mich begeistert musterte.

»Ich wusste, dass es gut aussehen würde«, meinte sie, aber ihre Worte kamen gar nicht erst in meinem Kopf an. Stattdessen starrte ich in den Spiegel, ohne irgendetwas zu sehen.

Es war eine Woche her, dass ich Finn bei Marisas Junggesellinnenabschied im Club getroffen hatte. Eine Woche, in der seine Worte wie in Dauerschleife durch meinen Kopf liefen. Eine Woche, in der mein ganzer Körper kribbelte, wenn ich an seine Lippen auf meinen dachte. Stöhnend ließ ich den Kopf in den Nacken fallen und sah in das erschrockene Gesicht der Stylistin.

»Gefällt es dir nicht?«, fragte sie entsetzt und wollte sich bereits daran machen, die Frisur wieder aufzulösen.

»Nein, nein«, beschwichtigte ich sie und schenkte ihr ein – hoffentlich – beruhigendes Lächeln. »Es gefällt mir sehr gut.« Dabei konnte ich mich nicht mehr daran erinnern, wie es ausgesehen hatte.

Erleichtert lächelte sie mich an, nickte und wandte sich an

Marisa. Diese saß im Stuhl neben mir, ihr Gesicht unter einer Maske verdeckt und ihre Nase in ein Magazin gesteckt. Hätte ich nicht das Zittern ihrer Hände bemerkt, würde ich denken, dass sie überhaupt nicht nervös war.

»Wie geht es dir?« Ich griff nach ihrer Hand, die ich aufmunternd drückte. Auch ihr Lächeln wirkte seltsam angestrengt und nervös.

»Ich bin nervös«, lachte sie und wollte sich mit ihren Fingern durch die Haare fahren, bevor sie sich daran zu erinnern schien, dass das gerade nicht ging. »Ich heirate heute«, sagte sie schon fast ungläubig.

»Du heiratest heute«, bestätigte ich mit einem breiten Lächeln. Wenn es jemand verdient hatte, glücklich zu werden, dann sie.

»Ich heirate heute«, wiederholte sie und ihr Grinsen wurde noch eine Spur breiter, ehe sie wie ein junges Schulmädchen zu kichern begann.

Die Stylistin wusch ihr die Maske ab, während ich dabei war, mich zu schminken.

»Hast du Finn gesehen?«, fragte Marisa wie aus dem Nichts. Sofort rutschte meine Hand ab, mit der ich gerade einen Lidstrich hatte ziehen wollen.

»So ein Bockmist«, brummte ich und schenkte ihr einen bösen Blick, den sie geflissentlich ignorierte.

»Und?«, hakte sie nach. Ich musste mich zusammenreißen, um nicht entnervt aufzustöhnen.

»Und, hast du Lars gesehen?«, hakte ich nach und konnte aus dem Augenwinkel sehen, wie sie rot wurde.

»Ich wüsste nicht, was das eine mit dem anderen zu tun hat«, erwiderte sie eine Spur zu hastig und hob eine Braue.

»Nicht?«, fragte ich unschuldig und musterte sie mit demselben Blick. »Meinst du, mir ist nie aufgefallen, wie du ihn angesehen hast?«

Die Röte auf ihren Wangen nahm einen dunkleren Ton an

und die Visagistin tat, als hörte sie uns nicht.

»Immerhin hab ich nie mit ihm geschlafen«, schoss sie zurück. Unbeeindruckt lehnte ich mich gegen den Stuhlrücken.

»Gut zu wissen«, zwinkerte ich, um dem Gespräch die Angespanntheit zu nehmen.

Marisa seufzte kopfschüttelnd. »Das war eine doofe Jugendschwärmerei«, schien sie klarstellen zu müssen. »Das mit Lars ...«, sie zögerte und schnippte einen unsichtbaren Fussel von ihrem Schoß. »Er hat mich nie so gesehen.«

»Bist du dir sicher?«, fragte ich stirnrunzelnd, denn ich konnte mich sehr wohl daran erinnern, dass Lars einen soften Spot für sie gehabt hatte.

»Manchmal war ich mir nicht so sicher ... Wir haben uns ein paar Mal geküsst«, gestand sie. Ihr Gesicht hatte mittlerweile die Farbe einer Tomate angenommen.

»Das hast du mir nie erzählt«, erwiderte ich erstaunt.

»Du warst mit deinen eigenen Problemen beschäftigt«, meinte sie schulterzuckend und ich verzog das Gesicht.

»Ich war keine besonders gute Freundin, oder?«

Sie schüttelte den Kopf, grinste und drückte beruhigend meine Hand. »Doch, du warst die Beste.« Kurz zögerte sie. »Aber du hattest deinen Kopf manchmal mit anderen Dingen voll. Verständlicherweise«, schob sie schnell hinterher, als sie meinen Blick bemerkte.

Wieder wanderten meine Gedanken zu Finn. Eigentlich war mein Kopf immer nur mit ihm voll gewesen.

»Habt ihr geredet?«, fragte sie in meine Gedanken hinein.

Ich blinzelte ein paar Mal. »Nicht wirklich«, seufzte ich und versuchte mich ein zweites Mal an meinem Lidstrich. »Wir haben uns angebrüllt ...«, kurz zögerte ich. »Geküsst und –«, wollte ich weitererzählen, wurde aber von einer kreischenden Marisa unterbrochen. Wieder rutschte ich ab, sodass sich ein schwarzer Strich diagonal über mein Lid zog. Genervt musterte ich Marisa.

»Ihr habt euch geküsst?«, rief sie entgeistert. »Und das erzählst du mir erst jetzt?«

Ich verdrehte die Augen und wischte mir den missglückten Lidstrich ein weiteres Mal ab.

»Ja«, bestätigte ich. »Hab es nicht für allzu nennenswert gehalten.«

»Nicht allzu nennenswert«, echote sie und schüttelte fassungslos den Kopf. »Robin!«, rief sie aus und schnippte mir gegen die Stirn.

»Autsch«, brummte ich.

»Das ist Finn«, meinte sie und warf die Hände in die Luft. »*Du* und *Finn*«, musste sie noch einmal betonen. »Wenn das nicht wichtig ist, dann weiß ich nicht, was sonst.« Sie schüttelte den Kopf, was der Friseuse ein Räuspern entlockte.

»Wenn ich ihre Frisur machen soll«, meinte sie trocken, »dann sollten sie beginnen stillzuhalten.«

Marisa wurde rot und sah entschuldigend über ihre Schulter.

»Du musst mit ihm reden, Robin«, drängte sie mich nach einige Minuten später erneut.

»Das ist acht Jahre her, Marisa«, versuchte ich sie von diesem bescheuerten Gedanken abzubringen. »Zwischen mir und Finn ist nichts mehr.«

»Nicht?«, fragte sie nach so langer Zeit, dass ich eigentlich gedacht hatte, das Thema wäre erledigt.

»Aber wieso suchst du dann noch jeden Raum nach ihm ab?« Ich wollte etwas erwidern, aber sie hob die Hand, um mir zu signalisieren, dass sie noch nicht fertig war. »Und widersprich mir, wenn ich falschliege, aber wieso hast du dich nicht nach einem Partner umgesehen?«

»Das ist nicht so leicht«, meinte ich abwehrend. »Ich bin ständig unterwegs und ...«

Marisa unterbrach mich: »Jan ist auch ständig unterwegs.«

Ich verzog das Gesicht und sah sie genervt an. »Das mit Jan und mir hat nicht gepasst.«

»Das weiß ich«, meinte sie. »Das weiß er, das weißt du, das weiß der Rest der Welt.« Wieder schwieg sie einen Moment. »Aber das mit Finn hat immer gepasst.« Auch wenn ich es nicht wollte, musste ich ihr innerlich recht geben. Das mit Finn hatte immer gepasst.

In seiner Nähe hatte mein ganzer Körper gekribbelt, aber das zwischen ihm und mir war nie nur körperliche Anziehung gewesen. Finn hatte mich auf einem Level verstanden, das vielen fremd war. Manchmal hatte er nur einen Blick auf mich werfen müssen, um zu wissen, dass etwas ganz und gar nicht in Ordnung war. Wir hatten uns nur mit den Augen unterhalten können, hatten über dieselben idiotischen Dinge gelacht und er hatte verstanden, was mir das Motorradfahren bedeutete.

»Red mit ihm.« Marisa drückte erneut meine Hand.

Ich schüttelte den Kopf. »Du weißt, wie es mir ging«, flüsterte ich, ohne sie anzusehen.

»Möchtest du wirklich riskieren, dass er dir wieder durch die Lappen geht?«

Jetzt hob ich fragend den Kopf. Marisa schien nach den richtigen Worten zu suchen. »Ich seh doch, was er dir noch immer bedeutet.«

Ich wollte protestieren, aber sie hob wieder ihre Hand, um mich zum Schweigen zu bringen. »Du kannst es leugnen, so viel du willst, aber ich kenne dich, Robin. Und ich sehe, wie du ihn ansiehst.«

»Ich hab ihn noch nicht so oft gesehen«, brummte ich und verschränkte die Arme vor der Brust. Sie machte eine wegwerfende Handbewegung.

»Kleinigkeiten«, meinte sie und verdrehte die Augen. »Aber, Robin, mal ehrlich«, seufzte sie. »Ich sehe auch, wie er dich ansieht.« *Wie sah er mich denn an?* Wehmütig schüttelte sie den

Kopf. »Möchtest du ihn wirklich ein weiteres Mal aufgeben, weil du nicht hören willst, was er zu sagen hat?«

Ich öffnete den Mund, aber kein Ton kam heraus.

Sie lächelte mich an. »Stell dir vor, du könntest alles haben, was du dir immer gewünscht hast, und das Einzige, was dir im Weg steht, sind alte Verletzungen und dein blöder Stolz.«

Auf Marisas Worte hatte ich nichts mehr zu sagen. Sie wusste, dass ich das Ganze erst einmal verarbeiten musste, und ließ mich in Ruhe. Geschickt verwickelte sie ihre Stylistin in ein Gespräch und es dauerte nicht mehr lange, bis es so weit war, unsere Kleider anzuziehen. Ich wollte Marisa ein wenig Privatsphäre geben und trat ins Nachbarzimmer, um mich in mein Brautjungfernkleid zu werfen.

Sie hatte ein dunkelblaues mit breiten Trägern und einem tiefen V-Ausschnitt ausgesucht. Zufrieden nickte ich mir im Spiegel zu, ehe ich wieder nach nebenan ging. Die Stylistin war gerade dabei, den Reißverschluss von Marisas Kleid zuzuziehen.

»Marisa«, flüsterte ich ergriffen und Tränen sammelten sich in meinen Augen. Sie sah mich im Spiegel an und ich hatte das Gefühl, dass ihr gesamtes Gesicht erstrahlte.

»Meinst du, es wird ihm gefallen?«, fragte sie und kaute nervös auf ihrer Lippe. Ich trat auf sie zu, nahm ihre Hände in meine und drückte sie fest.

»Er wird es lieben«, meinte ich und musterte sie ein weiteres Mal bewundernd.

Sie hatte sich für ein cremefarbenes Kleid entschieden, das locker fiel und ihrer Figur schmeichelte. Es hatte ebenfalls breite Träger und einen tiefen V-Ausschnitt. Außerdem war es über und über mit Spitze verziert.

»Du bist wunderschön.« Ich schenkte ihr ein ehrliches

Lächeln. Auch in ihren Augen hatten sich Tränen gesammelt und ich nahm sie in den Arm.

»Heute gehen alle deine Träume in Erfüllung«, flüsterte ich ihr ins Ohr.

»Ja, ich –«, sagte sie und klang noch immer ungläubig. Bevor sie jedoch weitersprechen konnte, klopfte es an der Tür. Fragend sah ich Marisa an, aber sie zuckte hilflos mit den Schultern. Die Stylistin hatte sich in einem unbeobachteten Moment davongeschlichen.

»Weißt du, wer das sein könnte?«, fragte ich mit schiefgelegtem Kopf und musterte sie.

»Nein«, erwiderte sie schulterzuckend. Ich wollte zu einer weiteren Frage ansetzen, als es erneut klopfte. Schnell öffnete ich die Tür des Hotelzimmers und zog erstaunt die Braue hoch. Es war Alex. Bevor er in den Raum spähen konnte, blockierte ich ihm die Sicht.

»Es bringt Unglück, wenn der Bräutigam die Braut vor der Hochzeit sieht«, erklärte ich und taxierte ihn.

»Ich muss mit Marisa reden«, sagte er ungeduldig.

Ich wollte protestieren, als Marisas Stimme ertönte.

»Lass ihn rein.« Sie klang seltsam resigniert. Über die Schulter hinweg warf ich ihr einen skeptischen Blick zu, den sie mit einem traurigen Lächeln erwiderte. Mir waren solche Traditionen schnurzegal, aber Marisa hatte immer viel Wert darauf gelegt.

»Bist du dir sicher?«, fragte ich vorsichtshalber nach.

Sie nickte. Zögerlich trat ich zur Seite und Alexander betrat das Zimmer. Er musterte sie schnell und schnaubte ungeduldig.

»Es ist okay«, meinte sie, nickte und deutete auf die Tür. »Warte kurz draußen, ja?«

Wieder zögerte ich, bis Marisa mich flehentlich ansah. Wütend ging ich in den Flur und warf die Tür ins Schloss.

Es dauerte nur wenige Minuten, ich war mir sicher, dass es

nicht einmal fünf waren, bevor die Tür wieder aufgerissen wurde und Alexander heraustrat. Ohne ein weiteres Wort stapfte er zum Fahrstuhl und ein mulmiges Gefühl machte sich in meiner Brust breit. Als ich vorsichtig die Tür öffnete, saß Marisa auf ihrem Stuhl vor dem Spiegel. Die Tränen liefen ihr übers Gesicht und sie versuchte, die Haarnadeln aus ihrer Frisur zu reißen.

»Wieso geht dieser Scheiß nicht?«, fluchte sie und zerrte an ihren Haaren, was ziemlich schmerzhaft aussah.

»Marisa?«, fragte ich sanft und wusste im ersten Moment nicht genau, was ich sagen sollte.

Ihr Kopf ruckte zu mir, als hätte sie vergessen, dass ich nur vor der Tür gewartet hatte. Ein Schluchzen löste sich aus ihrer Kehle und ich eilte sofort zu ihr, um sie in die Arme zu nehmen.

Kapitel 30

Robin

Heute

Alexander hatte die Hochzeit abgesagt. Eine halbe Stunde vorher. Und Marisa weigerte sich, mir zu erklären, warum. Ich konnte bohren, wie ich wollte, aber sie hatte die Lippen zu einer schmalen Linie gepresst und keinen Ton gesagt.

Nachdem ich wüste Verwünschungen ausgestoßen hatte, half ich ihr aus dem Brautkleid, entwirrte ihre Frisur und drückte ihr einen nassen Waschlappen in die Hand, damit sie sich das Make-up vom Gesicht waschen konnte.

»Ich muss den Gästen Bescheid sagen«, flüsterte sie resigniert. Sie hatte sich aufs Bett gesetzt und starrte auf den Boden.

»Das mach ich.« Sanft strich ich ihr eine Strähne aus dem Gesicht. »Ich kümmer mich um alles.«

Dankbar sah sie mich an.

»Danach komme ich wieder, okay?«

Sie schüttelte den Kopf und ich runzelte die Stirn.

»Ich möchte alleine sein«, flüsterte sie und schlang die Arme um ihre Knie.

»Marisa«, versuchte ich es ein weiteres Mal. »Ich bring Eis

mit und wir beide schauen einen Film, hm?«

Wieder schüttelte sie den Kopf. »Ich möchte alleine sein, Robin«, wiederholte sie.

Als ich erneut zu protestieren begann, hob sie den Kopf. »Bitte«, flehte sie.

Ich presste die Lippen zusammen, ehe ich zögerlich nickte.

Dankbar drückte sie meine Hand. Einen weiteren Augenblick blieb ich unschlüssig stehen und musterte sie. Sollte ich wirklich gehen?

»Geh«, meinte Marisa, als hätte sie meine Gedanken gehört, und wedelte mit ihrer Hand. »Ich komm klar.«

Zögerlich nickte ich und drehte mich um.

»Kannst du das Kleid mitnehmen?«, fragte sie, kurz bevor ich die Tür erreicht hatte. Als ich mich umdrehte, deutete sie auf den am Boden liegenden Traum in Weiß.

»Was soll ich damit machen?«, fragte ich sie sanft.

Sie zuckte mit den Schultern, sah mich aber nicht an. »Von mir aus kannst du es wegwerfen.«

»Marisa«, begann ich, aber sie schüttelte den Kopf.

»Kannst du mich jetzt bitte alleine lassen?«, flüsterte sie bitter. Sie hatte sich mittlerweile aufs Bett gelegt, dem Rücken zu mir. Am liebsten hätte ich sie so lange im Arm gehalten, bis es nicht mehr ganz so wehtat.

»Geh endlich, Robin«, flehte sie und es kostete mich jede Anstrengung, die ich aufbringen konnte, sie alleine zu lassen.

Vor der Tür des Hotelzimmers blieb ich einen Moment stehen. Ich konnte Marisa weinen hören und wäre am liebsten zurückgegangen, wusste aber auch, dass sie das nicht wollte. Und es gab kaum jemanden, der besser als ich verstand, dass man manche Schmerzen mit sich selbst ausmachen musste.

Als ich in der Kirche auf den Altar zuschritt, konnte ich spüren, wie sich die Blicke der Gäste in meinen Rücken bohrten. Die Trauung hätte schon vor dreißig Minuten anfangen sollen und weder der Bräutigam noch die Braut waren in Sichtweite. Ich straffte die Schultern und hob den Kopf. Vorne angekommen, wechselte ich ein paar Worte mit dem Pastor, ehe er mir mit einem traurigen Lächeln das Mikrofon reichte.

»Hallo ...« Ich räusperte mich. Ich hatte keine Ahnung, wie man eine Hochzeit absagte. Gab es dafür überhaupt die passenden Worte? »Es wird heute keine Trauung stattfinden«, brachte ich es auf den Punkt und konnte das entsetzte »Oh« der Gäste hören.

»Für das Essen und die Getränke ist bereits bezahlt.« Ich deutete auf die Tür. »Sie können sich gerne am Buffet bedienen.«

Dann legte ich das Mikrofon zur Seite und ging an den Bänken vorbei. Ich hörte, wie die Gäste tuschelten. Einige von ihnen hatten sicher Fragen, die ich ihnen nicht beantworten konnte. Und selbst wenn ich es gekonnt hätte, hätte ich es nicht getan.

Der Saal, in dem Marisa und Alexander feiern wollten, lag direkt gegenüber der Kirche. Als ich ihn betrat, schwirrten mehrere Kellner um mich herum und trafen die letzten Vorbereitungen.

»Entschuldigung«, fragte ich einen von ihnen und hielt ihn an der Schulter fest. »Wer von Ihnen ist heute Abend der Verantwortliche?«

Er schüttelte meine Hand ab und deutete ohne ein weiteres Wort auf den angrenzenden Raum.

»Danke«, rief ich ihm noch hinterher und verdrehte genervt die Augen. Ich brauchte mich nicht einmal groß umzusehen, als ich den anderen Raum betrat, denn mir war klar, wer die Verantwortung hatte. *Na toll.*

Als hätte er gespürt, dass ich den Raum betrat, drehte Finn sich um. Er trug eine schwarze Anzughose und ein weißes Hemd, dass er sich bis zu den Ellbogen hochgekrempelt hatte. In der rechten Hand hielt er ein Note Board, sicher um den Überblick zu behalten. Er sah auf die Uhr an seinem Handgelenk.

»Ihr seid früh fertig«, stellte er ohne jegliche Begrüßung fest. Ich musste schlucken, denn auf einmal fühlte sich meine Kehle staubtrocken an.

»Wir haben nicht einmal angefangen«, sagte ich leise.

Er runzelte die Stirn.

Ich seufzte. »Es wird keine Hochzeit geben.«

»Was?«, stieß er fassungslos aus, als würde ich Witze machen.

Schulterzuckend nickte ich. »Alexander hat die Hochzeit abgesagt.« Ich ballte meine Hände zu Fäusten. »Die Gäste werden wahrscheinlich gleich alle zum Essen antanzen.« Hilflos sah ich mich um. »Ich weiß nicht genau, was man jetzt machen muss.«

Mitgefühl flackerte in seinen Augen auf, ehe er eine geschäftige Miene aufsetzte.

»Ich kümmer mich darum«, meinte er knapp, als er an mir vorbeitrat und für einen kurzen Moment seine Hand auf meine Schulter legte.

In den nächsten Stunden bekam ich kaum mit, was geschah. Finn hatte das Ruder in die Hand genommen und bewirtete die Gäste, als wäre es eine ganz normale Feier und nichts außerhalb der Norm geschehen. Ich hatte mich in einen Nebenraum verkrümelt, weil ich keine Lust auf die Fragen der anderen hatte. Natürlich hatte ich auch bei Marisa angerufen und ihr gesagt, dass ich mich um alles gekümmert hatte und wieder zu ihr kommen würde, aber sie hatte mir versichert, dass es ihr gut ginge. Komischerweise hatte ich ihr geglaubt, weil sie seltsam gefasst klang und überhaupt nicht verzweifelt oder am Boden zerstört. Ganz anders, als ich es erwartet hatte.

Irgendwann war Finn zu mir gekommen und hatte mir einen Teller mit etwas Essen in die Hand gedrückt. Ich hatte gar nicht mitbekommen, wie hungrig ich war, bis ich mich darüber hermachte. Auch wenn ich auf meinem Platz vor den Blicken der anderen geschützt war, konnte ich alles beobachten. Und wie sollte es anders sein? Ich verfolgte alles, was Finn tat. Jede Anweisung, die er seinem Personal auftrug, jedes Lächeln, das er den Gästen zuwarf, jeden Schritt, den er unternahm, um dafür zu sorgen, dass alles seine Ordnung hatte.

Je länger ich ihn betrachtete, umso stärker wurde das Kribbeln in meinem Bauch. Umso größer das Bedürfnis, mit ihm zu reden. Ich hätte längst verschwinden können, aber es war, als wäre ich auf dem Stuhl festgewachsen und nicht einmal eine Naturkatastrophe hätte mich zum Gehen veranlassen können.

Als auch der letzte Gast fort und der letzte Teller eingepackt war, warf Finn die Türen seines Transporters zu. Die Kellner hatten schon lange Feierabend gemacht, nur ich war geblieben, um ihm beim Zusammenräumen zu helfen.

»Danke für deine Hilfe«, sagte Finn und strich sich mit der Hand müde durchs Gesicht. Es hatte alles doch viel länger gedauert, als ich erwartet hatte.

Knapp nickte ich, weil ich nicht wusste, was ich sagen wollte. Er öffnete den Mund, als hätte er noch etwas hinzuzufügen, ehe er den Kopf schüttelte und mir ein trauriges Lächeln schenkte.

»Machs gut, Robin«, meinte er und wandte sich ab.

Hilflos blieb ich an derselben Stelle stehen. Marisas Worte tönten in meinem Kopf. Entweder ich konnte ihn gehen lassen oder ich konnte mir anhören, was er zu sagen hatte.

Auch wenn mir das vielleicht nicht gefallen würde.

»Finn«, rief ich seinen Namen, bevor ich überhaupt wusste, was ich tat.

Seine Hand lag bereits auf dem Griff der Fahrertür, als er sich mit einem fragenden Blick in meine Richtung wandte. Lag etwa sowas wie Hoffnung darin? Ich öffnete den Mund, schloss ihn aber wieder, weil ich keine Ahnung hatte, was ich sagen sollte. Traurig nickte er.

»Wieso hast du mich von dir gestoßen?«, purzelten die Worte aus meinem Mund.

Er hielt inne und schloss gequält die Augen. »Das ist nicht so einfach, Robin.«

»Doch«, erwiderte ich wütend und ballte die Hände zu Fäusten. Ein Regentropfen fiel mir auf die Nase und brachte mich für einen Moment aus dem Konzept. »Doch«, wiederholte ich kopfschüttelnd. »Das ist so einfach.«

Ich konnte ihm ansehen, dass er noch etwas sagen wollte, aber ich ließ ihm nicht die Möglichkeit. Es war, als wäre der Knoten in meinem Inneren geplatzt und ich traute mich endlich, die Fragen zu stellen, die mich schon seit acht Jahren plagten.

»Wenn du mich geliebt hast«, erinnerte ich mich an seine Worte aus dem Club. »Wieso hast du mich gehen lassen? Schlimmer noch, wieso hast du mich von dir gestoßen, wieso bist du jedes Mal zu *ihr* gerannt?« Ich spuckte die letzten Worte förmlich.

»Robin.« Er trat auf mich zu. Ich hob die Hand. Noch war ich nicht fertig.

»Wenn du mich angeblich geliebt hast, wieso willst du mich in der einen Minute küssen und in der nächsten bist du wieder mit ihr zusammen? Wieso schläfst du mit mir, nur um wieder zu ihr zu rennen? Wieso hast du mir ständig Hoffnungen gemacht, nur um sie dann wieder in Rauch aufgehen zu lassen? Und wieso hast du ständig so getan, als hättest du das

Recht, eifersüchtig zu sein, wenn ich irgendeinem Mann auch nur einen zweiten Blick geschenkt habe?« Ich wollte Luft holen, um noch mehr Fragen zu stellen, aber er kam dazwischen.

»Wenn ich dich nicht haben konnte, sollte dich auch kein anderer haben.« Wütend schlug er mit der Faust gegen seinen Transporter.

Mittlerweile regnete es, als hätte der Himmel beschlossen, dass es jetzt eine gute Zeit wäre, seine Schleusen zu öffnen.

Verdattert starrte ich ihn an. »Du hättest mich doch haben können«, rief ich verwirrt aus und hätte ihn am liebsten geschüttelt. War Finn wirklich so blind gewesen? Hatte er es so lange nicht gesehen?

»So einfach war das damals nicht, Robin.« Seufzend fuhr er sich mit der Hand übers Gesicht. Mittlerweile waren wir klatschnass. Wieso wir uns nicht einfach wieder ins Gebäude bewegten, konnte ich nicht sagen.

»Doch«, fauchte ich wütend. »So einfach wäre es gewesen. Aber du bist immer lieber zu ihr gerannt. Ich habe dir überhaupt nichts bedeutet.«

»Du hast mir alles bedeutet«, brüllte er mich an und ich zuckte zurück.

Nicht weil er die Stimme erhoben hatte, sondern weil mich seine Worte mitten ins Herz trafen.

Er schloss die Augen. »Du hast mir alles bedeutet«, wiederholt er nicht mehr ganz so laut. »Und das hat mir eine Scheißangst gemacht. Meinst du, mit solchen Gefühlen bin ich als Achtzehnjähriger klargekommen? Auf der einen Seite war da meine Ex-Freundin, mit der ich jahrelang zusammen gewesen war, und dann warst da du. Ich habe immer gedacht, dass ich niemals jemanden so lieben kann, wie ich Sara geliebt habe.«

Er holte Luft und ich musste schlucken. Ich hasste es, dass er sie geliebt hatte. »Und dann kommst du und stellst alles auf den Kopf, was jahrelang meine Realität war. Meinst du, das ist leicht wegzustecken?« Er wurde wieder lauter und kam mir immer näher. Uns trennten nur noch wenige Schritte.

»Und trotzdem war ich nie genug«, stellte ich das fest, was mich jahrelang verfolgt hatte.

Ich war nicht genug gewesen. Ich hatte nicht ausgereicht. Monatelang hatte ich mich im Spiegel angesehen und mich gefragt, was es war, das ich nicht hatte. War ich ihm nie schön genug gewesen? Nicht klug genug? Nicht witzig genug?

Innerhalb weniger Sekunden war er bei mir und legte seine Hand auf meine Wange. Ohne dass ich es hätte verhindern können, lehnte ich mich in die Berührung hinein.

»Du warst immer genug, Robin«, flüsterte er eindringlich. Ich musste mich anstrengen, ihn zu verstehen, weil die Regentropfen, die auf den Boden fielen, sich wie kleine Explosionen anhörten. »Aber ich war nicht genug.«

Verwirrt musterte ich ihn.

»Ich hatte so viel Angst vor den Gefühlen, die du in mir geweckt hast, dass ich lieber bei dem geblieben bin, was ich gewohnt war.« Er sah mich schon fast beschwörend an. »Ich war ein absoluter Idiot, aber ich hatte Angst, dich zu verlieren.« Finn verzog das Gesicht. »Und am Ende habe ich dich trotzdem verloren.«

Ich wollte ihm so gerne antworten, aber ich wusste nicht, was ich ihm sagen sollte.

»Ich habe dich immer geliebt, Robin«, fügte er hinzu und ließ mit seinen Worten mein Herz stillstehen. »Ich war nur zu feige, mir das auch einzugestehen.«

Für eine Weile sahen wir uns einfach nur an. Ich wusste nicht, ob es wenige Sekunden, Minuten oder vielleicht sogar eine Stunde war. Wir sahen uns einfach nur in die Augen. Ich hörte den Regen auf die Erde prasseln und spürte, wie es wild in meiner Brust pulsierte.

Und dann küsste ich ihn. Nicht wild, verzweifelt und leidenschaftlich, wie wir das im Club getan hatten. Sondern langsam, zart und sanft, als hätten wir keine Eile in der Welt. Als küssten wir den anderen zum allerersten Mal und wollten uns jedes noch so kleine Detail einprägen.

Kapitel 31

Robin

Heute

Finn nahm mich mit zu sich nach Hause. Die ganze Autofahrt über hielt er meine Hand und strich mit seinem Daumen kleine Kreise auf meinem Handrücken. Wenn wir an einer roten Ampel stoppten, küsste er mich. Eigentlich sollte mir eiskalt sein, weil wir so lange im Regen gestanden hatten. Aber mein ganzer Körper kribbelte und das Feuer, das in meinem Inneren tobte, wärmte mich.

Als er den Schlüssel zu seiner Wohnung umdrehte – die natürlich direkt über dem *Mezze* lag –, sah ich mich nicht einmal um. Ich hatte nur Augen für Finn, dessen brennender Blick auf mir lag.

»Du solltest nicht in diesen nassen Klamotten bleiben«, sagte er heiser.

Ich sah an mir herunter, ehe ich die Träger des Kleides von der Schulter streifte, während ich ihm direkt ins Gesicht sah. In einer fließenden Bewegung fiel es auf den Boden und ich stand nur noch in Unterwäsche vor ihm.

Finn betrachtete meinen Körper und ich fühlte mich wunderschön. Ich verschwendete keine Gedanken an die

Dehnungsstreifen, die ich an den Oberschenkeln hatte, oder daran, dass mein Bauch für eine Frau viel zu trainiert war. Einer der Nebeneffekte, wenn man im Motorsport zu Hause war.

Aber jetzt gerade hatten solche Überlegungen keinen Platz in meinem Kopf. Nicht, wenn mich Finn mit diesem brennenden Blick anschaute. Als er mir wieder in die Augen blickte, hob ich herausfordernd eine Braue.

»Jetzt du«, raunte ich. Ohne wegzusehen, knöpfte er sein Hemd auf.

Als er den dritten Knopf geöffnet hatte, konnte ich den Blickkontakt nicht mehr halten, sondern folgte der Bewegung seiner Finger. Als er das Kleidungsstück von seinem Oberkörper streifte, musste ich kurz die Augen schließen. Finn war wunderschön. Und fast am gesamten Oberkörper tätowiert. Als sich unsere Blicke wieder begegneten, war ich mir sicher, dass er wusste, wie es in meinem Inneren aussah.

Eleganter als ich es für möglich gehalten hätte, entledigte er sich seiner Anzughose. Er trug nur noch schwarze Boxerbriefs, unter denen sich bereits mehr als deutlich abzeichnete, dass in ihm das gleiche Feuer brannte wie in mir.

Für einen Moment blieben wir gegenüber voneinander stehen, ehe wir zeitgleich in Bewegung kamen. Unsere Lippen kollidierten miteinander, unsere Zungen fochten einen leidenschaftlichen Kampf aus und ich vergaß alles um uns herum. Ich spürte nur noch Finns warme Haut, fuhr mit den Nägeln über seine Muskeln, malte mit den Fingerspitzen die Ränder seiner Tattoos nach. Ich fühlte, wie er dasselbe tat, mit seiner Zunge jedem einzelnen Zentimeter meines Körpers huldigte und jeden noch so kleinen Zweifel in meinem Kopf zum Schweigen brachte.

Er hob mich auf die Arme, löste nicht einmal seine Lippen von meinen und trug mich unter die Dusche. Ich war noch immer in Unterwäsche, als er das Wasser anschaltete. Als er sich vorbeugte und mit einer flinken Bewegung meinen BH öffnete, wurde meine Atmung hektischer. Dann schob er seine Finger unter den Rand meines Slips und zog mir diesen von den Hüften, während das heiße Wasser der Dusche über meinen Körper rann.

Finn drängte mich gegen die Duschwand. Ich hatte überhaupt nicht mitbekommen, dass er sich ebenfalls seiner Briefs entledigt hatte, und keuchte erschrocken auf, als er seine Härte gegen meine Mitte drückte. Seine Lippen saugten an meinem Hals und ich hatte das Gefühl, dass er immer noch nicht nah genug war.

»Finn«, bettelte ich, ohne wirklich zu wissen, worum. Leise lachte er, machte aber mit seiner sanften Tortur weiter. Als wolle er jede einzelne Sekunde auskosten.

»Finn«, flehte ich ein weiteres Mal. »Bitte.«

Er löste sich von mir und als er meinen protestierenden Gesichtsausdruck bemerkte, meinte er heiser: »Kondom.«

Ich nickte und innerhalb weniger Sekunden war er wieder bei mir.

Während ich von dem Sturm in seinen silbergrauen Iriden mitgerissen wurde, drang er in einer geschmeidigen Bewegung in mich ein. Zeitgleich stöhnten wir auf. Er presste mich noch enger gegen die Duschwand. Ich bemerkte nicht, wie die kalten Fliesen sich in meinen Rücken drückten. Finn war das Einzige, was ich wahrnahm.

Seine Lippen auf meiner Haut, seine tiefen Stöße, die mit jedem Mal schneller wurden, sein keuchender Atem in meinem Ohr. Ich spürte das Prasseln des Wassers auf mir, krallte mich mit den Fingern noch fester in seine Schultern und fuhr mit meiner Zunge über seinen Hals.

Es fühlte sich seltsam vertraut an, als hätte es immer nur ihn gegeben, als wäre das zwischen uns genau das, was immer hatte passieren sollen. Als wäre ich angekommen.

Stunden später, als wir uns längst im Bett befanden, lag ich halb auf ihm und malte mit den Fingern kleine Kreise auf seiner Brust. Unsere Atemzüge gingen immer noch schnell und stoßweise, aber mein Herzschlag näherte sich langsam wieder einem normalen Tempo.

Fast schon zärtlich strich mir Finn eine Haarsträhne aus dem Gesicht.

»Ich mag das Blau«, sagte er mit einem kleinen Lächeln.

»Ich auch«, grinste ich. Eigentlich hatte ich erwartet, dass zwischen uns eine peinliche Pause entstehen würde, aber mit Finn fühlte es sich einfach nur richtig an.

»Ich –«, begann ich, weil es doch noch diese eine Frage gab, die ich stellen musste. Ich hatte nur keine Ahnung, wie. Da ich meinen Satz nicht beendete, sah er mich neugierig an.

»Wie geht das jetzt mit uns weiter?«

Nachdenklich strich er mir über die Haare, etwas, was ich sonst tierisch hasste. Schließlich war ich kein Hund.

»Wann musst du wieder zurück?«

Ich zuckte mit den Schultern.

»Eigentlich hatte ich Jan gesagt, dass ich ab nächster Woche wieder da bin.«

Ich hob den Kopf und bemerkte, wie sich sein Blick verdüsterte.

Stirnrunzelnd fragte ich: »Was schaust du so?«

Er brummte, gab mir aber keine Antwort.

Ungeduldig drückte ich mit dem Finger in seine Brust. »Was schaust du so?«

»Ich mag Jan nicht.«

Leise lachte ich. »Du kennst ihn nicht einmal.«

Er strich sich mit der Hand übers Gesicht. »Er war mit dir zusammen, das ist Grund genug, ihn nicht zu mögen.«

Fragend legte ich den Kopf schief. »Woher weißt du das?«

Ertappt zuckte er zusammen und starrte an die Decke. Wieder pikste ich ihm mit dem Finger in die Brust.

»Finn«, verlangte ich nach einer Antwort.

»Ich hab euch gesehen«, brummte er wieder, sah mich aber immer noch nicht an. Mein Stirnrunzeln vertiefte sich. Es gab von Jan und mir kaum gemeinsame Bilder in den Medien. Und noch weniger von der Zeit, als wir ein Paar waren.

»Vor vier Jahren«, seufzte er. »Als ihr gerade in Tokio wart.« Wir waren so oft in Tokio, dass ich mich nicht mehr daran erinnern konnte, was er meinte. »Du hattest gerade dein erstes Rennen in der Weltmeisterschaft gewonnen.« Kurz grinste er stolz, was mein Herz flattern ließ. »Du hast deinen Helm vom Kopf gerissen, er ist auf dich zugerannt und ihr habt euch geküsst. Nur kurz, aber lang genug, dass es für alle klar war.«

Mein Herz blieb für einen Moment stehen. Ich wusste zu hundert Prozent ... »Davon gibt es kein Foto«, sprach ich das aus, was ich gerade noch gedacht hatte.

Er nickte und sah mir wieder in die Augen. »Ich war da«, wisperte er und hatte aufgehört, mir über den Kopf zu streicheln. »Ich wollte mit dir reden, hatte gehofft, das wieder gutzumachen, was ich verbockt hatte.« Er schluckte und schüttelte gequält den Kopf. »Du wirktest so glücklich und ich wollte dir das nicht kaputtmachen. Ich hatte schon genug kaputtgemacht.«

Sprachlos starrte ich ihn an und wusste nicht, ob ich ihn erwürgen oder küssen sollte. Ich entschied mich für einen Weg dazwischen und schnippte mehrfach gegen seine Stirn.

»Au«, stöhnte er und hielt meine Hand fest, als meine Finger ein sechstes Mal ausholten.

»Du dummer Idiot«, meckerte ich. »Du. Dummer. Idiot.« Nach jedem Wort pikste ich ihm mit dem Zeigefinger in die Brust.

»Robin«, ächzte er und griff nach meinem Arm. Tränen standen mir in den Augen.

»Ich hab mich an dem Abend von Jan getrennt«, stellte ich fest.

Mit offenem Mund starrte er mich an. »Was?«

Mein Herz tat weh. Wir hätten das hier schon so viel eher haben können.

»Du selbstaufopfernder Idiot«, meinte ich kopfschüttelnd.

»Aber –«, erwiderte er verwirrt. »Aber du sahst glücklich aus!«

»Ja«, erwiderte ich genauso laut. »Weil ich mein Qualifikationsrennen gewonnen hatte. Nicht wegen Jan.« Und genau deshalb hatte ich mich noch am selben Abend von ihm getrennt.

Der Sieg hatte mehr Gefühle in mir ausgelöst, als Jan das je gekonnt hatte, und ich hatte es ihm gegenüber nicht fair gefunden, weiterzumachen. Er hatte getobt, es letzten Endes aber eingesehen. Wahrscheinlich hatte er immer gespürt, dass ich nicht ganz bei der Sache war. Es hatte ein paar Monate und einen Abend mit einer Menge Tequila benötigt, ehe wir wieder auf einem normalen, freundschaftlichen Niveau angelangt waren.

Finn blinzelte mehrfach, als könnte er nicht glauben, was ich ihm gerade gesagt hatte. »Das heißt also ...?«, fragte er ungläubig.

»Wärst du geblieben, um um mich zu kämpfen, dann hättest du ganz gute Chancen gehabt.«

Ein wölfisches Grinsen schlich sich auf seine Lippen und er drehte mich so herum, dass ich wieder unter ihm lag. »Ich hätte gute Chancen gehabt?«, hakte er grinsend nach, auch wenn ich eine gewisse Traurigkeit in seinem Ausdruck sehen konnte. Vielleicht wegen all der Jahre, die wir verpasst hatten.

»Wieso warst du überhaupt in Tokio?«, fragte ich skeptisch. »Du hättest dir auch ein Rennen aussuchen können, das nicht so weit weg stattgefunden hat. Madrid zum Beispiel.«

Sein Blick verdüsterte sich, aber nicht vor Lust oder Leidenschaft. Vielmehr erschien er wütend.

»Ich wollte dich sofort sehen. Nicht erst in ein paar Monaten, sondern sofort. Also habe ich dein nächstes Rennen rausgesucht und mich in den Flieger gesetzt.«

Schweigend musterte ich ihn. *Wieso war er nicht eher gekommen? Wieso hatte er vier Jahre gebraucht?*

Es gab noch so viele Fragen, die mir auf der Zunge lagen, aber ich schluckte sie alle herunter und küsste ihn. Für den Moment sollte das reichen.

Kapitel 32

Finn

Heute

Robin schlief noch, als ich am nächsten Morgen aufwachte. Ungläubig glitt mein Blick über sie. Ich wusste nicht, was ich richtig gemacht hatte, dass sie wieder in meinen Armen lag, aber ich würde alles daransetzen, dass es so blieb. Alles.

Vorsichtig, damit ich sie nicht weckte, schwang ich die Beine aus dem Bett und tapste in Richtung Küche. Früher hatte Robin es geliebt, Rührei zu essen. Ich öffnete den Kühlschrank und holte alle notwendigen Zutaten heraus. Vertieft in meine Arbeit, hörte ich nicht, wie sie näher kam, zuckte aber auch nicht zusammen, als sie ihre Arme von hinten um mich schlang.

»Das riecht gut.« Sie drückte mir einen Kuss zwischen die Schulterblätter.

Ich drehte den Kopf zu ihr und sah, dass sie sich mein weißes Hemd übergezogen hatte. Am liebsten hätte ich sie mir über die Schulter geworfen und wieder ins Bett geschleppt, aber der Hunger auf etwas Essbares war größer.

Sie bemerkte meinen Blick und zupfte mit einem eindeutig zweideutigen Grinsen am Hemd herum.

»Ich hatte nicht viele Alternativen«, sagte sie mit einem Zwinkern. »Gefühlt hast du ja keine Klamotten.« Mein Innerstes verkrampfte sich für einen Moment. »Aber das scheint bei Männern ja normal zu sein«, meinte sie schulterzuckend.

»Magst du Rührei immer noch so gern?«, lenkte ich sie ab. Erleichtert stellte ich fest, dass sie sich keine weiteren Gedanken machte und mich ansah.

Mit einem breiten Grinsen, das sie viel jünger aussehen ließ, nickte sie und ließ sich auf einen Barhocker nieder. Auch wenn ich ihre Blicke in meinem Rücken spürte, versuchte ich mich nicht zu sehr davon ablenken zu lassen. Nach wenigen Minuten war ich fertig, verteilte die Portionen auf zwei Teller und stellte ihr einen vor die Nase. Sie beugte sich vor und sog den Geruch tief in sich ein.

»Hmm«, stöhnte sie. Ich hatte nicht gewusst, dass jemand so sinnlich aussehen konnte, wenn er nur an Rühreiern roch. »Das riecht wirklich lecker«, meinte sie und pikste sich das erste Stück auf. Genüsslich schloss sie die Augen und stöhnte ein weiteres Mal.

»Schmecken tut es genauso«, murmelte sie. Angestrengt wandte ich den Blick ab, um mich auf mein eigenes Essen zu konzentrieren.

Eine Weile aßen wir schweigend.

»Wann fährst du wieder?«, sprach ich irgendwann das aus, was ich sie schon gestern Abend gefragt hatte, ohne eine richtige Antwort zu bekommen. Nachdenklich schob sie ihr Rührei über den Teller.

»Das kommt darauf an«, murmelte sie.

Abwartend sah ich sie an.

Sie schenkte mir ein schüchternes Lächeln. Ich mochte es, wenn Robin so lächelte. Das hatte ich schon immer gemocht. Eigentlich hatte ich schon immer alles an ihr gemocht.

»Worauf?«, fragte ich.

»Ich müsste es noch abklären«, meinte sie etwas gedankenverloren. »Aber das sollte kein Problem sein.«

»Was musst du noch abklären? Gedankenlesen gehört leider noch nicht zu meinen besonderen Fähigkeiten, die ich in meinem Lebenslauf angeben könnte«, wies ich sie auf das Offensichtliche hin.

Amüsiert verdrehte sie die Augen, ehe sie wieder eine Spur ernster wurde. »Es kommt ein bisschen darauf an, wie lange du mich noch haben willst«, wisperte sie und schien sich nicht zu trauen, mir ins Gesicht zu sehen.

»Wie meinst du das?«

Verlegen zuckte sie mit den Schultern und ihre Wangen färbten sich rot. »Rein theoretisch müsste ich erst in zwei Monaten wieder vor Ort sein.« Jetzt grinste sie. »Wenn es in meinem Leben überhaupt so etwas wie vor Ort gibt.« Nachdem ich sie noch immer leicht verwirrt musterte, fuhr sie fort. »Knapp fünfzig Kilometer von hier gibt es eine Halle, wo ich trainieren könnte …«, sagte sie, ohne ihren Satz zu beenden.

Mein Herz machte einen Sprung und ich konnte es kaum fassen. Erzählte sie mir gerade das, was ich mir seit unserem Wiedersehen erhoffte?

»Du willst bleiben?«

»Willst du, dass ich bleibe?«, fragte sie und kaute auf ihrer Unterlippe herum. »Ich meine, wir haben nicht darüber geredet, was das hier ist.« Sie deutete mit ihrer Gabel zwischen uns hin und her. »Vielleicht war das ja nur ein One-Night-Stand für dich …« Weiter kam sie nicht, denn ich ging zu ihr, hob sie auf meine Hüften und drückte ihr einen leidenschaftlichen Kuss auf die Lippen.

»Von mir aus kannst du für immer bleiben«, stellte ich fest, während ich sie ins Schlafzimmer trug.

Stunden später hatten wir es noch immer nicht aus dem Bett geschafft. Robin strich mit ihrem Zeigefinger die Konturen meines Kompass-Tattoos nach, das ich mir vor Jahren gemeinsam mit ihr hatte stechen lassen.

»Ich glaube, dass ich mir dieses Tattoo für dich habe machen lassen«, flüsterte ich. Sie hielt in ihrer Berührung inne. »Auch wenn ich das damals noch nicht gewusst habe.«

Gerührt musterte sie mich. Sie schluckte zwei Mal, ehe sie sich räusperte. »Du scheinst ja nach Tattoos süchtig zu sein«, grinste sie schief.

»Du etwa nicht?«

Ergeben hob sie die Hände. »Schuldig«, gestand sie lachend. »Haben deine Tattoos Bedeutungen?«

»Die meisten«, nickte ich.

Ich konnte die Neugier in ihrem Blick sehen, wusste aber auch, dass wir noch Stunden hier sitzen würden, wenn ich ihr die einzelnen Bedeutungen aller meiner Tattoos erzählte. Und bei manchen war ich noch nicht bereit dazu.

»Und deine?«, erkundigte ich mich, um von mir abzulenken. Sie nickte ebenfalls.

Ich drehte sie so, dass ich wieder über ihr lag, und nahm mir die Zeit, ihre Tattoos eingehend zu studieren.

»Wie viele hast du?«, fragte ich, während ich mit dem Zeigefinger über den Schriftzug *never forgotten* unterhalb ihrer Brust fuhr.

»Zwanzig«, keuchte sie. Erstaunt zog ich die Brauen hoch, während sie mit ihren wackelte.

»Und du?«

»Zweiunddreißig«, erwiderte ich, nachdem ich einen Moment nachgedacht hatte.

Anerkennend nickte sie.

»Willst du noch mehr?«, fragte ich. Sie zuckte mit den Schultern.

»Das kommt darauf an, ob ich das Gefühl habe, dass sie

nötig sind.« Sie sah mich hilfesuchend an. »Verstehst du, was ich meine?«

Und wie ich sie verstand.

»Das Tattoo ist klar«, meinte ich mit einem Grinsen. Auf ihr linkes Handgelenk hatte sie sich ein Motorrad tätowieren lassen.

»Bin ich so leicht zu durchschauen?«, seufzte sie theatralisch. »Das ist natürlich schlecht.«

Leise lachend drehte ich ihren anderen Arm um. An ihrem rechten Handgelenk hatte sie sich den Schriftzug *I am enough* tätowieren lassen. Direkt darunter ein Semikolon. Den Spruch konnte ich verstehen – er versetzte mir einen kleinen Stich –, das Semikolon hingegen nicht. Robin bemerkte meinen fragenden Blick.

»Weißt du, wann man ein Semikolon in einem Satz setzt?«

Ich schüttelte den Kopf.

»Dann, wenn der Autor einen Satz eigentlich beenden wollte, sich aber doch noch dazu entschließt, ihn fortzuführen. *Project Semicolon* tritt für psychische Gesundheit ein und sieht sich als Anti-Suizid-Initiative.«

Ich stockte und sah sie schon fast entsetzt an. »Hast du jemals …?« Ich brachte die Frage kaum über meine Lippen.

»Nein«, sagte sie leise. »Aber es war mir wichtig.«

Ich küsste ihr Tattoo, was ihr einen kleinen Schauer entlockte.

Auf den Unterarm hatte sie einen großen Kompass tätowiert, der meinem ähnelte. Fragend suchte ich ihren Blick und ihre Wangen wurden rot. Sie brauchte mir nichts zu erklären. Ich verstand auch so, wieso sie sich ausgerechnet dieses Tattoo hatte machen lassen. Mit meinen Lippen und meiner Zungenspitze fuhr ich die einzelnen Linien ein.

Gebannt verfolgte Robin jede Bewegung.

»Und das?«, fragte ich und küsste mich ihre Hüfte entlang. Sie hatte sich einen bunten Phönix stechen lassen, der seine

Flügel in die Luft streckte.

»Der Phönix ersteht aus seiner eigenen Asche.«

Auch bei diesem Tattoo ließ ich mir besonders viel Zeit und merkte, wie Robin immer unruhiger wurde. Mich selbst ließ dieses Spiel auch nicht kalt. Ich nahm ihren linken Arm in die Hand und drehte ihn. Auf diesem Unterarm hatte sie ebenfalls eine Tätowierung.

»Was ist das?«, fragte ich neugierig.

»Eine Sternenkonstellation«, erklärte sie und presste die Lippen zusammen.

Erstaunt musterte ich sie. »Und was für eine Sternenkonstellation?«

Sie drückte die Lippen noch ein bisschen fester aufeinander. Ich pikste sie in die Seite, und auch wenn ihr das ein kleines Lachen entlockte, sagte sie mir es immer noch nicht. »Symbolisiert die auch etwas?«

Sie nickte.

»Und was?«

Kurz schien sie zu überlegen. »Einen wichtigen Tag«, sagte sie nach einiger Zeit zögernd.

»Sagst du mir, welchen?«

Sie schüttelte den Kopf. »Vielleicht irgendwann«, fügte sie hinzu, ehe sich Enttäuschung in mir breitmachen konnte. Bevor sie wusste, wie ihr geschah, drehte ich sie auf den Bauch. Die zwei Schwalben, die sie schon vor acht Jahren hatte, berührte ich ebenfalls mit meinen Lippen. Auf ihre Wirbelsäule hatte sie sich die verschiedenen Mondphasen tätowieren lassen.

»Ich mag den Mond«, begann sie, bevor ich irgendetwas fragen konnte. »Egal, wo ich bin …«, sie zögerte und als sie fortfuhr, klang sie seltsam verletzlich. »Ganz gleich, wo ich bin, der Mond sieht hier genauso aus wie am anderen Ende der Welt.« Auch bei diesem Tattoo ließ ich mir wieder besonders viel Zeit und es zeichnete sich bereits eine Gänsehaut auf

Robins Körper ab.

»Was hast du dir damals stechen lassen?«, hielt ich mitten in der Bewegung inne.

Robin drehte leicht den Kopf und sah mich verwirrt an.

»Als wir gemeinsam beim Tätowierer waren«, fügte ich erklärend hinzu.

Verstehen blitzte in ihren Augen auf.

»Ich ...« Jetzt war es an mir, sie verlegen anzugrinsen. »Du hast es mir nie gezeigt.«

Tief atmete sie durch, ehe sie ihren Kopf ins Kissen presste und ihre Haare nach oben hob.

Ein Keuchen kam mir über die Lippen. Direkt an ihrem Haaransatz – unsichtbar für jeden – hatte sie sich ein F tätowieren lassen. Andächtig strich ich mit meinen Fingern darüber, ehe ich sie auf den Rücken drehte. Ihr Blick war verhangen und dennoch strahlte sie so viel Verletzlichkeit aus wie noch nie zuvor. Sanft küsste ich sie, ehe wir uns ineinander verloren.

»Wieso bist du erst nach vier Jahren gekommen?«, fragte sie mich, nachdem sich unser Puls wieder normalisiert hatte. So wie mit Robin hatte es sich noch nie angefühlt. Als würde alles passen, als gäbe es nichts, was mir vor ihr peinlich sein müsste. Noch nie hatte ich mit einer Frau beim Sex gelacht, aber mit Robin war es das Natürlichste auf der Welt.

»Was?«, fragte ich, als ich ihren Blick bemerkte.

»Wieso bist du erst nach vier Jahren zu mir gekommen?«

Ich schluckte. »Vorher war ich noch nicht der Mann, den ich dir gerne präsentieren wollte«, erwiderte ich ausweichend.

»Und mit zweiundzwanzig warst du das?«, fragte sie amüsiert.

»Nein, nicht wirklich«, lachte ich leise. »Aber ich hätte es keine Minute länger ohne dich ausgehalten.«

Sanft küsste sie mich mit geschlossenen Augen und ich versuchte das schlechte Gewissen zu verdrängen. Wahrscheinlich hätte ich ihr die Wahrheit sagen sollen. Aber ich konnte nicht. Nicht heute. Nicht wenn ich sie gerade erst wieder hatte.

Morgen. Morgen würde ich ihr die Wahrheit sagen. Wirklich.

Kapitel 33

Robin

Heute

»Marisa?«, rief ich, nachdem ich zum fünften Mal geklingelt hatte. »Marisaaaa!« Jetzt brüllte ich und hämmerte mit der flachen Hand gegen die Tür. Ein Erfolgsgefühl durchströmte mich, als sich der Schlüssel im Schloss drehte, und verflüchtigte sich jäh, als ich sah, wer mir aufgemacht hatte.

»Arschloch!« Ich schlug ihm mit der Faust in seine Visage. Alexander jaulte auf, während ich meine Hand mit schmerzverzerrtem Gesicht schüttelte. Auch wenn es das vollkommen wert gewesen war, tat es scheiße weh. In Filmen sah das nie so schmerzhaft aus. Hatte ich irgendetwas falsch gemacht?

»Alter«, rief er aus und hielt sich den Kiefer.

Kurz war ich versucht, ein weiteres Mal zuzuschlagen, einfach, weil ich seinen Anblick nicht ertrug. Und weil er meine beste Freundin verletzt hatte.

»Wofür war das denn?«, fragte er dümmlich.

Meine Augen verengten sich zu Schlitzen. »Wofür war das denn?«

Alleine für diese Frage donnerte ich ihm meine Faust erneut ins Gesicht. Dieses Mal jaulte auch ich vor Schmerzen auf. Entweder er hatte Knochen aus Stahl oder ich machte definitiv etwas falsch. »Das erste Mal war dafür, dass du meine beste Freundin am Tag ihrer Hochzeit sitzen gelassen hast.« Fassungslos schüttelte ich den Kopf. »Am Tag der Hochzeit! Wer macht sowas? Und das zweite Mal war, weil ich deine Visage nicht abkann.« Dann runzelte ich die Stirn. »Was machst du überhaupt in Marisas Wohnung?«

»Sie ist doch selbst schuld«, rief er aus, ignorierte meine letzte Frage und schien zu bemerken, dass ich drauf und dran war, ihm ein drittes Mal ins Gesicht zu schlagen, denn er schmiss die Tür schneller ins Schloss, als ich blinzeln konnte. Wütend trat ich mit dem Fuß dagegen. Ein paar Minuten starrte ich mit zusammengekniffenen Augen auf den Eingang, ehe ich mein Handy aus der Tasche zog und zum x-ten Mal versuchte, Marisa zu erreichen. Doch wie schon den ganzen Tag landete ich nur auf ihrer Mailbox.

»Marisa«, zischte ich wütend, während ich herumwirbelte und zu meinem Motorrad marschierte. »Wo bist du?« In einem sanfteren Ton fuhr ich fort. »Ich mache mir Sorgen. Bitte melde dich bei mir.« Schnell verstaute ich das Telefon in der Hosentasche und zog mir den Helm über.

Auch im Hotel war Marisa nicht aufzufinden. Zu ihren Eltern brauchte ich nicht zu fahren, denn zu ihnen hatte sie ein paar Jahre nach dem Abitur abrupt den Kontakt abgebrochen. Sie hatte mir nie verraten, wieso, das musste sie aber auch nicht. Ich hatte ihre gequälten Blicke gesehen, wenn sie dachte, dass ich nicht hinschaute. Und die blauen Flecke, die sie unter ihren Ärmeln zu verstecken versucht hatte. Ich hatte sie nie darauf angesprochen, aber selbst ein Blinder hätte gesehen, dass jemand sie fest gepackt hatte. Als ich gerade ihre Nummer ein weiteres Mal wählen wollte, erschien eine Nachricht von ihr auf meinem Display.

Tut mir leid. Ich bin in die Flitterwochen geflogen.

Brauchte ein bisschen Pause. Melde mich bei dir, wenn ich wieder da bin.

Angespannt runzelte ich die Stirn. Einerseits war ich froh, dass sie sich nicht einigelte, andererseits wusste ich nicht, ob es so eine gute Idee war, wenn sie für drei Wochen alleine nach Bora Bora flog.

Wenn du dich nicht meldest, dann schleppe ich deinen Hintern eigenhändig hier hin.

Ich starrte auf den Bildschirm, aber meine Nachricht wurde nicht gesendet. Vielleicht saß sie schon im Flieger und hatte den Flugmodus an. Nachdenklich fuhr ich mir mit der Hand übers Gesicht. Ich hatte keine Ahnung, wie Marisa sich jetzt fühlte, aber wenn es nur im Ansatz dem ähnelte, was ich damals wegen Finn durchgemacht hatte, dann war das nicht gut. Und ich hasste es, dass ich nicht bei ihr war, um ihr zu helfen.

»Ich bin wieder da!« Kinderlachen dröhnte mir entgegen und Paul kam auf mich zugelaufen.

»Tante Robin«, rief er glücklich, drückte seine kleinen Händchen an meine Wangen und einen feuchten Kuss auf meine Nase. »Hab dich vermisst. Wo warst du so lange?«

Ich spürte, wie die Hitze in meine Wangen schoss. Meghan hatte uns gegen den Türrahmen gelehnt beobachtet und hob erstaunt eine Braue in die Höhe.

»Diesen Blick kenne ich«, meinte sie skeptisch. »Du musst mir alles erzählen.«

Ich stöhnte und setzte Paul wieder ab.

»Besser nicht«, murmelte ich, weil ich mir vorstellen

konnte, was Meghan zu meinem Abenteuer vergangene Nacht sagen würde. Ohne ein weiteres Wort marschierte sie in die Küche, und als ich das Klappern von Töpfen hörte, wusste ich, dass es kein Entrinnen gab. Wenn Meghan heiße Schokolade kochte, dann war es ernst. Mehr als ernst.

Zögerlich folgte ich ihr und ließ mich auf einen Stuhl plumpsen. Paul hatte sich ins Wohnzimmer verabschiedet und ich konnte hören, wie er mit seinen Dinosauriern spielte. Als Meghan mir eine Tasse vor die Nase knallte, zuckte ich zusammen.

»Also?«, meinte sie und nahm gegenüber von mir Platz. »Was ist passiert?«

»Nichts«, erwiderte ich schulterzuckend, merkte aber selbst, dass meine Stimme höher klang als sonst.

Megs schnaubte. »Verkauf mich nicht für blöd, Robin.«

Ich wollte zu einer weiteren Ausrede ansetzen, als mein Handy vibrierte und eine Nachricht von Finn anzeigte.

Das Bett war heute Morgen so kalt ohne dich. Schade, dass du nicht ..., war auf dem Bildschirm zu lesen. Möglichst unauffällig ließ ich mein Mobiltelefon verschwinden, aber Meghan hatte die Nachricht längst gelesen. Sie hatte sich einfach über den Tisch gebeugt und einen Blick auf den Bildschirm geworfen. Von Privatsphäre keine Spur.

»Robin!«, rief sie schrill aus. »Ist das dein Ernst?«

Ich verschränkte die Arme auf dem Tisch und legte meinen Kopf auf ihnen ab.

»Ich weiß doch selbst, dass das eigentlich keine gute Idee ist ...«, versuchte ich, ihr das Chaos in meinem Inneren zu erklären.

»Keine gute Idee?«, empörte sich Meghan. »Das ist die beschissenste Idee des Jahres! Ach, was sage ich da. Die beschissenste Idee dieses Jahrhunderts.«

Ich zuckte zusammen. »Meghan«, flüsterte ich.

Sie hielt in ihrer Schimpftirade inne und der Ausdruck in

ihrem Gesicht wurde sanfter, auch wenn noch immer ein verkniffener Zug um ihren Mund lag.

»Robin«, meinte sie und streckte ihre Hand nach meiner aus. »Ich dachte, dass du mittlerweile über ihn hinweg bist.«

Schnaubend verdrehte ich die Augen. Eigentlich hatte ich das auch gedacht, aber wenn ich ehrlich mit mir war, dann war ich nie über ihn hinweggekommen. Wieso sonst hatte ich mich all die Jahre nicht getraut, auch nur einen Fuß in meine alte Heimat zu setzen? Wieso sonst hatte ich mir verboten, ihn auf sozialen Medien zu stalken, und wieso sonst hatte ich den anderen nicht erlaubt, ihn auch nur mit einem Wort zu erwähnen?

Kurz war ich versucht, ihr die Wahrheit zu erzählen. Ihr zu sagen, dass ich mich in Finns Anwesenheit so lebendig fühlte wie schon lange nicht mehr. Dass nicht einmal Motorradfahren an das Gefühl herankam, das er in mir auslöste. Vielleicht machte mich das zu einem Junkie, aber ich bekam nicht genug davon.

Nicht genug von ihm.

Und ich wollte gerne sehen, wohin uns diese ganze Situation führen würde.

»Bin ich auch«, sagte ich und war erstaunt, wie leicht mir die Lüge über die Lippen kam. Vielleicht weil ich sie jahrelang einstudiert hatte.

»Und wieso hast du dann mit ihm geschlafen?« Sie nickte auf den Tisch, wo vor wenigen Minuten noch mein Handy gelegen hatte.

Wieder schoss mir Hitze in die Wangen. Mit Meghan darüber zu reden, fühlte sich an, als würde ich mit meiner Mutter darüber reden. Auch wenn ich eigentlich nicht wusste, wie sich das anfühlte.

»Es war nur Sex«, meinte ich und verschränkte die Arme vor der Brust. Meghan war noch nicht überzeugt, also legte ich noch eine Schippe drauf. »Glaubst du wirklich, dass ich mich noch einmal in dieses Gefühlschaos stürzen würde?«

Meghans Gesichtszüge entspannten sich ein wenig.

Ich sah an die Decke. »Ich habe gestern einfach ein Ventil gebraucht und er war da.« Jetzt schaute ich wieder Meghan an.

»Marisa wurde sitzengelassen«, platzte ich heraus und wusste, dass sie das Thema ablenken würde.

»Was?«, rief sie entsetzt.

Ich nickte. Kurz fasste ich zusammen, was gestern passiert war.

»Die Arme.« Traurig schüttelte sie den Kopf. »Wie geht es ihr?« *Wenn ich das wüsste.*

»Was meinst du wohl?«, erwiderte ich und fuhr mir mit der Hand übers Gesicht. »Ich mache mir Sorgen um sie. Ich werde länger bleiben und ein wenig nach ihr schauen.«

»Geht das denn so einfach?«, fragte Meghan und biss sich unsicher auf die Unterlippe. Auch wenn ich hasste, was Marisa passiert war, bot es mir die perfekte Ausrede.

»Sicher. Jan hat damit kein Problem, solange ich in sechs Wochen in Katar bin.«

Megs drückte meine Hand. »Du bist eine gute Freundin, Robin.« Sie holte Luft, vermutlich, weil sie noch etwas sagen wollte, aber Paul stürmte weinend in die Küche. Anscheinend hatte einer seiner Dinos ihn gebissen. Meghan musste sich ein Grinsen verkneifen, ehe sie sich an ihn wandte. Der Finger wurde liebevoll geküsst und Paul so lange geknuddelt, bis seine Schluchzer verebbten.

»Schläfst du auch bei Marisa?«

»Ja«, sagte ich. »Wahrscheinlich«, fügte ich hinzu, da ich mir nicht sicher war, ob Finn mich gerne bei sich hätte. Ich schob den Stuhl nach hinten und deutete auf die Treppe. »Ich werde mal 'ne Tasche packen«, meinte ich lahm und hoffte, dass Meghan mir die Lüge nicht ansah.

»Passt.« Sie schenkte mir keinen weiteren Blick, weil sie in das gemeinsame Spiel mit ihrem Sohn vertieft war. In Windeseile warf ich meine Klamotten in die Reisetasche und tippte eine kurze Nachricht an Finn.

Bin auf der Suche nach Asyl?

Keine Minute später antwortete er. Anstelle eines Textes hatte er mir ein Foto von sich geschickt, wie er halb nackt im Bett lag. Bei diesem Anblick wurde meine Kehle trocken.
Ich freu mich auf dich, schickte er ein paar Sekunden später hinterher.

Breit grinsend warf ich das Handy ebenfalls in die Reisetasche, schwang sie mir über die Schulter und polterte die Treppe herunter. Irgendwie gab es mir ein gutes Gefühl, dass mein Bruder unser Elternhaus behalten hatte und jetzt seine Kinder hier großzog.

»Wo gehst du denn hin?«, fragte mich genau dieser mit zusammengezogenen Brauen. Er wirkte müde, sicher hatte er wieder eine lange Schicht im Krankenhaus hinter sich.

»Zu Marisa«, log ich ihn an.

Josh runzelte die Stirn. »Ist sie nicht in den Flitterwochen?«

»Sie hat nicht geheiratet«, erwiderte ich kopfschüttelnd.

Josh verzog das Gesicht.

»Ich wills gar nicht wissen«, murmelte er und fuhr sich mit der Hand durchs Haar. »Ich konnte diesen Typen sowieso nie ausstehen.«

»Du kanntest ihn?«, fragte ich neugierig.

»Kennen ist übertrieben«, meinte Josh schulterzuckend. »Wir sind uns ein paar Mal über den Weg gelaufen.«

Verstehend nickte ich. Josh musterte mich kurz. »Und du verschwindest wieder? Braucht es wieder acht Jahre, bevor du zurückkommst?«, scherzte er, aber ich konnte an seiner Stimme hören, dass ihn mein Verhalten verletzt hatte.

»Ich bleibe noch ein eine Weile«, sagte ich. »Marisa braucht mich jetzt.« Ein winzig kleines Bisschen hasste ich mich dafür, dass ich ausgerechnet meine beste Freundin vorschob, aber Josh und Meghan würden die Wahrheit niemals dulden. Was sollte ich ihnen auch erzählen? Ich bleibe ein bisschen länger, damit ich schauen kann, ob ich für meinen ex-besten Freund noch Gefühle habe? Herausfinde, ob der Sex zwischen uns auch nach dem zehnten Mal noch so gut ist? Feststelle, dass ich eigentlich nie über ihn hinweggekommen bin? Ich verzog das Gesicht. Nichts davon würde mein Bruder als Argument gelten lassen.

»Aber du lässt dich schon noch einmal blicken?« riss er mich aus meinen Gedanken.

Ich umarmte ihn. »Natürlich. Ich weiß ja gar nicht, wie lange Marisa mich braucht.« Eigentlich wusste ich nicht, wie lange das mit Finn und mir gut gehen würde, ehe wieder die Fetzen flogen. Josh drückte mich fest an sich, fast so, als erwartete er, mich nie wieder zu sehen.

»Josh«, lachte ich und schob ihn ein Stückchen von mir weg. »Du erdrückst mich noch.« Ebenfalls lachend löste er sich von mir und drückte meine Schulter.

»Pass auf dich auf.« Ich marschierte zur Tür. »Willst du deine Schutzkleidung nicht anziehen?«, rief er mir hinterher.

Augenrollend drehte ich mich um. »Sitze ich schon auf dem Motorrad?« Er hatte die Arme verschränkt, und auch wenn ein leichtes Lächeln auf seinen Lippen lag, wusste ich, dass er darüber nicht mit mir diskutieren würde. Manche Dinge änderten sich eben nie. Und das war auch gut so.

Mein Herz raste, als ich wenig später hinter dem *Mezze* hielt. Dieses Mal hatte das nichts mit dem Bike zu tun, sondern nur mit dem Mann, der im ersten Stock auf mich wartete.

Einen Moment lang blieb ich sitzen und starrte an die Hausmauer. Noch immer wusste ich nicht, ob das hier eine gute Idee war. Schließlich ging es um Finn. Der einzige Mann, der es schon immer geschafft hatte, mit nur einem Blick mein gesamtes Innenleben auf den Kopf zu stellen. Der einzige, der es je geschafft hatte, mir das Herz zu brechen.

»Du lässt es dir einfach nicht noch mal brechen«, sprach ich mir selbst Mut zu und hoffte, dass ich recht behalten würde.

Kapitel 34

Robin

Heute

»Willst du hier einziehen?«, grinste Finn mich schief an, als er die Tür öffnete. Bedauernd stellte ich fest, dass er sich in der Zwischenzeit eine Jogginghose angezogen hatte. Hungrig wanderte mein Blick über seinen tätowierten Oberkörper, und als ich den Kopf hob, um in seine Augen zu sehen, lächelte er wissend.

»Ich kann auch wieder gehen.«

»Bloß nicht.« Er zog mich in die Wohnung, ehe er die Tür ins Schloss warf. Gestern hatte ich mir nicht die Zeit genommen, sein Apartment genauer in Augenschein zu nehmen. Viel zu sehr war ich damit beschäftigt gewesen, dessen Bewohner zu betrachten.

»Von Deko hältst du nicht viel, oder?« Die Wohnung war kahl. Es hingen nur vereinzelt Bilder an den Wänden, aber nirgends konnte ich irgendwelche persönlichen Gegenstände entdecken. Fast so, als lebte hier ein Mensch ohne Erinnerungen.

»Kann nicht jeder auf Kitsch und Duftkerzen stehen«, meinte er mit einem breiten Grinsen, ehe er sich vorbeugte. Kurz bevor seine Lippen auf meine trafen, raunte er: »Hey.«

Ich überbrückte die letzten Millimeter, küsste ihn und murmelte an seinen Lippen ein sanftes »Hey.«

»Was hat dein Bruder dazu gesagt, dass du bei mir bist?«, fragte er mich, während er meine Tasche schulterte und sie ins Schlafzimmer trug.

»Ähm«, murmelte ich und lehnte mich gegen den Türrahmen. »Er fand, dass ich eine gute Freundin für Marisa bin?«, sagte ich, wusste aber, dass es mehr wie eine Frage klang.

Erstaunt hob Finn die Brauen. »Du hast ihn angelogen?«

Ich verzog das Gesicht. Wenn es eines gab, was ich mehr hasste als alles andere, dann waren das Lügen. »Ja«, seufzte ich und massierte mir die Schläfen. »Ich weiß, dass es scheiße ist, aber hätte ich ihm die Wahrheit gesagt, dann hätte ich nicht kommen können.«

Finn lachte. »Robin, du bist achtundzwanzig.«

Stöhnend kniff ich mir in die Nasenwurzel. »Erinner mich nicht daran.«

Schmunzelnd kam er zu mir und schlang seine Arme um meinen Oberkörper. »Du weißt, dass du eigene Entscheidungen treffen darfst, oder?«, fragte er noch immer amüsiert, aber ich konnte sehen, dass ihm eigentlich nicht zum Scherzen zumute war. Ich ließ meine Finger über seinen Rücken tanzen.

»Schon«, begann ich und zögerte kurz. »Aber du bist ein ...« Ich überlegte, wie ich es ausdrücken sollte, ohne ihn vor den Kopf zu stoßen. »Du bist ein eher rotes Tuch bei uns.«

Finn verzog das Gesicht und ich hatte das Gefühl, dass er mich für einen Augenblick voller Reue ansah.

»Ich war ein ganz schöner Arsch, oder?«

Grinsend nickte ich und fuhr mit meinem Zeigefinger über seine Lippen. »Wir haben alle unsere Fehler«, hörte ich mich sagen und konnte selbst kaum glauben, was ich da von mir gab. Jahrelang hatte ich ihn für alles verflucht, was er mir ›angetan‹ hatte.

»Aber ich würde gerne herausfinden ...«, begann ich und wusste nicht, wie ich diesen Satz beenden sollte, ohne needy rüberzukommen. Ohne allzu deutlich zu zeigen, dass mein Herz eigentlich immer noch an ihm hing.

»Ich auch«, flüsterte er und ich wusste, dass er verstand. Dann legte er seine Lippen auf meine und ich fand heraus, dass es nach dem vierten Mal sogar immer besser wurde.

Amüsiert beobachtete ich Finn beim Kochen.

»Du hast mir nie erzählt, dass du gerne kochst«, platzte es aus mir heraus, während er gerade dabei war, die Lasagne zu schichten. Er hielt in seiner Bewegung inne und sah über seine Schulter.

»Damals mochte ich es auch noch nicht so«, erwiderte er.

»Was hat sich geändert?«, erkundigte ich mich neugierig, während mein Blick über seinen Rücken wanderte. Irgendwann würde ich ihn nach all seinen Tattoos fragen. Ich war mir sicher, dass sie alle ihre eigene Geschichte erzählten. Und ich wollte jede einzelne davon hören.

»Ich weiß nicht«, sagte er, klang aber irgendwie angespannt. Stirnrunzelnd musterte ich ihn. »Ich war unzufrieden und musste was Neues ausprobieren.«

»Was hast du studiert?«, fragte ich ihn, weil mir in genau diesem Moment auffiel, dass ich eigentlich gar nichts über ihn wusste.

Lachend schob er die Lasagne in den Ofen und drehte sich zu mir. »BWL«, meinte er, verschränkte die Arme vor der Brust und lehnte sich gegen die Theke.

»BWL?«, wiederholte ich naserümpfend. »Das ist so ...«

»Langweilig? Kreativlos? So gar nicht meins?« Er schmunzelte und nickte. »Ja, das trifft es gut und ich war auch überhaupt nicht glücklich damit.«

»Wieso hast du es dann gemacht?«

Finn sah mich seltsam an und ich konnte seinen Gesichtsausdruck nicht wirklich deuten. »Ich wusste nicht genau, was ich mit meinem Leben anfangen sollte.« Finn zuckte mit den Schultern. »Und ich wollte etwas machen, womit ich später mal gut Geld verdienen kann.«

»Aber ist es nicht wichtiger, dass man glücklich ist?«

Er lächelte, aber es erreichte seine Augen nicht. Trotzdem nickte er. »Deswegen das *Mezze*.«

Stolz musterte ich ihn. »Du hast da etwas Großartiges geschaffen«, lobte ich ihn und dachte an all die positiven Rezensionen, die ich mir noch in der ersten Nacht zu Hause durchgelesen hatte. Natürlich hatte es auch einige gegeben, die von dem gutaussehenden Besitzer gesprochen hatten, aber alle hatten von dem Essen geschwärmt.

»Das war nicht immer leicht«, gab er zu. »Ohne Julian hätte ich das sowieso nicht geschafft.«

Stirnrunzelnd musterte ich ihn. »Wieso denn das?«

»Er hat mir das Geld gegeben, das ich für den Anfang brauchte«, erzählte er und verzog das Gesicht. »Ich hoffe, dass ich es ihm nächstes Jahr komplett zurückgezahlt habe.«

»Er hatte da bestimmt nichts gegen«, erwiderte ich schulterzuckend. Soweit ich wusste, mangelte es Julian sicher nicht an Geld.

»Ich weiß«, seufzte Finn. »Aber es geht ums Prinzip.«

»Sind er und Mara noch zusammen?«, fragte ich, auch wenn ich es mir nicht vorstellen konnte. Die wenigsten blieben mit ihrer Jugendliebe zusammen.

»Ja«, lächelte er. Erstaunt hoben sich meine Brauen. Ausnahmen bestätigten bekanntlich die Regeln. »Sie haben mittlerweile eine kleine Tochter, Molly.«

»Das freut mich für sie«, sagte ich und meinte es genauso.

Kurz schien Finn zu zögern. »Was?«, fragte ich mit schiefgelegtem Kopf. »Hab ich was Falsches gesagt?«

»Nein«, erwiderte er kopfschüttelnd. »Ich weiß nur nicht, ob ich es dir erzählen sollte ...«

»Was?«

»Mara war schwanger, als sie achtzehn war.« Ich runzelte die Stirn und konnte mir beim besten Willen nicht vorstellen, dass das leicht gewesen war. »Es hatte einen Herzfehler und ist kurz nach der Geburt gestorben.«

Mein Herz brach für Mara und Julian. Obwohl ich keine eigenen Kinder hatte, konnte ich mir kaum ausmalen, welchen Schmerz die beiden erlebt hatten. Wenn ich mir auch nur vorstellen müsste, Paul oder Clara zu verlieren ... Ich schüttelte den Kopf. Nein, ich wollte es mir nicht einmal vorstellen.

»Verdammt«, murmelte ich, weil ich nicht wusste, was ich sagen sollte. Finn nickte und es entstand eine bedrückende Stille zwischen uns, die durch das Klingeln meines Handys unterbrochen wurde. *Jan.*

»Ich muss da rangehen«, murmelte ich, rutschte vom Hocker herunter und schlenderte – mit dem Telefon am Ohr – in das Wohnzimmer, wo ich vor der großen Fensterfront auf der linken Seite stehen blieb.

»Hey, Jan«, nahm ich das Gespräch entgegen, auch wenn ich gedanklich immer noch bei Mara und Julian war.

»Meinst du deine E-Mail ernst?«, fragte er mich ohne jegliche Begrüßung und ich konnte seine Stimmung nicht genau einsortieren.

»Jup«, erwiderte ich. »Ich habe mir die letzten Jahre kaum freigenommen, ich glaube, dass ich das jetzt schon mal machen kann.«

»Robin!«, rief er aus. »Die Weltmeisterschaft beginnt in wenigen Wochen und dieses Mal hast du wirklich eine Chance auf den Titel.«

Seufzend pustete ich mir eine Strähne aus dem Gesicht. »Jan«, versuchte ich es und ließ meine Stimme sanft klingen. »Ich war ewig nicht zu Hause und ...«

»Du bist bei ihm«, stellte er fest und ich zuckte zusammen. Ich hatte Jan nie von Finn erzählt. Auch nicht, als wir zusammen gewesen waren, aber er hatte ein feines Gespür für die Menschen um sich herum. Und ganz besonders für mich.

Wir schwiegen eine Weile, ehe er seufzte. »Glaubst du wirklich, dass das eine gute Idee ist, Robin?«

Ich massierte meine Schläfen. Jans Stimme klang warm und keineswegs vorwurfsvoll.

»Das weiß ich nicht«, gestand ich ihm. »Aber ich würde es gerne herausfinden.«

Wieder schwieg Jan. Vor meinem inneren Auge sah ich, wie er in einem Sessel in irgendeinem Hotelzimmer saß und in seine Nasenwurzel kniff.

»Du wirst dein Trainingspensum trotzdem halten?«, fragte er, aber es klang mehr nach einem Befehl.

»Ist der Plan.«

»Wo?«, bohrte er weiter.

»Knapp 'ne Stunde von hier ist eine Halle«, erzählte ich ihm. »Ich wollte den Besitzer anschreiben und nachfragen.«

»Und wie willst du an dein Motorrad kommen?« Ich verzog das Gesicht. Das war der eine Punkt, an dem auch ich nicht weitergekommen war. Ich hatte zwar das Motorrad, das er mir geschenkt hatte, hier, aber es war nicht meins. Nicht das, mit dem ich alle meine Rennen fuhr. Jan deutete mein Schweigen richtig und stöhnte.

»Ich kümmer mich drum«, war alles, was er sagte, und legte auf. Nachdenklich starrte ich auf das Display.

»Schlechte Nachrichten?«, hörte ich Finn hinter mir.

Erschrocken zuckte ich zusammen und wirbelte herum. Er lehnte gegen den Türrahmen und musterte mich nachdenklich.

»Nein«, sagte ich zögerlich. »Ich glaube nicht.« Erst jetzt fiel mir der betörende Geruch auf.

Seufzend schnupperte ich und Finn lachte.

»Komm«, meinte er und streckte seine Hand nach mir aus. In wenigen Schritten war ich bei ihm. »Die Lasagne ist fertig.«

Während wir gemeinsam am Tisch saßen und das Nudelgericht aßen, stellte sich ein seltsames Gefühl von Zufriedenheit in mir ein. Etwas, was ich schon lange nicht mehr empfunden hatte. Nicht in diesem Ausmaß.

Lächelnd musterte ich Finn, während er mir von der Anfangszeit des *Mezze* erzählte. Davon, wie er fast Tag und Nacht im Laden gestanden und ihn mit seinen eigenen Händen renoviert hatte. Ich musste mich anstrengen, mir nicht vorzustellen, wie er mit verschwitztem Oberkörper Wände einriss. Diese Vorstellung wirkte nämlich viel zu attraktiv auf mich.

Wenn Finn redete, dann bewegte er seine Arme, als müsste er jedes seiner Worte zusätzlich untermalen. Seine grauen Augen hatten den Sturm verloren und glänzten wie Silber in der Sonne. Nicht zum ersten Mal war ich fasziniert davon, wie sich seine Iriden verändern konnten. Ob nur ich das sah?

Stundenlang unterhielten wir uns und mir fiel auf, dass es noch immer das Leichteste auf der Welt war, mit ihm zu reden. Ich brauchte meine Sätze nicht jedes Mal beenden, er verstand auch so, was ich ihm hatte sagen wollen. Aber es gab ein Thema, das wir mieden, als hätte es nie existiert. *Sara.* Ich wusste, dass wir früher oder später über sie reden mussten, aber ich war noch nicht bereit zu hören, was er zu sagen hatte. Alles, was für mich zählte, war, dass sie ganz offensichtlich keine Rolle mehr in seinem Leben spielte. Mein Handy vibrierte lautstark auf dem Tisch und riss mich aus meinen Gedanken.

Morgen um zehn. Dein Motorrad wird vor Ort sein. Du hast die besten Chancen, diese Weltmeisterschaft zu gewinnen. Verbocks nicht.

»Alles okay?«, fragte Finn, der mich beobachtete.

Grinsend hob ich den Kopf und nickte. »Hast du Lust, bei meinem Training zuzusehen?«

Kapitel 35

Finn

Heute

»Von wegen du bist nicht bei ihm«, begrüßte uns am nächsten Tag ein junger Mann, der die Arme vor der Brust verschränkt hatte und gegen die Wand lehnte. Jan. Robin ließ meine Hand los, ging auf ihn zu und umarmte ihn.

»Ich wusste gar nicht, dass du seit Neuestem mein Babysitter bist«, erwiderte sie spöttisch und hob eine Braue.

Er schnaubte. »Das erste Mal in acht Jahren gehst du in deine Heimat und beschließt danach, nicht wiederzukommen. Ist doch klar, dass ich einen Kontrollbesuch mache.«

Robin verdrehte die Augen und stieß ihm spielerisch gegen den Oberarm. Die beiden wirkten, als wären sie ein eingespieltes Team, und ich musste meine gesamte Selbstbeherrschung aufbringen, um nicht vor lauter Eifersucht rot zu werden. Jan sah über Robins Schulter zu mir.

»Und du bist also der Grund dafür, dass sie nicht zu ihrem Training erscheint.«

»Ich würd sagen, sie ist doch hier«, erwiderte ich und verschränkte ebenfalls die Arme vor der Brust.

Einen Moment lang musterten wir einander. Auch wenn

Robin mir gesagt hatte, dass das mit ihm nicht das Richtige gewesen war, tat es dennoch verdammt weh, wenn ich daran dachte, dass er sie berührt hatte. Geküsst und mit ihr ... Ich schloss die Augen und schüttelte den Kopf. Nein, daran wollte ich nun wirklich nicht denken.

»Habt ihr es mal?«, stöhnte Robin genervt.

Jan deutete hinter sich. »Du darfst dich frei fühlen, schon einmal reinzugehen.«

Robin schnaubte. »Euer Gehabe brauch ich mir echt nicht geben.« Kopfschüttelnd stapfte sie in die Halle.

Erstaunt sah ich ihr hinterher. »Was denn für ein Gehabe?«, fragte ich verwirrt und zog die Stirn kraus.

Jan entblößte eine Reihe strahlend weißer Zähne, als er grinste. »Sie glaubt, wir machen hier einen Schwanzvergleich.«

Meine Mundwinkel zuckten verräterisch. Aber ich würde nicht lachen. Nicht über irgendeinen Witz, den er gerissen hatte. So weit würde es nicht kommen.

»Ich weiß nicht, was das mit dir und Robin ist —«, begann er, aber ich unterbrach ihn direkt.

»Und ich wüsste nicht, was es dich angeht«, erwiderte ich.

»Touché. Aber Robin ist meine beste Fahrerin und sie kann es sich nicht leisten, nicht voll und ganz bei der Sache zu sein.«

Ich ließ seine Worte auf mich wirken, dann nickte ich und gemeinsam betraten wir die Halle. Der Geruch von Motoröl stieg mir in die Nase und ich schloss für einen Moment genießerisch die Augen. Nichts ging über den Duft von frischem Benzin.

»Normalerweise trainieren wir draußen«, erzählte Jan mir unaufgefordert, während wir den Gang entlangschritten. Hektisch liefen Leute an uns vorbei, die Jan knapp grüßten. »Aber weil Robin sich ja unbedingt Deutschland aussuchen musste, mussten wir improvisieren.«

»Es liegt noch kein Schnee«, sagte ich, weil mir nichts Besseres einfiel.

Jan wirkte belustigt. »Das mag sein, aber Robin kann nicht auf normalem Asphalt trainieren. Ihr Reifen hat kein Profil«, fügte er hinzu, als wüsste ich das nicht. »So hat sie mehr Grip auf der Straße. Bei perfekten Straßenverhältnissen braucht man nämlich kein Profil«, er holte Luft und wollte mir wahrscheinlich auch noch den Unterschied zwischen Slicks und Regenreifen erklären.

»Ich weiß«, warf ich genervt ein. Jan blinzelte erstaunt, als hätte er das nicht erwartet. Bedeutungsvoll sah er mich an und grinste.

»Du hast sie nie aus den Augen verloren, oder?«

Ich schüttelte den Kopf.

Sein Grinsen wurde noch eine Spur breiter. »Und wie sehr willst du mir jetzt gerade eine reinhauen?«

Jetzt konnte auch ich mir das Lachen nicht mehr verkneifen. »Sehr«, schmunzelte ich.

Er klopfte mir auf die Schulter und gemeinsam traten wir an die Bande.

Die Halle war größer, als es von außen den Anschein machte, und beherbergte eine etwa zwei Kilometer lange Rennstrecke mit scharfen Kurven. Anerkennend stieß ich einen Pfiff zwischen meinen Zähnen hervor.

»Cool, oder?«, meinte Jan mit einem breiten Grinsen. »Die Strecke ist zwar nicht so lang wie die, die Robin fahren muss, aber das muss reichen.« Ich spürte, wie er mich von der Seite ansah. »Bevor sie in vier Wochen nach Katar kommt.«

»Ich dachte in sechs?«, konterte ich, ohne ihn anzusehen.

Mein Blick wanderte an der Seite entlang, bis sich eine Tür wie von unsichtbarer Hand öffnete und Robin in voller Montur die Rennstrecke betrat. Ihr blaues Haar hatte sie sich zu einem Zopf geflochten und die Lederkombination betonte jede ihrer weiblichen Kurven. Normalerweise war es üblich, dass die Schutzkleidung eines Rennfahrers mit den Logos seiner Sponsoren zugekleistert war. Bei Robin war das nicht der Fall. Sie trug eine schwarze Lederkombi und lediglich auf ihrem Helm prangte das Markenzeichen eines berühmten Energydrinkherstellers. Sie ließ ihren Nacken kreisen und schloss die Augen, ehe sie sich nach ihrem Team umsah.

»Robin ist nach Cabello die erste Frau, die in der MotoGP Klasse mitfährt«, sagte Jan zu mir, ohne auf meinen Einwurf einzugehen.

Wir beobachteten, wie sie zu ihrem Motorrad trat. Wie ihre Lederkombination war es pechschwarz. Nur die Front war bedeckt von einer knallgrünen Sieben und dem Logo ihres Sponsors.

»Und im Gegensatz zu Cabello hat sie Chancen auf den Titel.« Ich wusste nicht genau, wieso er mir all das erzählte. Wieder warf er mir einen kurzen Seitenblick zu. »Sie kann Ablenkung gerade jetzt eigentlich nicht vertragen.«

»Und du glaubst, ich bin eine Ablenkung und willst mir jetzt sagen, dass ich mich von ihr fernhalten soll?«

Jan lachte. »Nein. Ich weiß nicht, was du bist. Aber ich mache mir Sorgen um Robin.«

Erneut sahen wir zu ihr. Sie sprach ein paar Worte mit ihrem Techniker und hörte ihm aufmerksam zu, als er immer wieder auf das Motorrad deutete.

»Ich werde sie nicht von ihrem Training abhalten«, erklärte ich, weil ich nicht so genau wusste, was Jan jetzt von mir hören wollte. Und vor allem, warum er sich einmischte. Nicht einmal ich hatte eine Ahnung, was das zwischen mir und Robin war. Alles, was ich wusste, war, dass mein Herz wie wild gegen meinen Rippenbogen klopfte, wann immer ich sie sah. Manchmal stahl sich schon ein Lächeln auf meine Lippen, wenn jemand nur ihren Namen erwähnte.

»Robin vertritt einen der größten Motorradhersteller«, glaubte Jan ein weiteres Mal betonen zu müssen.

Langsam wurde ich genervt. »Meinst du, das weiß ich nicht alles? Meinst du wirklich, ich hätte ihre Karriere nicht über die letzten Jahre verfolgt? Jedes ihrer Rennen gesehen?«

»Jedes?«, fragte er mit hochgezogener Braue und ich verzog das Gesicht.

Ich hatte jedes Rennen gesehen. Jeden Sieg. Jede Niederlage. Jeden Sturz. Jan schien in meinen Augen zu lesen, woran ich gerade dachte.

»Das Rennen war übel«, pflichtete er mir bei und sah wieder zu Robin.

Mittlerweile hatte sie sich auf ihr Motorrad geschwungen und fuhr ein paar Runden. Vermutlich um mit der Maschine warm zu werden und ein besseres Gefühl für sie zu bekommen. Ich konnte mir kaum vorstellen, wie es war, jedes Jahr einen neuen Prototypen vorgesetzt zu bekommen, mit der neuesten und schnellsten Technologie, die es gab. Das war fast, als müsste man sich jedes Jahr an einen neuen Partner gewöhnen.

Vor vier Jahren hatte Robin einen Unfall gehabt. Sie hatte schon viele Stürze, vor allem in ihrer Anfangszeit, und eigentlich war das auch normal. Aber dieser war besonders schlimm gewesen. Robin hatte bei dem Rennen die Nase ziemlich weit vorne gehabt und hätte es sicher auf den zweiten oder dritten Platz schaffen können. Aber irgendjemand weiter hinter ihr war in der Kurve so weggerutscht, dass er die Kontrolle über sein Motorrad verlor. Dieses war durch die Luft geflogen, bis es direkt vor Robin landete. Sie hatte keine Chance gehabt.

Ich wusste noch, dass ich vom Sofa aufgesprungen und den Fernseher angeschrien hatte. Robin hatte im Bruchteil einer Sekunde den Lenker ihres Motorrads losgelassen und sich abgestoßen. Ihr Bike war hin, die Saison vorbei und ihre Schulter gebrochen.

Aber sie war wieder gefahren. Hatte weitergemacht, als wäre nichts gewesen. Und sie war besser gefahren als jemals zuvor. Sie hatte sich durch die Moto2- und Moto3-Klassen gekämpft. Immer wieder die Welt in Atem gehalten, bis sie es dieses Jahr tatsächlich geschafft hatte. Sie hatte sich für die MotoGP – die Königsklasse der Motorradrennen – qualifiziert, ihre eigenen Bestzeiten in den Schatten gestellt.

»Ich weiß, was Robin dieser Sport bedeutet«, kam ich zurück zum Thema, weil ich nicht weiter darüber nachdenken wollte. »Und ich würde sie niemals davon abhalten.«

»Vielleicht nicht aktiv«, murmelte er.

»Wie wäre es, wenn du Robin ihre eigenen Entscheidungen treffen lässt? Du bist nicht ihr Vater, nicht ihr Bruder, noch ihr fester Freund!« Langsam nervte mich sein Gehabe.

»Aber ihr bester«, erwiderte er, ohne zu wissen, was seine Worte in meinem Inneren auslösten. Es fühlte sich an, als hätte er mir in den Magen geboxt. Ich war immer Robins bester Freund gewesen. Ich. Nicht er.

»Und außerdem bin ich ihr Chef«, meinte er lässig.

Dann ging er auf die Rennstrecke zu. Robin war zum Stehen gekommen und sah ihn erwartungsvoll an. Er redete auf sie ein, während sie nickte. Nach ein paar Minuten fuhr sie wieder ihre Runden.

Jan blieb am Rand stehen und beobachtete sie mit verschränkten Armen. Immer wieder schüttelte er den Kopf und selbst ich konnte sehen, dass Robin nicht das lieferte, was sie konnte. Sie war viel langsamer als sonst, nahm die Kurven nicht tief genug. Fast so, als wäre sie nicht bei der Sache.

War das meine Schuld?

Nach vier Runden hielt sie an und Jan redete wieder auf sie ein. Wild gestikulierte er und ich war mir sicher, dass Robin mir einen kurzen Blick zuwarf. Sie schüttelte den Kopf, hörte ihm noch eine Weile zu, ehe sie mit ihrer Hand eine unmissverständliche Bewegung machte. Erneut fuhr sie einige Runden, aber dieses Mal war sie schneller als vorher und legte sich weitaus tiefer in die Kurven.

Einen weiteren Moment blieb ich zögernd hinter der

Absperrung stehen, dann stellte ich mich zu Jan.

»Kannst du wirklich alles von hier erfassen?«, fragte ich skeptisch, denn Robin zischte so schnell an uns vorbei, dass Details für das bloße Auge kaum zu erkennen waren.

»Nein«, schnaubte er und deutete mit dem Daumen hinter sich.

In einer Ausbuchtung, die ich von der Bande aus nicht hatte sehen können, standen mehrere Leute aus Robins Team und starrten auf kleine Bildschirme. Erst jetzt fielen mir auch die Kameras auf, die am Rand der Strecke befestigt waren.

»Dort werden alle wichtigen Daten erfasst. Geschwindigkeit, Grad der Schräglage und so weiter.«

Erstaunt riss ich die Brauen hoch. »Du weißt sogar den Grad ihrer Schräglage?«

»74, falls du es wissen willst.«

Anerkennend pfiff ich, aber Jan schüttelte den Kopf. »Sie kann das besser. Ihr Rekord lag bei 72 Grad.«

»Macht das so einen Unterschied?«

Wieder schnaubte Jan. »Was meinst du, was Gewinner von Zweitplatzierten unterscheidet?«

»Und was ist der Rekord?«

»68.«

Beeindruckt nickte ich. »Und wer hat den aufgestellt?«

Jetzt grinste Jan mich noch breiter an. »Ich.«

Hätte ich mir ja denken können ...

Eine weitere Runde beobachtete ich, wie Robin ihre Kreise drehte. Immer wieder hielt Jan sie an, diskutierte mit ihr und schickte sie erneut auf die Strecke. Zwischenzeitlich wanderte ich zu dem Rest des Teams, studierte ebenfalls die Bildschirme, bevor ich mich an die Mechaniker wandte, die mir begeistert die Beschaffenheiten der verschiedenen Reifen erklärten.

Einmal musste Robin anhalten und sie wurden gewechselt. Bei den Geschwindigkeiten, die sie fuhr, wurden diese so sehr erhitzt, dass man sie nur noch mit Handschuhen anfassen konnte.

Als Jan mit einem Nicken das Rennen für beendet erklärte, sackten Robins Schultern erleichtert nach unten und sie riss sich ihren Helm vom Kopf.

»Du bist noch nicht fertig«, meinte Jan.

Sie verdrehte die Augen. Die Haare klebten verschwitzt an ihrer Stirn.

»Du musst dein Training noch hinterherschieben.«

»Meinst du, das weiß ich nicht?«, fauchte sie.

Jan runzelte die Stirn und starrte sie finster an. Er warf ihr eine Wasserflasche zu, die sie auffing und aus der sie gierig mehrere Schlucke trank. Dann nickte sie an die Seite.

»Ich muss mit dir reden.«

Für einen Moment dachte ich, dass sie mich meinte, bemerkte aber, dass ihr Blick auf Jan gerichtet war. Die beiden stellten sich einige Meter abseits hin und dieses Mal war es Robin, die auf ihn einredete. Jan hingegen hatte die Arme vor der Brust verschränkt und starrte sie wütend an. Als sie gerade Luft holte, warf er etwas ein, was Robin anscheinend gar nicht gefiel, denn sie ballte die Hände zu Fäusten. Ihre Stimme wurde lauter und Wortfetzen drangen zu uns herüber.

»Raushalten ... mein verdammtes Leben ... Idiot.«

»Die kriegen sich wieder ein«, sagte Mo, der Mechaniker, mit dem ich bis vor wenigen Minuten noch gesprochen hatte. »Bei den beiden fliegen ständig die Fetzen.« Er grinste. »Ne Zeit lang dachte ich ja, dass sie es im Bett ordentlich krachen lassen ...«, fuhr er fort und zum zweiten Mal an diesem Tag fühlte es sich an, als würde mir jemand in den Magen boxen. »Aber die sind sich einfach nur zu ähnlich. Sturkopf und Sturkopf ist nicht immer die beste Mischung.«

Ich lächelte unverbindlich und drehte mich zu Robin und

Jan, als sie zurückkamen. Er streckte mir die Hand entgegen, die ich ergriff und kurz drückte.

»War schön, dich kennengelernt zu haben, Finn«, sagte er und klang, als meinte er es wirklich so. »Aber ich werde mich jetzt wieder auf den Weg machen.«

Erstaunt zog ich die Brauen hoch. Eigentlich hatte ich erwartet, dass er hierbleiben und Robins Training überwachen würde. Er bemerkte meinen Blick und zwinkerte mir zu.

»In drei Wochen bin ich wieder da, keine Sorge. Bis dahin reicht es, wenn Robin ihr Standardprogramm abspult.«

Sie schnaubte und verdrehte die Augen. Er schlang den Arm um ihre Schulter und drückte ihr einen kurzen Kuss auf die Schläfe.

»Bis dann, Baby«, verabschiedete er sich und grinste frech in meine Richtung, ehe er zum Ausgang marschierte.

»Das macht er nur, um dich zu ärgern«, erklärte Robin kopfschüttelnd. Sie winkte dem Rest des Teams zu, das dabei war, einzupacken, und deutete auf die Tür.

»Sollen wir?«, fragte sie und ich eilte an ihre Seite. Als wir an ihrem Motorrad vorbeikamen, strich sie mit den Fingerspitzen darüber.

»Bis bald, Süße«, murmelte sie.

Grinsend legte ich den Arm um ihre Schulter und schlenderte mit ihr zum Auto.

»So«, meinte ich und startete den Motor. »Was ist der Plan für den Rest des Tages?«

Robin schnaubte. »Ich muss noch trainieren.«

Verwirrt runzelte ich die Stirn. »Aber du hast doch gerade trainiert?«

Sie lächelte und ich hatte das Gefühl, dass ihre braunen Augen viel wärmer wirkten.

»Körperliches Training«, erklärte sie.

»Da wüsste ich was.« Anzüglich wackelte ich mit den Brauen. Robin lachte, drückte mir einen Kuss auf die Wange und schnallte sich an. Sie trank einen weiteren Schluck aus ihrer Wasserflasche, ehe sie fortfuhr.

»Ich muss was für meine Kraft, Ausdauer und Koordination tun.«

Erstaunt riss ich die Brauen hoch. Das hatte ich tatsächlich nicht gewusst. Sie bemerkte meinen Blick und zuckte mit den Schultern.

»Drei bis vier Stunden am Tag ist ein Muss.« Ihr Gesicht verdunkelte sich kurz. »Ich habs die letzten Wochen ein bisschen schleifen lassen. Jetzt muss ich mich wirklich ranhalten.«

Ich nickte und lenkte den Wagen schweigend über die Fahrbahn.

»Worum ging es bei eurem Streit?«, fragte ich sie nach einer Weile.

Robin seufzte und sah aus dem Fenster. Sie schwieg so lange, dass ich glaubte, sie würde gar nicht antworten.

»Um dich«, sagte sie schließlich. »Er hat Angst, dass du eine zu große Ablenkung bist.« Sie grinste, aber es wirkte nicht echt.

»Wieso?«

Nachdenklich fuhr sie mit ihrem Zeigefinger über ihren Mund. Mein Blick blieb an ihrer Lippe hängen und ich stellte mir vor, wie ich an ebendieser knabbern würde. Räuspernd schluckte ich.

»Nachdem er mich unter Vertrag genommen hatte, waren meine Leistungen ganz schön mies«, begann sie zögernd.

Ich sah kurz zu ihr herüber, bevor ich mich wieder auf die Fahrbahn konzentrierte. »Ich hatte Heimweh, hab Josh und Meghan vermisst ...«, wieder zögerte sie. »Und dich.«

»Deine Leistung war wegen mir schlecht?«

Sie zuckte mit den Schultern. »Ja. Nein. Keine Ahnung. Ich war nicht fokussiert. Ich war so mies, dass er kurz davor war, mich wieder rauszuwerfen. Diese Drohung hat mir den Arsch gerettet und ich habe alle meine Energie ins Training gesteckt.« Sie fuhr sich mit der Hand durchs Haar. »Er hat Angst, dass das wieder passiert. Jetzt, wenn ich tatsächlich eine Chance auf den Titel habe.«

Ihr Lächeln und der Feuereifer, der in ihren Augen brannte, bestätigten mir, was ich längst wusste. Es gab nichts, was Robin mehr wollte als diesen Titel. Ich nickte, erwiderte aber nichts. Schlechtes Gewissen machte sich in mir breit.

Eigentlich hatte ich ihr heute alles erzählen wollen. Alles, was sie nicht wusste, aber wissen sollte. Alles, was vielleicht zwischen uns stehen könnte.

Aber würde ich sie mit alldem so sehr ablenken, dass sie ihr Ziel aus den Augen verlor? Dass sie sich ihren größten Traum verbaute, weil mal wieder all ihre Aufmerksamkeit auf mir und dem Ballast lag, den ich mitschleppte?

»Ich werde das schaffen«, riss mich Robin aus meinen Gedanken und ballte ihre Hände zu Fäusten. »Ich werde diese Weltmeisterschaft gewinnen und es diesen ganzen sexistischen Männern zeigen. Pah.« Jetzt wurde ihr Grinsen fast schon diabolisch. »Ich werde Jans Rekord brechen, einfach nur, um es ihm unter die Nase reiben zu können.«

Sie lachte, und auch wenn ihr Lachen eine Saite in meinem Herzen ansprach, die schon lange verklungen war, blieb das schlechte Gewissen. Ich warf ihr einen weiteren Blick zu.

Ihre Wangen waren vor Aufregung gerötet und Entschlossenheit stand in jeder Faser ihres Gesichts.

Ich würde ihr alles sagen.

Nur nicht jetzt.

Kapitel 36

Robin

Heute

Mit zusammengekniffenen Augen musterte ich den Inhalt des Küchenschrankes. Oder dessen Mangel. Eigentlich hatte ich vorgehabt, Finn mit einem romantischen Essen zu überraschen, aber wenn ich mir seine Vorräte so ansah, würde das schwierig werden.

Wie schaffte er es, zu überleben, wenn seine Schränke leer waren? Es standen gerade einmal drei Teller und ein paar Tassen darin. In der Schublade lag nicht mal eine volle Garnitur an Besteck. Ich schob sie zu und öffnete ein paar andere Fächer. Alle leer. Nicht einmal eine Packung Nudeln war in Sicht. Als würde niemand hier wohnen.

Die Haustür öffnete sich und ich zuckte zusammen.

»Robin?«, rief Finn und ich hörte, wie seine Schritte in meine Richtung kamen. Grinsend lehnte er sich gegen den Türrahmen und musterte mich, wie ich verloren in der Küche stand.

»Was machst du denn hier?«, schmunzelte er.

Lachend zuckte ich mit den Schultern und nickte zu seinen Schränken. »Eigentlich wollte ich kochen, aber du hast ja gar nichts hier.« Ich ging auf ihn zu und umarmte ihn. Während ich meinen Kopf auf seine Brust bettete, sprach ich weiter. »Wenn ich es nicht besser wüsste, würde ich nicht einmal ahnen, dass du ein Restaurant führst.«

»Ich habe eine komplett ausgestattete Küche nur eine Etage weiter unten«, schmunzelte er und hauchte mir einen Kuss auf den Scheitel. Daran könnte ich mich definitiv gewöhnen.

»Wenn ich was brauche, gehe ich einfach runter.« Ich drehte meinen Kopf, um ihn anzusehen.

»So kann ich dich aber nicht mit einem romantischen Essen überraschen«, wies ich ihn auf das Problem hin.

»Komm mit«, grinste er und zog mich an der Hand die Treppe hinunter ins *Mezze*.

»Stören wir da nicht?«, fragte ich, als er die Tür zur Küche öffnete. ›Just Staffmembers‹ stand auf einem Zettel.

»Heute ist Montag«, sagte er, als würde das alles erklären.

»Und?«

»Heute haben wir zu«, lachte er.

Stickige Luft schlug uns entgegen, als wir eintraten und Finn die Lichtschalter an der Seite betätigte.

»Montage nutze ich immer dazu, die Buchhaltung auf Vordermann zu bringen«, erklärte er. Dann deutete er mit seiner Hand durch den Raum. »Et voilà. Das Herz des *Mezze*.«

Mit aufgerissenen Augen sah ich mich um. Die Küche war riesig, mindestens dreimal so groß wie die von Josh. Meterlange Arbeitsflächen reihten sich an den Wänden, während es in der Mitte des Raumes mehrere Kochfelder gab. Im hinteren Teil standen eine riesige Spüle und ein Ungetüm, das vermutlich die Geschirrspülmaschine war.

»Was ist dahinter?«, fragte ich und deutete auf eine weiße Tür.

»Das Kühlhaus.« Finn ging mit drei langen Schritten hin und öffnete die schwere Tür.

Ich warf einen Blick hinein und zog erstaunt die Brauen

nach oben. »Das ist alles so …«, begann ich und suchte nach einem passenden Wort. »Groß?«

Ich deutete auf die Tür, die sich im Kühlhaus befand. »Und dahinter ist dann die Tiefkühltruhe?«

Finn zog mich in das Kühlhaus und eine Gänsehaut breitete sich auf meinen Armen aus. Er öffnete die hintere Tür und Eiseskälte schlug uns entgegen.

»Da brauchen wir nicht reinzugehen.«

»Wollte dir nur beweisen, dass du recht hast«, zwinkerte er mir zu. Auf unserem Weg nach draußen griff er nach ein paar Zutaten, die ich aus dem Augenwinkel nicht richtig erkennen konnte. Ich war einfach nur froh, endlich diese Kälte hinter mir zu lassen. Dann zeigte Finn mir den Rest der Küche.

»Und du kochst hier?«, fragte ich ihn, während ich mich auf eine Arbeitsfläche schwang.

Lächelnd holte er Schneidebrett und Messer hervor. »Früher mehr. Mittlerweile nicht mehr so viel.«

»Hat das einen besonderen Grund?«

Er hielt inne und dachte nach. »Nein«, sagte er nach kurzem Zögern. »Eigentlich nicht. Irgendwann war das *Mezze* so beliebt, dass ich mehr Personal brauchte und es nicht mehr alleine geschafft habe.«

Bewundernd musterte ich ihn. Wenn er von seinem Restaurant sprach, bekamen seine Augen diesen ganz besonderen Glanz. Ich beobachtete, wie er eine Paprika in perfekte schmale Streifen schnitt.

»Und was machst du jetzt?«, fragte ich amüsiert.

Er lächelte und drückte mir einen Kuss auf die Lippen. Ich liebte diese kleinen, flüchtigen Küsse. Vielleicht liebte ich die sogar am meisten. Weil sie mir deutlich machten, dass er immer wieder nach einer Möglichkeit suchte, mich zu berühren.

»Du wolltest doch was essen«, lachte er.

»Nicht ganz«, meinte ich und pikste ihm in die Seite. »Eigentlich wollte ich dir etwas kochen.«

Er machte eine wegwerfende Handbewegung. »Ist doch das Gleiche.«

»Und was gibt es?«, fragte ich neugierig und beobachtete fasziniert, wie er das Gemüse schnitt. Seine langen schlanken Finger führten die Bewegungen schnell und routiniert durch; ich hatte nicht gewusst, wie sexy es sein kann, jemanden dabei zu beobachten, Gemüse zu schneiden. Meine Kehle wurde staubtrocken.

»Wie wäre es mit Ratatouille?«, fragte er und hob den Kopf. Seine Augen verdunkelten sich und ich hatte das Gefühl, dass er wusste, was ich gerade gedacht hatte. Allgemein fühlte es sich so an, als hätte Finn eine direkte Verbindung zu meinem Unterbewusstsein.

»Robin«, raunte er und schüttelte den Kopf. Ich rutschte noch ein wenig dichter an ihn und spürte, wie die Hitze seines Körpers auf mich überging. »Das ist keine gute Idee.«

»Wieso nicht?«, fragte ich, während ich mit meinen kühlen Fingern unter seinen Pullover wanderte. Finns Haut war immer so warm.

»Weil …«, sagte er, schluckte und wandte den Blick ab. »Wir sind in einer Küche!« Resolut griff er nach meinen Fingern und legte meine Hand zurück in meinen Schoss. Leise lachend gab ich mich geschlagen und musterte ihn, wie er gekonnt unser Abendessen zubereitete.

Während er kochte, sprachen wir über unseren Tag. Er erzählte mir von seinen Plänen, ein weiteres Restaurant zu eröffnen, ich ihm von meinem Training. Diese ganze Situation war absolut nichts Besonderes, ganz normaler Alltag, und dennoch war es perfekt.

»Singst du eigentlich noch?«, fragte ich ihn das, was mir eben durch den Kopf gegangen war. Früher hatte Finn immer gesungen. Sei es das Intro der Serien, die wir gesehen hatten, oder die Lieder, die im Radio liefen. Und es hatte für mich nichts Schöneres gegeben, als seiner Stimme zu lauschen.

»Wie kommst du denn darauf?«, fragte er verwirrt und zog die Stirn kraus.

»Keine Ahnung«, erwiderte ich schulterzuckend. »Du hattest immer eine so schöne Stimme.«

Finn dachte nach, ehe er den Kopf schüttelte. »Nein, eigentlich nicht.«

Enttäuscht seufzte ich.

Er grinste. »Wieso, hätte mir das Extrapunkte eingebracht?«

Ich lachte. »Was glaubst du denn? Du kannst kochen, bist tätowiert, fährst Motorrad ...«, ich zählte die einzelnen Punkte an meinen Fingern ab. »Wenn du jetzt noch mit einer Gitarre an einem Lagerfeuer sitzen und mir etwas vorsingen würdest, müsste ich dich vermutlich heiraten.«

Ich hatte es einfach so dahergesagt, aber ich registrierte, wie Finn für einen Moment zögerte. Es war nur eine Millisekunde, dennoch hatte ich es bemerkt.

»Willst du mal heiraten?«, fragte er und versuchte, beiläufig zu klingeln. Ansehen tat er mich aber nicht. Als hätte er Angst vor dem, was er dann entdecken würde.

»Hättest du mich vor einem Jahr gefragt, hätte ich wahrscheinlich Nein gesagt«, erwiderte ich, nachdem ich eine Weile über seine Frage nachgedacht hatte.

Finn legte das Messer beiseite, drehte seinen Kopf zu mir und musterte mich. »Wieso?«

»Ich konnte mir einfach nicht vorstellen, dass ich jemals jemanden finde, mit dem ich das will«, sagte ich gleichgültig, dabei steckte hinter meinen Worten so viel mehr Wahrheit, als ich bereit war, zuzugeben.

Ich hatte mir nicht noch einmal das Herz brechen wollen. Liebeskummer war scheiße. Das wusste ich und das wusste der Rest der Welt.

Sich das Herz brechen zu lassen, war jedoch anders. Ein gebrochenes Herz fühlte sich an, als würde jemand einem die Kehle zuschnüren und die Luft aus den Lungen boxen. Die ganze Welt blieb stehen und ganz gleich, wie oft man blinzelte, sie drehte sich einfach nicht weiter.

Ich hatte mir einmal das Herz brechen lassen und ich war seitdem nicht mehr bereit gewesen, das Risiko ein weiteres Mal einzugehen. Ich glaubte nicht, dass ich es ein zweites Mal überleben würde.

»Träumt nicht jedes Mädchen von einem Für-immer?«, fragte er und versuchte belustigt zu klingen. Dabei vernahm ich den ernsten Ton in seiner Stimme. Vielleicht weil er ahnte, woran ich gedacht hatte.

»Ich nicht«, gestand ich leise. »Ich brauche kein Für-immer.« Finn musterte mich eindringlich, als wüsste er, dass ich nicht alles gesagt hatte. »Mir reicht ein Leben lang.«

Der Blick, mit dem er mich jetzt betrachtete, ging mir direkt unter die Haut. Als könnte er bis auf den Grund meiner Seele sehen. Es kam mir vor, als wäre ich bis zu diesem Moment ein verschlossenes Buch gewesen, dessen Schlüssel nur er gehabt hatte und das er jetzt öffnete. In genau diesem Augenblick.

»Und dieses Ein-Leben-Lang«, sagte er und seine Stimme klang rau vor Emotionen. »Glaubst du, dass ...«, er brauchte seinen Satz nicht einmal zu beenden. Ich wusste auch so, was er sagen wollte. Weil Finn und ich uns schon immer ohne Worte verstanden hatten.

»Ich sag dir was«, unterbrach ich ihn, weil ich noch nicht bereit war, alle Karten auf den Tisch zu legen. Noch musste ich mein Herz hüten. Denn ich wusste, wenn er es mir ein weiteres Mal brechen würde, könnte ich mich nicht davon erholen. Ich lenkte Finns Blick auf meinen linken Unterarm.

»Wenn du herausfindest, was dieses Tattoo bedeutet, dann beantworte ich dir deine Frage.«

Er grinste siegessicher und ich wusste, dass er keine Ruhe geben würde, bis er das Geheimnis gelüftet hatte.

»Deal«, sagte er und mein Herz raste in meiner Brust. Weil es wusste, wenn er es herausfinden würde, wären alle Karten auf dem Tisch. Dann würde er das wissen, was ich nicht auszusprechen wagte.

Kapitel 37

Robin

Heute

»Bist du dir sicher, dass das eine gute Idee ist?« Unsicher biss ich mir auf die Unterlippe. Finn war gerade aus dem Bett gesprungen und hatte sich eine Boxershorts angezogen, während ich mir die Decke geschnappt und um meinen Körper gewickelt hatte. Obwohl er schon alles von mir gesehen hatte, kam es mir irgendwie seltsam vor, nackt vor ihm zu sitzen.

»Wieso sollte es keine gute Idee sein?«, fragte er und runzelte die Stirn. »Du kennst Julian und Mara doch! Und außerdem hat Julian dich vor ein paar Wochen aus dem Club begleitet, wenn ich mich richtig erinnere.« Finn nickte mir zu.

Noch immer zögerte ich. Auch wenn ich die beiden kannte und Julian mich vor wenigen Wochen vor Finn gerettet hatte – nur um dann gemeinsam mit mir fotografiert zu werden und in der Tageszeitung zu landen –, fühlte es sich seltsam an, mit ihnen essen zu gehen.

»Aber –«, begann ich, wurde aber direkt von Finns Lippen unterbrochen, die sich auf meine legten.

»Wovor hast du Angst?«, fragte er, nachdem er mir die gesamte Luft aus den Lungen geküsst hatte.

Unsicher spielte ich mit meinen Haarspitzen. »Keine Ahnung.«

Das Letzte, was ich wollte, war, Finn zu erklären, welche Gedanken ich mir machte. Die vergangenen Tage waren schön gewesen, locker. Wir hatten miteinander geredet, gelacht, den Körper des anderen erkundet. Finn hatte mir die Geschichten von ein paar seiner Tattoos erzählt, ich ihm von meinen Rennen und dem Training. Fast war es, als hätten wir genau dort angeknüpft, wo wir vor acht Jahren aufgehört hatten. Bevor die ganze Sache mit Sara gewesen war. Ich verzog das Gesicht, als hätte ich in eine Zitrone gebissen.

Sara. Ein Thema, das wir immer noch nicht angesprochen hatten. Es war offensichtlich, dass sie keine Rolle mehr in seinem Leben spielte, und trotzdem sprachen wir nicht über sie. Als wäre allein die Erinnerung etwas, was unsere Beziehung nicht aushalten würde.

Aber hatten wir das überhaupt? Eine Beziehung? Wir hatten nie definiert, was das zwischen uns war, aber wenn ich nach meinem Herz ging ... Dann war das zwischen uns etwas, was meinen Untergang bedeuten würde, wenn er mich wieder fallen ließe.

»Mach dir nicht so viele Gedanken«, riss Finn mich zwinkernd aus ebendiesen. Sein Zeigefinger ruhte auf meiner Lippe und er musterte mich eindringlich. »Du hast dich doch immer gut mit Mara verstanden und Julian mag dich ebenfalls.«

»Wieso sollte er mich auch nicht mögen?«, plusterte ich mich auf und beschloss, meine Zweifel für den Moment ruhen zu lassen. So lange, bis uns beiden klar war, was das mit uns war und ob es eine Zukunft haben würde. »Jeder mag mich.«

Leise lachte er, drückte mir noch einen weiteren sanften Kuss auf den Mundwinkel, ehe er sich abwandte und ein Hemd aus dem Schrank zog. Während er es zuknöpfte, musterte ich ihn eingehend.

»Gefällt dir, was du siehst?«, fragte er amüsiert und schenkte mir einen sinnlichen Blick.

»Vielleicht«, lächelte ich und ließ mich auf dem Bett zurückfallen. Er fixierte meinen Oberkörper, der bei der Bewegung freigelegt wurde.

»So verführerisch dein Anblick auch ist ...«, raunte er und ich hatte das Gefühl, dass seine Iriden jetzt wieder mehr flüssigem Silber glichen als einem Sturm. »Wir sind spät dran.« Er nickte zur Uhr, die auf dem Nachttisch stand.

Nervös strich ich mir über die Beine. Ich hatte mich für eine dünne Lederleggins und einen weißen Rollkragenpullover entschieden. Dazu trug ich hohe Schuhe. Finn hatte mein Outfit mit einem gemurmelten »Wir sollten hierbleiben« quittiert.

Er stieß die Hintertür zum *Mezze* auf und Stimmengewirr sowie der Geruch nach frischen Kräutern schlugen uns entgegen. Es war das erste Mal, dass wir uns gemeinsam in der Öffentlichkeit zeigen würden. Bislang hatten uns die vier Wände seiner Wohnung vor den Augen der Welt geschützt und wir hatten diese Zweisamkeit genossen. Jetzt war es an der Zeit festzustellen, ob wir auch außerhalb dieser Wände Bestand hatten.

»Da sitzen sie«, flüsterte Finn in mein Ohr, im selben Moment, in dem ich Maras roten Lockenschopf entdeckt hatte.

Sie und Julian saßen weit hinten im Restaurant, verborgen vor den neugierigen Blicken der anderen Gäste, und schienen über irgendetwas zu diskutieren. Finn legte seine Hand auf meinen unteren Rücken und dirigierte mich in ihre Richtung. Aus den Augenwinkeln nahm ich wahr, wie der ein oder andere Gast in seinem Gespräch innehielt, Finn knapp zunickte und mich neugierig musterte. Auch wenn ich mir die

Haare zu einem unordentlichen Dutt frisiert hatte, fielen sie mehr als deutlich auf. Etwas, was mich sonst nicht störte, ich in diesem Moment aber verfluchte.

»Hey, Leute«, begrüßte Finn die zwei. Maras Kopf ruckte herum, als hätte sie uns nicht kommen hören. Sobald ihr Blick auf mich fiel, schenkte sie mir ein breites Grinsen, stand auf und schlang ihre Arme um meinen Körper.

»Schön, dich endlich wiederzusehen, Robin«, meinte sie.

Im ersten Moment war ich viel zu perplex und brauchte ein paar Sekunden, bis ich ihre Umarmung erwiderte.

Als sich Mara von mir löste, musterte sie mich neugierig. »Du siehst gut aus.«

Ich lächelte. »Du auch«, erwiderte ich das Kompliment.

Sie lachte, was ihre grünen Iriden aufblitzen ließ. »Abgesehen von den metertiefen Augenringen meinst du wohl«, zwinkerte sie mir zu und klopfte auf den Stuhl neben sich.

Julian nickte mir zu, ehe er mir eine Karte reichte. »Schön, dass ihr es einrichten konntet«, meinte er.

»Wo ist Lars?«, fragte ich und sah kurz über meine Schulter. Auch wenn nicht die Rede davon gewesen war, dass er ebenfalls dazustoßen würde, hatte ich es irgendwie erwartet. Julian, Finn und Lars waren ein eingeschweißtes Trio und dieses nicht vollständig zu sehen, war ... seltsam.

»In Mali«, meinte Julian schulterzuckend. »Er wird erst in ein paar Wochen wiederkommen.« Er grinste breit. »Jetzt muss er erst einmal die Neueinsteiger quälen.«

Wir lachten und ich widmete mich der Karte. Im Gegensatz zu den anderen kannte ich diese noch nicht auswendig und musste mir einen Überblick verschaffen.

»Du solltest die Muscheln nehmen«, flüsterte Finn mir ins Ohr und sein warmer Atem löste eine Gänsehaut auf meinem Körper aus.

»Wer isst denn bitte Muscheln?«, fragte ich ihn spöttisch.

Er grinste mir eindeutig zu. »Muscheln sind ein Aphrodisiakum«, raunte er verheißungsvoll. Meine Wangen färbten sich rot und ich hoffte, dass es im Restaurant zu dunkel war, als dass es den Gästen auffiel.

»Wenn du das nötig hast, solltest du dir vielleicht eine Portion bestellen«, konterte ich mit einem tiefen Wimpernschlag, der ihn für einen Moment aus dem Konzept zu bringen schien. Leise lachend schüttelte er den Kopf und wandte sich wieder an Julian.

»Wie läuft dein Training, Robin?«, sprach Mara mich an, nachdem ich mich für eine Lasagne entschieden und die Karte zur Seite gelegt hatte.

»Gut«, strahlte ich und nahm einen Schluck von dem Wein, den Finn für mich bestellt hatte.

»Sie trainiert so viel«, mischte er sich mit einem ungläubigen Schütteln seines Kopfes ein. »Dass es mich wundert, dass sie kein Sixpack hat.«

»Ich liebe fettige Pizzen einfach zu sehr«, erwiderte ich und klopfte auf meinen Bauch, der sich weicher als sonst anfühlte. Würde ich mitten in der Saison stecken, wäre das anders.

Julian zog eine Braue in die Höhe. »Wieso trainierst du nicht bei mir?«, meinte er und verschränkte die Arme vor der Brust.

»Weil ...«, setzte ich zu einer Erklärung an, doch ich wusste keine. Natürlich hatte ich von Julians Studio gehört, war aber nicht auf die Idee gekommen, mich dort anzumelden. Wieso eigentlich nicht? »Finn hat mir nicht gesagt, dass das möglich wäre«, beschloss ich, ihm den schwarzen Peter zuzuschieben.

Empört schnaubte er und Mara kicherte.

»Komm morgen vorbei«, nickte Julian mir zu. »Ich kann dir dann alles zeigen.« Lächelnd nahm ich die Einladung an.

»Sie wird dich in den Schatten stellen«, prophezeite Finn, auch wenn ich das nicht glauben konnte. Ich wusste, dass ich trainiert war. Schließlich galt ich als Leistungssportlerin, aber mit Julian – der auch Mister Olympia hätte werden können –

konnte ich mich nicht messen.

Mara lenkte das Gespräch auf ihre kleine Tochter, sie zeigte mir Bilder von Molly und ihre Augen sprühten überglückliche Funken. Ich bemerkte, dass Julian sie mit einem liebevollen Lächeln betrachtete. Das hatte er damals schon getan und ich musste mir verkneifen, in Finns Richtung zu sehen. Früher hatte ich mir immer gewünscht, dass er mich auch so ansah.

Das Essen wurde an unseren Tisch gebracht und begeistert begannen wir unsere Portionen zu verschlingen.

»Kochst du eigentlich noch selbst?«, fragte ich an Finn gewandt zwischen zwei Bissen.

Es war seltsam still geworden und ich warf einen verwirrten Blick zu Mara und Julian. Die wiederum musterten Finn neugierig. Er tupfte sich mit einer Serviette den Mund ab, ehe er antwortete.

»Nein, nicht mehr so häufig.«

»Wieso?«, fragte ich weiter. Die letzten Tage hatte Finn gekocht und ich fand, dass es sogar eine Spur besser geschmeckt hatte als die Lasagne jetzt.

»Das hat keinen bestimmten Grund«, meinte er ruhig und nahm einen Schluck von seinem Whiskey. »Ich will ein zweites Restaurant aufmachen und das verschlingt viel Zeit. Außerdem habe ich hier ein gutes Team, auf das ich mich verlassen kann.«

Erstaunt zog ich die Brauen nach oben. Davon hatte er noch gar nichts erzählt.

»Weißt du schon, wo?«, hakte ich neugierig nach und auch Mara und Julian verfielen wieder in ein gemurmeltes Gespräch. Die Atmosphäre wirkte viel entspannter als noch vor wenigen Sekunden und ich fragte mich, wieso. Hatte ich was Falsches gesagt?

»Ich hab ein paar Immobilien im Auge, aber noch kein fixes Angebot.«

Liebevoll nahm ich seine Hand und schenkte ihm ein aufmunterndes Lächeln.

»Du wirst schon was Gutes finden.«

Er drückte mir einen Kuss auf die Schläfe und legte seinen Arm um mich. Dann wandte er sich an Julian und die beiden besprachen das letzte Bundesligaspiel.

»Euch hat es ganz schön erwischt, oder?«, zwinkerte Mara mir zu. Wieder schoss mir die Hitze in die Wangen und ich zuckte mit den Schultern.

»Ich weiß gar nicht so genau, was das mit uns ist«, gestand ich ihr leise und warf einen kurzen Blick zu Finn. Der war jedoch so in sein Gespräch mit Julian vertieft, dass er nicht mitbekam, was wir besprachen.

»Ich glaube, jeder kann sehen, was das ist«, schnaubte sie.

Neugierig zog ich die Brauen hoch und forderte sie stumm dazu auf, weiterzureden.

Sie lächelte. »Etwas für immer.«

Wir unterhielten uns noch stundenlang mit Mara und Julian. Die beiden behandelten mich, als wäre ich nie weg gewesen und schon immer ein Teil von Finns Leben –irgendwie gefiel mir das.

Es war mitten in der Nacht, als wir wieder in Finns Wohnung gingen. Wir küssten uns fieberhaft und schafften es kaum die Treppe hinauf. In meinem Hinterkopf hörte ich immer wieder Maras Worte. »Etwas für immer.« Während Finn versuchte, den Schlüssel in das Schloss zu stecken, knabberte ich mich mit den Lippen seinen Hals entlang.

»Robin«, keuchte er und umschloss fest meine Finger, als ich an seinem Gürtel zu nesteln begann und meine rechte Hand unter den Bund seiner Jeans schob. »Du kannst nicht ...«

»Nicht?« Ich funkelte ihn amüsiert an. Sein Blick glitt hungrig über mich, aber in seinen Augen lag noch mehr. Etwas, was mein Herz schneller schlagen ließ, ich aber nicht benennen konnte, oder wollte. Zumindest für den Moment.

Kapitel 38

Robin

Heute

Als ich das Fitnessstudio betrat, hörte ich, wie Gewichte aufeinanderprallten. Seltsamerweise fühlte sich dieses Geräusch fast nach zu Hause an. Vielleicht weil jedes Fitnessstudio – ganz gleich, auf welchem Kontinent ich mich befand – genauso klang.

»Robin«, rief Julian und kam mit einem breiten Lächeln auf mich zu.

Er hatte gerade noch hinter der Theke gestanden und sich mit einer jungen, blonden Frau unterhalten. Neugierig betrachtete sie mich, als müsste sie abschätzen, ob ich eine Konkurrenz für sie darstellte. Julian umarmte mich, ehe er mich an der Theke vorbei zu den Umkleiden führte. Kurz stellte er mir seine Mitarbeiterin vor.

»Das ist Claire. Sie schmeißt den Laden hier, wenn ich mal nicht da bin.«

Nichtssagend lächelte ich ihr zu und versuchte ihr mit meinen Augen die Warnung zu vermitteln, die ich nicht aussprechen konnte. Ich war bereits lange genug mit Jan unterwegs, um zu wissen, wie eine Frau auf der Jagd aussah.

Nachdem ich mich umgezogen hatte, zeigte Julian mir die Fitnessgeräte und gab mir eine kurze Einweisung. Als ob ich die nötig gehabt hätte.

Zuerst begann ich mein übliches Programm und lief eine Stunde auf dem Laufband. So lange, bis meine Lunge brannte, der Schweiß mir von der Stirn tropfte und ich mich am liebsten in die nächste Ecke geworfen hätte. Keuchend schaltete ich das Laufband aus. Julian war die ganze Zeit neben mir gelaufen. Zu Beginn hatten wir uns noch unterhalten, ehe wir beide irgendwann keine Puste mehr dafür gehabt hatten. Auch er keuchte mittlerweile schwer. Während wir gemeinsam zur Freihantelfläche schlenderten, wischte ich mir mit einem Handtuch den Schweiß von der Stirn.

Wir trainierten weitere zwei Stunden. Hin und wieder korrigierte Julian meine Haltung – etwas, was sonst mein Personaltrainer tat – oder schlug mir andere Übungen vor. Da mich manchmal die Eintönigkeit des Trainings nervte, nahm ich seine Vorschläge dankbar an und hoffte, dass Jan nichts dagegen hätte, wenn ich diese in meine Routine integrieren würde.

»Soll ich dir einen Shake machen?«, fragte er mich lächelnd, nachdem ich frischgeduscht aus der Umkleidekabine kam.

Dankbar nickte ich und ließ mich auf einen der Barhocker fallen.

Meine Beine zitterten und ich wusste, dass ich morgen den Muskelkater meines Lebens haben würde. Beim Training war ich an mein absolutes Limit gegangen und ich war mir sicher, dass das an Julian lag. Ein Teil von mir hatte ihn beeindrucken wollen, der andere Teil hatte nicht klein beigeben wollen, als er mehr Sätze bei den Übungen gemacht hatte als ich. Das würde sich morgen definitiv rächen.

»Hier«, meinte er und stellte mir einen rosafarbenen Shake vor die Nase.

»Was ist das?«, fragte ich und nahm einen großen Schluck.

Es schmeckte nach Vanille und Himbeere und ich seufzte zufrieden auf.

Julian zwinkerte mir zu. »Gut?«, fragte er und ließ sich auf den Hocker neben mir fallen.

Ich nickte und beobachtete, wie jeder, der an uns vorbeiging, ihm ein knappes Nicken oder einen kurzen Klopfer auf die Schulter schenkte.

»Du bist ganz schön beliebt, was?«, scherzte ich, weil ich nicht genau wusste, was ich sonst sagen sollte. Es war seltsam, hier mit Julian zu sitzen, schließlich hatten wir noch nie etwas alleine gemacht. Immer waren die anderen dabei gewesen.

»Ist halt mein Fitnessstudio«, wies er mich auf das Offensichtliche hin.

Ich zuckte mit den Schultern und nahm einen weiteren Schluck von meinem Shake. »Der ist wirklich gut.«

»Brich ihm nicht das Herz«, sagte Julian aus dem Nichts.

Erstaunt zog ich die Brauen hoch.

Er seufzte und schenkte mir ein entschuldigendes Lächeln. »Ich weiß, dass mir das nicht wirklich zusteht«, er zögerte. »Aber, dass du damals gegangen bist, hat ihm den Boden unter den Füßen weggerissen.«

Ich presste meine Lippen zu einer dünnen Linie. »Du weißt, warum ich gegangen bin.«

Julian schüttelte den Kopf. »Nein. Er hat uns nie erzählt, was zwischen euch vorgefallen ist.«

Ungläubig sah ich ihn an. »Er hat was ...?«, Ich konnte mir beim besten Willen nicht vorstellen, dass er seinen Freunden nie erzählt hatte, was in dieser Nacht passiert war.

Julian schüttelte den Kopf. »Wir haben es jahrelang versucht, aber er hat sich immer ausgeschwiegen und behauptet, dass nichts war.«

Skeptisch musterte ich Julian.

»Aber was ich weiß, ist, dass er, seit du weg warst, nicht mehr derselbe war.« Er runzelte die Stirn. »Also bitte brich ihm nicht wieder das Herz. Das Leben war schon hart genug zu ihm.«

Zu gerne wollte ich ihn fragen, was er damit meinte. Wollte hören, wie Finns Leben weiterging, nachdem ich gegangen war. Was war aus Sara geworden? Wieso war sie kein Teil seines Lebens mehr, wenn sie doch damals den wichtigsten Platz darin eingenommen hatte? Ich hatte so viele Fragen, die ich ihm am liebsten alle gestellt hätte. Aber ich war zu stolz, um ihm zu offenbaren, dass Finn und ich über all diese Dinge nicht geredet hatten, also nickte ich knapp.

»Ich hoffe eher, dass er mir mein Herz nicht wieder bricht«, murmelte ich zu mir selbst.

»Ich reiße ihm den Arsch auf, wenn er es tut«, brummte Julian.

Mit großen Augen sah ich ihn an. »Was hast du bitte für gute Ohren?«

Er zuckte grinsend mit den Schultern. »Ich bin Vater. Ich höre alles.«

Lachend schüttelte ich den Kopf und war froh, dass wir von diesem schweren Thema weggekommen waren.

Ich wollte nicht weiter über Finn nachdenken. Nicht, wenn sich alle meine Gedanken sowieso um ihn drehten. In jeder freien Sekunde.

Kapitel 39

Robin

Heute

»Robin«, sagte Marisa erstaunt, als sie mich vor ihrer Tür stehen sah.

Ohne auf eine Einladung zu warten, quetschte ich mich an ihr vorbei. Ihr Koffer stand noch in der Ecke des Flurs. Als ich mich umdrehte, hatte sie die Tür gerade geschlossen und etwas von »Komm doch rein« gemurmelt. Marisa bemerkte, dass ich sie gehört hatte, und Röte schoss ihr in die Wangen. Irgendetwas an ihr war anders, aber ich wusste nicht, was.

»Wie geht es dir?«, fragte ich vorsichtig und versuchte den mitleidigen Ton aus meiner Stimme rauszuhalten.

Sie seufzte und deutete auf die Küche. Bevor sie mir eine Antwort gab, kochte sie Kaffee. Die ganze Zeit über saß ich am Küchentisch und beobachtete sie. Dafür, dass Marisa die letzten zwei Wochen auf den Malediven verbracht hatte, hatte sie kaum Farbe abbekommen. Sie stellte eine volle Tasse vor meine Nase.

»Möchtest du Kekse?«

Ich schüttelte den Kopf.

Marisa ließ sich auf ihren Stuhl fallen und pustete sich eine

Haarsträhne aus dem Gesicht.

»Sprich mit mir.« Ich sprach leise, aber eindringlich. Ich hatte meine Hand auf ihre gelegt und drückte sie kurz.

Sie zögerte. »Mir gehts gut. Also so gut, wie es die Umstände eben zulassen.«

Ich nickte und wartete, ob sie noch etwas sagen würde, aber sie schwieg. Stattdessen nahm sie einen großen Schluck von ihrem Kaffee.

»Trinkst du den nicht normalerweise mit Zucker?«, fragte ich stirnrunzelnd.

Wieder zuckte sie nur mit den Schultern. Eine Weile schwiegen wir uns einfach an.

»Hast du noch mal was von ihm gehört ...?«, begann ich zögerlich.

»Ja.« Sie zeichnete mit ihrem Finger kleine Kreise auf dem Tisch. »Er hat mir gesagt, dass ich meine Sachen abholen soll.« Marisa verzog das Gesicht. »Und dass er, jetzt wo ich ja die Reise angetreten habe, die Hälfte des Geldes wiederhaben will.«

Ich spürte, wie meine Halsschlagader verdächtig zu pulsieren begann. »Er hat was?«, zischte ich gefährlich leise und musste mich zusammenreißen, um meine Hände nicht zu Fäusten zu ballen. Schließlich war ich nicht auf Marisa wütend. Aber Alexander würde ich gerne einmal mit meinem Motorrad überfahren. Vielleicht auch zweimal. Marisa hingegen zuckte nur mit den Schultern.

»Whatever ...«

Verwirrt musterte ich sie. »Bist du gar nicht ...« Ich suchte nach dem richtigen Wort. » ... Traurig?« Vor einiger Zeit noch – waren das wirklich gerade einmal vier Wochen? – hatte sie mich gezwungen herzukommen, damit ich bei ihrer Traumhochzeit dabei sein könnte. Jetzt wirkte sie, als gäbe es nichts, was sie weniger interessierte.

»Ich war traurig«, nickte Marisa, nachdem sie eine Weile

über meine Frage nachgedacht hatte. »Aber jetzt habe ich einfach nur noch resigniert.« Während sie das sagte, fielen mir die Falten auf ihrer Stirn auf und die Ringe unter den Augen. Sie sah so unfassbar müde und niedergeschlagen aus, dass ich sie in den Arm nehmen und nie wieder loslassen wollte.

»Und wütend«, flüsterte sie so leise, dass ich sie fast nicht verstanden hatte.

»Wütend?«, wiederholte ich und schmiedete in meinem Kopf bereits Pläne. »Da kann ich behilflich sein.«

Keine halbe Stunde später standen wir vor dem kleinen Haus, in dem Alex wohnte. Erst jetzt fiel mir auf, dass Marisa nie zu ihm gezogen war.

»Wieso habt ihr nie zusammengewohnt?«, sprach ich meinen Gedanken aus.

Sie zog die Stirn kraus. »Vielleicht damit mir nicht auffällt, dass er ein betrügerischer Bock ist«, brummte sie. Dann warf sie einen Blick auf die Einkaufstüte, die zu unseren Füßen stand. Dieses Mal furchte sich ihre Stirn vor Besorgnis.

»Meinst du wirklich, dass wir das machen können?« Unschlüssig biss sie sich auf ihre Lippe.

Mein Grinsen wurde noch eine Spur breiter und ich griff nach einem der Eierkartons. »Warum denn nicht?«, grinste ich und ergründete für ein paar Momente das Gewicht des Eis in meiner Hand.

»Ist das nicht eine Straftat?«, fragte sie noch immer skeptisch, hielt aber bereits selbst eine Packung umklammert.

»Nach Paragraph 13 Absatz 2 ist Betrug ebenfalls eine Straftat«, entgegnete ich und maß mit dem Auge die Entfernung zu seinem Auto.

»Woher weißt du sowas?«, erwiderte Marisa erstaunt.

Frech grinste ich sie an und zuckte mit den Schultern. »Ausgedacht.«

Sie lachte.

»Würdest du dir die Ehre erweisen und beginnen?« Ich

deutete auf seinen Wagen.

Einen weiteren Moment sah Marisa eher skeptisch drein, ehe sich etwas in ihrem Gesicht veränderte.

»Er hat dieses Auto immer mehr geliebt als mich«, stieß sie aus und warf mit einem entschlossenen Gesichtsausdruck das erste Ei. Natürlich landete es nicht auf seinem Auto. Eigentlich landete es nicht einmal in der Nähe und wir beide prusteten los.

»Noch mal, Marisa«, feuerte ich sie an und sie warf ein zweites und drittes Ei, die beide ihr Ziel nicht verfehlten. Nachdem sie einen Karton geleert hatte und sich nach dem zweiten bückte, begann auch ich damit, sein Auto abzuwerfen.

»Das fühlt sich so gut an, Robin«, strahlte Marisa nach weiteren zwei Packungen.

Mittlerweile wunderte es mich, dass die Alarmanlage des Wagens nicht losschrillte oder irgendjemand uns angesprochen hatte. Schließlich standen wir am helllichten Tage mitten auf der Fahrbahn und bewarfen ein Auto. Aber vielleicht waren auch die Nachbarn der Meinung, dass Alex es verdient hatte.

»Es fehlen nur noch drei Packungen«, meinte ich und zwinkerte Marisa zu.

Ich war so auf das Werfen konzentriert, dass ich ihr Weinen erst bemerkte, als sie aufschluchzte. Abrupt ließ ich den Eierkarton fallen und wandte mich zu ihr.

»Marisa«, sagte ich und nahm sie in den Arm. Sie hielt noch immer ein Ei in der Hand, während sie mit der anderen Hand ihre Augen bedeckte.

»Shh«, flüsterte ich und strich über ihren Rücken. Ich war froh, dass sie endlich weinte. Ihre Abgeklärtheit hatte sich irgendwie falsch angefühlt.

»Können wir von hier weg?«, fragte sie zwischen zwei Schluchzern. Mittlerweile machte sich Schluckauf bei ihr bemerkbar.

Ich nickte und führte sie zum Auto. »Du müsstest fahren«, meinte ich etwas zerknirscht und wünschte mir das erste Mal, dass ich diesen bescheuerten Autoführerschein doch gemacht hätte.

Marisa schnaubte, aber es klang eher belustigt als genervt.

Wir setzten uns ins Auto, Marisa sammelte sich allmählich und nahm dankbar das Taschentuch an, das ich ihr reichte. Sie schloss die Augen, warf mir ein ebenso warmes wie trauriges Lächeln zu und startete den Motor.

Kurz bevor wir um die Ecke bogen, warf ich einen letzten Blick in den Rückspiegel. Ein breites Grinsen formte sich auf meinem Gesicht, als ich sah, dass Alexander vor seinem Auto stand und entsetzt die Hände in die Luft gestreckt hatte. *Mission accomplished.*

»Kannst du hier kurz halten?«, fragte ich und deutete auf den Supermarkt, der nur hundert Meter von uns entfernt war.

»Wieso?« Marisa runzelte die Stirn, bog aber bereits auf den Parkplatz ab.

»Vertrau mir«, zwinkerte ich, hüpfte aus dem Wagen und lief im Eiltempo durch den Laden.

Ich brauchte keine drei Minuten, um die richtige Eiscreme auszusuchen. Eis hatte noch jeden Herzschmerz geheilt. Als ich wieder ins Auto sprang, verzog Marisa für einen Augenblick das Gesicht, als sie sah, was ich in der Hand hielt. Jedoch war dieser Moment so kurz, dass ich mir sicher war, ihn mir nur eingebildet zu haben.

»Was sollen wir denn damit?« Amüsiert schüttelte sie den Kopf.

»Was sollen wir denn damit?«, wiederholte ich ihre Frage ungläubig. »Na, was wohl? Wir fahren jetzt an den See und werden so viel Eiscreme essen, bis das Herz weniger wehtut.«

»Oder wir einen Brainfreeze erleiden«, sagte Marisa trocken.

Lachend nickte ich. »Oder eben das.«

Obwohl es mittlerweile Dezember war und in ein paar Tagen Weihnachten sein würde, war der See nicht zugefroren. Marisa hatte den Wagen so nah wie möglich am Ufer geparkt; während wir das Eis löffelten, starrten wir aus der Windschutzscheibe.

»Ich frage mich, ob ich es hätte bemerken sollen … oder können«, sagte sie nach einiger Zeit, ohne mich anzusehen. Von der Seite musterte ich sie und wartete, ob sie mir erzählen würde, was passiert war.

»Es war nicht immer nur schlecht mit Alex«, seufzte sie. »Am Anfang war alles wirklich toll. Aber mit der Zeit wurde es … anders. Kühlte sich ab.« Sie zuckte mit den Schultern.

»Ich habe wieder weniger Sport gemacht und das hat ihn – unter anderem – genervt.« Ich schnaubte. Wie oberflächlich konnte man sein?

»Ich hab mich wirklich gehen lassen«, beteuerte sie und nahm diesen Arsch auch noch in Schutz. »Und je mehr Kilos auf die Waage kamen, umso weniger habe ich mich getraut, mit ihm auszugehen. Ich hab gedacht, dass er sich für mich schämen würde.«

»Marisa«, flüsterte ich, aber sie schüttelte den Kopf, als wollte sie mir klarmachen, dass sie sich erst einmal alles von der Seele reden musste.

»Ich habe es geahnt, weißt du«, gestand sie mir leise. »Das da eine andere Frau war. Ich habe rote Lippenstiftränder an seinem Hemd gesehen und …«, sie schluckte und senkte die Lider. »Statt ihn darauf anzusprechen, habe ich ihn gedrängt, endlich ein Hochzeitsdatum festzulegen.«

»Wieso?«

Es dauerte eine Weile, bis sie mir antwortete. »Vielleicht, weil ich Angst davor hatte, alleine zu sein. Lieber unglücklich mit jemand anderem als unglücklich alleine, oder?«, scherzte sie freudlos.

Ich rutschte näher an sie heran und umarmte sie. Hatte keine Worte für das, was sie mir gerade erzählt hatte, wünschte mir einfach, dass ich ihr den Schmerz irgendwie nehmen könnte.

Also hielt ich sie. Bis sie nicht mehr weinte.

»Ich hab das vermisst«, sagte sie leise.

»Ich auch.« Kurz drückte ich ihre Hand.

Sie warf mir ein kleines Lächeln zu. »Wirst du jetzt wieder öfter hierherkommen?«, fragte sie mit schiefgelegtem Kopf.

Nachdenklich sah ich nach draußen und biss mir unschlüssig auf die Lippen. Wir waren hier, weil ihr Herz wehtat, nicht weil wir mal wieder über mich und Finn reden sollten. Schließlich hatten wir das früher immer getan und heute hatte ich wirklich kein Interesse daran, mich mit meinen Problemen in den Mittelpunkt zu stellen.

»Robin?«, hakte Marisa nach. Ich war zu lange in meine Gedanken vertieft. »Was verschweigst du mir?«

Ich seufzte und zog den Schlüssel aus der Hosentasche, den Finn mir vor wenigen Stunden gegeben hatte.

»Er hat mir einen Schlüssel zu seiner Wohnung gegeben«, murmelte ich und konnte es selbst kaum glauben.

»Wer?«, fragte sie verwirrt und zog die Stirn kraus. »Josh?«

Ich verzog das Gesicht und schüttelte den Kopf. Marisa hatte nichts von dem mitbekommen, was die letzten Wochen passiert war. Weder wusste sie, dass ich mit Finn geschlafen noch dass ich jede freie Minute mit ihm verbracht hatte. Und in ihn verliebt war. Immer noch.

Ich fragte mich, ob es überhaupt eine Zeit gegeben hatte, in der ich nicht in ihn verliebt gewesen war. Ob ich mir all die Jahre nicht einfach nur eingeredet hatte, über ihn hinweg zu sein.

Ich dachte an alles, was wir die letzten zwei Wochen erlebt hatten. All unsere Gespräche, jedes noch so kleine Lachen, jeden noch so bewundernden Blick von ihm. Wie er mit seinen Fingerspitzen – und Lippen – meine Tattoos nachgefahren war, wie er Worte der Verehrung in mein Ohr geflüstert hatte. Ich sah seinen nackten Körper förmlich vor mir, sein Lachen, das Blitzen seiner Augen, wenn er einen Scherz gemacht hatte. Und ich spürte das schnelle Schlagen meines Herzens in der Brust, die Schmetterlinge, die in meinem Bauch flatterten, und wusste, dass ich verloren war.

Hoffnungslos und unwiderruflich. Ich liebte Finn Roth. Und erst jetzt in diesem Moment wurde mir bewusst, dass ich das schon immer getan hatte. Dass ich nie damit aufgehört hatte.

»Robin?«, fragte Marisa und ihre Stimme klang schriller als sonst. Offenbar hatte sie mich schon ein paar Mal angesprochen. »Was habe ich verpasst?«

»Finn hat mir diesen Schlüssel gegeben«, sagte ich, weil ich keinen besseren Einstieg wusste.

»Finn?« Ihr Kiefer klappte herunter und verdattert starrte sie mich an. »*Der* Finn?«

Ich nickte und kassierte einen heftigen Schlag gegen den Oberarm.

»Au«, rief ich und rieb mit meiner Hand darüber, während ich Marisa böse ansah.

»Wieso erzählst du mir nichts davon?« Wieder biss ich mir zögerlich auf die Lippe und Marisa stöhnte genervt auf.

»Ernsthaft? Wegen meinem Arsch von Ex-Verlobten hast du nichts gesagt?«

»Es ging immer nur um mich in der Vergangenheit«, begann ich zögerlich. »Und eigentlich sollte es jetzt – in der schlimmsten Zeit deines Lebens – um dich und nicht um mich gehen.«

Sie schnaubte. »Das ist definitiv nicht die schlimmste Zeit meines Lebens.«

Fragend sah ich sie an, doch Marisa schüttelte den Kopf.

»Ich will alles wissen«, verlangte sie. Seufzend lehnte ich mich gegen die Kopfstütze und erzählte ihr, was sich in den letzten Wochen zugetragen hatte. Marisa packte meine Hand und drückte sie aufgeregt.

»Robin«, rief sie begeistert aus. »Das sind großartige Nachrichten.«

»Ich weiß nicht«, erwiderte ich unsicher. Egal, wie sehr ich es versuchte, ich konnte die Vergangenheit nicht abschütteln. Noch immer hatten wir über so viele Dinge nicht geredet. Es fühlte sich an, als gäbe es einen riesigen Elefanten im Raum. Sara.

»Du hast Angst«, stellte Marisa fest.

»Ja«, gab ich seufzend zu. »Aber nicht nur das«, murmelte ich und versuchte ihr zu erklären, was mir gerade noch durch den Kopf gegangen war. »Da ist so viel aus der Vergangenheit, über das wir noch nicht geredet haben. Schatten, die uns verfolgt haben. Dinge, die uns noch immer beschäftigen.« Ich lachte freudlos auf. »Himmel, wir haben noch nicht einmal über Sara geredet.«

Unsicher knibbelte ich an meinen Nägeln. Eine bescheuerte Angewohnheit, die mich immer dann überkam, wenn ich mit der Situation überfordert war.

»Vertraust du ihm?«, fragte Marisa mich nach ein paar Minuten, in denen wir geschwiegen hatten.

»Ja«, sagte ich, ohne groß nachzudenken. Auch wenn die Angst noch immer da war, vertraute ich ihm. Die letzten zwei Wochen hatte er nichts getan, um dieses Vertrauen nicht zu verdienen.

Alles, wonach ich ihn gefragt hatte, hatte er bereitwillig erzählt. Er hatte mich nicht wie sein kleines, schmutziges Geheimnis behandelt, sondern war mit mir ausgegangen. Er hatte mich mitgenommen, wenn wir uns mit seinen Freunden getroffen hatten. Er war zu meinem Training mitgekommen und hatte jeden noch so dummen Kommentar von Jan über sich ergehen lassen.

»Liebst du ihn?«, fragte sie leise.

»So sehr«, flüsterte ich. »Manchmal fühlt es sich an, als würde ich verglühen«, versuchte ich meine Gefühle in Worte zu fassen. »Als würde allein ein Blick aus seinen Augen genügen, dass ich verbrenne.«

»Das ist nicht unbedingt Liebe, Robin«, meinte Marisa ernst. »Das kann auch einfach nur Lust oder Leidenschaft sein.«

Ich schüttelte den Kopf. »Nein«, sagte ich voller Überzeugung. »Das ist so viel mehr.« Ich suchte nach den richtigen Worten. »Ich hab das Gefühl, in seinen Armen zu Hause zu sein, und ich wünsche mir nichts sehnlicher, als dass sein Herz mein Heimathafen wird.« Ich verzog das Gesicht, weil ich mir wie eine Idiotin vorkam, aber Marisa strahlte über das gesamte Gesicht.

»Hast du ihm das schon gesagt?«

Unsicher schüttelte ich den Kopf. »Was, wenn er nicht so fühlt wie ich?«, ließ ich sie meine größte Angst wissen. »Was, wenn ich für ihn nur ein netter Zeitvertreib bin? Wenn er in mir nur ein wenig Nostalgie sieht?«

Marisa schnippte mir gegen die Stirn. »Finn hatte schon damals immer nur Augen für dich.«

Ich presste die Lippen aufeinander, weil ich wusste, dass das nicht stimmte.

»Was meinst du, warum Sara dich immer so gehasst hat?« Verwirrt sah ich sie an. »Finn hat viel öfter dir hinterhergesehen als ihr. Er hat mir dir schon immer viel lauter gelacht, breiter gegrinst und einfach fröhlicher gewirkt. In ihrer Gegenwart war er immer nur ein Miesepeter.«

Ich dachte an damals zurück, aber ich hatte es anders in Erinnerung.

»Wie willst du etwas gewinnen, wenn du nicht ins kalte Wasser springst?«

»Was, wenn es so kalt ist, dass meine Beine erstarren?«

Marisa schüttelte den Kopf. »Und was, wenn es wärmer ist als gedacht?«

»Ne ganz schön beschissene Analogie«, versuchte ich zu scherzen.

»Sag es ihm, Robin!«

»Was?«

»Sag ihm, dass du ihn liebst.«

Unsicher spielte ich am Saum meines Shirts rum. »Vielleicht«, wich ich aus.

»Nicht vielleicht, Robin. Aus einem vielleicht wird viel zu schnell ein nie.«

Eigentlich hatte ich mir vorgenommen, den Tag mit Marisa zu verbringen, am Abend gemeinsam einen Film mit ihr zu sehen und sie auf andere Gedanken zu bringen. Marisa hingegen hatte andere Pläne und drängte mich dazu, mit Finn zu reden.

Tief atmete ich durch und starrte auf die Tür. Auch wenn ich einen Schlüssel hatte, war mein erster Impuls, die Klingel zu betätigen. Seine Wohnung aufzuschließen, fühlte sich seltsam an, als wäre dies ein viel zu intimer Schritt. Nach kurzem Zögern steckte ich ihn in das Schloss und drehte ihn um.

Marisa hatte recht. Ich musste Finn sagen, was ich für ihn fühlte. Vielleicht fühlte er dasselbe, vielleicht hatte ich mir in den letzten Wochen auch nur etwas vorgemacht. Ganz gleich, wie die Antwort ausfiel, heute wollte ich endlich eine haben.

»Finn?«, rief ich fragend.

Es dauerte ein paar Sekunden, bis ich begriff, dass das Wasser der Dusche rauschte. Ich beschloss, die paar Minuten, die mir blieben, zu nutzen, um mir in der Küche etwas zu trinken zu holen. Gerade als ich durch den Türrahmen getreten war, erstarrte ich inmitten der Bewegung.

Auf einem der Barhocker saß eine junge Frau. Sie hatte langes, dunkelbraunes Haar, ebene Gesichtszüge, braune Augen. Während ihr Blick gelangweilt über mich glitt, erstarrte mein Herz zu Eis. Vollkommen egal, wie erwachsen sie geworden war, ich wusste sofort, wer mir gegenübersaß.

»Sara«, sagte ich tonlos, obwohl meine Hände zitterten wie Espenlaub. Mein Kopf suchte noch nach einer plausiblen Erklärung, während mein Herz sich bereits schmerzhaft eingestehen musste, was es sah. Und vor allem, was es bedeutete.

»Robin«, erwiderte sie gleichgültig und betrachtete ihre perfekt manikürten Nägel.

»Was machst du hier?« Ich hoffte, dass sie nicht bemerkte, wie sehr meine Stimme zitterte.

»Was ich hier mache?«, lachte sie freudlos auf und zog eine Braue hoch. »Die Frage ist wohl eher, was du hier machst. Bei meinem Ehemann.«

Ihre letzten Worte fühlten sich an, als hätte sie mir in den Magen geboxt. Ich suchte an der Kante der Arbeitsplatte nach Halt. Sie log. Sie musste lügen. Oder? Als wüsste Sara, welche Gedanken mir durch den Kopf schossen, hob sie ihre rechte Hand und entblößte zwei Ringe. Einen schlichten goldenen Ehering und einen diamantbesetzten – vermutlich ihr Verlobungsring. Mitleidig lächelte sie mich an.

»Er hat es dir nicht gesagt, oder?«

Ich war mir sicher, dass sie die Wahrheit in meinem Gesicht lesen konnte.

»Aber was hast du denn erwartet, Robin?«, fragte sie und ich fühlte mich wie ein Kleinkind, das nicht einmal wusste, was eins plus eins ergab. »Er bringt dich in seine Fickwohnung.«

»Was?«, krächzte ich.

Sie lachte spöttisch. »Du hast gedacht, Finn lebt wirklich hier?« Sie sah sich um und rümpfte die Nase. »Direkt über dem *Mezze*?« Sara schüttelte den Kopf. »Du dummes, dummes Mädchen. Das hier ist nur eine Wohnung für seine One-Night-Stands. Schließlich kann er die nicht mit nach Hause nehmen.«

Ich war mir sicher, dass Sterne vor meinen Augen tanzten. Mir war schlecht und mein Herzschlag beschleunigte sich. Natürlich waren mir die fehlenden Erinnerungsstücke, Poster oder Deko aufgefallen.

Aber das hier war Finns Wohnung. *Oder?*

Ich erinnerte mich an all die Momente, die mir seltsam vorgekommen waren. Die Badschränke, die so gut wie leer gewesen waren. Der Kühlschrank, der kaum das Nötigste enthielt. Die leeren Vorratsschränke. Der Kleiderschrank, in dem nur fünf Outfits hingen. Und auf einmal fiel es mir wie Schuppen von den Augen. Als ich meinen Blick hob und in Saras Gesicht sah, wirkte sie schon fast mitleidig.

»Hast du wirklich geglaubt, dass er dich will?« Wieder musterte sie mich abschätzig. »Was kannst du ihm schon bieten? Bis auf eine schnelle Befriedigung. Mehr als Sex hat er doch noch nie von dir gewollt. Nicht einmal, als wir Teenager waren.«

Meine Kehle schnürte sich zu. Er hatte ihr von damals erzählt. Er hatte ihr erzählt, dass er mit mir geschlafen hatte. Vermutlich hatten sich die beiden köstlich darüber amüsiert. Wie dumm ich war.

»Langsam reicht mir eure kleine Affäre.« Verächtlich schüttelte sie den Kopf. »Finn muss nach Hause kommen. Zu seiner Familie. Schließlich sollte er als Vater seinen Verpflichtungen nachkommen und seine Zeit nicht mit seiner Hure verschwenden. Oder was meinst du?«

Ich hatte gedacht, dass es nichts Schlimmeres für mich gäbe, als dass Sara seine Frau war. Ausgerechnet sie. Aber das alles bedeutete so viel mehr, als ich hätte erahnen können.

Finn war Vater. Und in den letzten Wochen hatte er es nicht einmal für nötig gehalten, mir davon zu erzählen. Er war Vater. Er war verheiratet. Ich schloss die Augen und ließ ihre Worte einsinken. Ich war eine Ehebrecherin. Ich war die andere Frau.

Schon wieder.

Nur dieses Mal fühlte es sich so viel schlimmer an als noch vor acht Jahren. Es war ein Kind – oder Kinder? – im Spiel. Auf einmal fiel mir der Moment ein, als ich seine Mutter getroffen hatte. Der Junge neben ihr, Leo, das musste sein Sohn gewesen sein.

Als eine Tür sich öffnete und schloss wurde ich aus meinen Gedanken gerissen.

»Robin?«, rief Finn und er klang so verdammt glücklich. Aber anscheinend hatte ich mir wieder etwas vorgemacht. Hatte geglaubt, dass da mehr war zwischen uns. Dass er das Gleiche empfand wie ich. Aber ich hatte mich geirrt.

Schon wieder.

»Ich wusste gar nicht, dass du schon wieder da bist«, begann er, endete aber abrupt mitten im Satz, als er die Situation erfasste.

Finn hatte nur ein Handtuch um die Hüften geschlungen. Normalerweise wäre mir aufgefallen, wie gut gebaut er war, aber alles, was ich dieses Mal sah, war ein Ehemann. Saras Ehemann.

»Robin ...«, begann er und kam zögernd auf mich zu.

»Es ist auch schön, dich zu sehen, mein geliebter Ehemann«, meinte Sara zynisch.

Finn zuckte zusammen und wirbelte zu ihr herum. Ich nutzte den Moment, um aus der Küche zu stürzen. Blind vor

Panik rannte ich ins Schlafzimmer, zog meine Tasche unter dem Bett hervor und warf alle meine Klamotten hinein.

Ich war so dumm. So selten dämlich. Wieso hatte ich auf all die Alarmglocken in meinem Kopf nicht gehört? Wieso hatte ich nie darauf bestanden, dass wir über unsere Vergangenheit sprachen? Über sie? Wieso hatte ich mich immer wieder abwimmeln lassen? Wieso hatte ich geglaubt, dass da mehr zwischen uns sein könnte?

Ich bemerkte ihn erst, als er seine Hand auf meinen Unterarm legte und leise meinen Namen sagte. Mittlerweile liefen mir die Tränen über die Wangen. Was mir nur auffiel, weil meine Lippen salzig schmeckten. Wütend wirbelte ich herum und schüttelte ihn ab.

»Es ist nicht das, wonach es aussieht, Robin.« Finn sah mich mit einem gequälten Gesichtsausdruck an.

»Nicht?«, höhnte ich. »Dann ist Sara nicht deine Frau?«

Er öffnete den Mund und schloss ihn wieder.

»Und dann hast du kein Kind?«

Er presste seine Lippen zu einer schmalen Linie zusammen, sagte aber kein Wort.

Vermutlich, weil es dieses Mal keine Lüge gab, die er mir auftischen konnte. Weil sein gesamtes Kartenhaus in sich zusammengefallen war.

»Und ich war so doof, mich wieder in dich zu verlieben.«

Finn sah aus, als hätte ich ihn geschlagen.

»Fool me once, shame on you. Fool me twice, shame on me«, murmelte ich.

Finn streckte die Finger, als wolle er mich berühren, aber ich wich ihm aus.

»Kontaktier mich nie wieder«, sagte ich in einem Tonfall, der mir schmerzhaft vertraut war. »Streich meine Nummer aus deinem Kontaktbuch. Meinen Namen aus deinem Gedächtnis. Halt dich von mir fern.«

Dann stapfte ich an ihm vorbei. Ignorierte das triumphierende Lächeln, das mir Sara zuwarf, und lief zur Tür. Ich hörte, wie Finn seine Faust gegen die Wand donnerte und noch ein weiteres Mal nach mir rief.

Aber ich war fertig mit ihm. Endgültig.

Kapitel 40

Robin

Heute

Meine Finger zitterten, als ich Marisas Nummer wählte. In wenigen Minuten würde mein Flug aufgerufen werden, aber ich musste es einfach wissen.

»Robin«, nahm sie das Gespräch entgegen. »Ist alles okay?« Es raschelte. »Es ist fast Mitternacht.«

»Wusstest du es?«, fragte ich ohne Umschweife.

»Was meinst du?«, erwiderte sie und klang verwirrt.

»Wusstest du, dass er Sara geheiratet hat? Wusstest du, dass er ein Kind mit ihr hat?«

Schweigen. Die Stille am anderen Ende der Leitung brach mir fast zum zweiten Mal das Herz. Meine beste Freundin hatte es gewusst. Wahrscheinlich wusste sie es seit Jahren und sie hatte es nicht einmal erwähnt.

»Und du bist nicht auf die Idee gekommen«, spuckte ich aus – sollte sie ruhig hören, wie wütend ich war –, »mir dieses kleine Detail zu verraten? Meinst du nicht, dass ich ein Recht gehabt hätte, es zu wissen?«

»Robin«, begann sie flehentlich. »Du wolltest nie etwas von

ihm wissen.«

»Ich rede nicht von den letzten acht Jahren«, unterbrach ich sie unwirsch. »Ich rede von den letzten Wochen, als gerade du mich dazu gedrängt hast, es noch einmal mit ihm zu versuchen und ihm eine Chance zu geben. Da wäre der richtige Zeitpunkt gewesen, mir das zu verraten, anstatt mich in seine Arme zu schubsen.«

»Robin«, flüsterte sie. »Es war nicht meine Aufgabe dir das zu sagen.«

»Du bist meine beste Freundin!«, brüllte ich sie an, ehe ich das Telefonat ohne ein weiteres Wort beendete. Niemals hätte ich gedacht, dass Marisa mich so verraten würde. Dass sie mir so eine wichtige Information vorenthielt, wenn sie ganz genau wusste, wie fragil mein Herz war, wenn es um ihn ging.

Ich spürte die Blicke der anderen auf mir liegen, aber ich ignorierte sie. Atmete tief ein, versuchte den Verrat zu verdrängen, versuchte alle Gefühle in mir zu verdrängen. Wünschte mir so sehr diese Leere zurück, die ich die letzten Jahre gespürt hatte.

Alles, nur nicht diesen Schmerz.

Ich wusste nicht, wie ich die Minuten und Stunden hinter mich brachte. Wie ich es schaffte, in den Flieger einzusteigen und heil in Madrid anzukommen. Selbst wenn wir abgestürzt wären, hätte ich es nicht mitbekommen, weil mein Kopf sich immer wieder um dieselbe Tatsache drehte. Er hatte ein Kind. Finn hatte ein Kind mit Sara. Er war mit ihr verheiratet und er hatte vergessen, mir dieses Detail zu verraten. Noch schlimmer, er hatte mich zu der anderen Frau gemacht.

Während ich über alles, was in den letzten Wochen geschehen war, nachdachte, versuchte ich die Übelkeit zu unterdrücken, die immer wieder hochkam. Mein klingelndes Handy riss mich aus der Starre und ich verzog das Gesicht, als ich sah, wer mich anrief.

»Hey, Robin«, nahm Josh gutgelaunt das Telefongespräch entgegen. »Clara und Paul sind schon ganz aufgeregt, dass du dieses Weihnachten bei uns sein wirst. Meghan fragt, was du am liebsten essen möchtest.«

Mein Magen zog sich zusammen und ich hasste es, dass ich meine Nichte und meinen Neffen enttäuschen musste.

»Ich werde nicht kommen«, sagte ich mit leiser, aber fester Stimme.

»Was?«, fragte Josh verdattert. »Wovon sprichst du?«

»Ich werde nicht kommen«, wiederholte ich meine Worte. »Ich bin bereits in Madrid und fliege noch heute Nacht nach Katar.«

Josh schwieg ein paar Augenblicke und ich wusste, dass er wütend war. Richtig wütend.

»Und das fällt dir jetzt ein?«, fragte er. »Drei Tage vor Weihnachten? Magst du mir mal erklären, was das soll?«

»Wusstest du es?«, fragte ich ihn und merkte, dass meine Stimme zitterte.

»Was?«, erwiderte er sichtlich verwirrt. Josh konnte schließlich nicht in meinen Kopf sehen und ahnen, welchen Weg meine Gedanken gegangen waren. Ich wusste selbst nicht, wieso ich ihm diese Frage stellte.

»Wusstest du, dass Finn Sara geheiratet hat?«

Wieder schwieg er und mein Herz zog sich zusammen. Wieso hatte jeder aus meinem Umfeld es gewusst? Jeder, nur ich nicht.

»Und wusstest du, dass er ein Kind mit ihr hat?«, fragte ich schrill.

Wieder Schweigen und Tränen schossen mir in die Augen.

»Wieso hast du es mir nicht gesagt?«.

»Du wolltest nichts mehr von ihm wissen, Robin«, rechtfertigte er sich. »Ich hatte gedacht, dass es nach acht Jahren einfach keinen Unterschied mehr macht.«

»Hast du das gedacht?«, höhnte ich, auch wenn ein Teil in mir wusste, dass er recht hatte.

Es sollte mir egal sein. Ich sollte mit den Schultern zucken und mit meinem Leben weitermachen wie bisher. Stattdessen hatte ich mich wieder in ihn verliebt und war bereit gewesen, das Risiko mit ihm einzugehen, nur um festzustellen, dass er mich wieder enttäuscht hatte.

»Die letzten Wochen war ich bei ihm. Ich habe jeden Tag und jede Nacht mit ihm verbracht. Und natürlich war ich wieder so dumm, mich in ihn zu verlieben.« Ein ersticktes Schluchzen kam über meine Lippen. »Ich wollte es ihm sagen. Ich wollte ihn sogar an Weihnachten mitbringen und reinen Tisch mit dir machen. Aber dann kam sie dazwischen und hat mich aufgeklärt. Sie. Nicht er. Nicht du. Nicht Meghan. Nicht Marisa. Nein, ich musste die Wahrheit von ihr hören. Ausgerechnet von ihr.«

»Robin«, erklang Joshs Stimme sanft. »Es ist nicht immer alles so, wie es aussieht.«

»Weißt du, wie ich diesen Satz hasse?«, blaffte ich ins Telefon und bemerkte, wie die ersten Anwesenden mich neugierig musterten. »Es ist genauso, wie es aussieht. Ihr habt mich alle angelogen.«

»Du kannst mich nicht dafür verurteilen, dir etwas nicht erzählt zu haben, was du sowieso nicht wissen wolltest.« Seine Stimme klang gereizt.

»Aber Meghan«, flüsterte ich und schloss gequält die Augen. »Sie wusste es.«

»Was?«, fragte Josh alarmiert. »Meghan wusste, dass du bei ihm bist?«

»Nein.« Erschöpft schloss ich die Augen. Ich wollte mich einfach nur unter einer Decke verstecken und nie wieder darunter hervorkommen. »Das nicht, aber ...«

»Dann gib ihr nicht die Schuld dafür, dass er dir nicht die

Wahrheit gesagt hat. Wenn das zwischen euch so ernst gewesen wäre, dann hätte er es dir erzählt.«

Ich schluckte und mein Magen fühlte sich an, als würden zwanzig Steine darin liegen. Josh hatte recht, aber ich brauchte ein Ventil für meine Wut. Und für meinen verdammten Schmerz.

»Wieso bist du nicht hergekommen?«, flüsterte er. »Wieso hast du nicht mit uns geredet?«

»Ihr hättet es nicht verstanden«, seufzte ich und massierte mir die Schläfen. »Ihr hättet nicht verstanden, wieso ich schon wieder zu ihm bin, obwohl ich mich schon einmal an ihm verbrannt habe.«

»Vielleicht hätte ich es besser verstanden als jeder andere«, gab er zu bedenken.

Ich wollte nicht wissen, wieso Josh mich verstanden hätte. Ich wollte kein Verständnis, ich brauchte einen Schuldigen, jemanden, dem ich die Schuld in die Schuhe schieben konnte. Aber, wenn ich ehrlich war, dann konnte ich sie nur mir selber zuschieben. Niemand außer mir war so dämlich gewesen, sich wieder in Finn zu verlieben, nicht nachzufragen, bei all den Fragezeichen, die sich in meinem Kopf getürmt hatten.

Es gab niemanden, den ich dafür verantwortlich machen konnte, außer mich selber.

Kapitel 41

Robin

Heute

»Was für eine Scheiße war das, Robin?«, fluchte Jan und sah mich mit verschränkten Armen an, als ich vom Motorrad stieg.

»Wieso?«, fragte ich schulterzuckend. »Ich habe meine eigene Bestzeit geschlagen.« Eigentlich sollte sich Freude einstellen, denn ich war so schnell wie noch nie gefahren. Aber als ich in mich hineinhorchte, war da nichts. Absolut gar nichts.

»Oder bekommst du Angst, dass ich deinen Rekord brechen könnte?«, forderte ich ihn mit hochgezogener Braue heraus. Jan ballte die Hände an den Seiten zu Fäusten.

»Weißt du, wie scheißegal mir dieser Rekord ist?«, herrschte er mich an. Er deutete mit seinem Zeigefinger auf die Rennstrecke und ich war mir sicher, dass er mich am liebsten durchschütteln wollte. »Mich interessiert aber, ob du hier ein Selbstmordkommando startest oder ob ich mich darauf verlassen kann, dass du auch auf dich aufpasst.«

Ich verschränkte die Arme vor der Brust und zuckte mit den Schultern. Jan presste seine Zähne so hart aufeinander, dass seine Gesichtsmuskeln hervortraten, und schüttelte den Kopf.

»Wir reden später darüber«, zischte er mir zu, als unsere PR-Beraterin Sina auf uns zugeeilt kam.

»Robin, sie erwarten dich.« Mit einem Kopfnicken deutete sie in Richtung der Siegerehrung.

Erst jetzt bemerkte ich, wie die erwartungsvollen Blicke der Anwesenden auf uns gerichtet waren.

Dann musterte Sina Jan skeptisch. »Und bekommst du es hin, stolz auf deinen Nachwuchs zu wirken?« Er sah mich noch einmal aus zusammengekniffenen Augen an, ehe er unwirsch nickte.

Gemeinsam gingen wir zum Podium. Je näher ich der Ehrung kam, umso lauter wurde der Jubel. Menschen, die mir ins Ohr brüllten, wie stolz sie auf mich seien. Leute, die nach meiner Hand griffen.

Normalerweise versuchte ich jedem von ihnen ein Lächeln zu schenken. Aber heute war mir nicht danach. Stattdessen lief ich mit stoischem Gesichtsausdruck nach vorne, stellte mich auf den ersten Platz des Treppchens und nahm die Blumen entgegen, die man mir in die Hand drückte. Jan stand mit verschränkten Armen in der Menge und musterte mich kritisch. Ich erwiderte seinen Blick, aber noch immer wollte sich kein Lächeln auf mein Gesicht schleichen.

Ich war meine absolute Bestzeit gefahren. Nicht ein einziges Mal hatte sich jemand an mir vorbeidrängen können und trotzdem fühlte es sich nicht so an, als hätte ich den größten Sieg meiner Karriere eingefahren. Ich wusste genau, wieso das so war, verbot mir aber, daran zu denken.

Nachdem alle Fotos gemacht waren, gingen wir zu den Pressetischen. Direkt neben mir nahm Jan Platz und warf der Kamera ein gewinnendes Lächeln zu. Heute trug er dicker auf als sonst, vermutlich um das fehlende Grinsen auf meinem Gesicht auszugleichen.

»Frau Wolf«, sprach mich einer der Reporter von CNN an. »Wie fühlen Sie sich, nachdem Sie heute Ihre absolute Bestzeit gefahren sind?«

»Gut«, erwiderte ich trocken.

Alle lachten. Weiter hinten meldete sich ein weiterer Reporter.

»Finden Sie nicht, dass Sie heute gefahren sind wie auf Ihrem persönlichen Himmelfahrtskommando? Das Überholmanöver war knapp und gefährlich.«

Die anderen murmelten zustimmend.

»Ich wusste nicht, dass wir hier Ballett tanzen und ich darauf aufpassen muss, dass es bloß nicht gefährlich wird.«

Für einen Moment schwiegen die anwesenden Reporter, ehe Jan dazwischenging.

»Was Robin eigentlich sagen will«, sagte er mit einem breiten Grinsen, »ist, dass sie als einzige Frau auf Risiko gehen muss.« Er lehnte sich zurück und zwinkerte der Menge zu. Ich war mir sicher, dass eine der Reporterinnen glücklich seufzte. »Und ich finde, sie hat das heute hervorragend gemacht.«

»Sie glauben nicht, dass sie heute ein unnötiges Risiko eingegangen ist?«, fragte ein anderer.

Jan schwieg für einen Augenblick. »Robin ist heute ein kalkuliertes Risiko eingegangen«, wählte er seine Worte mit Bedacht. »Etwas, was sie nur machen kann, weil sie eine talentierte Fahrerin ist.«

Ich wollte nicht zu ihm sehen und doch berührten seine Worte einen kleinen Teil in mir. Der Reporter hingegen wirkte immer noch skeptisch. Sicher konnten sie sich alle denken, was er in Wirklichkeit von meinen Fahrkünsten heute hielt. Schließlich hatte er mich noch direkt auf der Rennstrecke zur Sau gemacht. Aber wir machten alle gute Miene zum bösen Spiel.

»Haben Sie keine Angst, dass Frau Wolf Ihren Rekord brechen wird?«, fragte der CNN-Reporter Jan.

Würde ich irgendetwas fühlen, dann würde ich jetzt wahrscheinlich amüsiert die Brauen hochziehen. Stattdessen starrte ich ausdruckslos geradeaus. Ich wollte einfach nur weg von hier. Normalerweise genoss ich es, nach einem Rennen interviewt zu werden, aber heute war das nicht der Fall.

»Robin ist eine talentierte Fahrerin«, wiederholte Jan, ohne zu zögern. »Das war mir klar, als ich sie rekrutiert habe, und heute ist mir das noch immer genauso klar. Würde sie meinen Rekord brechen, dann wäre das ebenso mein Gewinn wie ihrer.«

Jetzt wurde sein Grinsen breit und ich war mir sicher, dass Stolz in seiner Stimme mitschwang. Erstaunt sah ich zu ihm rüber und er warf mir einen intensiven Blick zu. Fast, als würden seine Augen mich fragen, ob ich das wirklich nicht gewusst hätte.

»Frau Wolf«, rief eine Reporterin und sorgte dafür, dass wir unseren Blickkontakt beendeten. »Sie tragen heute Ihren Glücksbringer nicht. Hat das einen bestimmten Grund?«

Wie automatisch wanderte meine Hand zu meinem Hals. Nachdem ich mein erstes Rennen in der Moto3-Klasse gewonnen hatte, hatte ich mir einen Umriss der Strecke in Silber gießen lassen und seither immer getragen. Aber seit ein paar Wochen hatte ich den Anhänger nicht mehr.

Um genau zu sein, seit drei Monaten. Seit ich meine Sachen gepackt und aus Finns Wohnung gestürzt war. Seit ich sie gesehen hatte. Seit ... Ich schüttelte den Kopf.

»Wozu braucht man Glück, wenn man Können hat?«, versuchte ich, die Reporterin abzuwimmeln. Selbst der Gedanke an diese bescheuerte Kette brachte mich aus dem Konzept. Am liebsten würde ich mich auf meinem Hotelzimmer zu einem Ball zusammenrollen und mit niemandem mehr reden.

Es wurden noch weitere Fragen gestellt, aber Jan hatte die Führung des Gesprächs übernommen. Nach zehn Minuten standen wir auf. Während Jan die Reporter mit einem Lächeln bedachte, als wir die Bühne hinabstiegen, blickte ich apathisch nach vorne.

Erst als ich mich aus der Lederkombination geschält hatte und massiert worden war, lauerte Jan mir wieder auf. Er lehnte gegenüber meiner Hotelzimmertür und sah mich eindringlich an. Ohne dass ich ihn eingeladen hätte, folgte er mir hinein.

»Was war das für ein Scheiß, Robin?«, fragte er wie schon vor ein paar Stunden. In aller Seelenruhe bückte ich mich und griff nach einer Cola aus der Minibar.

»Robin«, zischte er. »Ich dachte, dass du bei den Trainings ein bisschen die Sau rauslassen musstest. Aber das?« Jetzt brüllte er. »Das war ein Selbstmordkommando!«

Unbeeindruckt nahm ich einen Schluck aus der Flasche.

»Ich habe gewonnen, oder nicht?«, entgegnete ich teilnahmslos. »Und ging es nicht genau darum? Dass ich diese Weltmeisterschaft gewinne?«

»Dabei sollst du aber nicht dich oder jemand anders umbringen!«, brüllte er wieder und schlug mit der Faust auf den Tisch. »Ich würde dich am liebsten einmal durchschütteln, damit alle deine Synapsen wieder da sind, wo sie hingehören.«

Als ich schwieg, schüttelte er den Kopf und fuhr sich mit der Hand übers Gesicht. »Was ist passiert, Robin?«, fragte er dieses Mal einfühlsamer.

»Nichts«, erwiderte ich und stellte die Colaflasche auf den Tisch. Ich begann mir mein Hemd aufzuknöpfen, obwohl Jan noch immer im Raum war.

»Irgendetwas muss passiert sein, als du zu Hause warst«, drängte er weiter.

Eiseskälte schloss sich um mein Herz. Ich würde ihm definitiv nicht erzählen, was geschehen war.

»Nichts ist passiert«, erwiderte ich so ruhig wie möglich. Ich hatte mir das Hemd fast vollständig aufgeknöpft. »Wenn du nicht vorhast, mir in die Dusche zu folgen, dann solltest du jetzt gehen.«

»Ich erkenne dich überhaupt nicht wieder, Robin«, raunte er, aber ich drehte mich nicht zu ihm um.

Er seufzte. »Wir fliegen morgen.«

»Morgen schon?«, fragte ich. »Darf ich mir Katar nicht noch ansehen?«

»Nein«, war alles, was Jan sagte, ehe er das Hotelzimmer verließ und die Tür mit einem lauten Knall zuwarf.

Als das heiße Wasser auf meine müden Knochen herabprasselte, schloss ich die Augen. Ich tat alles, was ich konnte, um nicht zusammenzubrechen. Finns Verrat hatte mich an meine Grenzen getrieben und ich wusste, wenn ich es zuließe, würde es mich zerstören. Die letzten Wochen waren hart genug gewesen. Mit Marisa hatte ich seit unserem Telefonat nicht mehr gesprochen. Auch Josh und ich hatten mehrere Tage nicht miteinander geredet, bis wir die Funkstille nicht mehr ausgehalten hatten. Er hatte mir versprochen, nichts mehr über Finn zu sagen. Ich wollte nichts von seiner Vergangenheit, seiner Gegenwart oder seiner Zukunft hören. Ich wollte einfach vergessen, dass es Finn Roth überhaupt gab.

Anfangs hatte er mich ständig angerufen oder Nachrichten geschrieben. Ich hätte seine Nummer blockieren können, aber irgendwie hatte mein masochistisches Herz es genossen. Auch wenn ich ihm nie geantwortet hatte.

Aber von Woche zu Woche waren die Anrufe und Nachrichten weniger geworden. Und jetzt, fast drei Monate später, hatten sie komplett aufgehört. Ich würde es niemals zugeben, aber irgendwie schmerzte das noch mehr. Er hatte gerade einmal zweieinhalb Monate gebraucht, um über mich hinwegzukommen. Zweieinhalb Monate, in denen ich noch immer ständig an ihn dachte, auch wenn ich alles in meiner Macht stehende tat, um es nicht zu tun.

Deswegen fuhr ich schneller als zuvor, legte mich so tief wie möglich in die Kurven und ignorierte jeden Instinkt meines Körpers. Ich ging ans Limit, weil ich sowieso nichts mehr zu verlieren hatte.

Kapitel 42

Robin

Heute

Der Regen prasselte auf die Strecke, die ich in weniger als einer Stunde befahren würde. Ich versuchte Jans grimmigen Blick, der auf mir lag, zu ignorieren. Genauso wie die Angst, die ihre Krallen nach mir ausstreckte. Nasse Fahrbahnen bedeuteten weniger Kontrolle. Das Rennen heute würde gefährlich werden.

»Du kannst heute nicht so fahren wie in Katar und Austin«, sagte Jan neben mir. Er hatte die Arme vor der Brust verschränkt und starrte auf die Strecke. »Das wäre Selbstmord, Robin.«

Ich zuckte mit den Schultern. Bei meinem Rennen in Austin vor gerade einmal drei Wochen war ich eine weitere Bestzeit gefahren. Die Berichte über mich überschlugen sich förmlich. Hin und wieder gab es kritische Stimmen, die, ähnlich wie Jan, der Meinung waren, dass ich halsbrecherisch fuhr. Mehr Glück als Verstand hätte.

Was vermutlich stimmte.

»Ich meine es ernst«, riss er mich aus den Gedanken. »Du weißt, wie tückisch nasse Fahrbahnen sein können.«

Und wie ich das wusste. Aber ob mich das abhalten konnte, auch wirklich bis ans Limit zu gehen? Niemals.

Ich legte den Kopf in den Nacken und starrte böse in den Himmel. Nachdem ich in Austin ebenfalls gewonnen hatte, waren wir noch eine Woche in den USA geblieben, bevor Jan darauf gedrängt hatte, nach Argentinien zu fliegen. Er wollte, dass ich Zeit hatte, mich an die Umgebung, die Luftfeuchtigkeit und alles drumherum zu gewöhnen. Zwischen meinen einzelnen Rennen lagen jedes Mal knapp drei Wochen. Genügend Zeit, sich zu erholen und auf die neue Strecke vorzubereiten.

In den letzten zwei Wochen hatte es hier nicht einmal geregnet. Und auch die Temperaturen waren zum Aushalten gewesen. Jetzt jedoch prasselte das Wasser auf den Asphalt, als hätte der Himmel beschlossen, genau heute seine Schleusen zu öffnen. Aber ich hoffte, dass es aufhören oder wenigstens nicht noch schlimmer werden würde. Denn wenn es hier einmal regnete, dann tat es das richtig und Überschwemmungen waren an der Tagesordnung.

»Wenn du nicht so fährst wie in letzter Zeit, dann sollte das hier kein Problem für dich werden«, meinte Jan und klopfte mir auf die Schulter, ehe er sich abwandte und noch etwas mit dem Mechanikerteam besprach.

Für mich gab es nichts Schlimmeres, als im Regen zu fahren. Ich hatte schon so viele Unfälle gesehen, war selbst in viel zu viele verwickelt gewesen. Jedes Mal, wenn ich bei Regen fahren musste, hörte ich das Geräusch von Metall auf Metall, so wie es bei meinem allererstem Unfall gewesen war. Ich spürte den Schmerz, der damals durch meinen Körper geschossen, die Angst, die durch meine Adern pulsiert war. Die Enttäuschung, weil Finn nicht für mich da gewesen war.

Wütend schloss ich die Augen und ballte die Hände zu Fäusten. Ich würde mich nicht davon ablenken lassen. Nicht schon wieder.

Ich wirbelte herum und stapfte zu Jan und Mo. »Habt ihrs?«, blaffte ich die beiden an.

Jan runzelte die Stirn und sah sofort, dass jede meiner Poren vor Wut glühte.

»Robin«, sagte er ernst und kniff die Augen zusammen. »In dem Zustand solltest du nicht fahren.« Er deutete auf die Strecke. »Wir können das Rennen auch wegen des Wetters verschieben lassen.«

Höhnisch lachte ich und schüttelte den Kopf. »Damit es heißt, dass Frauen nicht für diesen Sport gemacht seien und man ständig Rücksicht auf mich nehmen müsse?«, fauchte ich. »Definitiv nicht.«

Er fixierte mich wütend. »Ich kann auch Tom starten lassen«, erwiderte er und nickte zu meinem Ersatzfahrer.

Der Zorn in mir brodelte. »Das ist meine Weltmeisterschaft«, zischte ich. »Du wirst mich jetzt nicht ersetzen, weil du eifersüchtig bist.«

Jan massierte sich die Schläfen. »Robin. Ich lasse dich heute an den Start, aber wenn du deine Probleme nicht in den Griff kriegst, dann war es das. Dann werde ich Tom fahren lassen.«

Wir starrten einander an, ehe ich zu Mo blickte.

»Ist sie fertig?« Ich deutete auf meine Maschine. Für den Regen hatten Reifen und Bremsen angepasst werden müssen.

Eifrig nickte er. »Ja, natürlich ...« Er händigte mir den Schlüssel aus.

Ich bedachte Jan mit einem letzten wütenden Blick, ehe ich mir den Helm auf den Kopf setzte und mein Bein übers Motorrad schwang. Dann ließ ich den Motor laut röhren und fuhr an meine Startposition.

Ich hatte das Gefühl, dass die anderen Fahrer mich taxierten, und ließ den Motor ein weiteres Mal aufheulen. Auch wenn es regnete, würde ich nicht klein beigeben. Nicht heute, nicht morgen. Niemals. Ich würde alles tun, was in meiner Macht stand, um dieses Rennen und diese Weltmeisterschaft zu gewinnen.

Das war alles, was ich noch hatte. Alles, was mich davon abhielt, den Verstand zu verlieren. Alles, was mein Herz davon
abhielt, in seine Einzelteile zu zerfallen.

Mo und Jan kamen zu mir an die Startlinie und überprüften das Motorrad ein letztes Mal. Als hätten sie das in den vergangenen Stunden nicht immer wieder getan.

Jan sah mich ernst an. »Ich glaube an dich, Robin. Ich weiß, dass du mehr Talent besitzt als der Rest der Kerle zusammen.« Ein Teil der Anspannung verließ mich. »Aber ...«, und so schnell wie sie gegangen war, war sie bei diesem kleinen Wörtchen wieder da. »Ich hätte gerne, dass du diese Meisterschaft überlebst. Ein Titel bringt dir gar nichts, wenn du tot bist.«

Grimmig nickte ich und schloss das Visier. Jan fixierte mich ein letztes Mal, ehe er und Mo an den Rand des Tracks liefen.

Als die riesige Anzeige das Rennen ankündigte und langsam von zehn runterzählte, durchströmte mich Adrenalin. Es waren nur noch fünf Sekunden und mein Herz schlug wie wild in meinem Brustkorb. Ich hörte nicht, wie die Menge tobte, wie der Regen auf die Straße donnerte. Alles, was ich wahrnahm, waren mein eigener Atem und das Rauschen des Blutes in meinem Ohr.

Dieser Moment, wenige Sekunden bevor ein Rennen begann, war mein absolut liebster. Es gab nur mich, mein Motorrad und sonst nichts auf der Welt. Ich ließ den Motor aufheulen – als die Anzeige auf null schaltete, schoss ich nach vorne.

Der Wind umfing mich wie die Umarmung eines Liebenden. Mein Kopf war leer und ich konzentrierte mich einzig und allein auf die vor mir liegende Strecke. Die nächsten fünfundvierzig Minuten würde ich alles daransetzen, so schnell zu fahren wie noch nie. Ich überholte drei Motorräder und Freude durchströmte mich. Es gab mir jedes Mal ein Gefühl von Macht, wenn ich mich dem ersten Platz näherte. Manchmal schienen die anderen vor mir zurückzuweichen, als wüssten sie, dass ich es war, die an die Spitze gehörte.

Der Regen fiel so schwer auf die Erde, dass er die Sicht ungemein verschlechterte. Ich musste die Augen zusammenkneifen, weil es mir die Illusion gab, dann besser sehen zu können. Wäre ich ein Mann und keine Frau gewesen, hätte ich Jan darum gebeten, das Rennen verschieben zu lassen. Aber ich wusste, meine Gegner, ja sogar manche Zuschauer warteten nur darauf, dass ich ein Zeichen von Schwäche zeigte. Dass ich ihr antiquiertes Weltbild wiederherstellte, in dem Frauen nicht für diesen Sport geschaffen waren.

Doch ich war nicht bereit, ihnen das zu geben, was sie wollten.

Also beschleunigte ich weiter. Die nächste Kurve kam und ich legte mich tiefer hinein. So tief, dass mein Hinterrad begann auszubrechen und das Motorrad gefährlich ins Schwanken geriet. Mein Herz schlug wild in meinem Hals. Schnell stützte ich mich mit dem Fuß für einige Sekunden am Boden ab, um das Bike zu stabilisieren. Aus dem Ende der Kurve heraus beschleunigte ich wieder und überholte einen weiteren Konkurrenten. Nur noch zwei Plätze, dann wäre ich in Führung.

Die nächste Runden waren fast ereignislos. Niemand wagte ein rasantes Überholmanöver und jeder fuhr so schnell er konnte, ohne die Kontrolle über sein Motorrad zu verlieren. Allerdings bemerkte ich, dass es jemanden aus dem Track geworfen haben musste. Abarro, wenn ich das Motorrad richtig erkannte. Hoffentlich war er okay.

Nach einiger Zeit ließ der Regen nach und die Sonne drängte sich hinter den dunklen Wolken hervor. Mein Herz machte einen Satz, als wolle es mir sagen, dass wir diese Chance nutzen mussten. Die Fahrbahn war noch immer nass, dennoch beschleunigte ich auf 290 km/h. Ich duckte mich tiefer hinter die Schutzscheibe. Auch wenn der Wind mein Weggefährte war, konnte er ohne Weiteres mein größter Feind werden.

Die Straßen waren noch immer nass und in jeder Kurve spürte ich für einen kurzen Moment, wie das Hinterrad meines Motorrads fast wegbrach. Ich beschleunigte weiter und legte mich so tief in die Kurve, dass ich an dem Zweitplatzierten vorbeiziehen konnte. Zumindest wäre das mein Plan gewesen.

Kovác schien nicht damit gerechnet zu haben, denn sein Blick zuckte erschrocken zu mir, bevor er das Gleichgewicht verlor. Ich sah, was passieren würde, schon fast in Slow Motion. Und auch Jans Stimme brüllte in mein Ohr, obwohl er die letzten Runden recht schweigsam gewesen war.

Kovác verlor die Kontrolle über sein Motorrad und sprang ab, bevor es in meines krachte. Metall auf Metall.

Ich ließ ebenfalls das Lenkrad los und stieß mich mit dem Fuß ab, um mich auf die Seite zu werfen. Hart prallte ich auf den Boden, es presste mir die gesamte Luft aus den Lungen. Mehrfach rollte ich über die Erde und machte mich so klein wie möglich. Eines der ersten Dinge, die man zu Beginn seiner Karriere als Rennsportfahrer lernte. Denn es konnte gut sein, dass das Motorrad denselben Weg ging wie du und dir ernsten Schaden zufügte.

Als ich zum Liegen kam, schloss ich die Augen. In Windeseile versuchte ich, eine Bestandsaufnahme zu machen, und war mir sicher, mir nichts gebrochen zu haben. Ich wuchtete mich auf die Beine und sah, dass das Rennen in fünf Minuten beendet sein würde. Und dass ich nicht auf dem ersten Platz war.

Wütend schlug ich mit den Fäusten auf den Boden neben mir. Dieser verdammte Unfall war nicht einmal meine Schuld gewesen. Am liebsten würde ich den anderen Fahrer verprügeln, wusste aber, dass das nichts brachte.

Das Rettungsteam eilte auf mich zu, während ich beobachtete, wie eine andere Crew die Einzelteile der zwei Motorräder vom Track sammelte, um die anderen Fahrer nicht zu gefährden.

»Bist du okay?«, fragte mich einer der Sanitäter freundlich.

Knapp nickte ich und er deutete auf meinen Helm. »Kannst du den abnehmen?«

Mürrisch zog ich ihn mir vom Kopf und ließ einen Schnellcheck über mich ergehen.

»Ich glaub, es ist alles okay«, sagte er das, was ich schon längst wusste. »Ich möchte trotzdem, dass du ins Krankenhaus gehst, um eine Gehirnerschütterung auszuschließen.«

Er reichte mir seine Hand, um mir aufzuhelfen, aber ich nahm sie nicht an.

Stattdessen rappelte ich mich selbst auf und schüttelte den Kopf. »Im Leben nicht.«

»Du wirst keine andere Wahl haben«, erwiderte er mit einer hochgezogenen Braue. »Sonst lasse ich dich sperren.«

Wütend kniff ich die Augen zusammen. »Hat das was damit zu tun, dass ich eine Frau bin?«, fragte ich ihn gefährlich leise. Es wäre nicht das erste Mal, dass jemand meine Karriere zu sabotieren versuchte.

Lachend hob er die Hände hoch. »No. Meine Frau und ich sind deine größten Fans«, zwinkerte er. »Aber ich möchte, dass du dich durchchecken lässt. Bei diesem Unfall …«, meinte er und nickte in Richtung des Tracks, »… kannst du von Glück sagen, dass dir nichts Schlimmes passiert ist.«

»Okay«, gab ich mich geschlagen. »Ich muss aber erst mit Jan sprechen …« Suchend schaute ich mich nach ihm um. Keine zwei Sekunden später entdeckte ich ihn. Gemeinsam mit Mo rannte er über den Track auf mich zu. Aber die zwei waren nicht alleine. Da war noch jemand, den ich überall erkennen würde.

Finn. Und er wirkte so besorgt, dass mein Herz sich schmerzhaft zusammenzog.

Ich wirbelte zu dem Sanitäter herum. »Ich muss doch nicht mehr mit Jan reden. Kann ich bei euch mit?«

Er musterte mich skeptisch, blickte über meine Schulter und sah mich fragend an.

»Por favor«, schob ich hinterher und wusste, dass meine Stimme einen flehenden Klang angenommen hatte.

»Na gut«, seufzte er, half mir auf sein kleines Golfcart und fuhr mit mir ans andere Ende des Tracks. Was auch immer Finn hier machte, was auch immer er mir nach vier Monaten zu sagen hatte, mir würde nicht einmal im Traum einfallen, ihm zuzuhören.

Auch wenn ich wusste, dass mein Herz das anders sah.

Kapitel 43

Finn

Heute

Nervös wischte ich mir den Schweiß von den Händen, als ich aus dem Flughafengebäude trat. Sicher hätte ich noch drei Wochen warten können, bis Robins nächstes Rennen auf dem europäischen Kontinent stattfinden würde. Aber ich musste sie jetzt sehen, ihr alles erklären und darauf hoffen, dass sie mir verzieh. Und dass sie es verstand.

Ich winkte mir ein Taxi heran und erklärte dem Fahrer in gebrochenem Spanisch, dass ich zur Rennstrecke wollte. Die Straßen waren voll und vermutlich wäre ich schneller gewesen, wenn ich die paar Kilometer zu Fuß gegangen wäre. Seit über zwanzig Stunden war ich unterwegs und sehnte mich nach einem gemütlichen Bett. Mein Anschlussflug von Buenos Aires nach Termas de Rio Hondo hatte Verspätung gehabt, weswegen mir nur noch knapp dreißig Minuten blieben, ehe Robins Rennen beginnen würde.

Vermutlich war das besser so, denn ich wusste nicht, wie sie reagieren würde, wenn sie mich sah. Auch wenn ich eine Ahnung davon hatte.

»Geht das nicht schneller?«, rief ich aufgebracht, aber der

Fahrer verstand natürlich kein Wort von dem, was ich sagte.

Als die Rennstrecke in Sicht kam, warf ich ihm Geld zu und sprang aus dem Wagen. Der Verkehr war so dicht, dass ich für die letzten hundert Meter sicher noch über eine halbe Stunde benötigt hätte. Zeit, die ich nicht hatte.

Ich lief zum Eingang, zeigte mein Ticket vor und drängte mich durch die Menschenmassen. Noch konnte man keine Motorräder hören, die über den Track zischten. Einen Augenblick blieb ich stehen und atmete tief durch.

Ich hatte nicht weiter gedacht als bis zu diesem Moment. Wie ich es schaffen sollte, in Robins Nähe zu kommen, wusste ich nicht. Die Teams nutzten einen anderen Ein- und Ausgang als die Zuschauer, und auch wenn ich mir einen Sitzplatz in der ersten Reihe reserviert hatte, hatte ich keine Ahnung, wie ich sie auf mich aufmerksam machen sollte.

»So ein verdammter Mist«, brummte ich und schlug mit der Faust gegen die Wand neben mir. »Wie soll ich sie so finden?«

»Finn?«, drang eine verwirrte Stimme an mein Ohr.

Ich drehte mich um und blickte in ein Gesicht, das mir vage bekannt vorkam.

»Finn!«, rief er aus und schenkte mir ein breites Grinsen. Ich lächelte unsicher, weil ich nicht wusste, wie ich reagieren sollte.

Das Grinsen meines Gegenübers wurde noch eine Spur breiter. »Du hast keine Ahnung, wer ich bin, oder?«

Hilflos zuckte ich mit den Schultern. »Leider nein.«.

»Ich bin Carlo«, sagte er und deutete mit dem Daumen auf sich. Verlegen hob ich die Achseln. »Ich bin Mos rechte Hand.«

Den Namen Mo hingegen konnte ich mehr als gut einordnen. Sollte es wirklich so einfach sein?

»Wir sind uns begegnet, als du Robin zu ihrem Training begleitet hast. Wir haben sogar miteinander geredet«, fuhr er mit einem breiten Lächeln fort. Ich durchforstete meine

Erinnerungen, bis er lachte. »Damals hatte ich noch einen grünen Irokesen«, quatschte er und fuhr sich mit der Hand über seine Glatze. »Ich schieb es mal darauf.«

»Natürlich weiß ich, wer du bist«, rief ich aus, als ich mich an den jungen Kerl erinnerte, der mir begeistert von der neuesten Technik an Robins Motorrad erzählt hatte. »Wieso bist du hier?«, fragte ich. »Und nicht am Track?«

»Ich musste mal«, meinte er lapidar. Dann deutete er auf mich. »Und du?«

»Ich will zu Robin. Ich hab nur keine Ahnung, wie ich zum Track kommen soll.«

Einige Sekunden musterte er mich, dann seufzte er ergeben. »Entweder wird mich Jan dafür umbringen, dass ich dich mitgebracht habe, oder er wird mich von oben bis unten abknutschen.«

Ich zog eine Braue hoch, ehe seine Worte in meinem Kopf Sinn ergaben. »Du nimmst mich mit?«, fragte ich verdattert.

Er nickte und sah auf die Uhr. »Ja, aber wir sollten uns beeilen. Das Rennen fängt in wenigen Sekunden an.«

Er lief voraus und ich folgte ihm durch die Gänge. Erst jetzt fiel mir auf, dass sie mittlerweile wie ausgestorben waren. Jeder war an seinen Platz gegangen.

Vor einer Holzwand blieb Carlo stehen und zog eine Tür auf, die ich auf den ersten Blick übersehen hätte. Jetzt hörte ich auch das Röhren der Motoren und wie sie durch den Wind zischten. Das Rennen hatte gerade erst begonnen, aber die Motorräder waren bereits auf der anderen Seite des Tracks angekommen. Ich brauchte keine zehn Sekunden, um Robin auszumachen. Sie war dabei, zwei andere Fahrer zu überholen, und ihr Hinterrad kam gefährlich ins Rutschen. Ich hielt den Atem an, während ich beobachtete, wie sie es schaffte, mit ihrem Fuß das Motorrad zu stabilisieren und auf den dritten Platz vorzurücken.

»Sie ist gut«, meinte Carlo, der einen Blick auf mich

geworfen hatte. Offensichtlich war mir anzusehen, dass ich beinahe einen Herzstillstand erlitten hatte. »Ihr wird schon nichts passieren.«

Ich verschränkte die Arme vor der Brust. »Wenn du das meinst.«

Er lachte und bevor er irgendetwas erwidern konnte, hörte ich eine mir bekannte Stimme.

»Finn?«, fragte Jan und ich wandte meinen Kopf zu ihm. Er sah mich erstaunt und mit hochgezogenen Brauen an. »Was machst du hier?«

Unsicher knetete ich meinen Nacken und schenkte ihm ein Lächeln. »Ich bin wegen Robin hier.«

Er taxierte mich ein paar weitere Augenblicke, dann nickte er zum Rand des Tracks. Ich folgte ihm und wir beobachteten das Rennen. Robin hatte genügend Abstand zwischen sich und den Rest gebracht. Sie startete keine weiteren waghalsigen Manöver, vielleicht weil sie begriffen hatte, dass die Straßenverhältnisse bei diesem Wetter alles andere als optimal waren.

»Was ist passiert?«, brach Jan das Schweigen.

Ich seufzte. »Ehrlich gesagt ist das etwas, was nur Robin und mich etwas angeht.«

Er verengte die Augen. »Hast du gesehen, wie sie die letzten Wochen gefahren ist?«

Ich verzog das Gesicht, denn ich wusste ganz genau, was er meinte.

Sie war gefahren, als würde das Leben ihr gar nichts mehr bedeuten. Als hätte sie nichts zu verlieren. Das war auch einer der Gründe gewesen, wieso ich nach Argentinien geflogen war. Hätte ich gekonnt, wäre ich eher gekommen.

»Ja«, brummte ich und verschränkte die Arme vor der Brust.

Jan fuhr sich mit der Hand übers Gesicht. »Ich hoffe, du kannst ein bisschen Verstand in ihren sturen Schädel bringen«, schnaubte er.

Für einen Moment sah ich ihn erstaunt von der Seite an. Hatte ich tatsächlich das Okay von ihm bekommen, mit Robin zu reden? Von dem Kerl, der mich vor ein paar Monaten noch von ihr wegjagen wollte?

»Glotz nicht so«, meinte er. »Ich bin kein Unmensch. Und sogar ich kann sehen, dass sie an einem gebrochenen Herzen leidet.«

Ich schluckte. Denn es war meine Schuld, dass Robins Herz gebrochen war. Schon wieder.

Schweigend heftete ich meine Aufmerksamkeit auf den Track. Jan schien meine Anwesenheit auszublenden, hochkonzentriert verfolgte er das Rennen, informierte Robin per Funk über die Positionen ihrer Kontrahenten und kommentierte ihren Fahrstil. Sie hielt sich auf dem dritten Platz. Ich hörte, wie Jan sie anwies, noch nicht weiter vorzupreschen.

Je länger das Rennen andauerte, umso schwächer wurde der Regen. Bis er irgendwann ganz aufhörte und die Sonne sich zwischen den dunklen Wolken hervortraute. Jan versteifte sich neben mir und ich folgte seinem Blick. Robin hatte beschleunigt und setzte gerade alles daran, auf die zweite Position vorzurücken.

»Nein, verdammt«, presste er hervor und ballte die Hände zu Fäusten. »Das ist viel zu gefährlich.«

Ich schluckte und krallte mich an der Absperrung fest. Es sah nicht aus, als würde Robins Hinterrad ausbrechen. Sie war gerade dabei, den anderen Fahrer zu überholen, als dieser die Kontrolle über sein Bike verlor. Wahrscheinlich hatte er nicht damit gerechnet, dass jemand an ihm vorbeiziehen würde. Schneller als ich schauen konnte, krachte es gegen das von Robin.

Sie flog von ihrer Maschine und prallte auf dem Boden auf, wo sie sich mehrere Male überschlug. Ein Schrei riss sich aus meiner Kehle – im gleichen Moment brüllte Jan Robins Namen in das Funkgerät. Ich war drauf und dran, über die

Absperrung zu springen, als Jan mich mit einem festen Griff zurückhielt.

»Nicht!« Er schüttelte den Kopf. Im selben Moment schossen zwölf Motorräder an uns vorbei. Dann nickte er zu Robin, die sich mittlerweile aufrappelte. »Das war ein kontrollierter Absprung.«

Ich zog die Stirn kraus. »Woran siehst du das?«

Er öffnete den Mund, wahrscheinlich um zu einer Erklärung anzusetzen, ehe er seufzte und mit den Schultern zuckte. »Ich seh das einfach.«

Nickend beobachtete ich Robin, die realisierte, dass das Rennen für sie vorbei war, und wütend auf den Boden neben sich schlug. Sanitäter eilten an ihre Seite und checkten sie durch.

»Wann können wir zu ihr?«, fragte ich ungeduldig.

»Das Rennen ist gleich vorbei«, versuchte Jan mich zu beruhigen, aber ich musste mich selber davon überzeugen, dass es ihr gut ging.

»Jetzt«, nickte er nach ein paar weiteren Minuten. Robin stand noch immer mit einem Sanitäter auf der Rasenfläche. Jan und Mo – der in der Zwischenzeit zu uns getreten war – schwangen sich über die Absperrung und liefen über den Track zu ihr. Mit ein paar Sekunden Verzögerung folgte ich ihnen.

Voller Sorge pulsierte mein Herz in meiner Brust. Robin drehte sich um. Sie brauchte nur ein paar Sekunden, bis sie mich erblickte. Entsetzt riss sie die Augen auf wirbelte herum. Der Sanitäter sah ebenfalls in unsere Richtung, ehe er nickte. Mich trennten nur noch hundert Meter von Robin.

Ich rief ihren Namen und war mir sicher, dass sie mich gehört hatte.

Sie stieg gemeinsam mit dem Sanitäter in sein Golfkart und fuhr mit ihm davon. Irritiert blieb ich dort stehen, wo sie gerade noch gewesen war. Mo hatte die Hände auf die Knie gestützt und lachte. Auch Jan konnte sich ein Grinsen nicht verkneifen.

»Ich glaube, du hast da einen Brocken Arbeit vor dir«, grinste er und klopfte mir mitleidig auf die Schulter.

Robin wurde ins Krankenhaus gebracht, um durchgecheckt zu werden. Am liebsten wäre ich ebenfalls dort hingefahren, aber Jan hatte es für keine gute Idee gehalten. Widerwillig hatte ich ihm zustimmen müssen und mich ins Hotel begeben. Immerhin hatte er mir ihre Zimmernummer verraten.

Ich hatte keine Ahnung, wann sie wiederkommen würde, also setzte ich mich vor die Tür und wartete. Je mehr Zeit verging, umso schwerer wurden meine Lider, bis sie irgendwann vollkommen zufielen.

Ein Tritt gegen mein Schienbein weckte mich.

»Verpiss dich!«

Müde blinzelte ich und legte den Kopf in den Nacken. Robin trug eine Jogginghose und irgendein Bandshirt, dass ich im Dunkeln nicht erkennen konnte.

»Robin«, sagte ich und rieb mir mit den Händen über das Gesicht. »Wie gehts dir?« Umständlich rappelte ich mich auf und sah sie aufmerksam an.

Sie verdrehte die Augen. »Besser, wenn du dich endlich von meiner Tür verziehst.«

»Ich will mit dir reden«, erklärte ich und trat an die Seite.

»Schön«, zischte sie und schenkte mir ein falsches Lächeln. Sie hielt ihre Karte gegen die Tür, die daraufhin zweimal piepste. »Ich aber nicht mit dir.« Als ich gerade den Mund öffnete, um etwas zu erwidern, knallte sie mir die Tür vor der Nase zu.

Ein kleines Lachen kam mir über die Lippen. Robin war schon immer ein sturer Bock gewesen. Etwas, was ich ganz besonders an ihr liebte.

»Ich kann die ganze Nacht hier stehen«, rief ich laut.

»Toll«, hörte ich sie gedämpft. »Dann wünsche ich dir eine gute Nacht.«

»Es tut mir leid, Robin.«

Es kam keine Reaktion von ihr, aber ich vernahm ein weiteres Knallen. Fest presste ich mein Ohr gegen den Eingang zu ihrem Hotelzimmer und war mir sicher, dass ich Wasser rauschen hören konnte. Seufzend lehnte ich die Stirn gegen die Tür und wartete.

Während Robin in aller Seelenruhe duschte, kamen mindestens fünf Hotelgäste an mir vorbei und beäugten mich.

Ich grinste und verdrehte die Augen. »Meine Freundin ist eine Dramaqueen.«

Der ein oder andere Mann lächelte verständnisvoll, während die Frauen in der Regel nicht überzeugt schienen. Als ich hörte, wie sie das Badezimmer verließ, klopfte ich.

»Robin, lass mich rein.«

»Du bist immer noch da?«, hörte ich sie erstaunt fragen, aber die Tür bewegte sich keinen Millimeter.

»Meinst du wirklich, ich fliege um die halbe Erdkugel, um dann nach einer halben Stunde aufzugeben?«, schnaubte ich.

Sie schwieg.

»Robin«, seufzte ich. »Kann ich es erklären?«

»Du hättest es vor Monaten erklären können«, wies sie mich auf meinen größten Fehler hin.

»Ich weiß«, seufzte ich erneut. »Es tut mir leid, dass ich es nicht gemacht habe.«

Schweigen.

»Ich wollte es dir wirklich sagen, aber ich wusste nicht, wie.«

»Was genau wolltest du mir sagen? Dass du verheiratet bist, ein Kind hast oder dass das gar nicht deine Wohnung war?«

»Können wir das vielleicht von Angesicht zu Angesicht besprechen?«, fragte ich genervt. »Ich hab kein' Bock, so mit dir zu diskutieren.«

»Und ich hatte kein' Bock, angelogen zu werden«, fauchte sie und ich sah vor meinem inneren Auge, wie sie die Stirn kraus zog.

»Ich habe sie geheiratet, weil sie schwanger war. Sie hat es mir einen Tag, nachdem wir miteinander geschlafen hatten, gesagt.« Ich schluckte und schloss die Augen. »Ich wollte es doch besser machen als mein Vater.« Kopfschüttelnd stützte ich mich gegen die Tür und legte meine Stirn dagegen. »Vor vier Jahren habe ich rausgefunden, dass Leo nicht mein Sohn ist.«

Robin zog die Tür so abrupt auf, dass ich ins Taumeln geriet.

»Was?«, fragte sie und sah mich entsetzt an.

Kapitel 44

Finn

Damals – vor acht Jahren

Schluckend sah ich auf den kleinen Stab, den mir Sara in die Hände gedrückt hatte. Noch immer konnte ich es nicht glauben. Mein Hals fühlte sich seltsam eng an und meine Augen waren feucht.

Nicht vor Glücksgefühlen, sondern vor Angst. Ich hatte eine Scheißangst vor dem, was das bedeutete.

»Warum sagst du denn nichts?«, näselte Sara und ich krallte mich noch fester an den Test.

»Ich muss das erst einmal verdauen«, presste ich hervor.

»Freust du dich nicht?«, fragte sie mich mit zitternder Stimme.

Ungläubig ruckte mein Kopf zu ihr. »Du fragst, ob ich mich freue? Sara, das kommt zum denkbar schlechtesten Zeitpunkt. Natürlich freue ich mich nicht.«

Sie brach in Tränen aus und schnell legte ich den Arm um sie. Wie immer roch sie nach Kokos und erinnerte mich schmerzhaft daran, dass ich die falsche Frau in den Armen hielt.

»Willst du etwa, dass ich es wegmachen lasse?«, schluchzte

sie und ich hielt sie noch ein wenig fester. Die Vorstellung, meinem ungeborenen Kind das Leben zu verwehren, gefiel mir noch weniger, als in neun Monaten Vater zu werden.

»Natürlich nicht«, seufzte ich. »Aber du musst zugeben, dass das keine ideale Situation ist. Wir beide haben nicht einmal einen Schulabschluss.«

Sara weinte weiter. »Ich dachte, du würdest dich freuen.« Ein ungutes Gefühl beschlich mich.

»Du hast das nicht mit Absicht gemacht, oder?« Ich wusste nicht, wie ich die Frage vorsichtiger formulieren sollte. Genau genommen wollte ich das auch gar nicht.

Sara schluchzte auf. »Ich habe den einen Tag meine Pille vergessen, hätte aber niemals gedacht, dass das reicht ...« Sie schluckte sichtbar und ich sprang auf. Nervös lief ich auf und ab und fuhr mir mit der Hand übers Gesicht.

»Du willst mir sagen, du wusstest, dass du die Pille nicht genommen hast, und hattest trotzdem Sex mit mir?« Ich musste mich zusammenreißen, um sie nicht anzubrüllen. Das konnte doch nicht wahr sein. Das war alles verdammt noch mal nicht wahr.

Sie biss sich auf die Lippe und nickte.

»Verdammt, Sara!«, brüllte ich sie jetzt doch an. »Bist du noch bei Verstand?«

Wieder weinte sie und ich ballte meine Hände zu Fäusten.

War sie wirklich so naiv? Dachte sie wirklich, jetzt wäre eine gute Zeit, ein Kind zu bekommen?

»Du bist sechzehn, Sara. Sechzehn! Wir haben beide weder Schulabschluss noch Ausbildung. Wir sind selber noch Kinder.«

»Dann lass ich es halt wegmachen«, schrie sie zurück.

Ihre Worte trafen mich härter, als ich erwartet hatte, und mein Magen fühlte sich seltsam schwer an. Für einen Augenblick horchte ich in mich. Und auch, wenn ich definitiv noch nicht bereit war, Vater zu werden, wollte ich nicht, dass mein

Kind starb. *Mein Kind.* Langsam ging ich vor Sara in die Knie und nahm ihre Hände in meine.

»Das habe ich doch damit auch nicht gesagt«, versuchte ich es so sanft wie möglich, während mein Hirn fieberhaft nach Alternativen suchte.

»Hast du …«, begann ich zögerlich, weil ich keine Ahnung hatte, wie sie es auffassen würde. »Hast du über eine Adoption nachgedacht?« Sie riss ihre Hände aus meinen und starrte mich fassungslos an.

»Adoption?«, fragte sie schrill und schüttelte den Kopf. »Da kann ich es ja gleich wegmachen lassen.«

Mir fiel auf, dass sie das Baby noch nicht einmal Baby genannt hatte. Immer nur »es«. Ich hob beschwichtigend die Arme.

»Sara«, wiederholte ich sanft. »Es war nur eine Frage.«

Sie presste wütend die Lippen aufeinander und sah mich aus zusammengekniffenen Augen an. »Entweder du hilfst mir mit dem Kind, oder ich lasse es wegmachen.«

Eigentlich sollte mir diese Entscheidung leicht fallen, aber es fühlte sich an, als läge eine Zentnerlast auf meinen Schultern.

»Und wenn ich meine, du hilfst mir, dann will ich, dass wir es richtig machen. Mit Hochzeit und allem Drum und Dran.« Sie hatte die Arme vor der Brust verschränkt.

»Du bist sechzehn«, presste ich hervor.

»Mit der Erlaubnis meiner Eltern kann ich heiraten«, erwiderte sie achselzuckend und mit berechnendem Blick.

Ich stellte mir meine Hochzeit vor, aber jedes Mal, wenn ich mir Sara im Brautkleid vorzustellen versuchte, erschien ein anderes Bild in meinem Kopf. Robin. Da war immer nur Robin, wie ihr langes blondes Haar durch den Wind wehte, sie lachend zu mir aufsah und mich mit dieser Sehnsucht betrachtete, die letzte Nacht in ihren Augen gelegen hatte.

»Glaub nicht, ich weiß nicht, wo du heute Nacht gewesen

bist«, sagte Sara mit kalter Stimme. »Du trägst noch immer deine Klamotten von gestern.«

Einen Moment lang hatte ich das Gefühl, auf den Grund ihrer Seele blicken zu können, und was ich da sah, erinnerte mich nicht im Geringsten an den Menschen, den ich einst geliebt hatte.

»Entweder sie oder das Kind.« Sobald sie den Satz ausgesprochen hatte, war mir klar, wie ich mich entscheiden würde. Auch wenn es mir das Herz brechen würde. Und Robins gleich dazu.

Damals – vor 7,5 Jahren

Es war unsere verdammte Abifete und ich konnte nichts anderes tun, als die ganze Zeit missmutig in meinen Drink zu starren. Der wievielte war es eigentlich? Ich versuchte sie an beiden Händen abzuzählen, aber die reichten schon gar nicht mehr aus.

»Ich glaube, du hast genug, Finn.« Jemand legte mir eine Hand auf die Schulter. Mara stand neben mir und musterte mich besorgt.

»Gugg nisch so«, brummte ich. »Steht dir nüscht.«

»Okay«, schmunzelte sie, ließ sich neben mich auf den Stuhl fallen und orderte ein Wasser beim Barkeeper.

»Bisch au schwanger?«, fragte ich sie stirnrunzelnd. Sie sah mich mit hochgezogener Braue an. »Na, wegen dem Wasser.«

Mara schüttelte den Kopf und stellte mir das Glas vor die Nase. »Das Wasser ist für dich.«

»Bin nüscht schwanger«, erklärte ich ihr. »Nisch so wie Sara.« Mein Herz zog sich zusammen. Sie wurde von Tag zu Tag runder.

Mara tätschelte meine Hand, als wüsste sie nicht, was sie sagen sollte. »Ich vermiss Robin«, gestand ich ihr das, was ich niemals laut aussprechen wollte. »So sehr.«

»Ich vermisse sie auch«, bestätigte sie mir und schenkte mir ein trauriges Lächeln.

»Eigentlich dacht isch, wir würden zusammen bleiben, nachdem wir Ssssex hatten.« Ich kicherte. Das Wort klang witzig, wenn man es in die Länge zog.

»Ihr hattet Sex?«, fragte Mara mit hochgezogener Braue.

Ich nickte und sah mich verschwörerisch um. »Aber ein Geheimnis«, flüsterte ich. »Niemand erzählen. Auch nicht Julian.«

»Versprochen«, sagte sie und tätschelte meine Hand.

»Der Sssssex war soo gut«, erzählte ich ihr und zeigte ihr mit meinen Armen, wie gut. »War Robins erstes Mal.«

Mara verzog das Gesicht. Vielleicht war ihr schlecht? Mir war langsam schlecht und alles drehte sich.

»Aber dann hat Sara gesagt, dass sie Baby bekommt«, fuhr ich fort und deutete auf meinen Bauch. Ich war auf einmal so unendlich müde.

»Robin weiß es nich«, gähnte ich, legte den Kopf auf die Theke und schloss die Augen. Ich wollte doch nur ein bisschen schlafen.

Damals – vor 7 Jahren

»Ein letztes Mal noch, Sara«, feuerte ich sie an und hielt ihre Hand fest in meiner.

Die Haare klebten ihr feucht an der Stirn und sie brüllte aus Leibeskräften, als sie ein weiteres Mal presste. Dann war alles ganz ruhig. Bis ein Schrei die Stille zerriss.

Ich spürte Tränen über mein Gesicht laufen, als die Hebamme lächelnd auf ein kleines, blutverschmiertes Wesen starrte. Sie wickelte es in ein Tuch und wollte es Sara reichen. Diese schüttelte den Kopf. Fragend sah die Geburtshelferin zu mir und gab mir das Bündel. Ich versuchte mir nicht allzu viele Gedanken über Saras Verhalten zu machen, sondern konzentrierte mich auf meinen Sohn.

Im selben Moment öffnete er die Augen und ich war mir sicher, dass er lächelte. Auch wenn das nicht möglich war. Mein Herz quoll über und eine Gänsehaut brach auf meinem ganzen Körper aus. Ganz gleich, was ich im letzten Dreivierteljahr alles verloren hatte, ganz gleich, wie sehr mein Herz noch immer schmerzte, wenn ich an Robin dachte, er war alles wert gewesen.

»Hey, kleiner Mann«, flüsterte ich und seine Hand schloss sich um meinen Zeigefinger. Ich musste mich zusammenreißen, nicht in Tränen auszubrechen. »Ich liebe dich und werde dich immer beschützen«, versprach ich ihm. »Komme, was wolle.«

»Haben Sie schon einen Namen für ihn ausgesucht?«, fragte mich die Hebamme mit einem Lächeln.

Mein Blick wanderte zu Sara, die ebenfalls neugierig auf das Baby in meinen Armen schaute. Auffordernd hob ich die Brauen. Sie seufzte und nickte mir zu.

»Entscheide du«, flüsterte sie.

Lächelnd sah ich wieder in das Gesicht meines Sohnes. »Leo«, entschied ich. »Wir werden ihn Leo nennen.«

»Ein sehr schöner Name«, meinte die Hebamme, aber ich hatte sie längst ausgeblendet. Stattdessen erhob ich mich, um Leo in Saras Arme zu legen. Ihr Blick wurde panisch und sie wollte abwehrend die Hände heben, aber ich beachtete es gar nicht. Stattdessen beugte ich mich zu ihr und gab ihr unseren Sohn. Auch sie weinte und mit ihrem Zeigefinger strich sie vorsichtig über seine Wange.

»Es tut mir leid«, sagte ich im selben Moment, wie ich eine Entscheidung traf.

Das letzte Dreivierteljahr war auch für Sara hart gewesen. Immer wieder hatte ich sie dafür verantwortlich gemacht, dass Robin gegangen war. Es war nicht fair von mir, ihr das vorzuhalten. Es war nicht fair von mir, einer anderen Frau hinterherzutrauern, wenn ich mit ihr verheiratet war. Und vor allem war es nicht fair unserem Sohn gegenüber.

Er verdiente es, in einem Zuhause groß zu werden, in dem seine Eltern glücklich waren. Und nicht in einem, in dem sein Vater seine Mutter verachtete. Für etwas, an dem er selbst genauso schuld war.

Sara liefen Tränen über die Wange, als sie mich jetzt anstarrte. »Was?«, krächzte sie ungläubig.

»Es tut mir leid«, wiederholte ich. »Ich war nicht fair zu dir. Ich werde mich bessern, versprochen.« Ich hauchte ihr einen Kuss auf die Schläfe. »Ich werde Leo ein guter Vater und dir ein guter Mann sein.«

Jetzt war es gänzlich um ihre Fassung geschehen. Mit der linken Hand krallte sie sich in mein Hemd, während sie mit der rechten Leo an sich presste. Ich hatte Sara schon einmal geliebt. Ich würde sie wieder lieben können.

Damals – vor fünf Jahren

Je älter Leo wurde, umso deutlicher war, dass er mir nicht ähnelte, sondern mehr nach Sara zu kommen schien. Er hatte blaue Augen, ich graue. Er hatte hellblondes Haar, ich braunes. Er war für sein Alter eher klein, ich hingegen war damals schon relativ groß gewesen. Aber mir machte das nichts. Denn ganz gleich, wie er aussah, er war einfach perfekt.

Ich liebte es, wenn er morgens aufwachte, seine kleinen Hände auf meine Wangen legte und »Papa« sagte, während sich ein Strahlen in seinem Gesicht ausbreitete. Wenn er laut aufkreischte, weil ich ihn durch die Wohnung wirbelte. Wie er sich an mich schmiegte, wenn ich ihm aus einem Buch vorlas.

»Ich komme zu spät«, brummte Sara, während sie sich ein paar Snacks in die Handtasche warf. »Ich komme sowas von zu spät.«

»Entspann dich, Süße«, schmunzelte ich und drückte ihr einen Kuss auf die Schläfe.

Leo war auf meinem Arm und streckte seine Finger nach ihr aus. »Mama«, verlangte er herrisch.

»Nicht jetzt, Leo«, erwiderte sie genervt und sah auch mich böse an. Als könnte ich irgendetwas dafür, dass sie heute ihr Matheabitur hatte.

»Du schaffst das schon«, versuchte ich sie aufzubauen, was ihr nur ein schwaches Nicken entlockte. »Wann bist du zu Hause?«, fragte ich noch, ehe sie aus der Tür stürmen konnte.

»Wieso?«, blaffte sie. »Bist du mein Vater und ich muss dir jeden meiner Schritte erklären?«

Ich verzog das Gesicht. Ich hatte keine Ahnung, was in letzter Zeit in sie gefahren war.

»Nein«, erwiderte ich vorsichtig. »Ich habe am Nachmittag Vorlesungen und meine Mutter kann heute nicht auf Leo aufpassen.«

»Dann wirst du dir wohl was anderes überlegen müssen«, keifte sie. »Ich habe schon Pläne.« Dann warf sie die Tür so laut ins Schloss, dass Leo zu weinen begann.

»Shhhh, Kleiner«, flüsterte ich und drückte ihn an mich. »Die Mama ist einfach nur wegen ihres Abis gestresst.« Sein Weinen wurde lauter.

»Was hältst du von einer Brezel?«, schlug ich ihm vor, weil ich es hasste, ihn weinen zu sehen. Sein Blick hellte sich auf und er schenkte mir ein breites Lächeln.

Damals – vor vier Jahren

Erschöpft kam ich nach Hause und ließ mich aufs Sofa fallen. Die Wohnung war still. Weder Leo noch Sara waren zu hören, ein sicheres Zeichen dafür, dass beide bereits schliefen. Als ich mich vor einem halben Jahr entschieden hatte, das Studium abzubrechen und stattdessen ein Restaurant zu eröffnen, hatte mich jeder für verrückt erklärt. Besonders Sara hatte getobt, als gäbe es kein Morgen. Wäre Julian nicht, hätte ich niemals die Mittel gehabt, um meinen Traum auch wirklich in die Tat umzusetzen.

Es waren nur noch wenige Wochen bis zur Eröffnung und Vorfreude durchzuckte mich. Ich würde jedem beweisen, dass ich nicht an einem idiotischen Traum festhielt. Dass das *Mezze* das werden würde, was ich in ihm sah.

Mühsam stand ich auf und schlich auf Zehenspitzen in Leos Zimmer. Für einen Moment betrachtete ich ihn liebevoll, wie er in seinem Bettchen lag und den Hintern in die Höhe gestreckt hatte. Im rechten Arm hielt er den Kuschelbären, den ich ihm schon bei seiner Geburt geschenkt hatte, und Sabber lief aus seinem Mundwinkel.

Vorsichtig, um ihn ja nicht zu wecken, strich ich mit meinen Fingern über sein Haar. »Ich liebe dich, kleiner Mann«, flüsterte ich. Ich betrachtete ihn für ein paar weitere Minuten, ehe ich auf Zehenspitzen wieder aus dem Zimmer zurück ins Wohnzimmer ging.

Auch wenn ich vollkommen erledigt war, wollte sich noch keine Müdigkeit einstellen. Also schnappte ich mir die Fernbedienung und zappte mich durch die Programme. Kurz zögerte ich, dann schaltete ich auf den Sportsender um. Sie übertrugen gerade Robins letztes Rennen und ich wusste bereits, dass es kein gutes war. Dass sie einen schlimmen Unfall gehabt und sich die Schulter gebrochen hatte.

Angespannt folgte ich der Aufzeichnung, bis es zu dem Sturz kam. Sie überschlug sich und prallte auf dem Boden auf. Auch wenn ich wusste, wie es ausging, hoffte ich immer noch, dass sie aufstehen würde. Aber sie blieb liegen.

»Ganz gleich, wie viel Zeit ins Land geht, du wirst sie immer lieben.«

Hastig schaltete ich den Fernseher aus und sah zu Sara. Sie lehnte gegen den Türrahmen und schaute resigniert auf den Bildschirm.

»Wovon redest du?« Genervt fuhr ich mir mit der Hand übers Gesicht.

Ich wusste nicht, wie oft wir diese Diskussion noch führen sollten. Ständig warf sie mir vor, dass ich Robin lieben würde. Vielleicht war das zu einem Zeitpunkt in meinem Leben so gewesen und vielleicht könnte ich sie wieder lieben, wenn ich es zuließe, aber ich war hier. Ich hatte alle meine Träume aufgegeben, um bei Sara und Leo zu sein. Reichte ihr das nicht als Beweis?

»Du siehst ihre Rennen«, warf sie mir vor. »Jede Woche. Wenn du mal eines verpasst, dann nimmst du es sogar auf.«

»Ich mag Motorradrennsport«, erklärte ich achselzuckend. »Das weißt du.«

»Und dennoch schaust du nur ihre Rennen«, spuckte sie mir vor die Füße.

»Sara«, seufzte ich. »Müssen wir diese Diskussion wieder führen? Ich liebe sie nicht, sonst wäre ich wohl kaum hier, oder?«

»Mich liebst du aber auch nicht«, resignierte sie.

Ich hielt den Mund geschlossen, denn ich wusste nicht, wie ich diese Frage ehrlich beantworten sollte. Sara und ich hatten uns auseinandergelebt. Ich wusste nicht genau, wann es passiert war. Vielleicht während einer der Nächte, die ich mal wieder im Wohnzimmer geschlafen hatte. Vielleicht während einer unseren zu vielen Streits. Vielleicht zwischen einem ihrer Vorwürfe.

Ich hatte Sara geliebt. Aber ich wusste nicht, ob ich es noch immer tat.

Damals – vor drei Jahren

»Und wann willst du es ihm sagen?«, hörte ich eine mir vertraute Stimme fragen.

Ich hatte gerade die Tür ins Schloss werfen wollen, doch irgendetwas ließ mich innehalten. Als wäre ich nicht dazu bestimmt, diesen Satz zu hören.

»Bald«, stöhnte Sara.

Kleider raschelten und fielen auf den Boden. Mit zusammengezogenen Brauen sah ich auf die Uhr. Normalerweise war Sara nicht hier um diese Uhrzeit.

»Du bist immer noch so geil wie damals«, sprach wieder die andere Stimme.

Noch immer kam sie mir bekannt vor, aber ich konnte sie nicht einsortieren. Auf leisen Sohlen schlich ich in Richtung Schlafzimmer. Wieder stöhnte Sara. Mir war vollkommen klar, was ich vorfinden würde, wenn ich um die Ecke trat, und ich hielt inne. Wollte ich das sehen? Wollte ich den Beweis und damit zulassen, dass sich alles veränderte?

Haut klatschte auf Haut und ich schloss gequält die Augen.

»Ja«, schrie Sara. »Besorgs mir. Ich hatte schon lange keinen Orgasmus mehr.«

Ich war drauf und dran umzudrehen, einfach zu gehen und so zu tun, als hätte ich nichts gehört, als der andere Mann ein weiteres Mal sprach.

»Ich mach dir noch ein Baby. Einen weiteren Bastard, den du ihm unterjubeln kannst.«

In diesem Moment gefror mein Herz und ich wirbelte herum, lief ins Schlafzimmer und riss den Mann von Sara. Erschrocken schrie sie auf, während meine Augen sich vor Entsetzen weiteten.

Moritz. Der Mann, mit dem Sara mich schon einmal betrogen hatte. Bevor ich überhaupt nachdenken konnte, rammte ich ihm meine Faust ins Gesicht. Ich vergaß, dass er nackt war, dass Sara nackt war und meinen Namen schrie.

Alles, was ich wahrnahm, war sein arrogantes Lächeln und seine Worte: *Einen weiteren Bastard, den du ihm unterjubeln kannst.*

Ich schlug ein weiteres Mal zu und Blut quoll aus seiner Nase. Erst dann stieß ich ihn gegen den Kleiderschrank und sah Sara an. Tränen liefen ihr über die Wange und sie hielt sich die Decke vor die Brust gepresst.

»Stimmt das?«, fragte ich sie ruhig. Zu ruhig. So ruhig, wie es war, bevor ein Sturm zu tosen begann.

»Finni«, sagte sie gequält. Diesen schrecklichen Spitznamen hatte ich schon lange nicht mehr aus ihrem Mund gehört. »Es ist nicht so, wie es aussieht.«

»Mir ist scheißegal, was das zwischen euch ist«, herrschte ich sie an. »Stimmt es? Ist Leo sein Sohn?« Angewidert deutete ich auf Moritz.

Sara schloss beschämt die Augen und drehte den Kopf zur Seite.

»Dir fällt erst jetzt auf, dass die kleine Kackbratze nicht deine ist?«, lachte Moritz hämisch. »Er sieht aus wie ich.«

Aber ich reagierte nicht auf ihn. Würde ich es tun, dann würde ich ihn verprügeln und vermutlich nie wieder damit aufhören können. Stattdessen wartete ich auf ein weiteres Wort von Sara, aber sie schwieg. Stumm drehte ich mich um und verließ das Haus.

Meine ganze Welt war gerade in sich zusammengefallen. Alles, was immer Sinn gemacht hatte, alles, was ich für die Wahrheit gehalten hatte, war eine Lüge. Leo war nicht mein Sohn. Ein Schluchzen kam über meine Lippen, als ich in den Wagen stieg. Leo war in den letzten Jahren mein Dreh- und Angelpunkt gewesen. Die Person, die ich mehr geliebt hatte als mein eigenes Leben. Und jetzt erfuhr ich, dass er gar nicht mein Sohn war.

Wütend schlug ich auf das Lenkrad ein, während mir Tränen über das Gesicht liefen. Ich musste mit jemandem reden und es gab nur eine Person auf der ganzen Welt, die mich verstehen würde.

Kapitel 45

Finn

Heute

»Dann bin ich zu dir geflogen«, erzählte ich heiser weiter. »Nach Tokio.«

Robin hatte die Hand entsetzt vor den Mund geschlagen und Tränen standen ihr in den Augen. Ich lehnte den Kopf in den Nacken, damit ich ihr nichts in Gesicht sehen musste. »Aber als ich gesehen habe, dass du glücklich bist, bin ich wieder gegangen.«

»Und dann?«, fragte sie leise.

»Dann habe ich es noch mal mit Sara versucht.«

Ein ungläubiger Laut entwich Robin, bevor sie wütend aufsprang. Sie machte bereits den Mund auf, um etwas zu sagen, aber ich kam ihr zuvor.

»Ich hatte Angst, dass sie mir Leo wegnimmt. Ich hab damals noch nicht so viel über die Rechtslage gewusst«, erklärte ich ihr mit einem traurigen Lächeln. »Aber irgendwann ging es nicht mehr.« Kurz warf ich einen Blick zu Robin. Auf ihrem Gesicht lag ein Ausdruck, den ich nicht deuten konnte. Langsam setzte sie sich wieder aufs Bett. »Bis dann eines Tages Moritz bei uns zu Hause war und Leo erklärt hat, dass er sein Vater ist.«

»Das darf er doch gar nicht«, empörte sich Robin und ich zuckte mit den Schultern. Moritz war es schon immer egal gewesen, was man darf und was nicht. Er hatte nicht einmal einen Vaterschaftstest gemacht, sondern es Leo einfach gesagt.

Ich schluckte, schüttelte den Kopf und versuchte die Erinnerung loszuwerden. »Danach hat das ganze Drama angefangen.«

Tief seufzte ich und erzählte ihr davon, dass ich die Scheidung eingereicht hatte. Daraufhin hatte Moritz eingeklagt, als Vater in Leos Geburtsurkunde aufgenommen zu werden. Ich sollte einfach herausgestrichen werden – aber ich hatte mich geweigert.

»Leo ist mein Sohn«, versuchte ich Robin zu erklären. »Ob ich ihn gezeugt habe oder nicht. Ich habe ihn großgezogen. Sara hat sich gegen die Scheidung gesträubt und Moritz hat alles noch einmal schwerer gemacht. Irgendwann durfte ich Leo nicht mehr sehen.« Gequält schloss ich die Augen. »Sara hat gedroht, allen zu erzählen, ich hätte sie jeden Tag geschlagen.« Ich presste hart die Lippen aufeinander. »Was ich natürlich nie getan habe. Aber sie hat mir wieder Angst gemacht und ich bin auf ihre Forderungen eingegangen.«

»Was war mit deinem Anwalt?«, hakte Robin nach.

»Mein erster Anwalt war nicht die hellste Kerze auf der Torte«, erwidere ich und fuhr mit meinem Zeigefinger die Maserungen des Tisches nach. »Irgendwann hat Julian sich dazwischen geschaltet und mir einen vernünftigen Anwalt besorgt.«

»Gut, dass du solche Freunde hast«, sagte sie mit warmer Stimme.

»Ja«, nickte ich. »Ohne Julians Hilfe wäre ich verloren gewesen. Von da an war die Sache nur noch eine Frage der Zeit. Ich durfte Leo wiedersehen, der natürlich nicht verstanden hatte, warum ich ihn drei Monate lang nicht besuchen konnte. Das hat ganz schön gedauert, bis er mir wieder vertraut hat.« Ich war mir sicher, dass Robin den Kopf auf und ab bewegte. »Der Rest ging dann doch leichter als gedacht, auch die Sache mit Moritz.«

»Wie das?«

»Rechtlich gesehen bin ich der Vater, ob ich der Erzeuger bin oder nicht, weil Sara und ich zum Zeitpunkt von Leos Geburt verheiratet waren.« Kurz sah ich zu Robin, um zu sehen, ob sie mir folgen könnte. »Mein Anwalt hat sich die Argumentation von Moritz ein einziges Mal angehört und ihm mitgeteilt, dass er gerne als Vater eingetragen werden könne, wenn er all die Kosten zurückzahlen würde, die ich in den letzten Jahren wegen Leo hatte.«

»Was, wenn er zugestimmt hätte?« Robin hatte sich vorgebeugt und die Augen weit aufgerissen.

»Nein«, meinte ich und schüttelte den Kopf. »Moritz war schon immer viel zu sehr mit sich selbst beschäftigt. Er –«, ich suchte nach den richtigen Worten. »Er liebt Leo nicht. Es ging ihm um die Machtspielchen.«

Robin nickte und musterte mich eindringlich. Es gab noch so viel, was ich ihr sagen sollte, aber ich wusste, dass sie das jetzt erst einmal sacken lassen musste.

»Willst du eine Pizza?«, fragte sie, nachdem sie ein paar Minuten geschwiegen hatte.

Wie auf Kommando knurrte mein Magen und ich grinste dankbar. Sie erwiderte das Lächeln zaghaft, ehe sie aufstand und im Hotelrestaurant bestellte. Nachdem sie aufgelegt hatte, starrte sie aus dem Hotelfenster.

»Sie brauchen etwa zwanzig Minuten«, meinte sie leise und blieb unschlüssig stehen, wo sie war.

Wir schwiegen; Erinnerungsfetzen der vergangenen Jahre schossen mir unaufgefordert durch den Kopf. Ich sah das Unverständnis in Leos Gesicht, als er hörte, dass ich nicht sein

Vater sei. Sara, die die Szene mit kaltem Lächeln betrachtete. Ich erinnerte mich an die schwangere Sara auf dem Standesamt, deren Gesichtszüge von Robins überlagert wurden.

»Wieso hast du es mir nicht einfach erzählt?«, riss sie mich aus meinen Gedanken.

»Als du wiedergekommen bist, waren wir mitten im Sorgerechtsstreit und auch die Scheidung war im vollen Gange. Wir waren so kurz vor der Zielgeraden. Ich wollte nicht, dass irgendetwas das ruinierte.«

»Ich bin also irgendetwas?«, erwiderte sie mit zusammengezogenen Brauen.

»Nein«, seufzte ich und fuhr mir mit der Hand übers Gesicht. »Das meine ich damit nicht. Sara hat alles gegen mich verwendet. Jede Kleinigkeit. Und dich hätte sie auch gegen mich verwendet.«

Robin ließ sich auf ihr Bett nieder und zog die Beine an die Brust. »Meinst du nicht, es hätte geholfen, wenn ich es gewusst hätte, falls ich sie zufällig gesehen hätte?«

Ich lehnte mich gegen den Stuhl, streckte die Beine aus und zuckte mit den Schultern. »Vielleicht«, gab ich zu. »Aber ich hatte Angst, dass sie mir Leo wegnimmt. Das hätte ich nicht noch mal ertragen.«

»Ich glaube, ich habe Leo gesehen«, meinte sie, ohne mich anzusehen. »Auf dem Parkplatz vom Indoorspielplatz«, erklärte sie und blickte jetzt doch zu mir.

Ich nickte. Meine Mutter hatte es mir erzählt.

»Er ist nett«, lächelte Robin.

Mein Grinsen wurde breit. »Er ist ziemlich nett.«

»Und jetzt?«, fragte sie ernst. Sie hatte ihren Kopf auf ihren Beinen abgelegt und ihr Blick ging mir direkt unter die Haut.

»Wir sind geschieden«, stellte ich fest. »Seit«, kurz sah ich auf die Uhr. »Seit gestern Vormittag.«

»Aber ...« Robin zog die Brauen zusammen. »Das heißt ...«

»Ich habe mich in den nächsten Flieger gesetzt«, beantwortete ich die Frage, die sie nicht einmal zu stellen brauchte.

»Und was ist mit Leo?« Ihre Stimme war leise und klang schon fast ängstlich.

»Ich hab das alleinige Sorgerecht«, sagte ich und konnte noch immer nicht fassen, wie sich das Gericht entschieden hatte. Sie hatten es mir zugesprochen. Mir. Und nicht Sara.

Robin stand auf und wirkte, als wolle sie auf mich zueilen und mich in den Arm nehmen, ehe sie unschlüssig stehen blieb.

Ich öffnete den Mund, um etwas zu sagen, als es klopfte. Fast schon erleichtert eilte Robin zur Tür. Sie wechselte ein paar Sätze mit dem Zimmermädchen, ehe sie unser Essen entgegennahm und alles auf den Tisch stellte. Sie zitterte, als sie das Besteck hinlegte und nach den Servietten fischte.

Ein paar Sekunden beobachtete ich die Situation, ehe ich aufstand und meine Hand auf ihren Unterarm legte. Robin hielt in ihrer Bewegung inne und alles an ihrem Körper spannte sich an. Als wüsste sie nicht, was sie erwarten sollte. Ich trat noch dichter zu ihr und legte meine Stirn gegen ihren Hinterkopf.

»Es tut mir leid, Robin. Ich hätte ehrlich sein und dir alles sagen sollen. Aber ich hatte so eine verdammte Angst, dich zu verlieren.«

Ein wenig Anspannung verließ ihren Körper und ich hatte das Gefühl, dass sie sich in meine Richtung beugte.

»Lüg mich nie wieder an«, raunte sie. »Nie wieder.«

Mein Herz klopfte wie wild und ich erwiderte ihren Blick. Ließ mich von der Wärme umarmen, die ihre Augen ausstrahlten.

»Heißt das, du verzeihst mir?«, wisperte ich, aus Angst irgendetwas, an diesem Moment zu stören. Sie nickte, kurz und knapp. Ich trat noch dichter an sie, legte meine Stirn an ihre, atmete dieselbe Luft wie sie. Mit meinen Fingern schob ich eine ihrer blauen Strähnen hinters Ohr.

»Ich liebe dich, Robin«, sagte ich eindringlich. »Du bist meine beste Freundin. Du verstehst mich auf einem Level, wie es kein anderer tut. Du siehst mich als den Menschen, der ich bin. Bei dir brauche ich mich nicht zu verstellen, ich muss dir nicht erst beweisen, dass ich es wert bin, geliebt zu werden. Du ...«, ich suchte nach den richtigen Worten. Wie sollte ich das, was ich fühlte, ausdrücken? Wie sollte ich ihr klarmachen, was sie mir eigentlich bedeutete?

»Ich liebe dich«, wiederholte ich also ein weiteres Mal in Ermangelung einer Alternative. »Ich liebe dich. Ich liebe dich. Ich liebe dich.«

Sie starrte mich an und egal, wie sehr ich es versuchte, ich konnte nichts in ihrer Miene lesen.

»Mir ist vollkommen egal, wenn du jetzt noch nicht an diesem Punkt bist. Aber ich ...«

»Ich liebe dich auch«, unterbrach sie mich und brachte für einen Augenblick meine Welt zum Stehen. »Das habe ich damals getan, das tue ich heute und das habe ich auch vor ein paar Monaten.« Sie holte ein weiteres Mal tief Luft, aber ich presste meine Lippen auf ihre und zog sie so dicht an mich, wie es nur ging. Ich musste jeden Quadratzentimeter von ihr spüren. Jeden einzelnen.

Robin legte ihre Arme um mich und fuhr mit ihren Fingern durch meine Haare. Sie erwiderte den Kuss mit derselben Leidenschaft, die ich schon immer an ihr geliebt hatte. Ich hob sie hoch und automatisch schlang sie ihre Beine um meine Hüften, während ich sie zum Bett trug.

Vollkommen egal, wie lang die letzten Tage gewesen waren, vollkommen egal, wie hungrig wir beide gerade vielleicht waren. Ich musste ihr nahe sein und ihre Haut auf meiner fühlen. Langsam, schon fast ehrfürchtig entkleidete ich sie, während meine Lippen über ihren Körper wanderten. Mit meiner Zunge fuhr ich über ihre Tätowierungen, während ihre

Finger über meine glitten. Nichts an unseren Bewegungen war hastig, viel mehr ließen wir uns Zeit, erkundeten den anderen, als wäre es das erste Mal. Als hätten wir alle Zeit der Welt.

Sanft legte ich sie auf das Bett, während ich über sie kletterte und sie bewundernd betrachtete. Alles an Robin war perfekt. Vielleicht nicht nach den gängigen Schönheitsidealen, aber ich konnte keinen Makel an ihr finden. Nicht einen.

Robin hob ihr Becken und mir entwich ein Keuchen, als sie ihre Mitte gegen meine Härte drückte.

»Finn«, sagte sie sehnsüchtig. »Komm zu mir.«

Lächelnd lehnte ich mich zurück, um nach meiner Jeans zu fischen, die auf dem Boden lag. Umständlich zog ich das Kondom aus der Hosentasche, was Robin ein heiseres Lachen entlockte. Sie setzte sich auf und begann sich von meinem Hals an meinen Körper hinabzuküssen.

»Nicht hilfreich«, brummte ich und schloss die Augen.

»Hmh«, murmelte sie und setzte ihre Tortur fort.

»Robin«, zischte ich zwischen zusammengebissenen Zähnen, als sie mit ihren Lippen meine Spitze streifte. »Ich will in dir sein.«

Nickend löste sie sich von mir und rutschte auf dem Bett nach hinten, während sie mich aufmerksam dabei beobachtete, wie ich mir das Kondom überstreifte. Ich beugte mich wieder über sie und küsste sie mit der Sehnsucht, die ich all die Jahre nach ihr gehabt hatte. Als ich in sie eindrang, stöhnten wir beide erleichtert auf.

Robin hatte ihre Augen geschlossen, den Mund leicht geöffnet und den Kopf in den Nacken gelegt. Alles an ihr, alles an diesem Moment war perfekt und ich wünschte mir, dass er für immer blieb.

Kapitel 46

Robin

Heute

Er malte kleine Kreise auf meinem nackten Rücken, während wir nach Luft schnappten und unseren Herzschlag zur Ruhe kommen ließen. Sex mit Finn war mehr als nur körperliche Befriedigung. Es brachte eine Saite in mir zum Klingen, von der ich nicht einmal gewusst hatte, dass sie existierte.

»Wieso ist Sara eigentlich ständig wieder zu Moritz gegangen?«, fragte ich ihn das, was ich nicht verstand. Wenn sie Finn hatte, wie konnte sie jemals Interesse an einem anderen haben?

Finn brummte. »Ich kann mir Besseres vorstellen, als jetzt über meine Ex-Frau zu reden.«

Ex-Frau. Ich hasste das Wort. Erst, als Finn mir weiter beruhigend über den Rücken strich, wurde mir bewusst, dass ich mich verkrampft hatte.

»Ich weiß es nicht«, sagte Finn nach einer Weile. »Vielleicht, weil er ihr die Aufmerksamkeit gegeben hat, die sie brauchte? Vielleicht weil sie mich eifersüchtig machen wollte? Vielleicht um mich zu verletzen?« Ich sah ihn fragend an und er grinste entschuldigend. »Ich war nicht der perfekte Mann, Robin«, seufzte er. »Auch wenn ich es nicht absichtlich gemacht habe, habe ich doch alles immer mit dir verglichen. Habe sie mit dir verglichen.«

Ich grinste, auch wenn sie mir vielleicht ein wenig leidtun sollte. Aber irgendwie tat sie das nicht. Nicht nach allem, was sie ihm angetan hatte.

»Wie geht es jetzt mit uns weiter?«, fragte ich ihn, während ich dem Pochen seines Herzens lauschte.

Finn vergrub seine Nase in meinen Haaren. »Das kommt darauf an«, murmelte er.

»Worauf?«, fragte ich und drehte den Kopf ein bisschen, um ihm ins Gesicht sehen zu können. Er öffnete den Mund und ich erwartete eine Antwort, aber er schloss nur die Augen.

»Finn?«, fragte ich alarmiert. »Was ist los?«

»Ich trau mich kaum, das zu sagen«, gestand er.

»Wieso nicht?«, fragte ich ihn mit gerunzelter Stirn. Ich hatte keine Ahnung, worauf er hinauswollte.

»Es könnte alles zwischen uns ändern.«

Jetzt rückte ich ein wenig von ihm ab und sah ihn alarmiert an. Gab es doch noch etwas, was er mir nicht erzählt hatte? Ich konnte mir zwar nichts Schlimmeres vorstellen als sein Geständnis über seine Ehe mit Sara, aber ich wappnete mich für alles.

»Ich würde dir gerne Leo vorstellen. Ich meine, ich bin ein Vater, mich gibt es nur im Doppelpack. Dein Herz müsste Platz für uns beide haben.«

Kurz beschlich mich die Befürchtung, dass ich keinen Platz für Leo in meinem Herzen haben würde, weil ich immer Sara sehen würde. Aber genauso schnell wie der Gedanke gekommen war, verwarf ich ihn auch wieder. Leo war Finns Sohn. Und ich liebte alles an Finn.

»Ich werde Leo lieben.« Davon war ich überzeugt. Finns Blick wurde weich, dann drehte er uns so, dass er wieder über mir lag. »Wie sollte ich ihn auch nicht lieben?«, sagte ich leise, weil ich das Gefühl hatte, meine Aussage erklären zu müssen. »Er ist dein Sohn.«

Finn schluckte und eine Reihe unterschiedlicher Emotionen tanzte über sein Gesicht, ehe er mich küsste und wir uns ein weiteres Mal ineinander verloren.

Als ich das nächste Mal die Augen öffnete, streiften mich bereits die ersten Sonnenstrahlen. Ein verschlafener Blick auf den Hotelwecker verriet mir, dass die Sonne gerade erst aufgegangen und es viel zu früh war, um aufzustehen. Weil sich meine Blase meldete, wollte ich mich vorsichtig aus Finns Umarmung lösen. Er jedoch hielt mich fest an seinen warmen Körper gedrückt.

»Wo willst du hin?«, brummte er verschlafen. Seltsamerweise sorgte der Klang seiner Stimme dafür, dass mein Herz einen kleinen Satz machte.

»Klo«, erwiderte ich trocken, was ihm ein leises Lachen entlockte und ihn dazu brachte, widerwillig einen Arm von meinem Körper zu nehmen.

Als ich wenige Minuten später wieder das Schlafzimmer betrat, hatte sich Finn auf den Bauch gelegt. Die Decke war heruntergerutscht und gab die Sicht auf seinen trainierten Hintern frei. Für einen Moment musterte ich die vor mir liegende Szene.

»Gefällt dir, was du siehst?«, brummte Finn, ohne sich umzudrehen.

Hitze schoss mir in die Wangen. Ich ging zum Bett und ließ mich neben ihn fallen. Er drehte seinen Kopf. »Guten Morgen«, murmelte er und sah aus, als hätte er noch stundenlang schlafen können.

»Guten Morgen«, wisperte ich und streifte mit meinen Lippen flüchtig seine. Dann musterte ich seine Tattoos.

»Du hast mir immer noch nicht die Geschichten dahinter erzählt«, meinte ich neugierig.

Er zog eine Braue hoch und nickte auf meinen Unterarm.

»Du hast mir auch noch nicht alle erzählt.« Wieder schoss mir Hitze in die Wangen. Nicht weil ich mich für die Bedeutung schämte, sondern weil ich damit alle Karten auf den Tisch legte. Weil er dann jeden Teil von mir gesehen hätte.

»Fünf Tattoos von deinen gegen die Geschichte von dem«, bot ich ihm an.

»Drei«, verhandelte er.

»Mehr Geschichten darf ich nicht wissen?«, fragte ich ihn lachend.

»Doch, aber ich will unbedingt wissen, was die Konstellation bedeutet.«

»Okay«, sagte ich leise und Wärme durchflutete mich.

Ich deutete auf den Löwen, der über seinen Rücken tätowiert war.

»Das ist einfach, findest du nicht?«, grinste er und ich hätte mir im selben Moment am liebsten gegen die Stirn geschlagen.

»Leo bedeutet Löwe, oder?«, stöhnte ich.

Sein Grinsen wurde noch breiter. Mein Blick wanderte suchend über seinen Körper und blieb an dem Flügeltattoo an seinem linken Unterarm hängen.

»Ich konnte den Wind nicht tätowieren«, versuchte er zu erklären, was in ihm vorging. »Seit ich Motorrad fahre, ist der Wind mein ständiger Begleiter. Mal mein Freund, mal mein Feind, aber immer an meiner Seite.«

Ich hatte das Gefühl, dass unsere Herzen in diesem Moment im selben Takt schlugen. Besser hätte ich es nicht in Worte fassen können, denn mir ging es genauso.

Ich küsste ihn, tief und innig, legte alles, was ich fühlte, in diesen Kuss. Meine Seele hatte ihr Gegenstück gefunden, ich hatte mein Gegenüber gefunden.

Dann deutete ich auf den Vogel, den er an seinem rechten

Handgelenk trug.

»Und das?«, fragte ich ihn mit schiefgelegtem Kopf. Ich konnte es mir auch einbilden, aber Finn schien ein wenig rot zu werden.

»Das ist ein Rotkehlchen.«

Verwirrt zog ich die Brauen zusammen. »Ein Rotkehlchen?«, wiederholte ich, weil ich nicht ganz begriff, wieso er sich ausgerechnet diesen Vogel stechen ließ.

»Robin ist die englische Bezeichnung für Rotkehlchen«, sagte er leise und sah mich mit einem undefinierbaren Blick an. »Hast du das nicht gewusst?«

Mein Mund stand einen Spalt offen und ich starrte ihn ungläubig an. Er hatte sich ein Rotkehlchen stechen lassen? Wegen mir?

»Seit wann hast du es?«, krächzte ich heiser.

»Eine Woche, nachdem du gegangen bist«, erwiderte er und verzog das Gesicht.

»Wie oft hast du das Tattoo bereut?«, scherzte ich, aber Finn schüttelte ernst den Kopf.

»Nie, Robin. Ich könnte nie bereuen, dich auf meiner Haut zu tragen, wenn du dich längst in meine Seele eingegraben hast.«

Jetzt blieb meine gesamte Welt stehen, ehe sie sich wieder in Bewegung setzte, und all die Dinge, die vorher keinen Sinn gemacht hatten, ergaben jetzt einen. Als hätte ich nur das von ihm hören müssen.

Ohne seine Worte zu kommentieren, deutete ich auf mein Tattoo. »An dem Tag, an dem ich dir das erste Mal gesagt habe, dass ich dich liebe, standen die Sterne so wie auf meinem Unterarm.«

Für einen Moment sah Finn mich ungläubig an. »Seit wann hast du es?«

»Seit dem Tag, an dem ich gegangen bin«, erwiderte ich leise. Er zog mich an sich und küsste mich mit solch einer

Zärtlichkeit, dass es mir die Tränen in die Augen trieb. Wir mussten nichts mehr sagen. Alles, was wichtig war, war gesagt. Alles ergab endlich einen Sinn.

Kapitel 47

Robin

Heute

»Meinst du, er wird mich mögen?«, fragte ich und kaute nervös auf meiner Unterlippe. Ein Ruck ging durch den Flieger und ich krallte mich an Finn fest. Leise lachte er und drückte mir einen Kuss auf die Schläfe.

»Mein Sohn hat einen guten Geschmack. Natürlich wird er dich mögen.«

Ich kaute weiter angespannt auf meiner Lippe herum. Finn drehte sanft meinen Kopf zu sich. »Entspann dich, Robin«, sagte er und küsste mich liebevoll. »Er weiß, dass ich dich mitbringe. Ich habe ihm von dir erzählt.«

»Und was hast du ihm erzählt?«, fragte ich alarmiert.

Er lachte und ein paar Leute im Flugzeug wandten ihren Kopf zu uns.

»Ich habe ihm erzählt, dass ich ihm bald meine Freundin vorstellen möchte.« Mein Herz schlug heftig gegen meinen Rippenbogen und ich kam mir vor wie ein Teenager.

»Das heißt also, ich bin deine Freundin?«, fragte ich mit einem Zwinkern.

Er küsste mich auf die Stirn und zog meine Hand auf

seinen Schoß. »Ich dachte, dass das klar wäre.«

»Machen wir es jetzt so ganz klassisch?«, fragte ich ihn amüsiert. »Beziehung, Verlobung, Hochzeit, Kind, Für-immer?«

Er lachte ebenfalls, aber ich war mir sicher, auch Unsicherheit herauszuhören.

»Willst du das denn?« Er klang verletzlich und ich dachte über seine Worte nach. Wenn es jemanden gab, mit dem ich mir all das vorstellen konnte, dann war es Finn. Es war schon immer Finn gewesen. *Sollte es auf einmal wirklich so leicht sein?*

»Wie wäre es, wenn wir mit einem ganzen Leben beginnen?«, schlug ich ihm vor. »Dann können wir noch immer über Für-immer reden.«

Finn sah mich für einen Moment einfach nur an, und in seinen Augen konnte ich ein Versprechen für unser ganzes Leben sehen. Bevor mich die Emotionen zu überwältigen drohten, räusperte ich mich.

»Und was hast du Leo noch erzählt?«, lenkte ich ab.

Finn blinzelte ein paar Mal, als hätte er mit diesem abrupten Themenwechsel nicht gerechnet.

»Ich habe ihm gesagt, dass du blaue Haare hast, dass du das coolste Mädchen bist, das ich kenne, dass du die beste Rennfahrerin der Welt bist ...« Bei diesen Worten wurde ich doch glatt ein wenig rot. »Und, dass ich dich sehr gerne mag.«

»Was hat er dann gesagt?«

»Er hat gefragt, ob du jetzt bei uns wohnen wirst.«

»Er hat was?«, fragte ich und hustete, weil ich gerade einen Schluck Orangensaft genommen hatte.

Finn grinste amüsiert und streckte die Beine von sich. »Er hat gefragt, ob du jetzt bei uns wohnen wirst.«

»Und was hast du gesagt?«, fragte ich mit erhobener Braue.

»Ich habe gesagt, dass er dich das schon selbst fragen muss.«

Schweigend musterte ich ihn.

»Was heißt denn bei euch wohnen?«, räusperte ich mich nach einer Weile. Schließlich hatte ich bis vor Kurzem gedacht, dass Finn in der Wohnung über dem *Mezze* lebte. Bis Sara mich über die Wahrheit aufgeklärt hatte. Finn führte meine Hand an seine Lippen und drückte einen Kuss darauf.

»Ich wohne in der Wohnung«, stellte er fest, als hätte er meine Gedanken gelesen. »Ich hatte nur noch nicht alle meine Sachen vom Haus meiner Mutter rübergebracht.« Er sah mich eindringlich an, als wolle er sichergehen, dass ich ihn verstanden hatte. »Was Sara gesagt hat, stimmt nicht.«

»Okay«, flüsterte ich und unweigerlich fragte ich mich, wie lange Saras Schatten uns noch verfolgen würden. »Okay«, wiederholte ich nickend.

Finn lächelte und küsste mich ein weiteres Mal. Als könnte er gar nicht damit aufhören.

»Übrigens«, begann er und klang ein wenig außer Atem. »Ich habe noch was für dich.«

Interessiert musterte ich ihn, während er sich zu seinem Rucksack beugte und aus dem vordersten Fach etwas hervorzog.

»Die hast du letztes Mal vergessen«, sagte er und hielt meine Kette in seinen Händen.

Ich drehte den Kopf und bedeutete ihm, dass er sie mir anlegen sollte. Als ich das gewohnte Gewicht des Anhängers wieder um meinen Hals spürte, tastete ich mit zwei Fingern danach. Zufrieden seufzte ich auf.

»Du bist auch ohne Glücksbringer gut gefahren«, meinte Finn und zwinkerte mir zu.

Ich lachte und nickte. »Ich glaube auch nicht, dass das was mit der Kette zu tun hat, es ist nur …«, ich suchte nach den richtigen Worten. »Sie erinnert mich an mein erstes gewonnenes Rennen. Daran, wie es sich anfühlt, zu gewinnen. Als würde einem die ganze Welt gehören.«

»Und das wird es auch«, versicherte er mir. »Ich habe doch

gesehen, wie du diese Saison schon gefahren bist. Der Titel wird dir gehören.«

Ich seufzte und streckte die Beine von mir. »Das weiß ich nicht genau«, gab ich zu. »Jan hatte recht. Ich bin wie eine Henkerin gefahren, hatte kein Respekt vor meinem Leben. Ich ...«, ich brach ab, weil ich nicht wusste, was ich dem noch hinzufügen sollte.

»War das wegen mir?«, fragte er leise.

»Ich hatte einfach nichts mehr zu verlieren«, erwiderte ich, ohne ihm eine explizite Antwort zu geben.

»Und jetzt schon?«, raunte er.

Mein Blick traf auf seinen. »Jetzt schon.«

Der Flieger landete drei Stunden später am Frankfurter Flughafen. Jan hatte mich eher gehen lassen, solange ich in einer Woche in Spanien sein würde. Vermutlich würde meine gesamte Saison jetzt so aussehen. Jede freie Minute würde ich nutzen, um zu Finn zu fliegen und Zeit mit ihm zu verbringen. Auch, wenn die Zeit begrenzt war.

»Komm«, meinte Finn und wuchtete unsere Koffer vom Gepäckband. »Wir haben alles.«

»Wie kommen wir nach Hause?«, fragte ich ihn, während ich ihm aus dem Sicherheitsbereich folgte. Bevor Finn antworten konnte, fiel mein Blick bereits auf meinen Bruder.

»Du hast Josh gefragt?« Geschockt blieb ich stehen.

»Sowas in der Art«, lachte Finn und zog mich mit sich. Neben Josh standen Meghan, Clara, Paul, Marisa, Marie und Leo. Mein Herz vollführte hektische Turnübungen. Josh kam auf mich zu und schloss mich fest in seine Arme.

»Hast du dem Idioten wirklich verziehen?«, brummte er leise, was mir ein Kichern entlockte.

»Ich habe dir auch ständig verziehen«, meinte Meghan und

schob ihn an die Seite, um mich ebenfalls in die Arme zu schließen.

»Er war letzte Woche bei uns«, flüsterte sie mir schnell ins Ohr. »Hat sich mit Josh für drei Stunden in die Küche verzogen. Keine Ahnung, was sie besprochen haben, aber danach haben sie gemeinsam noch ein Bier getrunken.« Sie blickte kurz über ihre Schulter, um sich zu versichern, dass Josh uns nicht belauschte. »Und dann hat er ihn sogar für Sonntag zum Mittagessen eingeladen.«

Ungläubig riss ich die Augen auf, denn das sonntägliche Mittagessen war für die Familie reserviert. Außenstehende wurden dazu nicht eingeladen. Nie.

Hinter Meghan stand eine zerknirschte Marisa. In den letzten Wochen hatte ich jeden ihrer Anrufe ignoriert und auf keine ihrer Nachrichten reagiert. Mit schnellen Schritten eilte ich zu ihr und nahm sie in die Arme.

»Es tut mir leid«, sagten wir beide gleichzeitig. Nervös lachte sie.

»Ich hätte es dir erzählen sollen«, gab sie zerknirscht zu.

»Nein«, erwiderte ich und schüttelte den Kopf. »Ich hätte nicht so ein Arsch sein sollen.«

Ungläubig sah Marisa mich an. Ihr Gesicht wirkte eingefallen, ihre Augen glanzlos und ihre Haare stumpf. Und wenn mich nicht alles täuschte, hatte Marisa, seit ich sie das letzte Mal gesehen hatte, abgenommen. Viel zu viel abgenommen.

»Ich hätte dir zuhören sollen, dich überhaupt zu Wort kommen lassen sollen«, meinte ich und drückte ihre Hand. »Verzeihst du mir?«

»Es gibt nichts zu verzeihen«, krächzte sie und wir umarmten uns ein weiteres Mal. Ich wollte sie so viele Dinge fragen. Wie es ihr ergangen war, warum sie so dünn geworden war, ob es ihr gut ging. Aber hier war nicht der richtige Ort für diese Fragen.

Mein Blick wanderte zu Finn, der neben seinem Sohn stand

und mir zuzwinkerte. Dann atmete ich tief durch, löste mich von Marisa und trat zu den beiden. Auch wenn Leo für sein Alter schon ziemlich groß war, ging ich ein wenig in die Hocke, damit wir auf Augenhöhe waren.

»Hey, Leo«, begrüßte ich ihn mit einem schiefen Lächeln. Er hatte die Hände in seiner Jeans vergraben und musterte mich neugierig.

»Wir kennen uns«, stellte er fest. Dann blickte er schnell zu Finn, ehe er wieder mich ansah.

»Ja, da hast du recht«, nickte ich und wusste nicht, was ich sagen sollte. Er sollte mich doch mögen, verdammt. Wieso fiel es mir dann so schwer, die richtigen Worte zu finden?

»Du bist also die Freundin meines Vaters?«, fragte er und verschränkte die Arme vor der Brust. Das war ein schlechtes Zeichen, oder?

»Sieht wohl so aus«, nickte ich. Leos Blick wanderte über mich und blieb an meinen Tattoos ein wenig länger hängen, als würde er sie eingehend studieren, ehe er mir wieder in die Augen sah.

»Magst du meinen Vater?«, fragte er.

»Sogar sehr gerne«, bestätigte ich und warf Finn ein flüchtiges Lächeln zu. Dieser beobachtete uns amüsiert, also schien die Situation zwischen mir und Leo nicht so schlecht zu sein, wie ich dachte.

»Werdet ihr euch jetzt ständig küssen?«, fragte er und klang ein wenig angeekelt.

Ich lachte leise. »Nicht ständig«, versprach ich ihm.

»Und du fährst Motorrad?«, wechselte er abrupt das Thema, als wäre es ihm gerade eben erst wieder eingefallen.

Ich nickte. »Ich bin gestern ein Rennen in Argentinien gefahren«, erzählte ich ihm.

»Hast du gewonnen?«, fragte er und seine Augen strahlten neugierig.

»Diesmal nicht«, gab ich zu.

»Tut mir leid«, meinte er zerknirscht.

»Nicht schlimm«, grinste ich. »Das nächste werde ich dafür gewinnen.«

Er nickte und streckte mir seine Hand entgegen. »Ich bin Leo Roth«, stellte er sich vor.

»Hallo, Leo«, sagte ich lächelnd. »Ich bin Robin Wolf.«

Leos Kopf ruckte zu Finn. »Robins Nachname gefällt mir viel besser. Wieso heißen wir nicht Wolf?« Alle lachten und ich richtete mich auf. Finn schlang seine Arme um mich und drückte mir einen Kuss auf die Wange.

»Das kann man nicht so leicht ändern«, versuchte er seinem Sohn zu erklären.

»Und wie kann man das ändern?«, fragte Leo und verzog das Gesicht.

Ich würde sicher noch ein paar Wochen brauchen, bis ich begriff, dass Finn Vater war. Und ich war jetzt auch irgendwie sowas wie eine ... Mutter? Mein Herz zog sich zusammen. Nicht, weil der Gedanke Mutter zu sein schmerzte, sondern weil ich auf einmal eine Sehnsucht verspürte, die ich so nicht kannte.

»Na ja ...« Finn kratzte sich am Bart. »Ich glaube, nur wenn man heiratet, dann kann man den Namen von jemand anderem annehmen.«

»Heiratest du mich?«, wandte sich Leo ohne Vorwarnung an mich. »Ich will auch so heißen wie du.«

Ich öffnete den Mund und schloss ihn wieder, weil ich nicht wusste, was ich darauf sagen sollte. Tränen schossen mir in die Augen.

»Ey, Freundchen«, lachte Finn und wuschelte Leo durch die Haare. »Robin ist ein wenig zu alt für dich.«

Darüber schien Leo nachzudenken, ehe er nickte. »Dann musst du halt Robin heiraten, Papa«, sagte er und zuckte mit den Schultern. Kurz zögerte er, ehe er nach meiner Hand griff, als wäre es das Normalste auf der Welt.

Ich atmete tief durch, damit mir die Tränen nicht über die Wange liefen. Mein Bauch fühlte sich merkwürdig schwer und mein Herz seltsam weit an.

»Ich liebe dich, Robin«, drang Finns Stimme an mein Ohr.

Als ich in seine sturmgrauen Iriden sah, fühlte ich mich angekommen und ich wusste, dass ich alles hatte, was ich jemals brauchen würde. So lange hatte ich gedacht, niemals wieder jemanden wie Finn zu finden, bei dem ich mich angenommen und gesehen fühlte. Und auf eine seltsame Art und Weise hatte ich recht gehabt.

Ich brauchte niemand anders als Finn.

Finn war derjenige, der alle Saiten meines Herzens zum Klingen brachte. Der mir das Gefühl gab, alles schaffen zu können, was ich mir vornahm. Er war derjenige, der mir das Herz gebrochen und wieder zusammengesetzt hatte.

Er war derjenige, der mich sah.

Ganz gleich, was noch kommen würde, dieses Mal würden wir es gemeinsam schaffen.

Epilog

Robin

Heute

Vor zwei Jahren hatte ich die Weltmeisterschaft nicht gewonnen. Und das Jahr darauf auch nicht. Ich ließ den Motor aufheulen, um an meine Startposition zu fahren. Es fühlte sich an, als wären alle Blicke auf mich gerichtet. Und irgendwie war das auch so, denn dieses Jahr war der Titel zum Greifen nahe. Näher als jemals zuvor.

Das Brummen eines anderen Motors riss mich aus den Gedanken. Alfonso hatte sich auf den Platz neben mir gestellt.

»Ich werde gewinnen«, rief er herüber, während er das Visiers seines Helmes nach oben schob.

Ein kleines Lächeln zupfte an meinen Lippen. »Niemals«, erwiderte ich, was auch ihm ein Grinsen entlockte. Alfonso und ich boten uns diese Saison ein erbittertes Kopf-an-Kopf-Rennen. Normalerweise war die Weltmeisterschaft nach knapp siebzehn Rennen entschieden, nur dieses Jahr nicht. Dieses Jahr war alles anders.

Vermutlich erklärte das die aufgeheizte Stimmung. Ich hatte das Gefühl, als vibrierte alles vor Energie, als pulsierte die Menge vor Adrenalin. Dasselbe Adrenalin, das durch meine

Adern pulsierte, wenn ich einen Track fuhr und bis an meine Grenzen ging.

»Soll ich dich gewinnen lassen?«, bot er an und ich schüttelte vehement den Kopf.

»Brauchst du gar nicht«, rief ich rüber. »Aber ich kann dir gerne eine Postkarte von der Ziellinie schicken.« Sein tiefes Lachen drang bis zu mir herüber und ein wehmütiges Ziehen machte sich in meinem Bauch breit.

»Meinst du nicht, dass du es vermissen wirst?«, riss mich Jan aus meinen Gedanken. Ich hatte nicht bemerkt, wie er zu mir getreten war. Er musterte mich mit einem durchdringenden Blick, den ich nicht deuten konnte, auch wenn ich wusste, dass er mich verstand.

Ich hatte das Reisen satt. Ich hatte es satt, alle paar Wochen an einem neuen Ort zu sein, einen anderen Track hinunterzurasen.

»Jede Sekunde«, antwortete ich, ohne zu zögern. Denn ich würde es vermissen. Den Track, das Adrenalin, den Nervenkitzel. Das Gefühl von Freiheit, fliegen, fallen. Nichts auf der Welt war damit vergleichbar.

»Ich kann dich nicht zum Bleiben überreden?«, fragte Jan.

Ich schüttelte den Kopf. Er hatte es schon hundert Mal versucht und meine Antwort war immer dieselbe geblieben.

»Du wirst immer einen Platz in diesem Team haben.« Er sah mich ernst an. »Sollte dir dein Leben zu langweilig werden, kannst du jederzeit zurückkommen.«

»Danke Jan«, sagte ich leise. »Danke für alles.«

Er drückte meine Hand, bevor er mit einem Nicken auf den Track deutete. »Dann solltest du heute mit einem großen Knall gehen«, grinste er.

Adrenalin durchzuckte mich. Als wüsste mein Körper, dass ich heute gewinnen würde. Während Jan und Mo ein letztes Mal mein Motorrad kontrollierten, suchte ich die Menge ab.

Ich brauchte nur wenige Sekunden, bis ich meine zwei

Männer fand. Finn trug Leo auf der Schulter, der jubelte und über das gesamte Gesicht strahlte. Er hielt ein riesiges Plakat mit meinem Namen über den Kopf und winkte mir wild zu.

Mein Herz machte einen Satz. So wie es das immer tat, wenn ich die beiden sah. Als würde es erkennen, dass sie die fehlenden Teile waren, die ich mein Leben lang gesucht hatte. Als wüsste es, dass es nach Hause ging.

Denn auch, wenn ich den Track und das Adrenalin vermissen würde, vermisste ich Finn und Leo mehr. Ich wollte nicht mehr nur über FaceTime zusehen, wie Leo älter wurde. Wollte in der Hauptsaison nicht mehr nur für maximal eine Woche zu Hause sein, mich von Jetlag zu Jetlag hangeln.

Wollte keine Nächte mehr alleine in einem Hotelzimmer verbringen.

Es war Zeit, dass ich nach Hause ging.

Ein lauter Knall ertönte. Noch sechzig Sekunden, dann würde das Rennen beginnen.

»Ich glaub an dich, Robin.« Jan klopfte mir auf die Schulter. »Das habe ich immer getan.« Dann drehten er und Mo sich um und verließen den Track.

Noch dreißig Sekunden.

Mein Blick suchte den von Finn und seine Lippen formten ein stummes »Ich liebe dich«.

Noch fünfzehn Sekunden.

Ich schloss die Klappe meines Visiers. Alles, was ich jetzt noch hörte, waren das Rauschen des Blutes in den Ohren, mein Atem, der laut und schwer klang.

Noch zehn Sekunden.

Ich ließ den Motor röhren und das Adrenalin schoss durch meine Adern, sorgte dafür, dass mein Herz wie wild pochte.

Noch fünf Sekunden.

Ich warf einen letzten Blick zu Finn und Leo. Ganz gleich, wie das Rennen heute ausgehen würde, ganz gleich, was geschehen würde. Eine Sache wusste ich ganz genau: Es konnte nur besser werden.

Noch eine Sekunde.

Dann fuhr ich los und fühlte es in jeder Zelle meines Körpers. Dieses Mal würde ich gewinnen.

ENDE

Danksagung

Ein weiteres Mal habe ich das Wort ›Ende‹ geschrieben. Ein weiteres Mal ist die Geschichte zweier Menschen erzählt. Und wieder einmal ist es Zeit, jedem zu danken, der an der Entstehung beteiligt war.

Wie immer gilt mein Dank zuallererst dem **VAJONA** Verlag. Ohne euch gäbe es die Shattered-Reihe nicht. Ohne euch würde niemand Robins und Finns Geschichte lesen. Danke.

Auch Désirée schulde ich wie immer meinen Dank. Keine Ahnung, wie oft meine Protas dieses Mal schon wieder gelächelt haben oder wie oft du dir meine Wortwiederholungen zu Gemüte geführt hast. Ich kann mir keine bessere Lektorin vorstellen als dich.

Ein ganz besonderer Dank gilt Steffi. Danke, dass du Finn und Robin von Anfang an begleitet hast. Für deine ehrliche Kritik, deine aufmunternden Worte, deine Liebe zu Finn. (Er liebt dich auch.)

Und wie immer danke ich meinem Mann. Deine Expertise im Motorradrennsport war dieses Mal mehr als notwendig. Auch wenn ich das Wort MotoGP bis heute falsch ausspreche. Danke, dass du mich unterstützt, wo du kannst. Ohne dich wäre keines meiner Bücher möglich gewesen.

Außerdem möchte ich dir danken. Danke, dass du dieses Buch gekauft hast. Dass du Robins und Finns Geschichte gelesen und hoffentlich genauso lieben gelernt hast wie ich. Ohne Leser wie dich wäre der Traum vom Schreiben gar nicht möglich. Euer Feedback, eure Freude an meinen Geschichten ist es, die mich dazu animieren, weiterzuschreiben und niemals damit aufzuhören. DANKE dafür, denn ich wüsste nicht, wer ich ohne das Schreiben wäre.

And as always: Danke Gott. Danke für all die Geschichten, die du mir schenkst.

Liebesromane im VAJONA Verlag

Die neue Reihe von *Maddie Sage*
Liebe. Schauspiel. Leidenschaft.

EVERYTHING – We Wanted To Be 1

Maddie Sage
472 Seiten
ISBN 978-3-948985-45-5
VAJONA Verlag

»Schauspiel war für mich so viel mehr als meine Leidenschaft. Es war das Ventil, das ich brauchte, um all die Schatten meiner Vergangenheit erträglicher werden zu lassen.«

Die Welt von Blair besteht aus aufregenden Partys und glamourösen Auftritten. Als Tochter eines Hollywoodregisseurs besucht sie eine der renommiertesten Schauspielschulen in LA. Doch so sehr sie sich anstrengt – ihre Bemühungen, endlich ihre eigene Karriere voranzubringen, bleiben erfolglos, obwohl sie seit Monaten von einem Casting zum nächsten hechtet.
Am Morgen nach einer Benefizgala verspätet sie sich für das Vorsprechen einer neuen Netflixserie. Während des Castings begegnet sie dem Schauspieler und Frauenschwarm Henri Marchand, den sie von der Gala am Vorabend wiedererkennt. Ausgerechnet er ist ihr Co-Star und meint, ständig seinen französischen Charme spielen lassen zu müssen.
Die Chemie zwischen den beiden stimmt auf Anhieb, sodass Blair unerwartet eine Zusage für eine der Hauptrollen erhält. Nicht nur die beiden Charaktere kommen sich mit jedem Drehtag näher, auch Blair und Henri fühlen sich immer mehr zueinander hingezogen. Aber kann sie dem Netflixstar wirklich vollkommen vertrauen?

Der fesselnde Auftakt einer royalen Geschichte von *Maddie Sage*

IMPERIAL – Wildest Dreams 1

Maddie Sage
488 Seiten
ISBN 978-3-948985-07-3
VAJONA Verlag

»Wem sollen wir in einer Welt voller Intrigen und Machtspielchen noch vertrauen? Lassen wir unsere Gefühle zu, stürzen wir alle um uns herum ins Verderben.«

Nach einer durchzechten Nacht reist Lauren gemeinsam mit ihrer feierwütigen Freundin Jane für ein Jahrespraktikum ins Schloss des Königs von Wittles Cay Island. Und das, obwohl ihr der Abschied von ihrer Familie alles andere als leichtfällt, denn diese ist ihr größter Halt, nachdem ihr Vater vor fast vier Jahren spurlos verschwunden ist.

Am Hof sieht Lauren sich jedoch mit zahlreichen Problemen konfrontiert, allen voran mit Prinz Alexander, dessen Charme sie wider Willen in den Bann zieht. Dabei ist der Königssohn bereits der englischen Prinzessin versprochen worden, die vor nichts zurückschreckt, um ihren Anspruch auf Alexander und den Thron zu sichern. Dennoch kommen sich Lauren und der Prinz immer näher, ohne zu ahnen, in welche Gefahr sie einander dadurch bringen. Bis plötzlich Laurens verschollener Vater auftaucht und sie feststellen muss, dass die Folgen seines Verschwindens weiter reichen, als sie je für möglich gehalten hätte.

Der fesselnde Beginn der BROKE ME-Reihe von
Vera Schaub

YOU BROKE ME First

Vera Schaub
418 Seiten
ISBN 978-3-948985-43-1
VAJONA Verlag

»Phoebe raubte mir nach verdammten drei Jahren immer noch den Atem und in ihrem Arm hielt sie mein neues Leben. Lilah.«

Daryl war mein Zuhause und der Mensch, den ich für immer lieben würde. Umso schlimmer hatte es mich getroffen, als er nach seinem High-School-Abschluss einfach spurlos aus meinem schutzlosen Leben verschwunden war.

Ich erkannte Phoebe sofort, als ich Jahre später wie vom Schicksal gefügt wieder vor ihr stand. Mein Herz hatte nie aufgehört für sie zu schlagen, aber ich wusste, dass ich Verantwortung zu tragen hatte, die viele in unserem jungen Alter nicht annähernd verstehen konnten. Doch was war mein Leben wert, wenn ich es nicht mit meiner Seelenverwandten teilen konnte?

Der romantische Abschluss der Elbury University – Reihe von *Stefanie R. Carl*

A World FOR US

Stefanie R. Carl
ca. 450 Seiten
ISBN 978-3-948985-61-5
VAJONA Verlag

»Warum habe ich so große Angst davor, dich zu verlieren, obwohl du nicht einmal mir gehörst?«

Rylan und Blake glauben, ihre Gefühle füreinander im Griff zu haben. Auch als sie den Kampf gegen die Anziehungskraft zwischen einander immer wieder verlieren und im Bett landen, sind sie überzeugt: Als Freunde funktionieren sie besser.

Denn für Rylan bedeutet ihre Zeit an der Elbury University, endlich sie selbst zu sein. Ohne Beziehungen, die sie in der Vergangenheit immer wieder verändert haben. Und auch Blake ist sich sicher: Er würde sich nie wieder so verletzlich machen.

Aber das Herz fragt nicht um Erlaubnis. Oder nach Plänen, Ängsten und Zweifeln, die sich hinter der selbstbewussten Fassade verstecken. Es spielt nach seinen eigenen Regeln.

Ein Soldat, der auf eine Frau trifft, die sein Leben
grundlegend verändert ...
von *Vanessa Schöche*

UNBROKEN Soldier

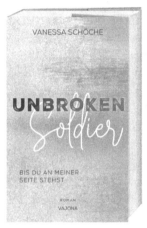

Vanessa Schöche
ca. 450 Seiten
ISBN 978-3-948985-66-0
VAJONA Verlag

»Das Leben ist nicht nur kunterbunt, Ava.«
»Es ist aber auch nicht nur schwarz-weiß, Wyatt.«

Ava und ich kommen aus verschiedenen Welten.
Alles an ihr ist rein, farbenfroh und hell. Und damit nun einmal das absolute Gegenteil von mir und meinem Dasein. Während sie jede träumerische Aussicht aus ihren noch so kleinen Venen zieht, bin ich Realist.
Sie muss verstehen, dass nicht alles im Leben kunterbunt ist. Ava will mich retten. Das spüre ich ganz deutlich. Aber sie sollte begreifen, dass ich gar nicht gerettet werden will. Und noch viel wichtiger: Dass ich nicht gerettet werden kann, selbst wenn ich wollte.

Der packende Auftakt der WENN-Reihe
von *Jasmin Z. Summer*

Erinnerst du mich, wenn ich vergessen will?

Jasmin Z. Summer
ca. 450 Seiten
ISBN 978-3-948985-72-1
VAJONA Verlag

Veröffentlichung: 14. September 2022

»Sie will die Vergangenheit endlich ruhen lassen.
Doch dann kehrt er zurück und will sie genau daran erinnern.«

Sieben lange Jahre sind vergangen, seit Holly von ihrer ersten großen Liebe verlassen wurde. Ohne jegliche Erklärung, ohne jeden Grund. Doch mit Connors Rückkehr werden nicht nur all die unbeantworteten Fragen, sondern auch die dunklen Geheimnisse wieder ans Licht gebracht. Fragen, auf die sie schon längst keine Antworten mehr will, und Geheimnisse, die alles verändern könnten. Was, wenn die Gefühle noch da sind, aber das Vertrauen bereits zerstört ist? Und was, wenn eigentlich alles ganz anders war, als es damals zu sein schien?

Romantasy-Romane im VAJONA Verlag

Ein tragischer Romantasy-Roman mit einem außergewöhnlichen Setting von *Miriam May*

DAS ERBE – Dein Leben für meine Krone

Miriam May
356 Seiten
ISBN 978-3-948985-14-1
VAJONA Verlag

»**Ein Reich, das von langen Nächten in Finsternis gehüllt wird.
Ein Herrscher, der sich seiner Krankheit beugen muss.
Eine Tradition, die ein grausames Opfer fordert.**«

Callora steht kurz davor, den Thron ihres Vaters zu besteigen. Sie kann es kaum erwarten, sich als Herzogin zu beweisen und das Reich aus der Dunkelheit zu führen. Doch zunächst steht ihr eine Prüfung bevor – eine Prüfung, die Neubeginn und Ende zugleich sein soll. Kann ein Blick in Thareks tiefblaue Augen sie davon abhalten, sein Blut zu vergießen?

Fantasyromane im VAJONA Verlag

Die griechische Mythologie in einem grandiosen, fantasyvollen Setting von *Ani K. Weise*

ORACULUM – Fall der Götter

Ani K. Weise
520 Seiten
Band 1
ISBN 978-3-948985-41-7
VAJONA Verlag

»**Was wäre, wenn es wahr ist und sie kein Mythos sind? Wenn es sie wirklich gibt? Die Götter in Olympia!**«

Bei Ausgrabungen in Griechenland stößt die Archäologin Kyra Delany mit ihren Kollegen auf einen unglaublichen Fund einer längst vergessenen Zeit. Einen Tempel zu Ehren Ares, dem Gott des Krieges. Aber was Kyra in den Tiefen Griechenlands entdeckt, ist mehr als nur ein Stück Geschichte. Inmitten der Mythen und Legenden kommt sie einer Wahrheit auf die Spur, ohne zu ahnen, dass sie schon immer ein Teil davon ist.

Episch. Atemberaubend. Emotionsgeladen.
Der Auftakt einer noch nie dagewesenen Fantasyreihe von *Sandy Brandt*

DAS BRENNEN DER STILLE – Goldenes Schweigen

Sandy Brandt
ca. 450 Seiten
Band 1
ISBN Paperback 978-3-948985-52-3
ISBN Hardcover 978-3-948985-53-0
VAJONA Verlag

Veröffentlichung: 25. Mai 2022

»Früher hätte sich die Menschheit durch ihre Lügen fast ausgerottet – die Überlebenden haben geschworen, dass es nie wieder so weit kommt. Heute erscheint jedes gesprochene Wort narbenähnlich auf der Haut. Die Elite herrscht stumm, während die sprechende Bevölkerung als Abschaum gilt.«

Olive und Kyle kommen aus zwei verschiedenen Welten.
Die achtzehnjährige Olive lebt in einer Welt, die von absoluter Stille und Reinheit geprägt ist. Selbst unter der stummen Oberschicht gilt sie als Juwel. Kyle dagegen trägt tausende Wörter auf der Haut und ein gefährliches Geheimnis im Herzen.
Als sie gemeinsam entführt werden, sind sie überzeugt, der andere sei der Feind. Sie ahnen nicht, dass dunklere Intrigen gesponnen werden. Olive will ihr Schweigen wahren, um nicht der geglaubten Sünde zu verfallen. Und Kyle weiß, dass es für ihn tödlich enden wird, wenn das stumme Mädchen hinter sein Geheimnis kommt. Beide müssen entscheiden, welchen Preis sie für ihre Freiheit zahlen wollen – und ob sie einander vertrauen können …

Eine Steampunk-Fantasy-Reihe von *Nika V. Caroll*, die einzigartig und atemberaubend zugleich ist. Märchenhafte Elemente treffen hier auf spannendes und packendes Setting.

SPIEGELKRISTALLE – Über schwarze Schatten und Metallherzen

Nika V. Caroll
ca. 450 Seiten
Band 1
ISBN Paperback 978-3-948985-63-9
ISBN Hardcover 978-3-948985-64-6
VAJONA Verlag

Veröffentlichung: 22. Juni 2022

»In dieser Geschichte gibt es keine Prinzessin, die aus einem hohen Turm gerettet werden muss – denn dies ist kein Märchen!«

Vor Tausenden von Jahren wurde die Insel Yumaj durch einen Fluch in zwei Teile gespalten – den gesegneten und den verfluchten. Während sich die einen als Auserwählte betrachten, sehnen sich die anderen nach Rache. Umgeben von magischen Maschinen und unvollkommenen Menschen ist dem Spiegelkönig jedes Mittel recht, um endlich wieder frei zu sein. Dabei sieht er seine einzige Chance darin, Akkrésmos freizulassen: Ein Monster, das die Welt ins Chaos stürzen soll.

Als die Schattentänzerin Eira und ihre Freunde von dem Plan des Spiegelkönigs erfahren, setzen sie alles daran, ihn von seinem Vorhaben abzuhalten. Doch dieser scheint jeden ihrer Schritte bereits zu kennen. Und bevor es Eira verhindern kann, ist sie tief in die Machenschaften der Insel verstrickt und längst Teil eines viel größeren Plans.

Folge uns auf:

Instagram: www.instagram.com/vajona_verlag
Facebook: www.facebook.com/vajona.verlag
Website: www.vajona.de